KNAUR

Im Knaur Taschenbuch Verlag ist bereits
folgendes Buch der Autorin erschienen:
Die Mondspielerin

Über die Autorin:
Die Publizistin Nina George, geboren 1973, arbeitet seit 1992 als freie Journalistin, Schriftstellerin und Kolumnistin. George schreibt Wissenschaftsthriller und Romane, Reportagen, Kurzgeschichten sowie Kolumnen. Ihr Roman »Die Mondspielerin« erhielt 2011 die DeLiA, den Preis für den besten Liebesroman. Für ihren Kurzkrimi »Das Spiel ihres Lebens« wurde Nina George 2012 mit dem Glauser-Preis ausgezeichnet. Ihr Roman »Das Lavendelzimmer« stand wochenlang auf der SPIEGEL-Bestsellerliste und wurde von der Presse begeistert besprochen. Unter ihrem Pseudonym Anne West gehört Nina George zu den erfolgreichsten deutschsprachigen Erotikautorinnen. Nina George ist verheiratet mit dem Schriftsteller Jens J. Kramer und lebt im Hamburger Grindelviertel.
Mehr über die Autorin unter www.ninageorge.de

NINA GEORGE

Das Lavendelzimmer

Roman

Besuchen Sie uns im Internet:
www.knaur.de

Wenn Ihnen dieser Roman gefallen hat und Sie
auf der Suche sind nach ähnlichen Büchern, schreiben Sie uns
unter Angabe des Titels »Das Lavendelzimmer«
an: frauen@droemer-knaur.de

Vollständige Taschenbuchausgabe April 2014
© 2013 Knaur Verlag
Ein Imprint der Verlagsgruppe Droemer Knaur
GmbH & Co. KG, München
Alle Rechte vorbehalten. Das Werk darf – auch teilweise –
nur mit Genehmigung des Verlags wiedergegeben werden.
Redaktion: Gisela Klemt, lüra:Klemt & Mues GbR
Umschlaggestaltung: ZERO Werbeagentur, München
Umschlagabbildung: plainpicture / Elektrons 08
Karte: Computerkartographie Carrle
Druck und Bindung: CPI books GmbH, Leck
ISBN 978-3-426-50977-7

14   15   13

Ich widme diesen Roman meinem Vater
Joachim Albert Wolfgang George, genannt Jo der Breite.
Sawade / Eichwaldau 20. März 1938–4. April 2011, Hameln.

Papa, mit dir ist der einzige Mensch gestorben,
der alles gelesen hat, was ich je schrieb,
seit ich schreiben konnte. Du wirst mir fehlen, immer.
Ich sehe dich in jedem Licht des Abends
und in jeder Welle aller Meere.
Du gingst mitten im Wort.

NINA GEORGE, im Januar 2013

Den Verlorenen gewidmet.
Und jenen, die sie immer noch lieben.

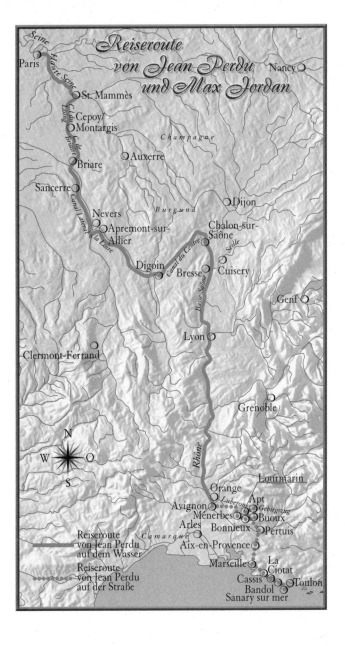

Reiseroute
von Jean Perdu
und Max Jordan

Seine
Paris
Nancy
Haute Seine
St. Mammès
Cepoy
Montargis
C. du Loing
Champagne
C. de Briare
Briare
Auxerre
Sancerre
Burgund
Dijon
Nevers
Apremont-sur-Allier
Canal Latéral à la Loire
Chalon-sur-Saône
Seille
Canal du Centre
Digoin
Bresse
Cuisery
Basse-Saône
Genf
Lyon
Clermont-Ferrand
Grenoble
Rhône
Lourmarin
Orange
Luberon
Apt
Avignon
Ménerbes
Gebirgszug
Buoux
Arles
Bonnieux
Pertuis
Camargue
Aix-en-Provence
Marseille
La Ciotat
Cassis
Toulon
Bandol
Sanary sur mer

Reiseroute
von Jean Perdu
auf dem Wasser

Reiseroute
von Jean Perdu
auf der Straße

N
W   O
S

1

Wie konnte es nur passieren, dass ich mich dazu überreden ließ?

Zu zweit hatten die Generalinnen des Hauses No. 27 – Madame Bernard, die Besitzerin, und Madame Rosalette, die Concierge – Monsieur Perdu zwischen ihren gegenüberliegenden Parterrewohnungen in die Zange genommen.

»Dieser Le P. hat seine Frau ja schmählichst behandelt.«

»Schandhaft. Wie die Motte einen Brautschleier.«

»Manchen kann man's ja nicht verübeln, wenn man sich ihre Gattinnen so anschaut. Eiswürfelmaschinen in Chanel. Aber Männer? Alles Ungeheuer.«

»Meine Damen, ich weiß gerade nicht, was …«

»*Sie* natürlich nicht, Monsieur Perdu. Sie sind der Kaschmir unter den Stoffen, aus denen Männer gestrickt sind.«

»Jedenfalls, wir bekommen eine neue Mieterin. In den Vierten, das ist ja Ihre Etage, Monsieur.«

»Aber Madame hat nichts mehr. Gar nichts, nur zerschmetterte Illusionen. Sie braucht quasi alles.«

»Und da kommen Sie ins Spiel, Monsieur. Geben Sie, was Sie können. Jede Spende ist willkommen.«

»Natürlich. Ich könnte vielleicht ein gutes Buch …«

»Na ja, wir dachten eher an etwas Praktisches. Einen Tisch zum Beispiel. Madame hat ja –«

»… nichts mehr. Ich verstehe.«

Der Buchhändler wusste zwar nicht, was praktischer sein konnte als ein Buch. Aber er versprach, der neuen Mieterin einen Tisch zu spenden. Einen hatte er ja noch.

Monsieur Perdu steckte seine Krawatte zwischen die oberen Knöpfe seines weißen, energisch gebügelten Hemdes und rollte die Ärmel sorgfältig auf. Nach innen, Umschlag für Umschlag, bis zum Ellbogen. Er fixierte die Bücherwand im Flur. Hinter dem Regal lag ein Zimmer, das er seit einundzwanzig Jahren nicht geöffnet hatte.

Einundzwanzig Jahre und Sommer und Neujahrsmorgen.

Aber in dem Zimmer stand der Tisch.

Er stieß die Luft aus, griff wahllos nach einem Buch und zog Orwells *1984* aus dem Regal. Es fiel nicht auseinander. Es biss ihn auch nicht in die Hand wie eine beleidigte Katze.

Er nahm den nächsten Roman, dann zwei, langte nun mit beiden Händen in das Regal, schaufelte ganze Bücherblöcke heraus und häufte sie neben sich auf.

Aus den Stapeln wurden Bäume. Türme. Zauberberge.

Er sah auf das letzte Buch in seiner Hand: *Als die Uhr dreizehn schlug.* Ein Zeitreise-Märchen.

Wenn er an Omen geglaubt hätte, wäre das jetzt ein Zeichen gewesen.

Er schlug mit den Fäusten unter die Bretter, um sie aus den Halterungen zu lösen. Dann trat er einen Schritt zurück.

Da. Dort schälte sie sich hervor. Hinter der Mauer aus Wörtern. Die Tür zu dem Zimmer, in dem …

Ich könnte doch einfach einen Tisch kaufen?

Monsieur Perdu strich sich über den Mund. Ja. Die Bücher abstauben, wieder einräumen, die Tür vergessen. Einen Tisch kaufen, einfach so weitermachen wie die letzten zwei Jahrzehnte. In zwanzig Jahren wäre er siebzig, und von dort aus würde er den Rest auch noch hinbekommen, vielleicht starb er ja früh.

Feigling.

Er schloss seine bebende Faust um die Drehklinke.

Langsam öffnete der große Mann die Tür. Er stieß sie sachte nach innen auf, kniff die Augen zusammen und …

Nur Mondlicht und trockene Luft. Er sog sie durch die Nase ein, forschte, fand aber nichts.

Der Geruch von *** ist verschwunden.

Monsieur Perdu war in einundzwanzig Sommern so geschickt darin geworden, um *** herumzudenken, wie er um einen offenen Gullydeckel herumgehen würde.

Er dachte ihren Namen am häufigsten als ***. Als Schweigen im Summton seines Gedankenflusses, als Weißraum in den Bildern der Vergangenheit, als Dunkelheit inmitten der Gefühle. Er vermochte alle Sorten Lücken zu denken.

Monsieur Perdu sah sich um. Wie still das Zimmer wirkte. Und trotz der lavendelblauen Tapeten blass. Die Jahre hinter der verschlossenen Tür hatten die Farbe aus den Wänden gepresst.

Das Licht aus dem Flur fand nur wenig, was einen Schatten warf. Ein Bistrostuhl. Der Küchentisch. Eine Vase mit vor über zwei Jahrzehnten auf der Ebene von Valensole geklautem Lavendel. Und einen fünfzigjährigen Mann, der sich nun auf den Stuhl setzte und die Arme um sich selbst schlang.

Da drüben waren Vorhänge gewesen. Dort Bilder, Blumen und Bücher, eine Katze namens Castor, die auf dem Diwan schlief. Es hatte Kerzenleuchter und Flüstern gegeben, gefüllte Rotweingläser und Musik. Tanzende Schatten an der Wand, der eine groß, der andere wunderschön. Es hatte Liebe in diesem Zimmer gegeben.

Nun gibt es nur noch mich.

Er ballte die Fäuste und drückte sie an seine brennenden Augen.

Monsieur Perdu schluckte und schluckte noch einmal, um die Tränen niederzuringen. Sein Hals war zu eng zum Atmen, und sein Rücken schien zu glühen vor Hitze und Schmerz.

Als er wieder schlucken konnte, ohne dass es weh tat, stand Monsieur Perdu auf und öffnete die Flügelfenster. Aus dem Hinterhof wirbelten Gerüche empor.

Die Kräuter aus Goldenbergs Gärtchen. Rosmarin, Thymian. Dazu mischten sich die Massageöle von Che, dem blinden Podologen und »Fußflüsterer«. Dazwischen ein Eierkuchenduft, der sich verwirbelte mit Kofis afrikanischen Grilleimergerichten, scharf und fleischig. Darüber schwebte der Junigeruch von Paris, er duftete nach Lindenblüten und Erwartung.

Aber Monsieur Perdu ließ nicht zu, dass diese Düfte ihn berührten. Er stemmte sich mit aller Macht gegen ihren Zauber. Er war sehr gut darin geworden, alles zu ignorieren, was in ihm auch nur irgendeine Art sehnsüchtiges Gefühl provozieren konnte. Gerüche. Melodien. Die Schönheit der Dinge.

Aus der Kammer neben der kargen Küche holte er Wasser und grüne Seife und begann, den Holztisch zu säubern.

Er stemmte sich gegen das verwaschene Bild, wie er an diesem Tisch gesessen hatte, nicht allein, sondern mit ***.

Er wusch und schrubbte und ignorierte die bohrende Frage, wie es denn nun weitergehen sollte, nachdem er die Tür zu dem Zimmer geöffnet hatte, in dem all seine Liebe, seine Träume und seine Vergangenheit begraben gewesen waren.

Erinnerungen sind wie Wölfe. Du kannst sie nicht wegsperren und hoffen, dass sie dich ignorieren.

Monsieur Perdu trug den schmalen Tisch zur Tür, hievte ihn durch die Bücherwand und an den papiernen Zauberbergen entlang ins Treppenhaus bis zur Wohnung gegenüber.

Als er klopfen wollte, erklang dieser traurige Ton.

Ein Schluchzen, erstickt, wie hinter einem Kissen.

Jemand weinte hinter der grünen Wohnungstür.

Eine Frau. Und sie weinte so, als ob sie sich wünschte, dass sie niemand, niemand hören sollte.

2

Sie war die Frau von diesem Sie-wissen-schon, diesem Le P.«

Wusste er nicht. Perdu las keine Pariser Klatschseiten.

Madame Catherine Le P.-Sie-wissen-schon war an einem späten Donnerstagabend aus der Agentur ihres Künstlermannes, wo sie seine Pressearbeit erledigte, nach Hause gekommen. Ihr Schlüssel passte nicht mehr, ein Koffer im Treppenhaus, darauf die Scheidungspapiere. Ihr Mann war unbekannt verzogen, hatte die alten Möbel und eine neue Frau mitgenommen.

Catherine-bald-Ex-Frau-von-Le-Mistkerl besaß nichts außer der Kleidung, die sie mit in die Ehe gebracht hatte. Und der Einsicht, dass sie so arglos gewesen war, erstens zu glauben, die einst empfundene Liebe werde über eine Trennung hinaus für menschenfreundlichen Umgang sorgen, und zweitens ihren Mann gut genug zu kennen, um von ihm nicht mehr überrascht zu werden.

»Ein weitverbreiteter Irrtum«, hatte Madame Bernard, die Hausherrin, zwischen zwei Rauchzeichen aus ihrer Pfeife doziert. »Du lernst deinen Mann erst richtig kennen, wenn er dich verlässt.«

Monsieur Perdu hatte die aus ihrem eigenen Leben so kaltherzig Ausgeschlossene bisher nicht gesehen.

Nun lauschte er ihrem einsamen Weinen, das sie verzweifelt zu dämpfen versuchte, vielleicht mit den Händen oder mit einem Küchenhandtuch. Sollte er sich bemerkbar machen und sie in Verlegenheit bringen? Er entschied, erst noch die Vase und den Stuhl zu holen.

Leise ging er zwischen seiner Wohnung und ihrer hin und her. Er wusste genau, wie verräterisch dieses alte, stolze Haus war, welche Dielen knarrten, welche Wände nachträglich eingezogen und dünn waren und welche verborgenen Mauerschächte wie Lautsprecher wirkten.

Wenn er sich über sein achtzehntausendteiliges Landkartenpuzzle in dem sonst leeren Wohnzimmer beugte, funkte ihm das Haus das Leben der anderen weiter.

Wie die Goldenbergs stritten (er: »Kannst du nicht mal …? Warum bist du …? Habe ich nicht …?«; sie: »Immer musst du … Nie machst du … Ich will, dass du …«). Er kannte die beiden noch als jungverheiratetes Paar. Da hatten sie öfter miteinander gelacht. Dann kamen die Kinder, und die Eltern drifteten auseinander wie Kontinente.

Er hörte, wie Clara Violettes Elektrorollstuhl über Teppichkanten, Dielen und Türschwellen rollte. Er hatte die Pianistin einst fröhlich tanzend gesehen.

Er hörte Che und den jungen Kofi, die kochten. Che rührte länger in den Töpfen. Der Mann war schon immer blind gewesen, aber er sagte, er sehe die Welt anhand von Geruchsspuren und Echos, die Menschen mit ihren Gefühlen und Gedanken hinterlassen. Che konnte spüren, ob in einem Zimmer geliebt, gelebt oder gestritten wurde.

Perdu lauschte an jedem Sonntag auch Madame Bomme, wie sie und der Witwenclub über schmutzigen Büchern mädchenhaft kicherten, die er ihnen hinter dem Rücken ihrer verkniffenen Anverwandten besorgt hatte.

Das Haus No. 27 in der Rue Montagnard war ein Meer aus Lebenszeichen, die an Perdus schweigende Insel brandeten.

Er hörte seit zwanzig Jahren zu. Er kannte seine Nachbarn so gut, dass es ihn manchmal wunderte, wie wenig sie von ihm wussten (obgleich ihm das auch ganz recht war). Sie ahnten weder, dass er so gut wie keine Einrichtung außer Bett, Stuhl und Kleiderstange besaß, keinen Nippes, keine Musik, keine Bilder, Fotoalben, Sofagarnitur oder Geschirr (außer für eine Person). Noch dass er diese Schlichtheit freiwillig gewählt hatte. Die beiden Zimmer, die er noch bewohnte, waren so leer, dass es hallte, wenn er hustete. Im Wohnzimmer befand sich nur das übergroße Landkartenpuzzle auf dem Boden. Sein Schlafzimmer teilten sich eine Matratze, das Bügelbrett, eine Leselampe und eine Kleiderstange auf Rollen mit einem dreifachen Satz der exakt gleichen Kleidungsstücke: graue Hose, weißes Hemd, brauner V-Pullover. In der Küche waren ein Herdkocher, eine Kaffeebüchse und ein Regal mit Lebensmitteln. Alphabetisch geordnet. Es war vielleicht ganz gut, dass dies niemand sah.

Und doch hegte er merkwürdige Gefühle für die Bewohner des Hauses No. 27. Es ging ihm auf eine unerklärbare Weise besser, wenn er wusste, dass es ihnen gutging. Und er versuchte, seinen Teil dafür zu tun, ohne dass es allzu sehr auffiel. Die Bücher halfen ihm dabei. Ansonsten bewegte er sich stets im Hintergrund, wie die Grundierung eines Bildes, und vorn spielte sich das Leben ab.

Jener neue Mieter, Maximilian Jordan, aus dem Dritten, der ließ Monsieur Perdu allerdings noch nicht in Ruhe. Jordan trug maßgeschneiderte Gehörschutzpropfen, darüber Ohrenschützer und an kühlen Tagen eine Wollmütze. Ein junger Schriftsteller, mit seinem ersten Werk wie mit einem Tusch berühmt geworden und seither ständig auf der Flucht vor Fans, die am liebsten bei ihm einziehen wollten. Jordan hatte ein seltsames Interesse für Monsieur Perdu entwickelt.

Als Perdu nun vor der Wohnungstür gegenüber den Stuhl und die Vase auf und um den Küchentisch arrangierte, hatte das Weinen aufgehört.

Stattdessen hörte er eine Diele knacken, auf der jemand so aufzutreten versuchte, dass es nicht knacken sollte.

Er spähte durch die Milchglasscheibe der grünen Tür.

Dann klopfte er zweimal, ganz sachte.

Ein Gesicht kam näher. Ein undeutliches, helles Oval.

»Ja?«, flüsterte das Oval.

»Ich habe einen Stuhl und einen Tisch für Sie.«

Das Oval schwieg.

Ich muss sanft mit ihr sprechen. Sie hat so viel geweint, dass sie wahrscheinlich ausgetrocknet ist und zerfällt, wenn ich zu laut bin.

»Und eine Vase. Für Blumen. Rote Blumen, zum Beispiel, sie würden sehr schön auf dem weißen Tisch aussehen.«

Er drückte seine Wange fast ans Glas.

Flüsterte: »Ich kann Ihnen aber auch ein Buch geben.«

Das Licht im Treppenhaus erlosch.

»Was für ein Buch?«, flüsterte das Oval.

»Eines, das tröstet.«

»Ich muss aber noch weinen. Sonst ertrinke ich. Verstehen Sie das?«

»Natürlich. Manchmal schwimmt man in ungeweinten Tränen und geht darin unter, wenn man sie in sich behält.« *Und ich bin am Grunde eines solches Meeres.* »Dann bringe ich also ein Buch zum Weinen.«

»Wann?«

»Morgen. Versprechen Sie mir, dass Sie bis dahin etwas essen und etwas trinken, bevor Sie weiterweinen?«

Er wusste nicht, warum er sich das herausnahm. Es musste an der Tür zwischen ihnen liegen.

Das Glas beschlug von ihrem Atem.

»Ja«, sagte sie. »Ja.«

Als das Treppenlicht aufflammte, zuckte das Oval zurück.

Monsieur Perdu legte kurz die Hand an die Scheibe. Dort, wo eben noch ihr Gesicht gewesen war.

Und wenn sie noch etwas braucht, eine Kommode, einen Kartoffelschäler, kaufe ich es eben und behaupte, es stammt von mir.

Er ging in seine leere Wohnung, legte den Riegel vor. Die Tür zum Zimmer hinter den Büchermauern stand immer noch offen. Je länger Monsieur Perdu hineinschaute, desto mehr war es, als ob sich der Sommer 1992 aus dem Boden emporbäumte. Die Katze mit ihren weißen Samtpfotenschuhen sprang vom Diwan und streckte sich. Die Sonne streifte einen nackten Rücken, der Rücken drehte sich um, wurde zu ***. Sie lächelte Monsieur Perdu an, erhob sich aus ihrer lesenden Stellung und kam nackt, ein Buch in der Hand, auf ihn zu.

»Bist du endlich bereit?«, fragte ***.

Monsieur Perdu schlug die Tür zu.

Nein.

3

*N*ein«, sagte Monsieur Perdu auch am nächsten Morgen. »Dieses Buch möchte ich Ihnen lieber nicht verkaufen.«

Sanft nahm er der Kundin *Die Nacht* aus der Hand. Unter all den vielen Romanen seines Bücherschiffs mit dem Namen Literarische Apotheke hatte sie sich ausgerechnet den berüchtigten Bestseller von Maximilian alias Max Jordan ausgesucht. Dem Ohrenschützerträger aus dem dritten Stock der Rue Montagnard.

Nun sah die Kundin den Buchhändler entgeistert an.

»Aber wieso denn nicht?«

»Max Jordan passt nicht zu Ihnen.«

»Max Jordan passt nicht zu mir?«

»Genau. Er ist nicht Ihr Typ.«

»Mein Typ. Aha. Pardon, ich muss Sie jetzt aber doch darauf hinweisen, dass ich auf Ihrem Bücherschiff ein Buch suche. Und keinen Ehemann, *mon cher* Monsieur.«

»Mit Verlaub: Was Sie lesen, ist auf lange Sicht entscheidender, als welchen Mann Sie heiraten, *ma chère* Madame.«

Sie sah ihn aus zusammengekniffenen Augen an.

»Geben Sie mir das Buch, stecken Sie mein Geld ein, und wir können beide so tun, als sei es ein schöner Tag.«

»Es *ist* ein schöner Tag, vermutlich beginnt morgen der Sommer, aber dieses Buch bekommen Sie nicht. Nicht von mir. Darf ich Ihnen ein paar andere vorstellen?«

»Ach? Um mir einen uralten Klassiker anzudrehen, den Sie zu faul sind, über Bord zu werfen, wo er die Fische vergiften kann?« Sie war erst leiser, dann immer lauter geworden.

»Bücher sind doch keine Eier. Nur weil ein Buch ein paar Jahre älter ist, wird es nicht gleich schlecht.« Auch Monsieur Perdu hatte die Tonlage verschärft. »Und was heißt hier alt – Alter ist keine Krankheit. Alle altern, auch Bücher. Aber sind Sie, ist *irgendwer* weniger wert, weniger *wichtig,* nur weil es ihn etwas länger auf der Welt gibt?«

»Es ist doch lächerlich, wie Sie das hier alles verdrehen, nur weil Sie mir die blöde *Nacht* nicht gönnen.«

Die Kundin – oder vielmehr: Nicht-Kundin – warf ihr Portemonnaie in ihre edle Umhängetasche, riss am Reißverschluss, aber der verhakte sich.

Perdu spürte, dass etwas in ihm hochwallte. Ein wildes Gefühl, Zorn, Angespanntheit – nur, dass es nichts mit dieser Frau zu tun hatte. Dennoch konnte er seinen Mund nicht halten. Er ging ihr nach, während sie wütend durch den Bauch des Bücherschiffs stapfte, und rief ihr zwischen den langen Regalreihen im Dämmerlicht zu: »Sie haben die Wahl, Madame! Sie können gehen und auf mich spucken. Oder Sie können sich, genau von diesem Moment an, Tausende Stunden künftiger Qual ersparen.«

»Danke, bin schon dabei.«

»Indem Sie sich in den Schutz der Bücher begeben anstatt in unnütze Beziehungen mit Männern, die Sie so oder so nachlässig behandeln, oder in dummen Diätwahn, weil Sie dem einen Mann nicht dünn und dem anderen Mann nicht dumm genug sind.«

Sie blieb an der großen Fensterbucht zur Seine hin stehen und funkelte Perdu an. »Was erlauben Sie sich!«

»Bücher bewahren Sie vor Dummheit. Vor falscher Hoffnung. Vor falschen Männern. Sie kleiden Sie aus mit Liebe, mit Stärke, mit Wissen. Es ist Leben von innen. Wählen Sie. Buch oder ...«

Bevor er den Satz beenden konnte, schob sich einer der Pariser Ausflugsdampfer vorbei. An der Reling eine Gruppe Chinesinnen unter Regenschirmen. Sie begannen, heftig zu fotografieren, als sie die berühmte schwimmende Literarische Apotheke von Paris sahen.

Der Dampfer schubste braungrüne Wasserdünen gegen das Ufer, das Bücherschiff schüttelte sich.

Die Kundin taumelte auf ihren schicken Absätzen. Doch statt ihr die Hand hinzuhalten, reichte Perdu ihr *Die Eleganz des Igels*.

Sie griff reflexartig nach dem Roman und hielt sich an ihm fest.

Perdu ließ nicht los, während er nun, beruhigend, zärtlich und nicht zu laut, mit der Fremden sprach.

»Sie brauchen ein Zimmer für sich allein. Nicht zu hell, mit einer jungen Katze, die Ihnen Gesellschaft leistet. Und dieses Buch, das Sie bitte langsam lesen. Damit Sie sich zwischendurch ausruhen können. Sie werden viel nachdenken und vermutlich auch weinen. Um sich. Um die Jahre. Aber es wird Ihnen danach bessergehen. Sie werden wissen, dass Sie jetzt nicht sterben müssen, auch wenn es sich so anfühlt, weil der Kerl nicht anständig zu Ihnen war. Und Sie werden sich wieder mögen und nicht hässlich und naiv finden.«

Erst nach dieser Anweisung ließ er den Einband los.

Die Kundin starrte ihn an. So erschreckt, wie sie ihn ansah, wusste er, dass er sie getroffen hatte. Ziemlich genau.

Dann ließ sie das Buch fallen.

»Sie sind ja total verrückt«, hauchte sie, wirbelte herum und stöckelte mit gesenktem Kopf durch den Bücherbauch zum Quai.

Monsieur Perdu hob den *Igel* auf. Der Einband hatte sich beim Sturz den Rücken verknackst. Er würde den Roman von Muriel Barbery wohl für ein, zwei Euro einem der Bouquinisten, den Bücherleuten am Quai, und ihren Wühlkisten überlassen müssen.

Dann sah er der Kundin nach. Wie sie sich durch die Menge der Flaneure kämpfte. Wie ihre Schultern in dem Kostüm bebten.

Sie weinte. Sie weinte wie jemand, der weiß, dass er natürlich nicht an diesem kleinen Drama zerbrechen wird. Der aber tief verletzt ist von der Ungerechtigkeit, dass es gerade ihr, gerade jetzt passierte. Man hatte ihr doch bereits eine Wunde geschlagen, brutal und tief. Reichte die nicht, musste noch so ein gemeiner Buchhändler daherkommen?

Monsieur Perdu vermutete, dass sie ihn, den blöden Papiertiger auf seiner doofen Literarischen Apotheke, auf ihrer persönlichen Eins-bis-zehn-Idiotenskala bei ungefähr zwölf einsortierte.

Er stimmte ihr zu. Sein Ausbruch, seine unsensible Rechthaberei musste etwas mit der vergangenen Nacht und dem Zimmer zu tun haben. Er war sonst geduldiger.

Im Prinzip konnte ihn kein Wunsch, keine Schimpferei und keine Merkwürdigkeit seiner Kunden erschüttern. Er ordnete sie in drei Kategorien. Die ersten waren jene, denen Bücher die einzig frische Luft in der Stickigkeit ihres Alltags bedeuteten. Seine liebsten Kunden. Sie vertrauten darauf, dass er ihnen sagte, was sie brauchten. Oder sie vertrauten ihm ihre Verletzlichkeiten an, wie »bitte keine Romane, in denen Berge oder Aufzugsfahrten oder Ausblicke vorkommen – ich habe nämlich Höhenangst«. Manche sangen Monsieur Perdu Kinderlieder vor, oder vielmehr brummten sie »mmhmm, mmh, dadada – das kennen Sie, oder?« –, hoffnungsvoll, dass sich der große Buchhändler für sie erinnerte und ihnen ein Buch gab, in dem die Melodien ihrer

Kindheit eine Rolle spielten. Meistens wusste er es tatsächlich. Es gab mal eine Zeit, da hatte er viel gesungen.

Die zweite Kategorie Kunden kam nur auf seine Lulu, das Bücherschiff im Champs-Élyseés-Hafen, weil sie vom Namen der darauf installierten Buchhandlung angelockt waren: *La pharmacie littéraire* – die Literarische Apotheke.

Um ein paar originelle Postkarten zu kaufen (»Lesen gefährdet die Vorurteile« oder »Wer liest, lügt nicht – zumindest nicht gleichzeitig«), ein paar Miniaturbücher in braunen Medizinfläschchen zu erstehen oder um Fotos zu machen.

Aber diese Leute waren geradezu reizend im Gegensatz zu der dritten Sorte, die sich für Könige hielten, nur leider nicht so benahmen. Sie fragten Perdu vorwurfsvoll, ohne ein *Bonjour,* ohne ihn anzusehen, und jedes Buch betastend mit fettigen Fingern, mit denen sie vorher *Pommes frites* gegessen hatten: »Sie haben keine Pflaster mit Gedichten? Kein Toilettenpapier mit Fortsetzungskrimis? Wieso führen Sie keine aufblasbaren Reisekissen, das wäre mal sinnvoll in einer Bücherapotheke.«

Perdus Mutter, Lirabelle Bernier, geschiedene Perdu, hatte angeregt, Franzbranntwein und Thrombosestrümpfe zu verkaufen. Frauen ab einem gewissen Alter bekämen schwere Beine beim Lesen im Sessel.

An manchen Tagen liefen die Strümpfe besser als die Belletristik.

Er seufzte.

Wieso nur war die Kundin in ihrer dünnhäutigen Gefühlslage so erpicht darauf, *Die Nacht* zu lesen?

Gut, sie hätte ihr nicht geschadet.

Nicht sehr, zumindest.

Die Zeitung Le Monde hatte den Roman und Max Jordan als die »neue Stimme der zornigen Jugend« gefeiert. Die Frauenzeitschriften hatten sich nach dem »Jungen mit dem Hungerherz« verzehrt und großformatige Bilder des Autors abgedruckt, größer als das Buchcover. Max Jordan schaute immer etwas verwundert auf diesen Bildern.

Und verwundet, dachte Perdu.

In Jordans Debüt wimmelte es von Männern, die der Liebe aus Angst vor Selbstverlust nichts als Hass und zynische Gleichgültigkeit entgegenzusetzen hatten. Ein Kritiker hatte *Die Nacht* als »Manifest des neuen Maskulinismus« gefeiert.

Perdu hielt es für etwas weniger Hochtrabendes. Es war eine verzweifelte Bestandsaufnahme aus dem Innenleben eines jungen Mannes, der erstmalig liebt. Und nicht versteht, wie er, außerhalb seiner Selbstkontrolle, mit dem Lieben beginnen und, ebenfalls ohne sein Zutun, wieder damit aufhören kann. Wie sehr es ihn verstört, nicht selbst zu entscheiden, wen er liebt, von wem er geliebt wird, wo es anfängt und endet und all das entsetzlich Unberechenbare in der Mitte.

Liebe, die gefürchtete Diktatorin der Männer. Kein Wunder, dass der Mann als solcher dieser Tyrannin mit Flucht begegnete. Millionen von Frauen lasen das Buch, um zu verstehen, warum Männer grausam zu ihnen waren. Warum sie Schlösser austauschten, per SMS Schluss machten, mit der besten Freundin schliefen. Alles nur, um der Diktatorin eine lange Nase zu drehen: Siehst du, mich kriegst du nicht klein, nee, mich nicht.

Aber ob das die Frauen wirklich tröstete?

Die Nacht war in neunundzwanzig Sprachen übersetzt worden. Sogar nach Belgien verkauft, wie Concierge

Rosalette zu vermelden gewusst hatte, und was die Belgier anging, nun ja, da hatte man als waschechter Franzose schließlich seine gesunden Vorurteile.

Vor sieben Wochen war Max Jordan in das Haus No. 27 in der Rue Montagnard gezogen. Gegenüber von den Goldenbergs in den Dritten. Noch hatte keiner seiner Fans, die ihn verfolgten mit Herzbriefchen, Anrufen und Lebensbeichten, Jordan aufgespürt. Sie tauschten sich sogar im Internet in einem *Die Nacht*-Wiki-Forum aus. Über seine Ex-Freundinnen (nicht bekannt, große Frage: Jordan noch Jungfrau?), exzentrischen Hobbys (Ohrenschützer tragen) und die möglichen Wohnadressen (Paris, Antibes, London).

Schon oft waren *Nacht*-Süchtige auf der Literarischen Apotheke gewesen. Sie hatten Ohrenschützer getragen und Monsieur Perdu bekniet, eine Lesung mit ihrem Idol zu veranstalten. Als Perdu das seinem neuen Nachbarn vorschlug, war der Einundzwanzigjährige wachsblass geworden. Lampenfieber, schätzte Perdu.

Jordan war für ihn ein junger Mann auf der Flucht. Ein Kind, ungefragt zum Literaten hochgeschrieben. Und sicher für viele auch ein Verräter der männlichen Gefühlsschlachten. Es gab sogar Hassforen im Web, in denen die anonymen Schreiber Jordans Roman auseinandernahmen, sich darüber lustig machten und dem Autor dasselbe nahelegten, was sein verzweifelter Protagonist in dem Roman tut, nachdem ihm klargeworden ist, dass er Liebe nie kontrollieren kann: Er stürzt sich von einem korsischen Felsen ins Meer.

Das Faszinierende an *Die Nacht* war für den Autor auch das Gefährliche: Er erzählte von männlichen Innenwelten, ehrlich wie nie ein Mann zuvor. Er zertrat alle Ideale und gewohnten Männerbilder der Literatur. Die vom »ganzen Kerl«, die vom »emotionsarmen Mann«, die vom »tüddeligen Alten« oder dem »einsamen Wolf«. »Männer sind auch nur Menschen« hatte eine feministische Zeitschrift entsprechend abgeklärt über Jordans Debüt getitelt.

Perdu imponierte, was Jordan gewagt hatte. Andererseits kam ihm der Roman vor wie eine Gazpacho, die beständig über den Suppenrand schwappte. Und sein Schöpfer war ebenso gefühlsflüssig und bar jedes Panzers, er war das Positivbild zu Perdus Negativ.

Perdu fragte sich, wie sich das wohl anfühlte, so intensiv zu empfinden und trotzdem zu überleben.

4

*P*erdu versorgte als Nächstes einen Engländer, der ihn fragte: »Ich habe hier neulich ein Buch mit grün-weißem Umschlag gesehen. Ist das schon übersetzt?« Perdu fand heraus, dass es sich um einen bereits siebzehn Jahre alten Klassiker handelte, den er ihm dann nicht verkaufte, sondern stattdessen einen Gedichtband. Anschließend half Perdu dem Paketboten, die Bücherwannen mit seinen Bestellungen von der Sackkarre auf das Schiff zu tragen, und dann noch der stets etwas gehetzten Lehrerin von der Grundschule auf dem anderen Seine-Ufer, ein paar aktuelle Kinderbücher zusammenzustellen.

Einem kleinen Mädchen schneuzte Perdu die Nase, die es in *Der goldene Kompass* gesteckt hatte. Ihrer überarbeiteten Mutter schrieb er eine Umsatzsteuererstattungsbescheinigung für das dreißigbändige Lexikon, das sie ihm auf Raten abkaufte.

Sie deutete auf ihre Tochter. »Dieses komische Kind will das Lexikon vollständig gelesen haben, bis es einundzwanzig ist. Gut, habe ich gesagt, sie bekommt die Enzypläd… Enzkopie … na ja, dieses Nachschlagewerk. Aber dann keine Geburtstagsgeschenke mehr. Und nichts zu Weihnachten.«

Perdu sah zu dem siebenjährigen Mädchen und nickte ihm zu. Die Kleine nickte ernst zurück.

»Finden Sie das normal?«, fragte die Mutter besorgt. »In diesem Alter?«

»Ich finde es mutig, klug und richtig.«

»Nicht, dass sie dann den Männern zu schlau ist.«

»Den Dummen bestimmt, Madame. Aber wer will die schon? Ein dummer Mann ist der Ruin jeder Frau.«

Die Mutter schaute überrascht von ihren ewig knetenden, geröteten Händen auf.

»Warum hat mir das keiner gesagt, früher?«, fragte sie mit einem kleinen Lächeln.

»Wissen Sie was?«, sagte Perdu. »Suchen Sie doch ein Buch aus, das Sie Ihrer Tochter zum Geburtstag schenken. Die Apotheke hat heute Rabatttag. Kaufe ein Lexikon und bekomme einen Roman dazu.«

»Aber meine Mutter wartet draußen auf uns.« Die Frau nahm ihm die Schwindelei gedankenlos ab und seufzte. »Maman will in ein Heim, sagt sie, und dass ich aufhören soll, mich um sie zu kümmern. Aber ich kann nicht. Könnten Sie das?«

»Ich schau mal nach Ihrer Mutter. Schauen Sie doch nach einem Geschenk, ja?«

Die Frau gehorchte mit einem dankbaren Lächeln.

Der Großmama des Mädchens brachte Perdu ein Glas Wasser auf den Quai. Sie traute sich nicht über die Gangway.

Perdu kannte das Misstrauen der Älteren, er hatte viele Kunden über siebzig, die er an Land beriet, dort auf der Parkbank, auf der die alte Dame nun auch saß. Je weiter das Leben voranschritt, desto vorsichtiger hüteten die Alten die guten Tage. Nichts sollte die Restzeit in Gefahr bringen. Deswegen fuhren sie nicht mehr fort, fällten die alten Bäume vor ihren Häusern, damit die ihnen nicht aufs Dach kippten, und taperten nicht mehr über den Fünf-Millimeter-Stahl einer Gangway über einen Fluss.

Perdu brachte der Großmutter auch eine magazingroße Büchervorschau, die sie als Fächer gegen die Sommerhitze verwendete. Die Ältere klopfte auffordernd neben sich.

Sie erinnerte Perdu an seine Mutter Lirabelle. Vielleicht waren es die Augen. Sie schauten wach und verständig. Also setzte er sich. Die Seine glitzerte, der Himmel wölbte sich blau und sommerlich über sie. Von der Place de la Concorde drangen Rauschen und Hupen herab, es gab keinen Moment der Stille. Nach dem vierzehnten Juli würde die Stadt ein wenig leerer werden, wenn sich die Pariser aufmachten, während der Sommerferien die Küsten und Gebirge zu besetzen. Trotzdem wäre die Stadt selbst dann noch laut und hungrig.

»Machen Sie das auch manchmal?«, fragte die Großmutter plötzlich. »Auf alten Fotos prüfen, ob den Gesichtern der Verstorbenen eine Ahnung anzumerken ist, dass sie bald sterben?«

Monsieur Perdu schüttelte den Kopf. »Nein.«

Die Frau öffnete mit bebenden Fingern voll brauner Jahresflecken ihr Halskettenamulett.

»Hier. Mein Mann. Das war zwei Wochen, bevor er umfiel. Und dann steht man da, als junge Frau, und hat plötzlich ein freies Zimmer.«

Sie fuhr mit dem Zeigefinger über das Bild ihres Ehemanns, stupste ihm zärtlich an die Nase.

»Wie gelassen er schaut. Als ob all seine Pläne Wirklichkeit werden könnten. Wir schauen in eine Kamera und denken, es geht alles immer weiter, aber dann ... *bonjour*, Ewigkeit.«

Sie schwieg. »Ich jedenfalls lasse mich nicht mehr fotografieren«, sagte sie. Sie hielt ihr Gesicht in die Sonne. »Haben Sie ein Buch über das Sterben?«

»Sogar sehr viele«, sagte Perdu. »Über das Altwerden, über das Unheilbarkrankwerden, über das langsame Sterben, das schnelle, das einsame irgendwo auf dem Boden eines Krankenhauszimmers.«

»Ich habe mich oft gefragt, warum nicht mehr Bücher übers Leben geschrieben werden. Sterben kann jeder. Aber leben?«

»Sie haben recht, Madame. Es gäbe so viel über das Leben zu erzählen. Leben mit Büchern, Leben mit Kindern, Leben für Anfänger.«

»Schreiben Sie doch eins.«

Als ob ich jemandem einen Rat darüber geben könnte.

»Ich würde lieber eine Enzyklopädie über Allerweltsgefühle schreiben«, gab er zu. »Von A wie ›Angst vor Anhaltern‹ über F wie ›Frühaufsteherstolz‹ bis Z wie ›Zehenschüchternheit oder die Sorge, dass die Füße die Verliebtheit des anderen sofort vernichten können‹.«

Perdu fragte sich, warum er das der Fremden erzählte.

Hätte er doch bloß das Zimmer nicht geöffnet.

Die Großmutter tätschelte sein Knie. Er zuckte kurz zusammen. Berührungen waren gefährlich.

»Gefühlsenzyklopädie«, wiederholte sie lächelnd. »Also, das mit den Zehen, das kenne ich. Ein Lexikon der Allerweltsgefühle ... Kennen Sie diesen Deutschen, Erich Kästner?«

Perdu nickte. Kästner hatte 1936, kurz bevor Europa in schwarzbrauner Düsternis versank, eine *Lyrische Hausapotheke* aus dem poetischen Arzneischrank seiner Werke herausgegeben. »Der vorliegende Band ist der Therapie des Privatlebens gewidmet«, schrieb der Dichter im Vorwort. »Er richtet sich, zumeist in homöopathischer Dosierung, gegen die kleinen und großen Schwierigkeiten der Existenz und dient der ›Behandlung des durchschnittlichen Innenlebens‹.«

»Kästner war ein Grund, warum ich mein Bücherschiff Literarische Apotheke nannte«, sagte Perdu. »Ich wollte Gefühle behandeln, die nicht als Leiden anerkannt sind und nie von Ärzten diagnostiziert werden. All diese kleinen Gefühle, Regungen, für die sich kein Therapeut interessiert, weil sie angeblich zu klein und zu unfassbar sind. Das Gefühl, wenn wieder ein Sommer zu Ende geht. Oder zu erkennen, nicht mehr ein ganzes Leben Zeit zu haben, um seinen Platz zu finden. Oder die kleine Trauer, wenn eine Freundschaft doch nicht in die Tiefe geht und man weitersuchen muss nach einem Lebensvertrauten. Oder die Schwermut am Morgen des Geburtstags. Heimweh nach der Luft seiner Kindheit. So etwas.«

Er erinnerte sich, dass seine Mutter ihm mal ein Leiden verraten hatte, das sie schmerzte, ohne dass es ein Gegenmittel gab. »Es gibt die Frauen, die einer anderen nur auf die Schuhe schauen, aber nie ins Gesicht. Und die anderen, die Frauen immer ins Gesicht schauen und nur selten auf die Schuhe.« Ihr waren die zweiten lieber, von den Ersteren fühlte sich Lirabelle gedemütigt und verkannt.

Um genau solche unerklärbaren, aber dennoch realen Leiden zu lindern, dafür hatte er das Schiff gekauft, das damals noch ein Frachtkahn war und ursprünglich Lulu hieß, hatte es eigenhändig umgebaut und mit Büchern gefüllt, die bei zahllosen unbestimmten Seelenkrankheiten die einzige Medizin waren.

»Schreiben Sie das doch. Gefühlsenzyklopädie für literarische Pharmazeuten.« Die alte Frau setzte sich gerade hin, wurde aufgeregter, lebhafter. »Fügen Sie Fremdvertrauen hinzu, unter F. Das seltsame Gefühl in Zügen, wenn man sich einem Unbekannten gegenüber weiter öffnet als je der eigenen Familie. Und Enkeltrost, unter E. Das ist das Gefühl, dass es weitergeht, das Leben.« Sie schwieg verträumt.

»Zehenschüchtern. Das war ich auch. Und gemocht … gemocht hat er meine Füße dann doch.«

Es ist ein Gerücht, dachte Perdu, als sich Großmutter, Mutter und das Mädchen von ihm verabschiedet hatten, dass sich Buchhändler um Bücher kümmern.

Sie kümmern sich um Menschen.

Als der Kundenstrom zur Mittagszeit nachließ – Essen war den Franzosen heiliger als der Staat, die Religion und das Geld zusammen –, fegte Perdu mit dem kräftigen Borstenbesen die Gangway und rührte dabei ein Nest Brückenspinnen auf. Dann sah er Kafka und Lindgren unter den Alleebäumen des Ufers auf ihn zuspazieren. Die beiden Straßenkatzen, die ihn täglich besuchten, hatte er so genannt, weil sie gewisse Vorlieben entwickelt hatten. Der graue Kater mit dem weißen Priesterkragen wetzte seine Krallen mit Genuss an den *Forschungen eines Hundes* von Franz Kafka, einer Fabel, in der die Menschenwelt aus Hundesicht gedeutet wird. Die rot-weiße Lindgren mit ihren langen Ohren indes lag gern bei den Büchern über Pippi Langstrumpf. Eine schöne Katze mit einem freundlichen Blick, die aus den Regaltiefen hervorlugte und jeden Besucher aufmerksam betrachtete. Manchmal taten Lindgren und Kafka Perdu den Gefallen, sich von einem der oberen Regalbretter ohne Vorwarnung auf einen Kunden der dritten Kategorie, die mit den Fettfingern, plumpsen zu lassen.

Die beiden belesenen Straßenkatzen warteten, bis sie sicher vor blinden großen Füßen an Bord kommen konnten. Dort strichen sie dem Buchhändler zärtlich maunzend um die Hosenbeine.

Monsieur Perdu stand ganz still. Kurz, nur sehr kurz, erlaubte er sich, seinen Abwehrpanzer zu öffnen: Er genoss die Wärme der Katzen. Ihre Weichheit. Er gab sich für Sekunden mit geschlossenen Augen der unendlich zarten Empfindung an seinen Waden hin.

Diese Beinahe-Liebkosungen waren die einzigen Berührungen in Monsieur Perdus Leben.

Die einzigen, die er zuließ.

Der kostbare Moment verging, als hinter der Regalwand, in der Perdu Bücher gegen die fünf Sorten Unglück der Großstadt (die Hektik, die Gleichgültigkeit, die Hitze, der Lärm und der – natürlich global anzuwenden – sadistische Busfahrer) einsortiert hatte, etwas einen infernalischen Hustenanfall bekam.

5

*D*ie Katzen huschten fort in das Dämmerlicht und suchten in der Kombüse nach der Dose mit Thunfisch, die Perdu ihnen schon bereitgestellt hatte.

»Hallo?«, rief Monsieur Perdu nun. »Kann ich Ihnen helfen?«

»Ich suche nichts«, röchelte Max Jordan.

Der Bestsellerautor trat zögernd hervor, in jeder seiner Hände eine Honigmelone. Auf dem Kopf klemmten die obligatorischen Ohrenschützer.

»Stehen Sie drei da schon lange, Monsieur Jordan?«, fragte Perdu gespielt streng.

Jordan nickte, die verlegene Röte kroch bis unter seine dunklen Haarspitzen.

»Ich kam, als Sie der Dame mein Buch nicht verkaufen wollten«, sagte er unglücklich.

Oh, oh. Das war eher schlechtes Timing.

»Finden Sie es denn so furchtbar?«

»Nein«, antwortete Perdu sofort. Jordan hätte das allerkleinste Zögern als »ja« gedeutet. Es war nicht nötig, ihm das anzutun. Außerdem fand Perdu das Buch ja wirklich nicht furchtbar.

»Aber wieso haben Sie gesagt, ich passe nicht zu ihr?«

»Monsieur ... äh ...«

»Nennen Sie mich doch Max.«

Das hieße, dass der Junge mich auch bei meinem Vornamen nennen kann.

Die Letzte, die es getan hatte, mit dieser schokoladen-warmen Stimme, war ***.

»Bleiben wir doch zunächst bei Monsieur Jordan, Monsieur Jordan, ja? Schauen Sie, ich verkaufe Bücher wie Medizin. Es gibt Bücher, die sind für eine Million Menschen verträglich. Manche nur für hundert. Es gibt sogar Arzneien, pardon: Bücher, die nur für einen einzigen Menschen geschrieben sind.«

»O Gott. Für einen? Nur einen einzigen? Und dafür all die Jahre Arbeit?«

»Aber ja, wenn es ein Leben rettet! Diese Kundin, die brauchte *Die Nacht* jetzt aber nicht. Sie hätte sie nicht vertragen. Zu starke Nebenwirkungen.«

Jordan überlegte. Betrachtete die Tausende Bücher in dem Frachter, in den Regalreihen, auf den Sesseln und Stapeln.

»Aber wie können Sie wissen, welches Problem die Leute haben und welche Nebenwirkungen entstehen?«

Tja. Wie sollte er Jordan klarmachen, dass er nicht genau wusste, *wie* er das machte?

Perdu benutzte Ohren, Augen und Instinkt. Er war fähig, bei jeder Seele in einem Gespräch herauszuhören, was ihr fehlte. An jedem Körper bis zu einem gewissen Grad abzulesen, an der Haltung, an der Bewegung, an den Gesten, welche Gefühle ihn beugten oder erdrückten. Und schließlich besaß er das, was sein Vater »Durchhörsicht« genannt hatte. »Du siehst und hörst durch das hinweg, womit sich die meisten Leute tarnen. Und dahinter siehst du alles, was sie sorgt, was sie erträumen und was ihnen fehlt.«

Jeder Mensch hatte Talente, und die »Durchhörsicht« war eben seines.

Einer seiner Stammkunden, der Therapeut Eric Lanson, der in der Nähe des Élysée-Palastes praktizierte und Regierungsbeamte betreute, hatte Perdu mal seine Eifersucht gestanden – auf seine »psychometrische Fähigkeit, die Seele treffsicherer zu vermessen als ein Therapeut mit dreißig Jahren Zuhör-Tinnitus.«

Lanson verbrachte jeden Freitagnachmittag in der Literarischen Apotheke. Er hatte einen lustvollen Hang zu Schwert-und-Drachen-Fantasy und versuchte, Perdu mit Psychoanalysen der Figuren ein Lächeln zu entlocken.

Lanson schickte auch Politiker und ihre überspannten Büroleute zu Monsieur Perdu – mit »Rezepten«, auf denen der Therapeut die Neurosen in einem belletristischen Code notierte: »kafkaesk mit einem Hauch Pynchon«, »Sherlock, ganz irrational« oder »ein prächtiges Potter-unter-der-Treppe-Syndrom«.

Es war eine Herausforderung für Perdu, Menschen (meist Männer), die mit Gier, Machtmissbrauch und stupider Büro-Sisyphosarbeit zu tun hatten, in das Leben mit Büchern einzuweihen. Und wie befriedigend war es, wenn einer dieser gepeinigten Ja-Maschinen den Job schmiss, der ihm bis dahin jedes Restchen Eigenheit geraubt hatte! Oft war ein Buch an der Befreiung beteiligt.

»Schauen Sie, Jordan«, versuchte Perdu es jetzt anders. »Ein Buch ist Mediziner und Medizin zugleich. Es stellt Diagnosen und ist Therapie. Die richtigen Romane mit den passenden Leiden zusammenzubringen: Das ist die Art, wie ich Bücher verkaufe.«

»Verstehe. Und mein Roman war der Zahnarzt, obwohl Madame eine Gynäkologin brauchte.«

»Äh … nein.«

»Nein?«

»Bücher sind natürlich nicht nur Ärzte. Es gibt Romane, die liebevolle Lebensbegleiter sind. Manche sind eine Ohrfeige. Andere eine Freundin, die einem das angewärmte Badehandtuch umlegt, wenn man im Herbst melancholisch ist. Und manche … tja. Manche sind rosafarbene Zuckerwatte, prickeln für drei Sekunden im Hirn und hinterlassen glückliches Nichts. Wie eine heiße, schnelle Affäre.«

»*Die Nacht* gehört also zu den One-Night-Stands der Literatur? Sie ist ein Flittchen?«

Verflucht. Mit Schriftstellern sollte man nicht über andere Bücher reden, alte Buchhändlerregel.

»Nein. Bücher sind wie Menschen, Menschen sind wie Bücher. Ich sag Ihnen, wie ich es mache. Ich frage mich: Ist er oder sie die Hauptfigur ihres eigenen Lebens? Was ist ihr Motiv? Oder ist sie eine Nebenfigur in ihrer eigenen Geschichte? Ist sie dabei, sich selbst aus der eigenen Story wegzukürzen, weil ihr der Mann, der Beruf, die Kinder, der Job ihren ganzen Text auffrisst?«

Max Jordans Augen wurden größer.

»Ich habe ungefähr dreißigtausend Geschichten im Kopf, das ist nicht sehr viel, wissen Sie, bei über einer Million lieferbarer Titel allein in Frankreich. Die hilfreichsten achttausend Werke habe ich hier, als Notapotheke, aber ich stelle auch Kuren zusammen. Ich mische sozusagen eine Arznei aus Buchstaben: das Kochbuch mit den Rezepten, die sich lesen wie ein wunderbarer Familiensonntag. Ein Roman, bei dem die Heldin der Leserin ähnelt, Lyrik, die die Tränen fließen lässt, die sonst vergiften, wenn man sie schluckt. Ich höre zu, mit …«

Perdu zeigte auf seinen Solarplexus.

»Und darauf höre ich auch.« Er rubbelte über seinen Hinterkopf. »Und hierauf.« Jetzt zeigte er auf die zarte Stelle über seiner Oberlippe. Wenn es da kribbelte …

»Also, das kann man doch nicht …«

»Und ob man das kann.« Er vermochte es für 99,99 Prozent aller Menschen.

Aber es gab auch einige, die konnte Perdu nicht so durchhörschauen.

Sich selbst, zum Beispiel.

Das braucht Monsieur Jordan aber nicht gleich zu wissen.

Während Perdu auf Jordan eingeredet hatte, war ein gefährlicher Gedanke wie nebenbei zu ihm nach vorn und in sein Bewusstsein spaziert.

Ich hätte gern einen Jungen gehabt. Mit ***. Mit ihr hätte ich alles gern gehabt.

Perdu schnappte nach Luft.

Seit er das verbotene Zimmer geöffnet hatte, verschob sich etwas. Es ging ein Riss durch sein Panzerglas, mehrere haarfeine Risse, und es würde alles auseinanderbrechen, wenn er sich nicht wieder fing.

»Sie sehen gerade sehr … atmungsinaktiv aus«, hörte Perdu Max Jordans Stimme. »Ich wollte Sie nicht beleidigen, ich möchte nur wissen, was machen die Leute, denen Sie sagen: Ich verkaufe Ihnen das nicht, Sie passen nicht zueinander.«

»Die? Die gehen. Und Sie? Was macht Ihr nächstes Manuskript, Monsieur Jordan?«

Der junge Schriftsteller ließ sich mit seinen Melonen in einen der von Bücherstapeln umrahmten Sessel fallen.

»Nichts. Keine Zeile.«

»Oh. Und wann müssen Sie abgeben?«

»Vor einem halben Jahr.«

»Oh. Und was sagt der Verlag dazu?«

»Meine Verlegerin weiß ja nicht, wo ich bin. Niemand weiß es. Niemand darf es erfahren. Ich kann nämlich nicht mehr. Ich kann nicht mehr schreiben.«

»Oh.«

Jordan lehnte seine Stirn an die Melonen.

»Was machen *Sie,* wenn Sie nicht mehr weiterkönnen, Monsieur Perdu?«, fragte er matt.

»Ich? Nichts.«

Fast nichts.

Ich laufe nachts durch Paris, bis ich müde bin. Ich putze Lulus Motor, die Außenwände, die Fenster und halte das Schiff fahrbereit bis zur letzten Schraube, obwohl es sich seit zwei Jahrzehnten nicht fortbewegt.

Ich lese Bücher, zwanzig gleichzeitig. Überall, auf dem WC, in der Küche, im Bistro, in der Metro. Ich lege Puzzles so groß wie Zimmerböden, zerstöre sie, wenn ich fertig bin, und fange noch einmal an. Ich füttere herrenlose Katzen. Ich ordne Lebensmittel nach dem Alphabet. Ich nehme manchmal Tabletten zum Schlafen. Ich nehme Rilke zum Aufwachen. Ich lese keine Bücher, in denen Frauen wie *** vorkommen. Ich versteinere. Ich mache weiter. Jeden Tag dasselbe. Nur so überlebe ich. Aber sonst, nein, sonst mache ich nichts.

Perdu gab sich einen Ruck. Der Junge hatte um Hilfe gebeten. Er wollte nicht wissen, wie es Perdu ging. Also los.

Der Buchhändler holte aus dem kleinen nostalgischen Tresor hinter dem Tresen seinen Schatz hervor.

Sanarys *Südlichter.*

Das einzige Buch, das Sanary verfasst hatte. Zumindest unter diesem Namen. »Sanary« – nach dem einstigen Exil der Schriftstellerinnen und Schriftsteller Sanary-sur-mer an der provenzalischen Südküste – war ein geschlossenes Pseudonym.

Sein – oder ihr? – Verleger Duprés saß in einem Seniorenheim, draußen in Île-de-France, mit Alzheimer und sonnigem Gemüt. Duprés hatte Perdu bei dessen Besuchen zwei Dutzend verschiedene Geschichten aufgetischt, wer Sanary sei und wie das Manuskript in seinen Besitz gekommen war.

Also recherchierte Monsieur Perdu weiter.

Seit zwei Jahrzehnten analysierte er Sprachtempo, Wortwahl und Satzrhythmus, verglich Stil und Sujet mit anderen Autorinnen und Autoren. Perdu hatte es auf zwölf mögliche Namen gebracht: sieben Frauen, fünf Männer.

Er hätte sich gern bei einem von ihnen bedanken wollen. Denn Sanarys *Südlichter* war das Einzige, was ihn berührte, ohne ihn zu verletzen. *Südlichter* zu lesen war eine homöopathische Dosis Glück. Es war die einzige Sanftheit, die Perdus Schmerzen linderte, ein kühler kleiner Bach auf der verbrannten Erde seiner Seele.

Es war kein Roman im klassischen Sinne, sondern eine kleine Geschichte über die verschiedenen Arten der Liebe. Mit wundersamen, erfundenen Worten und durchdrungen von einer großen Lebensfreundlichkeit. Die Melancholie, in der darin von der Unfähigkeit erzählt wurde, jeden Tag wirklich zu leben, jeden Tag als das zu begreifen, was er war, nämlich einzigartig, unwiederholbar und kostbar – oh, diese Schwermut war ihm so vertraut.

Nun reichte er Jordan seine letzte Ausgabe.

»Lesen Sie das. Drei Seiten, jeden Morgen, im Liegen vor dem Frühstück. Es soll das Erste sein, das in Sie eindringt.

Nach ein paar Wochen werden Sie sich nicht mehr so wund fühlen. Nicht mehr so, als müssten Sie mit Ihrer Schreibblockade Buße tun, nur weil Sie Erfolg hatten.«

Max sah ihn durch die Melonen erschrocken an. Dann platzte es aus ihm heraus: »Woher wissen Sie das? Ich kann das Geld und diese verfluchte Hitze des Erfolgs wirklich nicht ertragen! Ich wünschte, es wäre alles nicht passiert. Wer etwas kann, wird eh gehasst, aber nicht geliebt.«

»Max Jordan, wenn ich Ihr Vater wäre, würde ich Sie jetzt übers Knie legen für diese dummen Worte. Es ist gut, dass Ihr Buch passiert ist, und es hat jeden Erfolg verdient, jeden einzelnen hart erkämpften Cent.«

Jordan glühte auf einmal vor stolzer, verlegener Freude.

Was? Was habe ich gesagt? ›Wenn ich Ihr Vater wäre‹.

Max Jordan hielt Perdu feierlich die Honigmelonen hin. Sie dufteten. Ein gefährlicher Geruch. Sehr nahe dran an einem Sommer mit ***.

»Essen wir zu Mittag?«, fragte der Schriftsteller.

Der Kerl mit den Ohrenschützern ging ihm zwar auf die Nerven, aber er hatte schon lange nicht mehr mit jemandem zusammen gegessen.

Und *** hätte ihn gemocht.

Als sie die Melonen in Stücke geschnitten hatten, hörten sie schicke Absätze auf der Gangway klappern.

Dann stand die Kundin vom Morgen in der Kombüsentür. Ihre Augen waren verweint, aber ihr Blick war klar.

»Einverstanden«, sagte sie. »Her mit diesen Büchern, die nett zu mir sind, und scheiß was auf die Typen, denen ich egal bin.«

Max blieb der Mund offen stehen.

6

Perdu rollte die Ärmel seines weißen Hemdes hoch, kontrollierte den Sitz seiner schwarzen Krawatte, zückte seine Lesebrille, die er seit neuestem benötigte, und geleitete die Kundin mit einer ehrerbietigen Geste zu dem Herz seiner literarischen Welt: den Lesesessel mit Fußbank und Blick auf den Eiffelturm durch die zwei Meter hohe und vier Meter breite Fensterfront. Natürlich auch mit einem Abstelltischchen für Handtaschen – Monsieur Perdus Mutter Lirabelle hatte ihn gestiftet. Und daneben ein altes Klavier, das Perdu zweimal im Jahr stimmen ließ, obgleich er selbst nicht spielen konnte.

Perdu stellte der Kundin, sie hieß Anna, einige Fragen. Beruf, morgendliche Abläufe, das Lieblingstier ihrer Kindheit, Alpträume der letzten Jahre, zuletzt gelesene Bücher … Und ob ihre Mutter ihr gesagt hatte, was sie anziehen soll.

Fragen, die intim, aber nicht zu intim waren. Es galt, diese Fragen zu stellen und dann eisern zu schweigen. Schweigend zuhören war die Basis für die Grundvermessung der Seele.

Anna arbeitete in der Fernsehwerbung, erzählte sie.

»In einer Agentur mit Kerlen jenseits des Haltbarkeitsdatums, die Frauen mit einer Kreuzung aus Espressomaschine und Sofa verwechseln.« Sie stellte sich jeden Morgen drei Wecker, um sich aus ihrem brachialen Tiefschlaf zu lösen. Und duschte heiß, um sich vorzuwärmen für die Kälte des Tages.

Sie hatte als Kind eine Vorliebe für Plumploris gehabt,

eine geradezu aufreizend bequeme Kleinaffenart mit ständig feuchter Nase.

Anna trug als Kind am liebsten kurze, rote Lederhosen, was ihre Mutter entsetzte. Sie träumte häufig, nur mit einem Unterhemd bekleidet vor wichtigen Männern im Treibsand zu versinken. Und alle, alle wollten nur ihr Hemdchen, aber keiner half ihr aus der Grube.

»Keiner hat mir je geholfen«, wiederholte sie für sich, leise und bitter. Mit glänzenden Augen sah sie zu Perdu. »Nun?«, sagte sie, »wie blöde bin ich?«

»Nicht sehr«, antwortete er.

Wirklich gelesen hatte Anna zuletzt, als sie Studentin war. José Saramagos *Die Stadt der Blinden*. Es hatte sie ratlos zurückgelassen.

»Kein Wunder«, sagte Perdu. »Das Buch ist keins für jene, die das Leben beginnen. Sondern für die in der Mitte ihrer Jahre. Die sich fragen, wo zum Teufel die erste Hälfte eigentlich hin ist. Die aufblicken von ihren Fußspitzen, die sie emsig voreinander gesetzt haben, ohne zu schauen, wohin sie eigentlich so fleißig und brav rennen. Blind, obwohl sie sehen können. Erst die Lebensblinden brauchen Saramagos Fabel. Sie, Anna, Sie können noch sehen.«

Später hatte Anna nicht mehr gelesen. Sondern gearbeitet. Zu viel, zu lang, sie schichtete immer mehr Erschöpfung in sich auf. Bis heute hatte sie es nicht geschafft, auch nur einmal einen Mann in einer Werbung für Putzmittel oder Babywindeln unterzubringen.

»Die Werbung ist die letzte Bastion der Patriarchen«, teilte sie Perdu und dem andächtig lauschenden Jordan mit, »noch vor dem Militär. Nur in der Reklame ist die Welt noch in Ordnung.«

Nach all diesen Bekenntnissen lehnte sie sich zurück.

»Und?«, fragte ihr Gesichtsausdruck. »Bin ich heilbar? Sagen Sie mir die schonungslose Wahrheit.«

Ihre Antworten beeinflussten Perdus Buchauswahl nicht im Geringsten. Sie sollten ihn allein mit Annas Stimme, ihrer Stimmhöhe und ihren Sprechgewohnheiten vertraut machen.

Perdu sammelte jene Wörter, die im Strom der Allgemeinphrasen leuchtend auftauchten. Die Leuchtwörter waren es, die offenbarten, wie diese Frau das Leben sah und roch und fühlte. Was sie wirklich für wichtig hielt, was sie beschäftigte und wie es ihr zurzeit ging. Was sie verstecken wollte, unter vielem Wortgewölk. Schmerzen und Sehnsucht.

Monsieur Perdu angelte diese Worte heraus. Anna sagte häufig: »Das war so nicht geplant« und »Damit habe ich nicht gerechnet«. Sie redete von »zahllosen« Versuchen und »Alpträumen hoch zwei«. Sie lebte in der Mathematik, einer Kulturtechnik, die Irrationalität und Einschätzungen verdrängte. Sie verbot sich, intuitiv zu urteilen und das Unmögliche für möglich zu halten.

Aber das war nur der eine Teil, den Perdu erlauschte und sich merkte: das, was die Seele unglücklich machte. Dann gab es noch den zweiten Teil. Das, was die Seele glücklich machte. Monsieur Perdu wusste, dass die Beschaffenheit der Dinge, die ein Mensch liebt, seine Sprache ebenso einfärbt.

Madame Bernard, die Hausherrin der No. 27, übertrug ihre Leidenschaft für Stoffe auf Häuser und Personen: »Manieren wie ein schlecht gebügeltes Polyesterhemd« war einer ihrer beliebten Sätze. Die Pianistin, Clara

Violette, drückte sich in Musik aus: »Die Kleine von den Goldenbergs besetzt im Leben ihrer Mutter nur die dritte Bratsche.« Der Lebensmittelhändler Goldenberg sah die Welt in Geschmacksempfindungen, sprach von einem Charakter als »verfault«, einer Beförderung als »überreif«. Seine Kleine, Brigitte, die »dritte Bratsche«, liebte das Meer, den Magnet der Empfindsamen. Die Vierzehnjährige, eine Frühschönheit, hatte Max Jordan mit »dem Blick von Cassis auf das Meer« verglichen, »tief und fern«. Natürlich war die dritte Bratsche in den Schriftsteller verliebt. Bis vor kurzem hatte Brigitte ein Junge sein wollen. Aber nun wollte sie dringend eine Frau werden.

Perdu versprach sich selbst, Brigitte bald ein Buch mitzubringen, das ihr eine Rettungsinsel im Meer der ersten Liebe sein konnte.

»Bitten Sie eigentlich oft um Entschuldigung?«, fragte Perdu Anna nun. Frauen fühlten sich immer schuldiger, als sie waren.

»Meinen Sie: Entschuldige, ich habe noch nicht ausgeredet? Oder eher: Entschuldige, dass ich in dich verliebt bin und dir nur Schwierigkeiten machen werde?«

»Beides. Jede Sorte Bitte um Ent-Schuldigung. Es kann sein, dass Sie sich damit angewöhnt haben, sich für alles schuldig zu fühlen, was Sie sind. Oft prägen nicht wir die Worte, sondern die Worte, die wir häufig benutzen, prägen uns.«

»Sie sind ein seltsamer Buchhändler, wissen Sie das?«

»Ja. Das weiß ich, Mademoiselle Anna.«

Monsieur Perdu ließ Jordan Dutzende Bücher aus der »Bibliothek der Gefühle« anschleppen.

»Hier, meine Liebe. Romane für den Eigensinn, Sachbücher für das Umdenken, Gedichte für die Würde.« Bücher über das Träumen, über das Sterben, über die Liebe und über das Leben als Künstlerin. Er legte ihr mystische Balladen zu Füßen, alte, rauhe Geschichten über Abgründe, Stürze, Gefahren und Verrat. Bald war Anna von Stapeln Literatur umgeben wie sonst eine Frau im Schuhladen von Kartons.

Perdu wollte, dass sich Anna wie in einem Nest fühlte. Dass sie sich der Unendlichkeit bewusst wurde, die Bücher boten. Es würden immer genug da sein. Sie würden nie aufhören, einen Leser, eine Leserin zu lieben. Sie waren das Verlässliche in allem, was unberechenbar war. Im Leben. In der Liebe. Nach dem Tod.

Als dann noch Lindgren mit einem kühnen Sprung auf Annas Schoß landete und es sich, Pfote über Pfote, schnurrend auf ihr bequem machte, lehnte sich die überarbeitete, unglücklich verliebte, ständig schuldbewusste Werbefrau zurück. Ihre hochgezogenen Schultern lockerten sich, ihre in den Fäusten versteckten Daumen kamen hervor. Ihr Gesicht entspannte sich.

Sie las.

Monsieur Perdu beobachtete, wie ihr das, was sie las, von innen heraus Kontur verlieh. Er sah, dass Anna einen Resonanzboden in sich entdeckte, der auf Worte reagierte. Sie war die Geige, die lernte, sich selbst zu spielen.

Monsieur Perdu erkannte Annas kleines Glück, und etwas krampfte sich in seiner Brust zusammen.

Gibt es denn kein Buch, das mich *lehrt, das Lebenslied zu spielen?*

7

Als Monsieur Perdu seine Schritte in die Rue Montagnard lenkte, fragte er sich, wie Catherine diese heiterstille Straße inmitten des hektischen Marais wohl empfand. »Catherine«, murmelte Perdu. »Ca-the-rine.« Es war ganz leicht, ihren Namen auszusprechen.

Wirklich erstaunlich.

War die No. 27 ein ungeliebtes Exil? Sah sie die Welt durch den Makel, den ihr Mann ihr angehängt hatte, durch das »Ich will dich nicht mehr«?

In diese Gegend verirrte sich nur selten jemand, der hier nicht wohnte. Die Häuser waren nicht höher als fünf Stockwerke, und jedes besaß eine andersfarbige Fassade in Pastelltönen.

Auf der Rue Montagnard abwärts flankierten ein Friseur, ein Bäcker, die Weinhändlerin und der algerische Tabakverkäufer die Straße. Der Rest bestand aus Wohnungen, Praxen und Büros, bis zum Wendekreisel.

Dort thronte das Ti Breizh, ein bretonisches Bistro mit roter Markise, dessen *Galettes* zart und würzig waren.

Monsieur Perdu legte nun dem Kellner Thierry ein E-Book-Lesegerät hin, das ihm ein hektischer Verlagsvertreter dagelassen hatte. Für Vielleser wie Thierry, der seine Nase sogar zwischen zwei Bestellungen in ein Buch steckte und sich einen krummen Rücken vom Bücherschleppen geholt hatte (»Ich kann nur atmen, wenn ich lese, Perdu«), waren diese Geräte die Erfindung des Jahrhunderts. Für Buchhändler ein weiterer Sargnagel.

Thierry lud Perdu zu einem Lambig, dem bretonischen Apfelbrand, ein.

»Heute nicht«, wehrte Perdu ab. Er sagte das jedes Mal. Perdu trank keinen Alkohol. Nicht mehr.

Denn wenn er trank, öffnete er mit jedem Schluck die Staumauer, an die sich ein schäumender See von Gedanken und Gefühlen presste, ein Stück weiter. Er wusste das, er hatte das Trinken damals probiert. Es war die Zeit der zerbrochenen Möbel gewesen.

Heute aber hatte er einen außergewöhnlichen Grund, Thierrys Einladung auszuschlagen: Er wollte Madame Catherine, die ehemalige Le P., so schnell wie möglich die »Bücher zum Weinen« bringen.

Neben dem Ti Breizh ragte die grün-weiße Markise des Lebensmittelhändlers Joshua Goldenberg hervor. Als Goldenberg ihn kommen sah, stellte er sich Perdu in den Weg.

»Monsieur Perdu, sagen Sie ...«, begann Goldenberg verlegen.

O nein. Er wird doch jetzt nicht nach Softpornos fragen?

»Es geht um Brigitte. Ich glaube, das Mädchen wird zur, tja, äh, zur Frau. Und das bringt ja gewisse Probleme. Sie wissen, was ich meine? Haben Sie dagegen ein Buch?«

Zum Glück wurde es kein Von-Mann-zu-Mann-Gespräch über Einhandliteratur. Es ging nur um einen weiteren Vater, der an der Pubertät seiner Tochter verzweifelte und sich fragte, wie er die Sache mit der Aufklärung erledigen konnte, bevor sie auf den falschen Mann traf.

»Kommen Sie doch mal zur Elternsprechstunde.«

»Ich weiß nicht, also, vielleicht sollte eher meine Frau ...?«

»Gut, dann kommen Sie beide. Erster Mittwochabend im Monat, zwanzig Uhr. Sie beide könnten danach noch etwas essen gehen.«

»Ich? Mit meiner Frau? Aber wieso das denn?«

»Sie würde sich vermutlich freuen.«

Monsieur Perdu ging weiter, bevor Goldenberg einen Rückzieher machen konnte.

Das wird er ja sowieso.

Natürlich würden am Ende bei der Sprechstunde nur Mütter sitzen – und nicht über die Aufklärung ihres geschlechtsreifen Nachwuchses reden. Die meisten wünschten sich Aufklärungsbücher für Männer, die den Herren vermittelten, wo bei Frauen eigentlich oben und unten ist.

Perdu gab den Code an der Haupttür ein und öffnete. Er war noch keinen Meter weit gekommen, da kullerte Madame Rosalette mit ihrem Mops unter dem Arm aus ihrer Concierge-Loge. Mops Edith klebte missmutig unter Rosalettes voluminösem Busen.

»Monsieur Perdu, endlich sind Sie da!«

»Eine neue Haarfarbe, Madame?«, fragte er, während er den Liftknopf drückte.

Ihre vom Putzen gerötete Hand flog an ihren Haarpuff. »Spanish-rosé. Nur eine Nuance dunkler als Sherry-brut. Aber doch eleganter, meine ich. Wie Sie das immer merken! Aber, Monsieur, ich muss Ihnen etwas gestehen.«

Sie ließ ihre Lider flattern. Der Mops hechelte dazu.

»Wenn es ein Geheimnis ist, werde ich es sofort wieder vergessen, Madame.«

Rosalette besaß eine chronologische Ader. Sie liebte es, die Neurosen, Intimitäten und Gewohnheiten ihrer

Mitmenschen zu beobachten, auf der Skala des Anstands zu kartographieren und ihre Ansichten kundig an die anderen Mitmenschen weiterzureichen. Darin war sie großzügig.

»Ach, Sie! Und das geht mich ja auch gar nichts an, ob Madame Gulliver mit diesen jungen Männern glücklich wird. Nein, nein. Es ist … da war … nun ja … ein Buch.«

Perdu drückte erneut auf den Liftknopf.

»Und dieses Buch haben Sie bei einem anderen Buchhändler gekauft? Verziehen, Madame Rosalette, verziehen.«

»Nein. Schlimmer. Aus einer Bücherkiste am Montmartre gefischt, für sagenhafte fünfzig Cent. Aber Sie selbst haben gesagt, wenn ein Buch älter als zwanzig Jahre ist, darf ich dafür nur ein paar Centimes ausgeben und es aus einer Kiste vor dem Ofen retten.«

»Sicher. Das sagte ich.«

Was ist eigentlich mit diesem treulosen Lift los?

Jetzt beugte sich Rosalette vor, und ihr Kaffee-Cognac-Atmen vermischte sich mit dem ihres Hundes.

»Aber das hätte ich mal lieber nicht gemacht. Diese Kakerlakengeschichte, furchtbar! Wie die Mutter ihren eigenen Sohn mit dem Besen jagte, grässlich. Ich habe tagelang einen Putzfimmel gehabt. Ist das normal bei diesem Monsieur Kafka?«

»Sie haben es erfasst, Madame. Andere müssen dafür jahrzehntelang studieren.«

Madame Rosalette lächelte verständnislos, aber beglückt.

»Ach ja, und der Lift ist defekt. Er hängt mal wieder zwischen den Goldenbergs und Madame Gulliver.«

Das hieß, der Sommer würde noch heute Nacht kommen. Er kam immer, wenn der Lift stecken blieb.

Perdu nahm die Treppe, stets zwei der bunten Stufen mit den bretonischen, mexikanischen und portugiesischen Kacheln auf einmal. Madame Bernard, die Hausbesitzerin, liebte Muster; sie waren für sie die »Schuhe des Hauses, und wie bei einer Dame schließt man von den Schuhen auf den Charakter.«

Unter diesem Gesichtspunkt konnte der nächstbeste Einbrecher von den Treppen im Haus der Rue Montagnard No. 27 darauf schließen, dass es sich um ein Geschöpf mit spektakulären Launen handelte.

Perdu kam fast bis zum ersten Stock. Dann schob sich ihm oben auf dem Treppenabsatz resolut ein Paar maisgelber Pantoletten mit Federbüscheln auf den Zehenriemen in den Blick.

Im ersten Stock, über Madame Rosalette, residierte Che, der blinde Podologe. Er begleitete oft Madame Bomme (ebenfalls erster Stock, gegenüber) zum Einkauf bei dem jüdischen Kaufmann Goldenberg (dritter Stock) und trug der Bomme, ehemalige Sekretärin eines berühmten Kartenlegers, die Tasche. So schoben sie sich über das Trottoir: der Blinde untergehakt bei der alten Dame mit Rollator. Begleitet wurde das Duo oft von Kofi.

Kofi – was auf Akan »Freitag« bedeutete – war eines Tages aus den Banlieues in die No. 27 gekommen. Er war tiefschwarz, trug Goldketten über seinen Hiphop-Kapuzenshirts und einen Kreolen-Ohrring. Ein schöner Junge, »eine Mischung aus Grace Jones und jungem Jaguar«, fand Madame Bomme. Kofi trug oft ihre weiße Chanel-Handtasche und war Ziel von misstrauischen Blicken. Er erledigte Hausmeisterarbeiten oder fertigte Rohlederfiguren an und bemalte sie mit Symbolen, die keiner aus dem Haus verstand.

Aber es war weder Che noch Kofi und auch nicht Madame Bommes Rollator, der sich Perdu in den Weg schob.

»Ach, Monsieur, wie schön, dass ich Sie sehe! Hören Sie, das war ja ein wahnsinnig spannendes Buch über diesen Dorian Gray. Wie nett, ihn mir zu empfehlen, weil *Glühendes Verlangen* gerade aus war.«

»Freut mich, Madame Gulliver.«

»Ach, nennen Sie mich doch endlich Claudine. Oder wenigstens Mademoiselle, ich bin da nicht so. Also, für den Gray hab ich nur zwei Stunden gebraucht, so amüsant war es. Aber ich hätte mir an Dorians Stelle niemals dieses Bild angeschaut, das ist ja deprimierend. Und Botox gab es wohl nicht.«

»Madame Gulliver, Oscar Wilde hat über sechs Jahre daran geschrieben, er wurde wegen dieses Werks verurteilt und starb wenige Zeit später. Hätte er nicht ein wenig mehr verdient als nur zwei Stunden Ihrer Zeit?«

»Ach, papperlapapp, davon wird er auch nicht mehr froh.«

Claudine Gulliver. Eine unverheiratete Mittvierzigerin mit rubenshaften Ausmaßen, Protokollantin in einem großen Auktionshaus. Sie hatte täglich mit viel zu reichen, viel zu gierigen Sammlern zu tun. Eine eigene Art der Spezies Mensch. Madame Gulliver sammelte ebenfalls Kunstwerke, vorwiegend solche mit Absätzen und in Papageienfarben. Ihre Pantolettensammlung umfasste einhundertsechsundsiebzig Paar und wohnte in einem eigenen Zimmer.

Eines von Madame Gullivers Hobbys bestand darin, Monsieur Perdu aufzulauern und ihn zu einem ihrer

Ausflüge einzuladen, von ihrem neuesten Fortbildungs-
kurs zu erzählen oder von den Restaurants, die in Paris
täglich neu eröffnet wurden. Madame Gullivers zweites
Hobby waren Romane, in denen sich die Heldinnen an
die breite Brust eines Schurken pressten und sich so lan-
ge sträubten, bis er sie mannhaft über… tja, …mannte.
Nun zwitscherte sie: »Sagen Sie, kommen Sie heute
Abend mit zu …«
»Nein, das möchte ich lieber nicht.«
»Nun hören Sie doch erst mal zu! Zum Dachboden-
Fest an der Sorbonne. Lauter langbeinige Kunststuden-
tinnen, die nach dem Examen ihre Wohngemeinschaf-
ten auflösen und Bücher, Möbel und, wer weiß, ihre
Liebhaber zum Trödel geben.«
Die Gulliver ließ ihre Augenbrauen kokett nach oben
wandern. »Na?«
Er stellte sich vor, wie junge Männer neben Standuhren
und Kisten voller Taschenbücher kauerten, mit einem
Zettel am Kopf: »Einmal gebraucht, wie neu, kaum Spu-
ren. Herz geringfügig renovierungsbedürftig.« Oder
auch: »Aus dritter Hand, Grundfunktionen intakt.«
»Das möchte ich wirklich ganz und gar nicht.«
Madame Gulliver seufzte tief auf.
»Herrje. Sie möchten nie etwas, ist Ihnen das schon mal
aufgefallen?«
»Das ist …«
Wahr.
»… nicht gegen Sie gerichtet. Wirklich nicht. Sie sind
bezaubernd, mutig und … äh …«
Ja, er mochte die Gulliver auf eine Art. Sie nahm sich
das Leben mit vollen Händen. Mehr, als sie vermutlich
brauchte.

»Und sehr nachbarschaftlich.«

Himmel. Er war dermaßen aus der Übung, einem weiblichen Wesen etwas Nettes zu sagen! Madame Gulliver begann, hüftenschwingend die Treppe abwärtszustöckeln. Klack-schlapp, klack-schlapp machten ihre maisgelben Pantoletten. Als sie auf seiner Höhe war, hob sie ihre Hand. Sie bemerkte, dass Perdu zurückwich, als sie ihn am kräftigen Oberarm berühren wollte, und legte ihre Hand resigniert auf das Treppengeländer.

»Wir werden beide nicht jünger, Monsieur«, sagte sie leise und rauh. »Unsere zweite Hälfte hat längst begonnen.«

Klack-schlapp, klack-schlapp.

Unwillkürlich griff sich Perdu ins Haar, dort, am Hinterkopf, wo viele Männer diese demütigende Tonsur bekamen. Noch war's bei ihm nicht so weit. Ja, er war fünfzig. Keine dreißig. Das dunkle Haar war silberner. Das Gesicht schraffierter. Der Bauch … Er zog ihn ein. Ging noch. Die Hüfte machte ihm Sorgen; es wurde jedes Jahr eine kleine Schicht mehr. Und er konnte auch nicht mehr zwei Bücherwannen auf einmal tragen, verflucht. Aber das alles war irrelevant; Frauen taxierten ihn nicht mehr – bis auf Madame Gulliver, aber die sah jeden Mann so an, als möglichen Liebhaber.

Er schielte nach oben, ob jetzt noch Madame Bomme ihn auf dem Treppenabsatz in eine Diskussion verwickeln würde. Über Anaïs Nin und ihre sexuellen Obsessionen, lautstark, weil sie ihr Hörgerät in einer Pralinenschachtel verlegt hatte.

Perdu hatte einen Leseclub für die Bomme und die Witwen aus der Rue Montagnard organisiert, die so gut wie nie von ihren Kindern und Enkeln besucht wurden und vor ihren Fernsehern vertrockneten. Sie liebten Bücher; mehr noch war die Literatur allerdings ein Vorwand, um aus der Wohnung zu kommen und sich reihum dem Studium kolorierter Damenliköre zu widmen.

Meist votierten die Damen für erotische Werke. Perdu steckte diese Literatur bei Lieferung in diskretere Schutzumschläge: *Flora der Alpen* für *Das sexuelle Leben der Catherine M., Provenzalische Strickmuster* für Duras' *Der Liebhaber, Marmeladenrezepte aus York* für Anaïs Nin und *Das Delta der Venus*. Die Likörforscherinnen wussten die Tarnung zu schätzen – schließlich kannten die Witwen ihre Anverwandten, die Lesen als exzentrisches Hobby von Leuten verstanden, die sich fürs Fernsehen zu fein waren, und Erotik unnatürlich bei Damen über sechzig.

Doch kein Rollator schob sich ihm in den Weg.

Im zweiten Stock wohnte die Pianistin Clara Violette. Perdu vernahm sie Czerny-Läufe üben. Sogar Tonleitern hörten sich unter ihren Fingern brillant an.

Sie zählte zu den fünf besten Pianistinnen der Welt. Aber da sie es nicht ertragen konnte, wenn jemand mit ihr im selben Raum war, während sie spielte, blieb ihr der Ruhm versagt. Im Sommer gab sie Balkonkonzerte. Dann öffnete sie jedes Fenster, und Perdu schob ihren Pleyel-Flügel neben die Balkontür und positionierte ein Mikrofon unter dem Instrument. Dann spielte Clara, zwei Stunden lang. Die Bewohner der No. 27 saßen auf den Stufen vor dem Haus oder stellten Klappstühle auf den Bürgersteig, Fremde drängten sich im Ti Breizh an den Tischen. Wenn Clara nach dem Konzert auf ihren Balkon rollte und sich, schüchtern nickend, verbeugte, dann applaudierte ihr schier eine halbe Kleinstadt.

Perdu brachte den restlichen Weg nach oben ungestört hinter sich. Als er den vierten Stock erreichte, sah er, dass der Tisch verschwunden war; vielleicht hatte Kofi Catherine geholfen.

Er klopfte an ihre grüne Tür und bemerkte, dass er sich darauf gefreut hatte, es zu tun.

»Hallo«, flüsterte er. »Ich habe Bücher mitgebracht.«

Er lehnte die Papiertüte an die Tür.

Als Perdu sich aufrichtete, öffnete Catherine.

Blondes kurzes Haar, der perlgraue Blick unter zarten Augenbrauen misstrauisch und doch weich. Sie ging barfuß und trug ein Kleid mit einem Ausschnitt, der nur ihre Schlüsselbeine sehen ließ. Sie hielt ein Kuvert in der Hand.

»Monsieur. Ich habe den Brief gefunden.«

8

Es waren zu viele Eindrücke auf einmal. Catherine – ihre Augen – das Kuvert mit der blassgrünen Schrift – Catherines Nähe – wie sie roch – die Schlüsselbeine – das Leben – der …

Brief?

»Ein ungeöffneter Brief. In Ihrem Küchentisch war er, in der Schublade, die ganz mit weißer Farbe übermalt war. Ich habe sie geöffnet. Der Brief lag unter dem Korkenzieher.«

»Aber nein«, sagte Perdu höflich, »da war kein Korkenzieher.«

»Aber ich habe …«

»Haben Sie nicht!«

Er hatte nicht so laut werden wollen, aber er schaffte es auch nicht, den Brief anzusehen, den sie hochhielt.

»Verzeihen Sie bitte, dass ich Sie angeschrien habe.«

Sie hielt ihm das Kuvert entgegen.

»Aber der gehört mir nicht.«

Monsieur Perdu ging rückwärts in Richtung seiner Wohnung.

»Verbrennen Sie ihn am besten.«

Catherine folgte ihm. Sie sah ihm in die Augen, da schlug eine Gerte aus Hitze durch sein Gesicht.

»Oder werfen ihn fort.«

»Aber dann könnte ich ihn doch auch lesen«, sagte sie.

»Das ist mir egal. Er gehört mir ja nicht.«

Sie sah ihn immer noch an, als er seine Tür zudrückte und Catherine samt Brief draußen stehen ließ.

»Monsieur? Monsieur Perdu!« Catherine klopfte. »Monsieur, es steht aber Ihr Name darauf.«

»Gehen Sie. Bitte!«, rief er.

Er hatte den Brief erkannt. Die Schrift.

Etwas in ihm zerbarst.

Eine Frau mit dunklem Lockenkopf, die eine Abteiltür aufschiebt, erst nach draußen sieht, lange, und sich dann mit Tränen in den Augen ihm zuwendet. Die durch die Provence, durch Paris, durch die Rue Montagnard schreitet und schließlich seine Wohnung betritt. Dort duscht, nackt durch das Zimmer geht. Ein Mund, der sich seinem nähert, im Halbdunkel.

Nasse, wassernasse Haut, wassernasse Lippen, die ihm den Atem nehmen, seinen Mund trinken.

Lange trinken.

Der Mond auf ihrem weichen, kleinen Bauch. Zwei Schat-
ten zwischen einem roten Fensterrahmen, tanzend.
Wie sie sich dann mit seinem Körper zudeckt.
*** *schläft, auf dem Diwan, im Lavendelzimmer, so hat sie das*
verbotene Zimmer genannt, eingerollt in ihre provenzalische
Patchworkdecke, die sie in ihrer Brautzeit genäht hat.
Bevor *** ihren *Vigneron* geheiratet hatte, und bevor …
Sie mich verließ.
Und dann noch einmal.

All den Zimmern, in denen sie sich während der nur
fünf Jahre getroffen hatten, hatte *** Namen gegeben.
Sonnenzimmer, Honigzimmer, Gartenzimmer. Es waren Zimmer, die ihm – ihrem heimlichen Liebhaber,
ihrem Zweitmann – alles gewesen waren. Sein Zimmer
hatte sie »Lavendelzimmer« getauft, es war ihr Zuhause in der Fremde.
Die letzte Nacht, in der sie dort geschlafen hatte, war
eine heiße Augustnacht 1992 gewesen.
Sie hatten zusammen geduscht, waren nass und nackt.
Sie hatte Perdu liebkost mit ihrer wasserkühlen Hand,
sich dann auf ihn gleiten lassen und seine Hände links
und rechts neben seinem Kopf in das Laken auf dem
Diwan gedrückt. Dann hatte sie ihm mit einem wilden
Blick zugeflüstert: »Ich wünsche mir, dass du vor mir
stirbst. Versprichst du es mir? «
Ihr Körper hatte seinen genommen, hemmungsloser als je
zuvor, während sie stöhnte: »Versprich es. Versprich es! «
Er versprach es ihr.
Später in der Nacht, als er das Weiß ihrer Augen nicht
mehr in der Dunkelheit sehen konnte, hatte er gefragt,
warum.

»Ich will nicht, dass du den Weg vom Parkplatz zu meinem Grab allein gehen musst. Ich will nicht, dass du trauerst. Lieber will ich dich den Rest meines Lebens vermissen.«

»Warum habe ich dir nie gesagt, dass ich dich liebe?«, flüsterte der Buchhändler. »Warum nicht, Manon? Manon!«

Nie hatte er es ihr gestanden. Um Manon nicht in Verlegenheit zu bringen. Um ihren Finger nicht auf seinen Lippen zu spüren, während sie »schscht« flüsterte.

Er konnte doch ein Mosaikstein in ihrem Leben sein, dachte er damals. Ein schöner, glänzender, aber eben nur ein Stein, nicht das ganze Bild. Das wollte er für sie tun.

Manon. Die kraftvolle, niemals niedliche, niemals perfekte Provenzalin. Die in Worten sprach, die er anfassen zu können glaubte. Sie plante nie, sie war immer ganz da. Sie sprach beim Hauptgang nicht über das Dessert, beim Einschlafen nicht über den Morgen, beim Adieu nicht über ein Wiedersehen. Sie war immer ein Jetzt.

Perdu schlief in jener Augustnacht vor 7216 Nächten das letzte Mal gut; und als er aufwachte, war Manon fort.

Er hatte es nicht kommen gespürt. Er hatte wieder und wieder darüber nachgedacht, war tausendmal Manons Gesten und Blicke und Worte durchgegangen – aber hatte nichts gefunden, was verraten hätte: Da ging sie schon fort.

Und kam nicht wieder.

Dafür nach einigen Wochen ihr Brief.

Dieser Brief.

Er hatte das Kuvert zwei Nächte auf dem Tisch liegen lassen. Er hatte es angesehen, während er allein aß, allein trank, allein rauchte. Und während er weinte.

Träne um Träne war über seine Wangen auf den Tisch und das Papier getropft.

Er hatte den Brief nicht geöffnet.

Er war damals so unendlich müde gewesen, vom Weinen und weil er nicht mehr in diesem Bett schlafen konnte, das ohne sie so groß und leer war, so kalt. Er war müde vom Vermissen.

Er hatte den Brief zornig, verzweifelt und vor allem ungeöffnet in die Schublade des Küchentischs geworfen. Zu dem Korkenzieher, den sie sich aus einer Brasserie in Ménerbes »ausgeliehen« und nach Paris entführt hatten. Sie waren da aus der Camargue gekommen, die Augen hell, wie glasiert vom südlichen Licht, und hatten am Luberon haltgemacht, in einer Pension, die wie ein Bienennest über einem schroffen Abhang klebte, das Bad auf halber Treppe, zum Frühstück Lavendelhonig. Manon wollte ihm alles von sich zeigen. Wo sie herkam, welches Land in ihrem Blut war, ja, sogar ihren zukünftigen Ehemann, Luc, hatte sie Perdu vorstellen wollen, von weitem, auf seinem hochbeinigen Traktor, zwischen den Weinreben im Tal unter Bonnieux. Luc Basset, der *Vigneron,* der Weinmacher.

Als ob sie sich wünschte, dass sie alle drei Freunde würden. Und jeder jedem seine Lust, seine Liebe gönnte.

Perdu hatte sich geweigert. Sie waren im Honigzimmer geblieben.

Es war, als blutete die Kraft aus seinen Armen, als könne er nichts anderes tun, als dastehen, im Dunkeln, hinter der Tür.

Perdu vermisste Manons Körper. Er vermisste Manons Hand, die sich im Schlaf unter seinen Po schob. Er vermisste ihren Atem, ihr kindliches Knurren am Morgen, wenn er sie viel zu früh weckte, immer viel zu früh, gleichgültig, wie spät es war.

Und ihre Augen, die ihn liebevoll betrachteten, ihr feines, weiches, kurzgelocktes Haar, wenn sie sich an seinem Hals rieb – all das fehlte ihm, so sehr, dass sich sein Körper in Krämpfen wand, wenn er sich in das leere Bett legte. Und auch jeden Tag, wenn er erwachte.

Er hasste dieses Aufwachen in ein Leben ohne sie.

Das Bett zerschlug er damals als Erstes, dann die Regale, die Fußbank, er zerschnitt die Teppiche, verbrannte die Bilder, verwüstete das Zimmer. Er gab alle Kleidung fort, er verschenkte alle Platten.

Nur die Bücher, aus denen er ihr vorgelesen hatte, die behielt er. Jeden Abend hatte er gelesen, lauter Verse, Szenen, Kapitel, Kolumnen, kleine Fragmente aus Biografien und Sachbüchern, Ringelnatz' Kindergebetchen (oh, wie sie das liebte, *das Zwiebelchen*), damit sie einschlafen konnte in der ihr so unheimlichen, kargen Welt, dem kalten Norden mit seinen gefrorenen Nordländern. Er hatte es nicht über sich gebracht, diese Bücher fortzuwerfen.

Er hatte das Lavendelzimmer mit ihnen zugemauert.

Doch es hörte nicht auf.

Es hörte verdammt noch mal nicht auf, das Fehlen.

Er hatte es nur verkraften können, indem er begann, das Leben zu vermeiden. Er hatte das Lieben zusammen mit dem Fehlen ganz tief in sich eingeschlossen.

Doch jetzt überwältigte es ihn mit immenser Kraft.

Monsieur Perdu wankte ins Bad und hielt seinen Kopf unter eisig kaltes Wasser.

Er hasste Catherine, er hasste ihren vermaledeiten, untreuen, grausamen Mann.

Warum musste Le P.-Blödarsch sie gerade jetzt verlassen und ihr nicht einmal einen Küchentisch mitgeben? Dieser Idiot!

Er hasste die Concierge und Madame Bernard und Jordan, die Gulliver, alle – ja, alle.

Er hasste Manon.

Er riss mit platschnassem Haar die Tür auf. Wenn diese Madame Catherine es wollte, dann würde er eben sagen: »Ja, verflucht, das ist mein Brief! Ich habe ihn aber damals nicht öffnen wollen. Aus Stolz. Aus Überzeugung.«

Und jeder Fehler war sinnvoll, wenn man ihn aus Überzeugung tat.

Er hatte den Brief lesen wollen, wenn er dafür bereit war. Nach einem Jahr. Oder zweien.

Er hatte es nicht geplant, zwanzig Jahre zu warten und darüber fünfzig Jahre alt und seltsam zu werden.

Manons Brief damals nicht zu öffnen war doch die einzig mögliche Notwehr gewesen. Sich ihren Rechtfertigungen zu verweigern, die einzige Waffe, die er gehabt hatte.

Jawohl.

Wer verlassen wurde, musste durch Schweigen antworten. Er durfte dem, der ging, nichts mehr geben, musste sich verschließen, so, wie der andere sich einer Zukunft verschloss, ja, genauso war das.

»Nein, nein, nein!«, rief Perdu, daran stimmte etwas nicht, er spürte es, nur was? Es machte ihn verrückt.

Monsieur Perdu schritt zur gegenüberliegenden Tür.

Und klingelte.

Und klopfte und klingelte nach angemessener Zeit erneut, so lange, wie ein normaler Mensch brauchte, um aus der Dusche zu kommen, sich das Wasser aus den Ohren zu schütteln.

Warum war Catherine nicht da? Eben war sie doch noch da.

Er lief in seine Wohnung, riss aus dem nächstbesten Buch von den Büchertürmen die erste Seite heraus, kritzelte darauf:

Ich möchte Sie bitten, mir den Brief zu bringen, ganz gleich, wie spät es ist. Bitte lesen Sie ihn nicht. Verzeihen Sie die Umstände, mit Grüßen, Perdu.

Er starrte auf seine Unterschrift und fragte sich, ob er es jemals schaffen würde, seinen Vornamen zu denken.

Denn wenn er ihn dachte, dann hörte er auch Manons Stimme. Wie sie seinen Namen seufzen konnte. Und lachen. Flüstern, oh, flüstern.

Er quetschte seine Initiale zwischen »Grüßen« und »Perdu«: J.

J wie Jean.

Er faltete das Papier in der Mitte und befestigte es mit einem Stück Klebeband auf Augenhöhe an Catherines Tür. Der Brief. Es würden so oder so diese hilflosen Erklärungen sein, die Frauen ihren Liebhabern geben, wenn sie genug haben. Es gab keinen Grund, sich deswegen aufzuregen.

Nein, sicher nicht.

Dann ging er zurück in seine leere Wohnung, um zu warten.

Monsieur Perdu kam sich unfassbar allein vor, wie ein dummes, kleines Ruderboot auf dem belustigen, spöttischen Meer – ohne Segel, ohne Ruder, ohne Namen.

9

*A*ls die Nacht floh und Paris dem Samstagmorgen überließ, richtete sich Monsieur Perdu mit Schmerzen im Rücken auf, nahm die Lesebrille ab und massierte seinen geschwollenen Nasenhöcker. Er hatte Stunden über dem Bodenpuzzle gekniet, und die Mosaikpappen lautlos ineinandergedrückt, um nicht zu überhören, wenn sich Catherine drüben in der Wohnung rührte. Doch dort war alles still geblieben.

Perdus Brust, sein Kreuz, sein Nacken taten ihm weh, als er sich das Hemd auszog. Er duschte, bis seine Haut blau von der Kälte wurde und dann krebsrot, als er sich heiß abbrauste. Dampfend trat er ans Küchenfenster, eines seiner beiden Handtücher um die Hüfte geschlungen. Er machte Liegestütze und Sit-ups, während der Herdkocher blubberte; Perdu spülte seine einzige Tasse aus und goss sich den schwarzen Kaffee ein.

Der Sommer war tatsächlich letzte Nacht über Paris gestürzt.

Teeglaswarme Luft.

Hatte sie den Brief in seinen Briefkasten gesteckt? So wie er sich aufgeführt hatte, wollte Catherine ihn vermutlich nie wieder sehen.

Auf baren Sohlen, das Handtuch am Knoten festhaltend, lief Perdu durch das stille Treppenhaus zu den Postkästen.

»Hören Sie mal, so geht das aber ni... ach, *Sie* sind das?«

Madame Rosalette lugte, angetan mit einem Hausmantel, aus ihrer Loge. Er spürte ihren Blick über seine

∞ 65 ∞

Haut, seine Muskeln, das Handtuch gleiten. Das war irgendwie geschrumpft, fand er.

Perdu fand auch, dass Rosalette wirklich ein bisschen zu lange guckte. Und nickte sie etwa zufrieden?

Mit heißen Wangen hastete er nach oben.

Als er seiner Tür näher kam, bemerkte er etwas, was dort vorhin nicht gewesen war.

Er hatte eine Nachricht.

Ungeduldig faltete er das Papier auf. Der Handtuchknoten löste sich, das Frottee fiel auf den Boden. Monsieur Perdu bemerkte seine Nacktheit jedoch nicht, die er dem Treppenhaus präsentierte, sondern las mit zunehmender Verärgerung:

Lieber J.,
kommen Sie heute Abend zu mir zum Essen. Sie werden den Brief lesen. Das müssen Sie mir versprechen. Sonst gebe ich ihn Ihnen nicht. Tut mir nicht leid. –
Catherine.
PS: Bringen Sie sich einen Teller mit. Können Sie kochen? Ich nicht.

Während er sich maßlos ärgerte, passierte etwas Ungeheuerliches.

Sein linker Mundwinkel zuckte.

Und dann … lachte er.

Halb lachend, halb fassungslos murmelte er: »Bringen Sie einen Teller. Lesen Sie den Brief. Nie wollen Sie etwas, Perdu. Versprechen Sie das. Stirb vor mir. Versprich es!«

Versprechen, alle Frauen wollten immer Versprechen.

»Ich verspreche nichts mehr, nie mehr!«

Das rief er in das leere Treppenhaus, nackt und plötzlich zornig.

Die Antwort war unbeeindruckte Stille.

Wütend warf er die Tür hinter sich zu und freute sich an dem Lärm. Er hoffte, dass er mit dem wuchtigen Knall alle aus ihren warmen Betten geworfen hatte.

Dann öffnete er die Tür noch einmal und sammelte leicht beschämt sein Handtuch ein.

Rrumms, ein zweiter Türknall.

Jetzt dürften sie alle senkrecht im Bett sitzen.

Als Monsieur Perdu die Rue Montagnard mit schnellen Schritten entlanglief, war ihm, als ob er die Häuser ohne Fassaden sähe. Wie Puppenhäuser an der vierten Wand offen.

Er kannte jede Bibliothek in jedem Haus. Schließlich hatte er sie zusammengestellt, Jahr um Jahr.

In No. 14: Clarissa Menepeche. Welch zarte Seele in einem schweren Körper! Sie liebte die Kriegerin Brienne im *Lied von Eis und Feuer*.

Hinter der Gardine von No. 2: Arnaud Silette, der gern in den 1920er Jahren leben wollte. In Berlin. Als Künstlerin.

Und gegenüber, in der No. 5, mit linealgeradem Rücken an ihrem Laptop: die Übersetzerin Nadira del Pappas. Sie liebte historische Romane, in denen sich Frauen als Männer verkleideten und über ihre Möglichkeiten hinauswuchsen.

Und darüber? Keine Bücher mehr. Alle verschenkt.

Perdu hielt inne und sah zu der Fassade von No. 5 empor.

Die vierundachtzigjährige Witwe Margot. Einst verliebt in einen deutschen Soldaten, der so alt gewesen war wie sie, als der Krieg ihnen die Jugend raubte – fünfzehn. Wie er sie lieben wollte, bevor er zurück in die Gräben ging! Er wusste, dass er dort nicht überleben würde; wie sie sich schämte, sich vor ihm auszuziehen ... wie sie noch heute wünschte, sich nicht geschämt zu haben! Margot bedauerte die verpasste Chance seit siebenundsechzig Jahren. Je älter sie wurde, desto mehr schrumpfte ihre Erinnerung auf diesen Nachmittag zusammen, an dem der Junge und sie nebeneinanderlagen, zitternd, und sich an den Händen hielten.

Ich sehe, dass ich alt geworden bin und es nicht bemerkt habe. Wie die Zeit vergeht. Die verdammte, verlorene Zeit.
Ich habe Angst, Manon, dass ich etwas furchtbar Dummes getan habe.
Ich bin so alt geworden, in nur einer Nacht, und du fehlst mir.
Ich fehle mir.
Ich weiß nicht mehr, wer ich bin.

Monsieur Perdu ging langsam weiter. Am Schaufenster der Weinhändlerin Liona blieb er stehen. Da, im Spiegel des Glases. Das war er? Der große Mann mit der biederen Kleidung, mit diesem ungebrauchten, unberührten Körper, der so geduckt ging, als wolle er unsichtbar sein?

Als er Liona aus dem Hintergrund des Geschäfts hervorkommen sah, um ihm die übliche Samstagstüte für seinen Vater mitzugeben, erinnerte sich Perdu, wie oft er hier vorbeigegangen war und es ausgeschlagen hatte, auf ein kleines Glas stehen zu bleiben. Auf ein Wort, mit ihr oder jemand anderem, mit freundlichen, normalen Leuten. Wie oft war er in den letzten einundzwanzig Jahren irgendwo lieber vorbeigegangen, anstatt stehen zu bleiben, sich Freunde zu suchen, sich einer Frau zu nähern?

Eine halbe Stunde später stand Perdu an einen Tisch der noch geschlossenen Bar Ourcq am Bassin de la Valette. Hier parkten die *Boule*-Spieler ihre Wasserflaschen und belegten Käse-Schinken-Baguettes. Ein kleiner, breiter Mann sah überrascht zu ihm auf.

»Was machst du denn so früh hier, ist etwas mit Madame Bernier? Sag schon, ist Lirab…«

»Nein, Maman geht es gut. Sie kommandiert ein Regiment Deutscher herum, die Konversation von einer echten Pariser Intellektuellen lernen wollen. Mach dir keine Sorgen.«

»Deutsche, sagst du? Ah, ja. Mademoiselle Bernier wird die Welt sicher noch viele Jahrzehnte bei bester Gesundheit belehren, so wie früher uns.«

Vater und Sohn schwiegen, vereint in der Erinnerung, wie Lirabelle Bernier, als Perdu noch Schuljunge war, schon beim Frühstück die Eleganz des distanzierten deutschen Konjunktivs im Gegensatz zur Emotionalität des französischen Subjonctifs erklärt hatte. Mit erhobenem Zeigefinger, an dessen oberem Ende eine goldlackierte Spitze ihren Worten Nachdruck verlieh.

»Subjonctif ist, wenn das Herz spricht. Merk dir das.«

Lirabelle Bernier. Sein Vater sprach sie wieder mit ihrem Mädchennamen an, nachdem er sie in ihrer achtjährigen Ehe erst Frau Frechkatz, dann Madame Perdu genannt hatte.

»Und, was sollst du mir diesmal von ihr sagen?«, fragte Joaquin Perdu seinen Sohn.

»Dass du zum Urologen musst.«

»Sag ihr, ich geh ja hin. Es ist nicht nötig, mich alle sechs Monate daran zu erinnern.«

Sie hatten im Alter von einundzwanzig Jahren geheiratet, um ihrer beider Eltern zu ärgern. Sie, die Intellektuelle aus einem Philosophen- und Ökonomenhaushalt, die sich mit einem Eisendreher traf – *degoutant*. Er, der Proletariersohn, Vater ein Streifenpolizist, Mutter tiefgläubige Fabriknäherin, der sich mit einer aus der Oberklasse zusammentat – Klassenverräter.

»Noch was?«, fragte Joaquin und zog den Muskatwein aus der Tüte, die Perdu ihm hingestellt hatte.

»Sie braucht einen neuen Gebrauchten. Du sollst ihr einen suchen. Aber nicht in so einer komischen Farbe wie der Letzte.«

»Komisch? Der war weiß. Also, wirklich, deine Mutter …«

»Also, machst du's?«

»Ja doch. Hat der Autoverkäufer wieder nicht mit ihr geredet?«

»Nein. Er fragt immer nach ihrem Mann. Das macht sie wahnsinnig.«

»Ich weiß, Jeanno. Er ist ein guter Freund von mir, dieser Coco, er spielt in unserer *Pétanque*-Triplette, ein ganz guter Leger.«

Joaquin grinste.

»Kann deine kleine neue Freundin kochen, lässt Mama fragen, oder isst du am vierzehnten Juli bei ihr?«

»Du kannst deiner Mutter ausrichten, dass meine sogenannte kleine neue Freundin sehr wohl kochen kann, dass wir aber etwas anderes zu tun haben, wenn wir uns treffen.«

»Ich glaube, das sagst du Mama lieber selbst, Papa.«

»Ich kann's Mademoiselle Bernier ja am vierzehnten Juli sagen. Sie kocht immerhin gut. Bestimmt gibt's Hirn auf Zunge.«

Joaquin schüttete sich fast aus vor Lachen.

Seit der frühen Scheidung seiner Eltern besuchte Jean Perdu seinen Vater jeden Sonnabend mit Muskat und diversen Anfragen seiner Mutter. Jeden Sonntag ging er dann zu seiner Mutter und brachte ihr die Antworten des Ex-Gatten sowie einen – gemäßigten – Report über dessen Gesundheits- und Beziehungsstatus.

»Mein lieber Sohn, wenn du als Frau heiratest, trittst du unwiderruflich in ein ewiges Beaufsichtigungssystem ein. Du passt auf alles auf – was dein Mann macht und wie es ihm geht. Und später, wenn Kinder kommen, auch auf sie. Du bist Aufpasserin, Dienerin und Diplomatin in einem. Und das endet sicher nicht durch so etwas Banales wie eine Scheidung. Oh, nein – die Liebe mag gehen, aber die Fürsorge, die bleibt.«

Perdu und sein Vater gingen ein Stück den Kanal hinab. Joaquin, der Kleinere, aufrecht, breitschultrig in seinem lila-weiß karierten Hemd, einen glühenden Blick zu dieser und jeder Frau werfend. In den blonden Härchen auf Joaquins Eisendreherunterarmen tanzte die Sonne. Er war Mitte siebzig, aber hielt sich wie Mitte zwanzig, pfiff Schlager und trank so viel, wie es ihm passte.

Monsieur Perdu neben ihm sah zu Boden.

»Gut, Jeanno«, sagte sein Vater unvermittelt. »Wie heißt sie?«

»Was? Wieso? Muss es denn immer eine Frau sein, Papa?«

»Es ist immer eine Frau, Jeanno. Alles andere kann einen Mann kaum aus der Bahn werfen. Und du siehst verdammt aus der Bahn geworfen aus.«

»Bei dir mag das an einer Frau liegen. Und meist nicht nur an einer.«

Joaquin lächelte versonnen. »Ich mag Frauen«, sagte er und zog eine Zigarettenschachtel aus der Oberhemdtasche. »Du nicht?«

»Doch, schon, irgendwie …«

»Irgendwie? Wie Elefanten? Oder bist du ein Männermann?«

»Ach, komm. Ich bin nicht schwul. Reden wir über Pferde.«

»Gut, mein Sohn, wie du willst. Frauen und Pferde haben viel gemeinsam. Möchtest du wissen, was?«

»Nein.«

»Schön. Also, wenn ein Pferd nein sagt, hast du nur deine Frage falsch gestellt. Genauso ist es bei den Frauen. Frag sie nicht: Gehen wir essen? Sondern: Was darf ich für dich kochen? Kann sie darauf mit nein antworten? Nein, kann sie nicht.«

Perdu fühlte sich wie ein Knabe. Jetzt belehrte ihn sein Vater tatsächlich noch über Frauen.

Und was soll ich heute Abend für Catherine kochen?

»Anstatt ihnen etwas zuzuflüstern wie einem Pferd, leg dich hin, Frau, leg dein Geschirr an, sollte man ihnen zuhören. Hören, was sie wollen. Eigentlich wollen sie frei sein und unter dem Himmel entlangfliegen.«

Catherine dürfte von Reitern genug haben, die sie dressieren und in der zweiten Garde abstellen wollen.

»Sie zu verletzen, dazu braucht es nur ein Wort, eine Handvoll kleiner Sekunden, einen dummen, ungeduldigen Schlag mit der Gerte. Aber ihr Vertrauen zurückzugewinnen, das kostet Jahre. Manchmal schafft man es nicht mehr rechtzeitig.«

Erstaunlich, wie wenig es Menschen beeindruckt, dass sie geliebt werden, wenn es nicht in ihre Pläne passt. Die Liebe ist ihnen dann so lästig, dass sie die Türschlösser austauschen oder ohne Vorwarnung fortgehen.

»Und wenn ein Pferd liebt, Jeanno … dann verdienen wir diese Liebe genauso wenig, wie wenn eine Frau es tut. Sie sind größere Geschöpfe als wir Männer. Wenn sie lieben, dann ist es eine Gnade, denn wir geben ihnen nur selten Gründe, uns zu lieben. Das habe ich von deiner Mutter gelernt, und da hat sie leider, leider recht.«

Und deshalb tut es so weh. Wenn Frauen aufhören zu lieben, fallen die Männer in ihr eigenes Nichts.

»Jeanno, Frauen können so viel klüger lieben als wir Männer! Sie lieben einen Mann niemals wegen seines Körpers. Auch wenn der ihnen sehr gefallen kann, sicher, und wie.« Joaquin seufzte wohlig. »Aber Frauen lieben dich wegen deines Charakters. Deiner Kraft. Deiner Klugheit. Oder weil du ein Kind beschützen kannst. Weil du ein guter Mensch bist, Ehre hast und Würde. Sie lieben dich nie so dumm wie Männer, die Frauen lieben. Nicht weil du besonders schöne Waden hast oder im Anzug so gut aussiehst, dass ihre Geschäftspartnerinnen neidisch gucken, wenn sie dich vorführt. Solche Frauen gibt es zwar auch, aber nur als mahnendes Beispiel für die anderen.«

Ich mag Catherines Beine. Würde sie mich gern jemandem vorführen? Bin ich dafür … klug genug? Habe ich Ehre? Habe ich irgendetwas, was für Frauen etwas wert ist?

»Ein Pferd bewundert einfach deine gesamte Persönlichkeit.«

»Ein Pferd? Wieso denn ein Pferd?«, fragte Perdu, ehrlich irritiert. Er hatte nur mit halbem Ohr zugehört.

Sie waren um eine Ecke gegangen und standen wieder in der Nähe der *Pétanque*-Spieler am Ufer des Canal de l'Ourcq.

Joaquin wurde mit Händeschütteln begrüßt, für Jean hatten die Boulisten ein Nicken übrig.

Er beobachtete, wie sein Vater in den Abwurfkreis trat. Wie er in der Hocke seinen rechten Arm wie ein Pendel schwang.

Ein vergnügtes Fass mit Arm. Ich habe Glück gehabt mit diesem Vater, er hat mich immer gemocht, auch wenn er nie perfekt war.

Eisen traf auf Eisen. Joaquin Perdu hatte eine *Boule* des gegnerischen Teams gekonnt weggeknallt.

Beifallsgemurmel.

Ich könnte hier sitzen und heulen und nie wieder aufhören. Wieso habe ich Idiot keine Freunde mehr? Hatte ich Angst, dass sie eines Tages auch gehen, so, wie mein bester Freund Vijaya damals? Oder Angst, dass sie darüber lachen, dass ich Manon nicht verwunden habe?

Er sah zu seinem Vater und wollte sagen: »Manon hat dich gemocht, erinnerst du dich an Manon?« Aber da wandte sich sein Vater schon an ihn: »Sag deiner Mutter, Jeanno … ach. Sag ihr, dass keine so ist wie sie, keine.«

In Joaquins Gesicht blitzte das Bedauern auf, dass Liebe nicht verhindern konnte, den Ehemann an die Wand nageln zu wollen, weil er einfach entsetzlich nervte.

10

Catherine hatte seine Meerbarben, die frischen Kräuter, die Sahne von breithüftigen, normannischen Kühen begutachtet, dann ihre kleinen, neuen Kartoffeln hochgehalten, den Käse, auf die duftenden Birnen gezeigt und auf den Wein.

»Kann man daraus etwas machen?«

»Ja. Aber nacheinander, nicht miteinander«, hatte er gesagt.

»Ich habe mich den ganzen Tag sehr gefreut«, verriet sie. »Und ein bisschen gefürchtet. Und Sie?«

»Andersherum«, antwortete er. »Ich habe mich sehr gefürchtet und ein bisschen gefreut. Ich muss mich bei Ihnen entschuldigen.«

»Nein. Müssen Sie nicht. Ihnen geht zurzeit etwas Bestimmtes nahe, warum sollten Sie so tun, als sei es nicht so?«

Mit diesen Worten hatte sie ihm eines der blau-grau karierten Handtücher als Schürze zugeworfen. Sie trug ein blaues Sommerkleid und steckte ihr Schürzentuch am roten Gürtel fest. Heute konnte er erkennen, dass ihre blonden Haare an den Schläfen silbern waren und dass ihr Blick nicht mehr so voller ratlosem Entsetzen war.

Bald beschlugen die Scheiben, die Gasflammen unter den Töpfen und Pfännchen zischten, die Soße aus Weißwein, Schalotten und Sahne simmerte, und das Olivenöl bräunte die Kartoffeln mit Rosmarin und Salz in einer schweren Pfanne.

Sie redeten, als hätten sie es schon seit Jahren getan und nur einmal kurz aufgehört. Über Carla Bruni und über

Seepferdchen, bei denen die männlichen Tiere die Jungen in einer Tasche im Bauch austragen. Sie redeten über die Mode, darüber, Salz mit Zusatzgeschmack zu verkaufen, und sie redeten über die Bewohner des Hauses, natürlich.

Solche Themen, schwere und leichte, fielen ihnen zu, zwischen Wein und Fisch, beim Nebeneinanderstehen. Perdu kam es vor, als ob Catherine und er Satz für Satz eine innere Verwandtschaft aufdeckten.

Er arbeitete weiter an der Sauce, Catherine pochierte darin ein Stückchen Fisch nach dem anderen. Sie aßen direkt aus den Pfannen, im Stehen, denn Catherine fehlte noch ein zweiter Stuhl.

Sie hatte den Wein eingeschenkt, einen leichten gelben Tapie aus der Gascogne. Und er hatte ihn tatsächlich getrunken, in vorsichtigen Schlucken.

Das war das Erstaunlichste an seiner ersten Verabredung seit 1992: Er hatte sich, als er Catherines Wohnung betrat, umfangen gefühlt von Sicherheit. All die sonst auf ihn einschlagenden Gedanken gelangten nicht mit in ihr Revier. Als hielte ein Türzauber sie davon ab.

»Womit verbringen Sie Ihr Leben zurzeit?«, fragte Perdu irgendwann, als sie Gott, die Welt und die Schneider der Präsidenten durchhatten.

»Ich? Mit Suchen«, sagte sie.

Sie griff nach einem Stück Baguette.

»Ich suche mich. Vor … vor dem, was passiert ist, war ich die Assistentin, Sekretärin, Pressetante und Bewunderin meines Mannes. Jetzt suche ich das, was ich konnte, bevor ich ihn traf. Um genau zu sein, versuche ich, ob ich's noch kann. Damit bin ich beschäftigt. Mit dem Versuchen.«

Sie begann, das weiche Weiße aus der Kruste zu kratzen und zwischen ihren schlanken Fingern zu formen.

Der Buchhändler las in Catherine wie in einem Roman. Sie ließ es zu, dass er in ihr herumblätterte, ihre Geschichte betrachtete.

»Ich fühle mich heute, mit achtundvierzig, wie mit acht. Ich habe es damals gehasst, ignoriert zu werden. Und war gleichzeitig völlig verstört, wenn mich mal jemand ein bisschen interessant fand. Es sollten außerdem die ›richtigen‹ Leute sein, die mich beachteten. Das reiche, glatthaarige Mädchen, das mich zu seiner Freundin machen soll, der gütige Lehrer, dem auffällt, wie bescheiden ich mein großes Wissen hüte. Und meine Mutter. Oh, meine Mutter.« Catherine hielt inne. Nebenbei kneteten ihre Hände etwas aus dem Baguette.

»Ich wollte immer von den größten Egoisten beachtet werden. Die anderen waren mir gleichgültig, mein lieber Vater, die dicke, schwitzende Olga aus dem Parterre. Obwohl die viel netter waren. Aber wenn ich netten Menschen gefiel, war es mir peinlich. Dumm, oder? Dieses dumme Mädchen war ich auch in meiner Ehe. Ich wollte, dass mein Mann, der Idiot, mich beachtet, und habe alle anderen ausgeblendet. Aber ich bin bereit, das zu ändern. Geben Sie mir den Pfeffer?«

Sie hatte aus dem Brotteig etwas geformt, mit ihren kleinen, schlanken Fingern: ein Seepferdchen, dem sie jetzt zwei Augen aus Pfefferkörnern eindrückte, ehe sie es Perdu überreichte.

»Ich war Bildhauerin. Irgendwann einmal. Ich bin achtundvierzig, ich fange noch mal an, alles wieder zu lernen. Ich weiß nicht, wie viele Jahre es her ist, dass ich mit meinem Mann geschlafen habe. Ich war treu, blöd und so schrecklich allein, dass ich Sie auffressen werde, wenn Sie nett zu mir sind. Oder ich bringe Sie um, weil ich es nicht ertragen kann.«

Perdu fand es ganz erstaunlich: er, mit einer solchen Frau, allein, hinter einer geschlossenen Tür.

Er verlor sich in der Betrachtung von Catherines Gesicht, ihres Kopfes, als ob er in sie hineinkriechen und sich umschauen durfte, was dort drin wohl noch Interessantes herumstand.

Catherine hatte Ohrlöcher, trug aber keine Ohrringe. (»Die mit den Rubinen trägt jetzt seine Neue. Eigentlich schade, ich hätte sie ihm so gern vor die Füße geworfen.«) Manchmal fasste sie sich an das Halsgrübchen, als ob sie etwas suchte, vielleicht eine Kette, die nun auch die andere trug.

»Und was machen *Sie* so, zurzeit?«, fragte sie.

Er beschrieb ihr die Literarische Apotheke.

»Eine Pénische, mit einem Hängebauch, einer Kombüse, zwei Schlafkojen, einem Bad und achttausend Büchern. Es ist eine eigene Welt in dieser Welt.« Und ein gebändigtes Abenteuer, wie jedes an Land gefesselte Schiff, aber das sagte er nicht.

»Und als König dieser Welt Monsieur Perdu, der etwas gegen Liebeskummer verschreibt, der literarische Pharmazeut.«

Catherine deutete auf das Buchpaket, das er ihr am Abend zuvor mitgebracht hatte.

»Es hilft übrigens.«

»Was wollten Sie werden, als Sie ein Mädchen waren?«, fragte er, bevor ihn zu viel Verlegenheit umfing.

»Oh. Ich wollte Bibliothekarin werden. Und Piratin. Ihr Bücherschiff wäre genau das, was ich gebraucht hätte. Tagsüber hätte ich alle Geheimnisse der Welt lesend gehoben.«

Perdu lauschte ihr mit wachsender Zuneigung.

»Nachts hätte ich dann den bösen Menschen alles gestohlen, was sie sich mit ihren Lügen von den Guten geholt haben. Und ihnen nur ein einziges Buch dagelassen, das sie läutern würde, zum Bereuen zwingen, sie in gute Menschen verwandelt und so weiter – natürlich.« Sie lachte auf.

»Natürlich«, bestätigte er ihre Ironie. Denn das war das einzig Tragische an Büchern: Sie veränderten Menschen. Nur nicht die wirklich Bösen. Diese wurden keine besseren Väter, keine netten Ehemänner, keine liebevolleren Freundinnen. Sie blieben Tyrannen, quälten weiter ihre Angestellten, Kinder und Hunde, waren gehässig im Kleinen und feige im Großen und freuten sich, wenn ihre Opfer sich schämten.

»Bücher waren meine Freunde«, sagte Catherine und kühlte sich die von der Kochwärme gerötete Wange am Weinglas.

»Ich glaube, ich habe meine gesamten Gefühle aus Büchern gelernt. Ich habe darin mehr geliebt und gelacht und gewusst als je in meinem ganzen ungelesenen Leben.«

»Ich auch«, murmelte Perdu.

Sie sahen sich an, und da geschah es einfach so.

»Was heißt das J eigentlich?«, fragte Catherine mit dunklerer Stimme.

Er musste sich räuspern, bevor er antworten konnte.

»Jean«, flüsterte er. Seine Zunge stieß sich an den Zähnen, so fremd war ihm dieses Wort.

»Ich heiße Jean. Jean Albert Victor Perdu. Albert nach meinem Großvater väterlicherseits. Victor nach meinem Großvater mütterlicherseits. Meine Mutter ist Professorin, ihr Vater Victor Bernier war Toxikologe, Sozialist und Bürgermeister. Ich bin fünfzig Jahre alt, Catherine, und ich habe nicht sehr viele Frauen gekannt, geschweige denn mit vielen geschlafen. Eine habe ich geliebt. Sie hat mich verlassen.«

Catherine beobachtete ihn genau.

»Gestern. Gestern vor einundzwanzig Jahren. Von ihr ist der Brief. Ich habe Angst vor dem, was darin steht.«

Er wartete ab, dass sie ihn rausschmiss. Ihm eine Ohrfeige gab. Wegschaute. Aber all das tat sie nicht.

»Ach, Jean«, flüsterte Catherine stattdessen voller Mitgefühl.

»Jean.«

Da war es wieder.

Die Süße, seinen eigenen Namen zu hören.

Sie sahen sich an, er bemerkte ein Flattern in ihrem Blick, er spürte, dass auch er weicher wurde, sie eintreten ließ in sich, eindringen – ja, sie drangen ineinander ein mit ihren Blicken und den fortgelassenen Worten.

Zwei kleine Boote auf einem Meer, die dachten, sie trieben allein umher, seit sie ihre Anker verloren, aber jetzt …

Sie strich ihm kurz über die Wange.

Die Zartheit traf ihn wie eine Ohrfeige, eine wunderschöne, sagenhafte Ohrfeige.

Noch mal. Noch mal!

Als sie ihr Weinglas abstellte, streiften sich ihre nackten Unterarme.

Die Haut. Der Haarflaum. Die Wärme.

Wer sich mehr erschreckte, war nicht klar – aber dass es nicht das Erschrecken vor der Fremdheit, der plötzlichen Intimität, der Berührung war, wurde beiden bewusst, sofort.

Sie erschraken, weil es sich so gut anfühlte.

11

Jean tat einen Schritt auf sie zu, bis er hinter ihr stand und Catherines Haar riechen konnte, ihre Schultern an seiner Brust spüren. Sein Herz raste. Er legte seine Hände unendlich langsam und ganz ruhig auf ihre schmalen Handgelenke. Er umfasste sie, zart, und strich Catherines Arme hinauf, Daumen und Finger ein Ring aus Wärme und Haut.

Sie keuchte auf, ein Vogellaut, der seinen Namen trug, ganz klein zusammengefaltet.

»Jean?«

»Ja, Catherine.«

Jean Perdu spürte das Zittern, das sich in ihr ausbreitete. Es kam aus ihrer Mitte unter ihrem Nabel, ein Beben und Rollen. Es breitete sich aus wie ein Ring aus Wellen. Er umarmte sie von hinten, um sie zu halten.

Ihr Körper bebte. Er verriet, dass sie lange, sehr lange unberührt gewesen war. Sie war eine Knospe, eingepresst in einen verhornten Kokon.

So einsam. So allein.

Catherine lehnte sich leicht an ihn. Ihr kurzes Haar roch gut.

Jean Perdu berührte sie noch zarter, streichelte nur die Spitzen der Härchen, nur die Luft über ihren bloßen Armen.

Es ist so schön.

Mehr, flehte Catherines Körper, oh, bitte, mehr, es ist so lange her, ich verdurste. Und bitte, nein, nicht so stark, es ist zu viel, zu viel. Ich halte das nicht aus! Es fehlte mir so. Das Fehlen hielt ich aus, bis eben, ich war so hart zu mir – aber jetzt, ich zerbreche, zerriesele wie Sand, ich verschwinde, hilf mir doch, mach weiter.

Ich kann ihre Gefühle hören?

Was aus ihrem Mund kam, waren nur Varianten seines Namens.

Jean. Jean! Jean?

Catherine lehnte sich ganz an ihn und übergab sich seinen Händen. Hitze strömte in seine Finger, es war ihm, als sei er Hand und Schwanz und Gefühl und Körper und Seele und Mann und alle Muskeln zugleich, konzentriert in jeder Fingerspitze.

Er berührte nur das, was er an bloßer Haut erreichen konnte, ohne ihr Kleid zu verschieben. Ihre Arme, die fest und braun waren, bis zum Ärmelrand; er umfasste sie immer wieder und formte sie nach. Er streichelte ihren Nacken, dunkelbraun, ihren Hals, zart und weich, ihre geschwungenen, wunderbaren, hypnotisierenden Schlüsselbeine. Er tat es mit den Fingerspitzen, der Daumenkuppe, er zog die Konturen der Muskeln nach, die harten, die weichen, alles mit der Daumenkuppe.

Ihre Haut wurde wärmer und wärmer. Er spürte, wie die darunterliegenden Muskeln praller wurden, wie Catherines ganzer Leib an Lebendigkeit, flexibler Weichheit und Hitze zunahm. Eine dichte, schwere Blüte, die sich aus der Knospe schälte. Eine Königin der Nacht.

Er ließ ihren Namen von der Zunge rollen.

»Catherine.«

Lange vergessene Gefühle schüttelten in ihm die Kruste der Zeit ab. Perdu spürte ein Ziehen in seinem Unterleib. Seine Hände fühlten jetzt nicht nur mehr, was sie Catherine taten, sondern wie ihre Haut antwortete, wie ihr Körper auch seine Hände liebkoste. Ihr Leib küsste seine Handinnenflächen, seine Fingerspitzen.

Wie macht sie das? Was macht sie mit mir?

Ob er sie tragen konnte, um sie dort abzulegen, wo sich ihre zitternden Knie auszuruhen vermochten? Wo er erforschen wollte, wie sich ihre Haut anfühlte, an den Waden, in den Kniekehlen? Ob er ihr weitere Melodien entlocken konnte?

Er wollte sie vor sich liegen sehen, mit offenen Augen, sein Blick in ihrem; er wollte ihre Lippen mit den Fingern berühren, ihr Gesicht. Er wollte, dass ihr ganzer Körper seine Hände küsste, jeder Teil ihres Körpers.

Catherine drehte sich um, die grauen Augen der stürmische Regenhimmel, aufgerissen, wild, bewegt.

Nun hob er sie hoch. Sie schmiegte sich an ihn. Er trug sie in ihr Schlafzimmer und wiegte sie dabei sanft. Ihr Gemach war ein Spiegelbild seines Lebens. Eine Matratze auf dem Boden, eine Kleiderstange in der Ecke, Bücher, Leselampe – und ein Plattenspieler.

Sein eigenes Spiegelbild begegnete ihm in den hohen Fenstern, eine gesichtslose Silhouette. Aber aufrecht. Stark. In den Armen eine Frau – *solch eine Frau.*

Jean Perdu spürte, wie sein Körper etwas abschüttelte. Eine Gefühlstaubheit, eine Blindheit seiner selbst.

Das Unsichtbarseinwollen.

Ich bin ein Mann … ich bin es wieder.

Er legte Catherine auf dem schlichten Lager ab, dem glatten, weißen Laken. Sie lag da, die Beine geschlossen, die Arme gerade. Er streckte sich neben ihr auf der Seite liegend aus, betrachtete sie, wie sie atmete, wie ihr Körper an manchen Stellen bebte, als ob unter der Haut kleine Erdbeben nachvibrierten.

Dort etwa, an ihrem Halsgrübchen. Zwischen Brust und Kinn, unterhalb der Kehle.

Er beugte sich vor und legte seine Lippen auf das Beben. Wieder der Vogellaut.

»Jean ...«

Ihr Pulsieren. Ihr Herzschlag. Ihre Wärme.

Er spürte Catherine über seine Lippen in sich hineinströmen. Ihr Geruch, und wie er sich verdichtete.

Die Hitze, die von ihrem Körper ausging, übertrug sich auf ihn.

Und dann – *Oh! Ich sterbe* – berührte sie ihn.

Finger auf Stoff. Hände auf Haut.

Sie war der Krawatte unter sein Hemd gefolgt.

Als ihre Hand ihn berührte, war es, als erhebe ein sehr altes Gefühl sein Haupt. Es streckte sich aus, verlieh Monsieur Perdu von innen Kontur und stieg hoch und höher, in jede Faser und Zelle hinein, bis es ihm an die Kehle reichte und ihm die Luft nahm.

Unbeweglich, um dieses herrliche, furchtbare, absolut vereinnahmende Gefühlswesen nicht zu stören, hielt er den Atem an.

Verlangen. Solche Lust. Und noch mehr ...

Aber um nicht zu verraten, wie gelähmt vor Entzücken er war, und auch, um Catherine nicht womöglich durch sein überwältigtes Stillhalten zu verunsichern, zwang er sich, langsam, so langsam wie möglich auszuatmen.

Liebe.

Das Wort stieg in ihm auf und auch eine Erinnerung an dieses Gefühl; er spürte Nässe in seine Augen drängen.

Sie fehlt mir so.

Auch aus Catherines Augenwinkel rollte eine Träne – weinte sie sie für sich? Oder für ihn?

Sie zog ihre Hand aus seinem Hemd, knöpfte es nach oben hin auf, zog die Krawatte ab. Er erhob sich, um es ihr leichter zu machen, halb über sie.

Dann fasste sie in seinen Nacken. Drückte nicht. Zog nicht.

Ihre Lippen öffneten sich für den kleinen Spalt, der sagte: »Küss mich.«

Er zeichnete Catherines Mund mit den Fingern nach, glitt immer wieder über die unterschiedliche Beschaffenheit von Weichheit.

Es wäre einfach gewesen, weiterzumachen.

Die letzte Distanz mit einer Bewegung nach unten zu überbrücken. Catherine zu küssen. Das Spiel der Zungen, aus Neuheit Vertrautheit werden lassen, aus Neugier Gier, aus Glück …

Scham? Unglück? Erregung?

Unter ihr Kleid fassen, sie nach und nach auszuziehen, erst die Unterwäsche, dann das Kleid, ja, so würde er es tun. Er wollte sie nackt unter ihrem Kleid wissen.

Doch er tat es nicht.

Catherine hatte zum ersten Mal, seit sie sich berührt hatten, die Augen geschlossen. In dem Moment, da sich ihre Lippen öffneten, verschlossen sich ihre Augen.

Sie hatte Perdu ausgesperrt. Er konnte nicht mehr sehen, was sie wirklich wollte.

Er spürte, dass in Catherine etwas passiert war. Es lauerte darauf, ihr weh zu tun.

Die Erinnerung daran, wie es war, von ihrem Mann geküsst zu werden? (Und war es nicht entsetzlich lange her? Und hatte er da nicht schon seine Freundin? Und hatte er da nicht schon Dinge gesagt, hässliche Dinge, wie: »Mich ekelt es an, wenn du krank bist« oder auch »Wenn ein Mann eine Frau nicht mehr in seinem Schlafzimmer haben will, dann hat die Frau ihren Teil dazu getan«?) Erinnerte sich ihr Körper daran, wie sehr er ignoriert worden war, keine Zärtlichkeit, keine Massage, kein Erkunden mehr. Die Erinnerung daran, von ihrem Mann genommen zu werden (nie so, dass es ihr genug war; sie solle nicht verwöhnt werden, hatte er gesagt, verwöhnte Frauen liebten nicht mehr, und außerdem, was wollte sie denn noch, er war doch schon so weit). Die Erinnerung an die Nächte, in denen sie gezweifelt hatte, je wieder Frau zu sein, je wieder berührt, je schön gefunden werden und mit einem Mann allein hinter einer geschlossenen Tür sein?

Catherines Geister waren da, und sie hatten seine auch zu der Party mitgebracht.

»Wir sind nicht mehr allein, Catherine.«

Catherine schlug die Augen auf. Der Sturm in ihnen hatte sich vom silbrigen Leuchten zu einem verblassenden Bild der Hingabe gewandelt.

Sie nickte. Tränen füllten ihre Augen.

»Ja. Ach, Jean. Der Idiot ist gekommen, gerade in dem Moment, als ich dachte: Endlich. Endlich berührt mich ein Mann einmal so, wie ich es mir schon immer gewünscht habe. Nicht so wie … na, eben der Idiot.«

Sie drehte sich auf die Seite, fort von Jean.

»Sogar mein altes Ich. Die dumme, kleine, demütige Cati. Die immer die Schuld bei sich gesucht hat, wenn ihr Mann so widerlich war oder wenn ihre Mutter sie tagelang ignorierte. Da musste ich doch etwas übersehen haben ... etwas unterlassen haben ... ich war nicht leise genug gewesen. Nicht glücklich genug. Ich hatte ihn und sie nicht genug geliebt, sonst wären sie doch nicht so ...«

Catherine weinte.

Sie weinte erst leise, doch dann, als er die Decke um sie schlang und ihren Körper fester in seiner Umarmung hielt, die Hand sanft an ihrem Hinterkopf, schluchzte sie lauter. Herzzerreißend.

Er spürte, wie sie in seinen Armen durch alle Täler schritt, durch die sie bereits tausendmal in Gedanken geflogen war. Voller Angst zu fallen, die Beherrschung zu verlieren, zu ertrinken im Schmerz – aber das tat sie nun.

Sie fiel. Catherine berührte, besiegt von Kummer, Trauer und Demütigung, den Grund.

»Ich hatte keine Freunde mehr ... er sagte, sie wollten nur in seinem Glanz baden. Seinem. Er konnte sich nicht vorstellen, dass sie *mich* interessant fanden. Er sagte, ich brauche dich, dabei brauchte er mich gar nicht, er wollte mich ja nicht einmal ... Er wollte die Kunst nur für sich allein haben ... ich habe meine aufgegeben für seine Liebe, aber das war ihm noch zu wenig. Hätte ich sterben sollen, um ihm zu beweisen, dass er alles für mich war? Und er mehr war, als ich je sein werde?«

Und dann, als Letztes, flüsterte Catherine heiser: »Zwanzig Jahre, Jean. Zwanzig Jahre, in denen ich nicht gelebt habe ... Ich habe auf mein eigenes Leben gespuckt und spucken lassen.«

Irgendwann atmete sie ruhiger.

Dann schlief sie ein.

Ihr Körper wurde in Perdus Umarmung weich.

Sie also auch. Zwanzig Jahre. Es gibt offenbar ein paar Varianten mehr, sich das Leben zu verderben.

Monsieur Perdu wusste, dass nun er an der Reihe war.

Nun würde er den Grund berühren müssen.

Im Wohnzimmer, auf seinem alten, weißen Küchentisch, lag Manons Brief. Auf eine traurige Art war er getröstet, nicht der einzige Verschwender seiner Zeit zu sein.

Kurz fragte er sich, was gewesen wäre, wenn Catherine nicht Le P., sondern ihn kennengelernt hätte.

Länger fragte er sich, ob er bereit war für den Brief.

Natürlich nicht.

Er brach das Siegel, roch an dem Papier, roch lange. Schloss die Augen und senkte für einen Moment den Kopf.

Dann setzte sich Monsieur Perdu auf den Bistrostuhl und begann, Manons einundzwanzig Jahre alten Brief an ihn zu lesen.

12

Bonnieux, 30. August 1992
Tausendmal habe ich Dir schon geschrieben, Jean,
und jedes Mal musste ich mit ein und demselben
Wort beginnen, weil es das ist, was am wahrsten von
allen ist: »Geliebter«.

Geliebter Jean, mein so geliebter, ferner Jean.

Ich habe eine Dummheit begangen. Ich habe Dir nicht gesagt, warum ich Dich verlassen habe. Und ich bedauere es jetzt – beides: gegangen zu sein und mein Schweigen darüber, warum.

Bitte, lies weiter, verbrenn mich nicht – ich habe Dich nicht verlassen, weil ich nicht bei Dir bleiben wollte.

Das wollte ich. Viel mehr als das, was jetzt stattdessen mit mir geschieht.

Jean, ich sterbe, sehr bald, sie vermuten, zu Weihnachten.

Als ich ging, habe ich mir so gewünscht, dass Du mich hasst.

Ich sehe Dich den Kopf schütteln, mon amour. Aber ich wollte das tun, was die Liebe für richtig hält. Und sagt diese nicht: Tue, was für den anderen gut ist? Ich dachte, es sei gut, wenn Du mich im Zorn vergisst. Wenn Du nicht trauerst, Dich nicht sorgst, sondern nichts vom Tod weißt. Schnitt, Wut, aus – und weiter.

Aber ich habe mich getäuscht. Es geht so nicht, ich muss Dir doch noch sagen, was mir, was dir, was uns passiert ist. Es ist schön und schrecklich zugleich, es ist zu groß für einen kleinen Brief. Wenn Du hier bist, sprechen wir über alles.

Das ist es also, worum ich Dich bitte, Jean: Komm zu mir.

Ich habe solche Angst zu sterben.

Aber ich werde damit warten, bis Du da bist.

Ich liebe Dich.

Manon

PS: Wenn Du nicht kommen willst, weil Deine Ge-
fühle dafür nicht ausreichen, werde ich es akzeptie-
ren. Du schuldest mir nichts, auch kein Mitleid.
PPS: Die Ärzte lassen mich nicht mehr reisen. Luc
erwartet Dich.

Monsieur Perdu saß im Dunkeln und fühlte sich wie verprügelt.

In seiner Brust krampfte sich alles zusammen.

Das kann doch nicht sein?

Immer, wenn er zwinkerte, sah er sich selbst. Aber den Mann von vor einundzwanzig Jahren. Wie er exakt an dem Tisch saß, wie versteinert, und sich weigerte, den Brief zu öffnen.

Unmöglich.

Sie konnte doch nicht …?

Sie hatte ihn zweimal verraten. Dessen war er sich so sicher gewesen. Auf diese Schlussfolgerung hatte er sein Leben gebaut.

Ihm war kotzübel.

Jetzt musste er feststellen, dass *er* es war, der sie verraten hatte. Manon hatte vergeblich gewartet, dass er kam, zu ihr, während sie …

Nein. Bitte, bitte – nein.

Alles hatte er falsch gemacht.

Der Brief, das PS – es hatte für sie so aussehen müssen, als reichten seine Gefühle nicht aus. Als hätte Jean Perdu Manon nie genug geliebt, um ihr diesen wilden Wunsch – ihren letzten, innigen, so inbrünstigen – zu erfüllen.

Und mit diesem Begreifen wuchs seine Scham ins Unendliche.

Er sah sie vor sich, in den Stunden und Stunden der Wochen nach dem Brief. Wie sie wartete, dass ein Auto vor ihrem Haus hielt und Jean an ihre Tür klopfte.

Der Sommer ging, der Herbst malte Rauhreif auf die herabgefallenen Blätter, der Winter fegte die Bäume blank.

Doch er war nicht gekommen.

Er schlug die Hände vors Gesicht, hätte sich am liebsten selbst geschlagen.

Und jetzt ist es zu spät.

Monsieur Perdu faltete mit zügellos bebenden Fingern den brüchigen Brief zusammen, der auf wundersame Weise immer noch nach ihr roch, schob ihn zurück in das Kuvert. Dann knöpfte er mit verbissener Konzentration sein Hemd zu, suchte fahrig seine Schuhe. Er ordnete sein Haar im Spiegel der Nachtfenster.

Spring doch, du widerwärtiger Idiot. Das wäre eine Lösung.

Als er aufblickte, sah er Catherine im Türrahmen lehnen.

»Sie hat mich …«, begann er, deutete auf den Brief. »Ich hab sie …« Er fand die Wörter nicht. »Aber dabei war alles ganz anders.«

Wie lautete nur dieses Wort dafür?

»Geliebt?«, fragte Catherine nach einer Weile.

Er nickte.

Genau. Das war das Wort.

»Das ist doch gut.«

»Es ist zu spät«, sagte er.

Es zerstört alles. Es zerstört mich.

»Sie hat mich wohl …«

Sag's doch.

»… aus Liebe verlassen. Ja, aus Liebe. Verlassen.«

»Werdet ihr euch wiedersehen?«, fragte Catherine.

»Nein. Sie ist tot. Manon ist schon lange tot.«

Er schloss die Augen, um Catherine nicht anzusehen, um nicht zu sehen, wie er sie gleich verletzte.

»Und ich habe sie geliebt. So sehr, dass ich aufhörte, zu leben, als sie ging. Sie starb, aber ich hatte nur im Kopf, wie gemein sie zu mir gewesen war. Ich war ein dummer Mann. Und, Catherine, verzeih mir, ich bin es noch. Ich kann nicht mal richtig darüber sprechen. Ich muss gehen, bevor ich dir noch mehr weh tue, ja?«

»Natürlich kannst du gehen. Und du tust mir nicht weh. Das Leben ist eben so, und wir sind nicht mehr vierzehn. Man wird merkwürdig, wenn man niemanden mehr hat, den man lieben kann. Und in jedem neuen Gefühl schwimmt das alte erst einmal für eine Weile mit. Wir Menschen sind so«, flüsterte Catherine, ruhig und überlegt.

Sie sah zu dem Küchentisch, Auslöser des Ganzen.

»Ich wünschte, mein Mann hätte mich aus Liebe verlassen. Es ist wohl die schönste Art, verlassen zu werden.«

Perdu schritt steif zu Catherine, umarmte sie ungelenk; doch es fühlte sich furchtbar fremd an.

13

Er machte einhundert Liegestütze, während der Herdkocher blubberte. Nach dem ersten Schluck Kaffee zwang er sich zu zweihundert Sit-ups, bis seine Muskeln zitterten.

Er duschte kalt und heiß, rasierte sich und schnitt sich dabei häufig und tief. Er wartete, bis das Bluten nachließ, bügelte ein weißes Hemd und band eine Krawatte um. Er steckte ein paar Geldscheine in die Hosentasche und legte sein Jackett über den Arm.

Beim Rausgehen sah er nicht zu der Tür von Catherine. Sein Körper sehnte sich so sehr nach ihrer Umarmung. *Und dann? Ich tröste mich, sie tröstet sich, am Ende sind wir wie zwei benutzte Taschentücher.*

Er nahm die Buchbestellungen, die seine Nachbarn ihm in den Briefkasten gesteckt hatten, heraus; er grüßte Thierry, der die Tische von der Nachtfeuchte frei wischte.

Er aß sein Käse-Omelette, ohne es richtig wahrzunehmen oder gar zu schmecken, weil er verbissen in der Morgenzeitung las.

»Und?«, fragte Thierry. Er legte eine Hand auf Perdus Schulter.

Diese Geste war so leicht, so freundschaftlich – und Monsieur Perdu musste sich zwingen, Thierry nicht zu schütteln.

Wie ist sie gestorben? Woran? Tat es weh, hat sie nach mir gerufen? Hat sie jeden Tag auf die Tür geschaut? Warum war ich so stolz?

Warum musste es auf diese Weise geschehen? Welche Strafe habe ich verdient ... sollte ich mich am besten umbringen? Einmal das Richtige tun?

Perdu fixierte die Buchkritiken. Las sie angestrengt mit manischer Konzentration, willens, sich nicht ein Wort, eine Meinung, eine Information entgehen zu lassen. Er unterstrich, schrieb Kommentare und vergaß, was er las.

Er las erneut …

Er schaute nicht einmal auf, als Thierry sagte: »Dieses Auto da. Das stand die halbe Nacht dort. Schlafen da Leute drin? Sind das schon wieder welche, die wegen diesem Schriftsteller gekommen sind?«

»Wegen Max Jordan?«, fragte Perdu.

Möge dieser Junge nicht solche Dummheiten begehen.

Als sich Thierry dem Wagen näherte, fuhr der hastig fort.

Als sie den Tod hörte, hatte sie Angst. Und hat sich gewünscht, dass ich sie beschütze. Aber ich war nicht da. Ich tat mir nur selbst leid.

Perdu spürte Übelkeit.

Manon. Ihre Hände.

Ihr Brief, ihr Geruch, ihre Schrift hatten immer so etwas Lebendiges. Sie fehlt mir so.

Ich hasse mich. Ich hasse sie!

Warum hat sie zugelassen zu sterben? Es muss ein Missverständnis sein. Sie muss noch leben, irgendwo.

Er floh auf die Toilette und übergab sich.

Es war kein stiller Sonntag.

Er fegte die Planke, trug die Bücher, die er sich in den vergangenen Tagen geweigert hatte zu verkaufen, zurück an ihre Plätze. Passte sie auf den Millimeter ein. Er legte eine neue Rolle Papier in die Kasse ein, wusste nicht, wohin mit seinen Händen.

Wenn ich nur diesen Tag überlebe, überlebe ich auch den Rest meiner Tage.

Er bediente einen Italiener – »Ich habe neulich ein Buch mit einem Raben mit Brille auf dem Umschlag gesehen. Ist das schon übersetzt?«

Er ließ sich mit einem Touristenpaar fotografieren, nahm Bestellungen von islamkritischen Werken aus Syrien entgegen, verkaufte einer Spanierin Thrombosestrümpfe, füllte Kafkas und Lindgrens Tellerchen auf.

Während die Katzen durch das Schiff streunten, blätterte Perdu im Büromittelkatalog, der nicht nur die berühmtesten Sechs-Wörter-Geschichten von Hemingway bis Murakami als Tischset anpries, sondern auch Salz-, Pfeffer- und Gewürzstreuer. In Form von Köpfen. Schiller, Goethe, Colette, Balzac und Virginia Woolf, aus deren Scheitel Salz, Pfeffer oder Zucker rieselten.

Was soll das?

»Ein absoluter Bestseller im *Non-book*-Bereich: die neuen Lesezeichen in jeder Buchhandlung. Exklusiv dazu: Hesses *Stufen* – die Kult-Buchstütze für die Gedichtabteilung!«

Perdu starrte auf die Seite.

Wisst ihr was? Es reicht. Ihr könnt mich mal mit euren Goethe-Streuern. Ihr könnt mich mal mit euren Toilettenpapier-Krimis. Und Hesses Stufen – »jedem Anfang wohnt ein Zauber inne« – als Regaldeko, bitte! Es reicht!

Der Buchhändler starrte aus dem Fenster auf die Seine. Wie das Wasser glitzerte, wie sich der Himmel krümmte.

Wie hübsch, eigentlich.

Ob Manon mir böse war, dass sie mich auf diese Weise verlassen musste? Weil ich so bin, wie ich bin, und es deshalb keine andere Möglichkeit gab? Mit mir zu sprechen, zum Beispiel. Einfach zu sagen, wie es um sie steht. Mich um Hilfe zu bitten. Mir die Wahrheit zu sagen.

»Bin ich kein Mann dafür? Was bin ich überhaupt für einer?«, sagte er laut.

Jean Perdu klappte den Katalog zu, rollte ihn zusammen und steckte ihn in die hintere Hosentasche seiner grauen Hose.

Es war, als ob er die letzten einundzwanzig Jahre exakt darauf hingelebt hatte. Bis zu dieser einen Minute, in der ihm klarwurde, was er tun musste. Was er die ganze Zeit hätte tun sollen, auch ohne Manons Brief.

Monsieur Perdu öffnete seinen penibel aufgeräumten Werkzeugkasten im Maschinenraum, holte den Akku-Schraubendreher heraus, steckte den Aufsatz in die Hemdtasche und ging zur Planke. Dort legte er den Katalog auf das Metallbrett, kniete sich auf das farbig bedruckte Lackpapier, schraubte den Aufsatz auf das Werkzeug und begann, die großen Schrauben, die die Gangway am Untergrund des Quai hielten, zu lösen. Eine nach der anderen.

Zum Schluss löste er auch den Schlauch zum Frischwassertank des Hafens, zog die Stecker aus dem Verteiler des Anleger-Stromkastens und löste die Taue, die die Literarische Apotheke seit zwei Jahrzehnten mit dem Ufer verbanden.

Perdu trat ein paarmal kräftig gegen die Gangway, damit sie sich endgültig vom Untergrund löste. Er hob die Planke hoch, schob sie in den Zugang zum Bücherschiff, sprang hinterher und schloss die Türluke.

Perdu ging zum Heck in den Steuerstand, schickte einen Gedanken in die Rue Montagnard – »Catherine, verzeih mir« – und drehte den Zündschlüssel in den Vorglühmodus.

Dann, nach zehn Sekunden, die Perdu mit einem lustvollen Countdown herunterzählte, drehte er den Schlüssel weiter.

Der Motor sprang ohne zu zögern an.

»Monsieur Perdu! Monsieur Perdu! Hallo! Warten Sie!«

Er sah über seine Schulter zurück.

Jordan? Ja, das war doch Jordan! Er trug zu seinen Ohrenschützern eine Sonnenbrille, die Perdu als jene von Madame Bomme identifizierte, ein strassverziertes Puck-die-Stubenfliege-Modell.

Jordan rannte auf das Bücherschiff zu, einen grünen Seesack über die Schultern geworfen, der aufgeregt bei jedem Schritt hüpfte, und diverse Taschen, die von seinem Arm herabbaumelten. Ihm lief ein Pärchen nach, beide mit Fotoapparat.

»Wo wollen Sie denn hin?«, brüllte Jordan panisch.

»Weg von hier!«, brüllte Perdu zurück.

»Großartig, da will ich auch hin!«

Jordan warf sein Gepäck mit Schwung an Bord, als Lulu schon, zitternd und bebend unter den ungewohnten Vibrationen, einen Meter vom Ufer entfernt war. Die Hälfte fiel ins Wasser, darunter Jordans Beutel mit Handy und Brieftasche.

Der Motor stampfte, der Dieselkraftstoff verbrannte schwarz und qualmend. Schon war der halbe Fluss mit blauem Dunst verhangen. Monsieur Perdu sah den schimpfenden Hafenmeister auf sie zulaufen.

Er legte den Gashebel auf »Volle Kraft«.

Da nahm der Schriftsteller Anlauf.

»Nein!«, rief Perdu, »Monsieur Jordan! Nein, das kommt überhaupt nicht in Frage! Ich muss doch sehr ...«

Max Jordan sprang.

»… bitten!«

Jean Perdu sah zu, wie sich Max Jordan, das Knie reibend, erhob, der Hälfte seiner verlorenen Sachen nachblickte, die sich noch einen Augenblick lang auf dem Wasser drehten und dann versanken – und dann breit lächelnd in den Steuerstand humpelte. Natürlich trug er seine Ohrenschützer.

»Guten Tag«, sagte der gejagte Autor glücklich. »Sie fahren auch mit diesem Boot?«

Perdu verdrehte die Augen. Er würde Max Jordan später eine Standpauke halten und ihn dann höflich von Bord werfen. Jetzt musste er sich konzentrieren. Was ihm da alles entgegenkam! Aussichtsboote, Lastkähne, Hausboote, Vögel, Fliegen, Gischt … Wie war das noch mal, wer hatte Vorfahrt, und wie schnell durfte er überhaupt … Und was bedeuteten diese gelben Karos an den Brückendurchfahrten?

Max sah ihn immer noch so an, als warte er auf etwas.

»Jordan, schauen Sie nach den Katzen und den Büchern. Und kochen Sie uns Kaffee. Ich versuche derweil, niemanden mit dem Ding hier umzubringen.«

»Was? Wen wollen Sie umbringen? Die Katzen?«, fragte der Autor verständnislos.

»Nun nehmen Sie mal die Dinger ab« – Perdu deutete auf Jordans Ohrenschützer – »und machen Sie uns Kaffee.«

Als Max Jordan später eine Blechtasse mit kräftigem Kaffee in den Becherhalter neben dem reifengroßen Steuerrad deponierte, hatte sich Perdu schon etwas an

das Vibrieren und Gegen-die-Strömung-Steuern gewöhnt. Es war lange her, seit er den Kahn gelenkt hatte.
Allein diese Schnauze, die er vor sich herschob! So lang
wie drei Lkw-Anhänger. Und dabei so diskret – leise
schnitt das Bücherschiff durchs Wasser.
Er hatte solche Angst und Lust zugleich. Er wollte singen und schreien. Seine Finger krampften sich um das
Steuerrad. Es war verrückt, was er tat, es war dämlich,
es war … *sa-gen-haft!*
»Woher können Sie denn Frachterfahren und all das?«,
fragte der Schriftsteller und zeigte ehrfürchtig auf die
Navigationsinstrumente.
»Mein Vater hat's mir gezeigt. Da war ich zwölf. Mit
sechzehn habe ich ein Binnenschifferpatent gemacht,
weil ich dachte, ich würde eines Tages Kohle nach Nor-
den schiffen.«
*Und ein großer, ruhiger Mann werden, der nie ankommen
muss, um glücklich zu sein. Mein Gott, wie schnell das Le-
ben eilt.*
»Echt? Mein Vater hat mir nicht mal gezeigt, wie man
Papierschiffchen faltet.«
Paris glitt vorbei wie auf einer Filmrolle. Die Pont Neuf,
Notre-Dame, der Arsenalhafen.
»Das war echt ein 1a-Bond-Abgang. Nehmen Sie Milch
und Zucker, Mister Bond?«, fragte Jordan. »Und wieso
haben Sie das überhaupt gemacht?«
»Was denn? Und kein Zucker, Moneypenny.«
»Na, Ihr Leben gesprengt. Abgehauen. Den Huckleberry
Finn auf dem Floß gemacht. Den Ford Prefect, den …«
»Wegen einer Frau.«
»Einer Frau? Ich dachte, Sie haben's nicht so mit Frau-
en?«

»Mit der Mehrzahl habe ich es auch nicht. Nur mit einer. Aber mit der besonders. Ich will zu ihr.«

»Aha. Prima. Wieso haben Sie nicht den Bus genommen?«

»Denken Sie, nur Leute in Büchern machen etwas Verrücktes?«

»Nein. Ich denke gerade daran, dass ich nicht schwimmen kann und Sie zuletzt in kurzen Hosen so ein Monstrum gefahren sind. Und ich denke daran, dass Sie die fünf Katzenfutterdosen nach dem Alphabet geordnet haben. Wahrscheinlich sind Sie irre. Mein Gott! Sie waren mal zwölf Jahre alt? Ein richtiger kleiner Junge? Unfassbar! Sie wirken, als ob Sie schon immer so gewesen sind.«

»So?«

»So erwachsen. So ... kontrolliert. So total souverän.«

Wenn der wüsste, was für ein Dilettant ich bin.

»Ich hätt's nicht bis zum Bahnhof geschafft. Ich hätte auf dem Weg zu viel Zeit zum Nachdenken gehabt, Monsieur Jordan. Und Gründe gefunden, warum es nicht gut ist, loszufahren. Dann hätte ich es nicht getan. Dann würde ich dort oben stehen« – Perdu deutete zu einer Seine-Brücke, von der aus ihnen Mädchen auf Hollandrädern zuwinkten – »und bleiben, wo ich immer war. Ich würde mich nicht aus meinem gewohnten Leben fortbewegen. Das ist zwar scheiße, aber sicher.«

»Sie haben gerade scheiße gesagt.«

»Ja, und?«

»Super. Jetzt mache ich mir wegen der Abc-Sache in Ihrem Kühlschrank gleich viel weniger Sorgen.«

Perdu griff nach dem Kaffee. Was würde sich Max Jordan erst für Sorgen machen, wenn er ahnte, dass die

Frau, wegen der Jean Perdu auf so brachiale Weise die Taue gekappt hatte, bereits einundzwanzig Jahre tot war? Perdu stellte sich vor, wie er es Jordan sagte. Gleich. Wenn er nur wüsste, wie.

»Und Sie?«, fragte er. »Was führt Sie hier raus, Monsieur?«

»Ich will … eine Geschichte suchen«, erklärte Jordan stockend. »Weil, in mir … da ist nichts mehr. Ich will so lange nicht nach Hause zurück, bis ich sie gefunden habe. Eigentlich war ich nur am Quai, um mich zu verabschieden, und dann legten Sie ab … Darf ich mitfahren, bitte? Darf ich?«

Er schaute Perdu so hoffnungsvoll an, dass der seine Absicht, Max Jordan am nächstgrößeren Hafen an Land zu setzen und ihm viel Glück zu wünschen, fürs Erste vertagte.

Vor ihm die Welt, hinter ihm das ungeliebte Leben, fühlte er sich auf einmal wieder wie der Junge, der er – tatsächlich – einmal gewesen war. Auch wenn Max das von seiner jugendlichen Warte aus kaum glauben mochte.

Er fühlte sich zum Beispiel wie mit zwölf. Als Jean selten einsam gewesen war, aber gern allein, oder mit Vijaya zusammen, dem dünnen Hänfling der indischen Mathematikerfamilie von nebenan. Als er noch Kind genug war, um an seine nächtlichen Träume als zweite, reale Welt und als Ort der Prüfung zu glauben. Ja, er hatte einmal geglaubt, dass es in Träumen Aufgaben gab, die, wenn er sie löste, ihn im wachen Leben eine Stufe weiterbrachten.

»Finde den Weg aus dem Labyrinth! Mach, dass du fliegen kannst! Bezwinge den Höllenhund! Dann wird, wenn du wach bist, ein Wunsch wahr.«

Damals war er fähig, an die Macht seiner Wünsche zu glauben. Selbstverständlich verbunden mit dem Angebot, auf etwas Geliebtes oder sehr Wichtiges zu verzichten.

»Mach, dass sich meine Eltern beim Frühstück wieder ansehen! Ich gebe ein Auge dafür, das linke. Das rechte brauche ich noch zum Frachterlenken.«

Ja, so hatte er gefleht, als er noch ein Junge war und nicht so … wie nannte es Jordan? So kontrolliert? Er hatte auch Briefe an Gott geschrieben und mit Blut aus seinem Daumen besiegelt. Und jetzt, mit kaum tausendjähriger Verspätung, stand er am Steuer eines gigantischen Schiffes und spürte erstmals wieder, dass er überhaupt noch Wünsche hatte.

Perdu entschlüpfte ein »Ha!«, und er richtete sich etwas gerader auf.

Jordan spielte an den Reglern des Funkgeräts herum, bis er den Funk der Navigationslotsen der *VNF Seine* gefunden hatte, die den Flussverkehr regelten.

»… eine Wiederholung der Durchsage an die zwei Komiker, die den Champs-Élyseés-Hafen eingedieselt haben: Schöne Grüße vom Hafenmeister, steuerbord ist da, wo der Daumen links ist.«

»Meinen die etwa uns?«, fragte Jordan.

»Ach, was«, wiegelte Monsieur Perdu ab.

Sie schauten sich an und grinsten schief.

»Was wollten Sie denn werden, als Sie ein Junge waren, Monsieur … eh, Jordan?«

»Ein Junge? Also quasi gestern?« Max lachte übermütig. Dann wurde er sehr leise.

»Ich wollte ein Mann werden, den mein Vater ernst nimmt. Und Traumdeuter, was schon mal dagegensprach«, fügte er hinzu.

Perdu räusperte sich. »Suchen Sie uns doch mal einen Weg nach Avignon, Monsieur. Suchen Sie einen schönen Weg durch die Kanäle nach Süden. Einen auf dem wir vielleicht … wichtige Träume haben.« Perdu deutete auf einen Stapel Pläne. Die Karten zeigten ein dichtes Netz aus blauen Schiffsstraßen, aus Kanälen, Marinas und Schleusen.

Als Jordan ihn fragend musterte, gab Monsieur Perdu mehr Gas. Den Blick auf das Wasser gerichtet, sagte er: »Es heißt bei Sanary, dass man über das Wasser in den Süden fahren muss, um Antworten auf Träume zu bekommen. Und dass man sich dort wieder finden kann, aber nur, wenn man auf dem Weg dorthin verloren geht, ganz und gar verloren. Vor Liebe. Vor Sehnsucht. Vor Angst. Im Süden lauscht man dem Meer, um zu begreifen, dass sich Lachen und Weinen genau gleich anhören und die Seele manchmal weinen muss, um glücklich zu sein.«

In seiner Brust erwachte ein Vogel, und er entfaltete vorsichtig, erstaunt, dass er noch lebte, seine Schwingen. Er wollte hinaus. Er wollte seine Brust aufbrechen und sein Herz mitnehmen, wollte in den Himmel aufsteigen.

»Ich komme«, murmelte Jean Perdu. »Ich komme, Manon.«

Auf dem Weg in mein Leben, zwischen Avignon und Lyon

30. Juli 1986

Dass sie nicht noch alle mit eingestiegen sind, ist ein Wunder. Es war ja schon enervierend genug, dass sie (die Eltern, Tante »Frauen brauchen gar keine Männer«-Julia, die Cousinen »Ich-bin-zu-dick«-Daphne und »Ich-bin-immer-so-müde«-Nicolette) von ihrem Thymian-Hügel runter zu uns ins Tal und mit nach Avignon gekommen sind, um zu sehen, wie ich wahrhaftig in den Schnellzug Marseille–Paris steige. Ich vermute, sie wollten nur alle mal wieder in eine richtige Stadt und ins Kino und sich ein paar Prince-Platten kaufen.

Luc kam nicht mit. Er hatte Sorge, dass ich nicht gehe, wenn er am Bahnhof ist. Und es stimmt, ich kann auf hundert Meter sehen, wie es ihm geht, allein an der Art, wie er steht oder sitzt und seine Schultern und den Kopf hält. Er ist Südfranzose durch und durch, seine Seele ist Feuer und Wein, er ist nie kaltblütig, er kann nichts ohne ein Gefühl tun, es ist ihm nie etwas gleichgültig. Es heißt, in Paris ist den meisten das meiste völlig gleichgültig.

Ich stehe am Fenster des Expresszuges und komme mir jung und erwachsen zugleich vor. Zum ersten Mal nehme ich wahrhaftig Abschied von der Heimat. Ich sehe sie eigentlich zum ersten Mal, als ich mich Kilometer um Kilometer von ihr fortbewege. Der lichtgetränkte Himmel, das Rufen der Zikaden aus den Jahrhundertbäumen, die Winde, die um jedes Mandelblatt ringen. Die Hitze, die wie ein Fieber ist. Das goldene Beben und Funkeln in der Luft, wenn die Sonne versinkt und die steilen Berge und ihre Dorfkronen rosa- und honigfarben färbt. Und immer gibt das Land, es hört nicht auf, uns entgegenzuwachsen: Es drängt Rosmarin und Thymian aus den Steinen, die Kirschen platzen fast aus ihren Schalen, die prallen Lindensamen riechen wie das Lachen der Mädchen, wenn die Erntejungen im Schatten der Platanen zu ihnen kommen. Die Flüsse leuchten wie türkisfarbene, dünne Schnürfäden zwischen den schroffen Felsen, und im Süden glänzt ein Meer so beißend blau, so blau wie die Flecken auf der Haut von den schwarzen Oliven, wenn man sich unter einem der Bäume geliebt hat … Ständig kommt das Land dem Menschen nahe, ganz dicht, es ist gnadenlos. Die Dornen. Die Felsen. Der Duft. Papa sagt, die Provence hat Menschen aus den Bäumen und bunten Felsen und Quellen gemacht und sie Franzosen getauft. Sie sind holzig und biegsam, versteinert und stark, sie reden aus den Tiefen ihrer Schichten und kochen so schnell hoch wie ein Topf Wasser auf dem Ofen.

Schon spüre ich, wie die Hitze nachlässt, der Himmel niedriger wird und sein Kobaltstrahlen verliert … ich sehe die Formen des Landes weicher und schwächer werden, je weiter wir nach Norden streben. Kalter, zynischer Norden! Kannst du lieben?

Natürlich hat Maman Angst, dass mir in Paris etwas passieren könnte. Sie denkt weniger, dass mich eine der Bomben der Libanesischen Fraktion zersplittert, wie sie seit Februar in der Galerie Lafayette und auf der Champs-Élysées hochgegangen sind – sondern

eher ein Mann. Oder, bewahre, eine Frau. Eine von
den St.-Germain-Intellektuellen, die alles im Kopf,
aber nichts im Gefühl haben und die mir das Leben
in zugigen Künstlerhaushalten schmackhaft machen
könnten, in denen zum Schluss doch wieder die Frau-
en den Herren Kreativen die Pinsel auswaschen.
Ich glaube, Maman sorgt sich, dass ich fern von Bonnieux und seinen Atlaszedern, Vermentino-Reben
und rosafarbenen Dämmerungen etwas entdecken
könnte, was mein zukünftiges Leben in Gefahr
bringt. Ich habe sie vergangene Nacht in der Som-
merküche draußen weinen hören vor Verzweiflung;
sie ängstigt sich um mich.
Es heißt, in Paris herrscht in allem Siegzwang, und
die Männer verführen die Frauen mit ihrer Kälte.
Jede Frau will einen Mann zähmen und seine Eiskruste
in Leidenschaft verwandeln ... jede Frau. Und die aus
dem Süden besonders. Das sagt Daphne, und ich meine, sie spinnt. Diäten wirken halluzinatorisch, eindeu-
tig.
Papa ist ganz der beherrschte Provenzale. Was sollten
die in der Stadt einer wie dir schon zu bieten haben?,
so seine Worte. Ich liebe ihn, wenn er seine huma-
nistischen fünf Minuten hat und die Provence als
Wiege der gesamten Nationalkultur sieht. Er mur-
melt seine okzitanischen Phrasen und findet es ganz
wunderbar, dass noch der letzte Olivenbauer und
ungewaschene Tomatenzüchter die Sprache der
Künstler, Philosophen, Musiker und Jugendlichen
spricht, seit vierhundert Jahren. Nicht wie Pariser, die
Kreativität und Weltliebe nur ihrem Bildungsbürger-
tum zutrauen ...

*Ach, Papa! Platon mit dem Ackerspaten und so into-
lerant mit den Intoleranten.*

*Die Würze seines Geruchs wird mir fehlen, die Wär-
me seiner Brust. Und seine Stimme, das Rollen des
Gewitters am Horizont.*

*Ich weiß, dass mir auch die Höhen fehlen werden, das
Blau, der Mistral, der die Weinberge fegt und
wäscht … Ich habe mir ein Säckchen Erde und ein
Bündel Kräuter mitgenommen. Außerdem einen
Nektarinenkern, den ich blank gelutscht habe, und
einen Kieselstein, den ich, ganz nach Art von Pagnol,
unter meine Zunge lege, wenn ich Durst habe nach
den Quellen meiner Heimat.*

*Ob mir Luc fehlen wird? Er war immer da, er fehlte
mir noch nie. Es würde mir gefallen, mich nach ihm
zu sehnen. Ich kenne das Ziehen nicht, von dem Cou-
sine Ich-bin-so-dick-Daphne, bedeutsam Worte aus-
lassend, sprach: »Es ist, als ob ein Mann dir seinen
Anker in die Brust, in den Bauch, zwischen die Beine
schlägt; und wenn er nicht da ist, dann ziehen und
zerren die Ketten.« Es hörte sich grausam an, und
doch lächelte sie dabei.*

*Wie es wohl ist, einen Mann so zu wollen? Und
schlage ich diese Widerhaken auch in ihn, oder vergisst ein Mann leichter? Hat Daphne das in einem
dieser schrecklichen Romane gelesen?*

*Ich weiß alles über Männer, aber nichts über den
Mann. Wie ist ein Mann, wenn er mit einer Frau ist?
Weiß er mit zwanzig, wie er sie mit sechzig lieben
will – weil er doch auch in Bezug auf seine Karriere
genau weiß, wie er mit sechzig denken, handeln und
leben will?*

Ich werde nach einem Jahr zurückkehren, Luc und
ich werden Hochzeit halten, wie die Vögel. Und dann
werden wir Wein und Kinder machen, Jahr um Jahr.
Ich bin frei für das Jahr und auch für die Zukunft.
Luc wird nicht fragen, wenn ich mal spät heimkom-
me oder wenn ich, auch in den Jahren danach, allein
nach Paris oder sonstwohin fahre. Das schenkte er mir
zur Verlobung: eine Ehe in Freiheit. Er ist so.
Papa würde ihn nicht verstehen – Freiheit von der
Treue, aus Liebe? »Der Regen reicht auch nicht für
das ganze Land«, würde er sagen; die Liebe ist der
Regen, der Mann das Land. Und wir Frauen, was
sind wir? »Ihr bestellt den Mann, er blüht unter
euren Händen, das ist die Macht der Frauen.«
Ich weiß noch nicht, ob ich Lucs Geschenk des Re-
gens haben will. Es ist groß, vielleicht bin ich dafür
zu klein.
Und ob ich es ihm zurückgeben will? Luc sagte, darauf beharre er nicht und das sei auch nicht die Bedingung.
Ich bin die Tochter eines großen, starken Baumes.
Mein Holz wird zum Schiff, aber es ist ankerlos,
flaggenlos, ich fahre hinaus und suche die Schatten und
das Licht; ich trinke den Wind und vergesse alle Häfen.
Verdammt zur Freiheit, ob geschenkt oder genommen,
im Zweifel immer allein ertragen.
Oh, und eines sollte ich noch erwähnen, bevor sich
meine innere Jeanne d'Arc wieder das Hemd herun-
terreißt und weiter Verse stöhnt: Ich habe tatsächlich
den Mann kennengelernt, der mich weinen und in
mein Reisetagebuch hat schreiben sehen. In dem Zug-
abteil. Er sah meine Tränen, und ich versteckte sie

und das babyhafte »Wiederhaben-wollen«, das mich befällt, kaum dass ich aus meinem kleinen Tal herauskomme ...

Er fragte, ob ich sehr schlimmes Heimweh habe.

»Ich könnte doch auch Liebeskummer haben?«, fragte ich ihn.

»Heimweh ist Liebeskummer. Nur schlimmer.«

Er ist groß für einen Franzosen. Ein Buchhändler, seine Zähne sind weiß und freundlich, die Augen sind grün, kräutergrün. Es ist ein wenig wie die Farbe der Zeder vor meinem Schlafzimmer in Bonnieux. Traubenrot der Mund, Haare so dicht und stark wie Rosmarinzweige.

Er heißt Jean. Er baut gerade einen flämischen Lastkahn um; er will darauf Bücher pflanzen, sagt er.

»Papierboote für die Seele«, es soll eine Apotheke werden, erklärte er, eine pharmacie littéraire, für all die Gefühle, für die es sonst keine Arzneien gibt.

Heimweh, zum Beispiel. Er meint, es gäbe da unterschiedliche Arten. Geborgenheitsverlangen, Familiennostalgie, Abschiedsangst oder Liebessehnsucht.

»Die Sehnsucht danach, bald etwas zu lieben, was gut ist: einen Ort, einen Menschen, ein bestimmtes Bett.«

Er sagt es so, dass es nicht albern klingt, sondern logisch.

Jean versprach mir, mir Bücher zu geben, die mein Heimweh lindern sollten. Er sagte das, als ob er von einer halbmagischen, aber dennoch offiziellen Medizin sprach.

Er kommt mir vor wie ein weißer Rabe, klug und stark und über den Dingen schwebend. Er ist wie ein stolzer großer Vogel, der über den Himmel wacht.

Und, nein, ich war ungenau: Er versprach es nicht, mir
Bücher zu geben – er kann Versprechen nicht leiden,
sagt er. Er schlug es vor. »Ich kann Ihnen helfen. Wenn
Sie mehr weinen oder aufhören wollen. Oder lachen,
um weniger zu weinen: Ich helfe Ihnen.«
Ich habe Lust, ihn zu küssen, um zu sehen, ob er
nicht nur reden und wissen, sondern auch fühlen und
glauben kann.
Und wie hoch er fliegen kann, der weiße Rabe, der
alles sieht, was in mir ist.

15

ch hab Hunger«, sagte Max.

»Haben wir genug Frischwasser?«, fragte Max.

»Ich will auch mal lenken!«, verlangte Max.

»Haben wir denn keine Angel an Bord?«, quengelte Max.

»Irgendwie fühle ich mich kastriert ohne Telefon und Kreditkarten. Sie nicht?«, seufzte Max.

»Nein. Sie können das Boot putzen«, erwiderte Perdu. »Das ist Bewegungsmeditation.«

»Putzen? Echt? Schauen Sie mal, da kommen schon wieder ein paar Schwedensegler«, sagte der Schriftsteller, »die fahren immer in der Mitte vom Fluss, als ob sie ihn erfunden hätten. Die Engländer sind anders, die erwecken den Eindruck, als ob nur sie da hingehören und alle anderen am besten vom Land aus applaudieren und mit kleinen Fähnchen winken sollten. Na ja, Trafalgar. Das wurmt die wohl noch.«

Er ließ das Fernglas sinken. »Haben wir eigentlich eine Nationale am Hintern hängen?«

»Heck, Max. Das Schiffsgesäß nennt sich Heck.«

Je länger sie die gewundene Seine aufwärtsgepflügt waren, desto aufgeregter war Max geworden – und Jean Perdu ruhiger.

Der Fluss wand sich in großen Schleifen sanft und gelassen durch Wälder und Parks. An Land reihten sich weitläufige, herrschaftliche Grundstücke aneinander, mit Häusern, die nach altem Geld und Familiengeheimnissen aussahen.

»Schauen Sie mal in der Schiffskiste bei den Werkzeugen nach einer Flagge und einem Trikolore-Wimpel«, trug Perdu Jordan auf. »Und suchen Sie die Erdnägel und den Gummihammer raus, die werden Sie zum Festmachen benötigen, wenn wir keinen Hafen finden.«

»Aha. Und woher weiß ich, wie man festmacht?«

»Eh … das steht in einem Buch über Hausbootferien.«

»Und wie man angelt?«

»In der Abteilung ›Als Städter überleben in der Provinz‹.«

»Und wo steht der Putzeimer? Auch in einem Buch?«

Max lachte mit einem kleinen Grunzen und rückte sich den Ohrenschützer wieder über die Ohren.

Perdu sah eine Gruppe Kanuten vor sich und zog einmal kräftig an der Schiffshupe, um sie zu warnen. Der Ton war tief, laut und fuhr ihm durch Brust und Magen – direkt unter den Nabel und von dort noch einmal tiefer.

»Oh«, flüsterte Monsieur Perdu.

Er zog erneut an dem Zughebel des Horns.

Das konnten wirklich nur Männer erfinden.

Mit dem Laut und seinem Echo in sich spürte er wieder Catherines Haut unter seinen Fingern. Wie diese Haut den Deltamuskel, oben an der Schulter, umspannt hatte. Weich, warm, glatt. Und rund. Die Erinnerung, Catherine berührt zu haben, machte Jean für einen Moment ganz benommen.

Frauen berühren, Schiffe fahren, einfach abhauen.

Milliarden von Zellen schienen in ihm erwacht, blinzelten verschlafen, streckten sich, sagten: Hey! Das vermissen wir. Mehr, bitte. Drück aufs Gas!

Steuerbord rechts, Backbord links, die Fahrrinne wurde von farbigen Tonnen begrenzt, das wussten die Hände noch und lenkten zwischen ihnen hindurch. Und Frauen sind die Schlauen, die, die Fühlen und Denken nicht in Widerspruch setzten und liebten ohne Grenzen, ja, das kannte der Bauch.

Und Vorsicht vor den Wirbeln vor einer Schleusentür.

Vorsicht vor Frauen, die immer schwach sein wollen. Die lassen Männern keine Schwäche durchgehen.

Aber der Skipper hat das letzte Wort.

Oder seine Frau.

Aber irgendwann wieder anlegen? Einparken mit diesem Ding war in etwa so leicht, wie nächtliche Gedanken abzuschalten.

Ach, was. Er würde heute Abend einfach eine besonders schöne, lange, nachsichtige Kaimauer ansteuern, sanft die Seitenruder betätigen, wenn er sie fand, und … dann?

Vielleicht sollte er lieber eine Uferböschung anpeilen.

Oder einfach durchfahren, bis ans Ende meines Lebens.

Aus einem gepflegten Garten am Ufer schaute eine Gruppe Frauen zu ihm herüber. Eine von ihnen winkte.

Ihnen kamen selten Lastkähne oder flämische Frachter entgegen, Lulus entfernte Vorfahren, gesteuert von gleichmütigen Kapitänen, die lässig die Füße hochgelegt hatten und das große, leichtgängige Steuerrad mit einem Daumen lenkten.

Dann, auf einmal, hörte die Zivilisation auf. Nach Melun tauchten sie ein in sommerliches Grün.

Und wie es roch! So rein, so frisch und sauber.

Aber da war noch eine Sache, die völlig anders war als in Paris. Etwas ganz Bestimmtes fehlte. Etwas, woran sich Perdu aber so sehr gewöhnt hatte, dass ihm die Abwesenheit leichten Schwindel und ein Summen im Ohr bescherte.

Als er begriff, was es war, durchströmte ihn ungeheure Erleichterung.

Es fehlte das Rauschen der Autos, das Röhren der Metro, das Summen der Klimaanlagen. Das Surren und Murmeln von Millionen von Maschinen und Getrieben und Liften und Rolltreppen. Es fehlten die Geräusche von Lkw-Rückwärtsgängen, Zugbremsen oder Absätzen auf Kies und Stein. Die basslastige Musik des Rüpels zwei Häuser weiter, das Knallen der Skateboards, das Knattern der Mofas.

Es war eine Sonntagsruhe, die Perdu das erste Mal so satt und gewachsen gespürt hatte, als sein Vater und seine Mutter ihn zu Verwandten in die Bretagne mitnahmen. Dort, zwischen Pont-Aven und Kerdruc, war ihm die Stille vorgekommen wie das wahre Leben, das sich im Finistère, am Ende der Welt, vor den Städtern versteckte. Paris war ihm als gigantische Maschine erschienen, die den Bewohnern tief brummend eine Illusionswelt produzierte. Sie schläferte ein mit Labordüften, die die

Natur nachahmten, lullte die Menschen ein mit Klängen, mit künstlichem Licht und falschem Sauerstoff. Wie bei E. M. Forster, den er als Junge geliebt hatte. Als dessen literarische »Maschine« eines Tages aussetzt, sterben die Leute, die sich bis dahin nur per Computerbildschirm unterhielten, an plötzlicher Stille, reiner Sonne und der Intensität ihrer eigenen, ungefilterten Sinneswahrnehmungen. Sie sterben an zu viel Leben.

Genauso kam sich Jean Perdu jetzt vor: überrollt von überintensiven Wahrnehmungen, die er in der Stadt nie gehabt hatte.

Wie seine Lunge schmerzte, als er tief einatmete! Wie seine Ohren knackten in dieser ungekannten Freiheit der Ruhe! Wie seine Augen sich erholten, weil sie lebendige Formen sahen.

Der Duft des Flusses, die seidige Luft, die Höhe über seinem Kopf. Er hatte diese Ruhe und Weite zuletzt gespürt, als Manon und er durch die Camargue geritten waren, im späten, pastellblauen Sommer. Die Tage waren noch so licht und heiß wie eine Ofenplatte gewesen. In den Nächten aber hatten die Halme der Wiesen, die Wälder an den moorigen Seen schon Tau geleckt. Die Luft war von Herbstduft durchdrungen, vom Salz der Salinen. Es roch nach den Lagerfeuern der Roma und Menouches, die, verborgen zwischen Stierweiden, Flamingokolonien und alten, vergessenen Obstplantagen, in ihren Sommerlagern lebten.

Jean und Manon ritten auf zwei schlanken, trittsicheren Schimmeln zwischen einsamen Seenplatten und kurvigen kleinen Straßen, die im Wald endeten, bis zu den vergessenen Stränden. Nur diese Pferde, die Camargue-Geborenen, die als Einzige mit dem Maul unter Wasser fressen konnten, fanden hier noch hin, in die endlose, wasserdurchspülte Einsamkeit.

So eine menschenleere Weite. So eine menschenferne Ruhe.

»Weißt du noch, Jean? Du und ich, Adam und Eva am Ende der Welt?«

Wie lachend Manons Stimme sein konnte. Lachende Schmelzschokolade.

Ja, es war, als hätten sie eine fremde Welt am Ende ihrer eigenen entdeckt, unbedrängt geblieben in den letzten zweitausend Jahren vom Mensch und seinem Wahn, die Natur in Städte, Straßen und Supermärkte umzuwandeln.

Nirgends ein hoher Baum, kein Hügel, kein Haus. Nur der Himmel und darunter der eigene Kopf als Begrenzung. Sie sahen wilde Pferde, die in Herden vorbeizogen. Reiher und Wildgänse angelten nach Fischen, Schlangen verfolgten Smaragdeidechsen. Sie spürten all die Gebete Tausender Wanderer, die die Rhône von ihrer Quelle unter dem Gletscher mit in dieses gewaltige Delta verschleppt hatte und die nun zwischen Ginster, Weiden und niedrigen Bäumen umherlichterten.

Die Morgen waren von einer Frische und Unschuld, die ihn sprachlos gemacht hatten vor Dankbarkeit, geboren worden zu sein. Jeden Tag war er in dem Licht der aufgehenden Sonne im Mittelmeer geschwommen, er war nackt und johlend die feinsandigen, weißen Strände auf und ab gerannt und hatte sich eins mit sich und dieser natürlichen Einsamkeit gefühlt. So voller Kraft.

Manon war voller ehrlicher Bewunderung gewesen, wie er geschwommen war, nach Fischlein gegriffen und welche gefangen hatte. Sie hatten begonnen, sich die

Zivilisation abzustreifen. Jean ließ sich einen Bart wachsen, Manon ihr Haar über den Busen fallen, während sie nackt auf ihrem gutmütigen, verständigen Tier mit den kleinen Pferdeohren ritt. Sie beide wurden braun wie die Kastanien, und wenn sie sich abends neben dem prasselnden Treibholzfeuer im noch warmen Strandsand liebten, genoss Jean die süßherbe Mischung auf ihrer Haut. Er schmeckte das Salz des Meeres, das Salz ihres Schweißes, das Salz der Deltawiesen, in denen Fluss und Meer ineinanderflossen wie Liebende.

Wenn er sich dem schwarzem Flaum zwischen ihren Schenkeln näherte, schlug Jean der hypnotische Geruch von Weiblichkeit und Leben entgegen. Manon roch nach der Stute, die sie so eng und beherrscht ritt, nach Freiheit. Sie duftete nach einer Mixtur orientalischer Gewürze und der Süße von Blumen und Honig – sie roch nach Frau!

Unaufhörlich hatte sie seinen Namen geflüstert, geseufzt, hatte die Buchstaben eingehüllt in ihren lustvoll keuchenden Atemstrom.

»Jean! Jean!«

In diesen Nächten war er mehr Mann gewesen als je zuvor. Sie hatte sich ihm weit geöffnet, entgegengedrängt, seinem Mund, seinem Sein, seinem Schwanz. Und in ihren offenen, seinen Blick festhaltenden Augen hatte sich immer der Mond gespiegelt. Erst eine Sichel, dann ein halber Kuchen, schließlich die volle, runde Röte.

Eine halbe Mondreise waren sie in der Camargue gewesen, waren zu Wilden geworden, zu Adam und Eva in der Schilfhütte. Sie waren Flüchtlinge und Entdecker; und er hatte nie gefragt, wen Manon hatte wie belügen müssen, um dort, am Ende der Welt, mit den Stieren, Flamingos und Pferden zu träumen.

Nachts hatte nur ihr Atem diese absolute Stille unter dem Sternenhimmel getränkt. Manons süßer, ruhiger, tiefer Atem.

Sie war das Atmen der Welt.

Erst als Monsieur Perdu dieses Bild der schlafenden, atmenden Manon am wilden, fremden Ende des Südens langsam losließ, so langsam, als ließe er ein Papierboot zu Wasser, bemerkte er, dass er die ganze Zeit mit weit offenen Augen vor sich hin gestarrt hatte. Und dass er sich an seine Geliebte erinnern konnte, ohne zusammenzubrechen.

16

»Nehmen Sie doch endlich mal Ihre Ohrenschützer ab, Jordan. Hören Sie doch, wie ruhig es ist.«

»Pscht! Nicht so laut! Und nennen Sie mich nicht Jordan. Es ist besser, wenn ich mir einen Decknamen zulege.«

»Aha. Und welchen?«

»Ich bin jetzt Jean. Jean Perdu.«

»Mit Verlaub: *Ich* bin Jean Perdu.«

»Ja, genial, nicht wahr? Wollen wir du sagen?«

»Nein, wollen wir nicht.«

Jordan rückte die Ohrenschützer nach hinten. Dann schnupperte er.

»Hier riecht's nach Fischlaich.«

»Sie riechen mit den Ohren?«

»Was ist, wenn ich in den Fischlaich falle und mich lauter unterentwickelte Katzenwelse auffressen?«

»Monsieur Jordan, die meisten Leute gehen nur dann über Bord, wenn sie betrunken über die Reling pinkeln. Benutzen Sie das Klo, dann werden Sie überleben. Außerdem fressen Katzenwelse keine Menschen.«

»Ach, ja? Wo steht das? Auch in einem Buch? Sie wissen doch: Was Leute in Büchern schreiben, ist immer nur die Wahrheit, die sie gerade eben von ihrem Schreibtisch aus erkennen. Ich meine, die Welt war ja auch mal eine Scheibe und stand im All rum wie ein vergessenes Kantinentablett.« Max Jordan streckte sich. Dabei knurrte sein Magen, sehr laut und vorwurfsvoll. »Wir sollten uns was zu essen besorgen.«

»Im Kühlschrank finden Sie …«

»… hauptsächlich Katzenfutter. Herz und Huhn, nein danke.«

»Vergessen Sie nicht die Dose weiße Bohnen.« Sie mussten wirklich dringend einkaufen. Nur: Wovon? Perdu hatte kaum Geld in der Kasse, und Jordans Karten planschten in der Seine herum. Immerhin: Das Wasser in den Tanks würde eine Weile für die Toilette, die Spüle und Dusche reichen. Zwei Kisten Mineralwasser hatte er auch noch. Aber für den ganzen langen Weg nach Süden würden sie damit nicht auskommen.

Monsieur Perdu seufzte. Eben hatte er sich noch wie ein Freibeuter gefühlt, und jetzt wie ein Frischling.

»Ich bin ein Sachenfinder!«, triumphierte dagegen Jordan, als er wenig später wieder aus Lulus Bücherbauch im Steuerstand auftauchte, mit einem Stapel Einbände und einer großen Papprolle unter dem Arm. »Wir hätten da: ein Prüfungsbuch über Navigation, mit allen Verkehrszeichen, die sich ein gelangweilter EU-Beamter ausdenken kann.« Er wuchtete den Einband neben das Steuer. »Außerdem … ein Knotenbuch. Das nehme ich. Und, schauen Sie her: einen Gesäß-, pardon, Heck-Wimpel, sowie – Achtung, Herrschaften – eine Flagge!«

Er hielt stolz die Papprolle hoch und förderte eine zusammengerollte große Fahne daraus hervor.

Es war ein schwarz-goldener Vogel mit ausgebreiteten Schwingen. Sah man genauer hin, erkannte man ein stilisiertes Buch, der Buchrücken war der Körper, der Umschlag und die Seiten waren die Flügel. Der Papiervogel besaß einen Adlerkopf und trug eine Augenklappe, wie ein Piratenvogel. Er war auf ochsenblutroten Stoff gestickt.

»Na? Ist das unsere Flagge oder nicht?«

Jean Perdu spürte einen heftigen Stich links von seinem Brustbein. Er krümmte sich zusammen.

»Was ist denn jetzt los?«, fragte Max Jordan alarmiert. »Haben Sie einen Herzinfarkt? Wenn ja, sagen Sie jetzt bloß nicht, ich soll in einem Buch nachschauen, wie ich einen Katheter lege!«

Perdu musste wider Willen auflachen.

»Schon gut«, keuchte er. »Das ist nur … Überraschung. Geben Sie mir einen Moment.«

Jean versuchte, an den Schmerzen vorbeizuschlucken.

Er streichelte die filigranen Stiche, den Stoff, den Schnabel des Buchvogels. Und dann auch das einzelne Auge.

Manon hatte diese Flagge zur Eröffnung des Bücherschiffs gesteppt, während sie zeitgleich an ihrer provenzalischen Brautdecke arbeitete. Ihre Finger, ihre Augen waren über den Stoff geglitten, diesen Stoff …

Manon. Das ist das Einzige, was mir von dir geblieben ist?

»Wieso heiratest du ihn eigentlich, diesen Weinmann?«

»Er heißt Luc. Und er ist mein bester Freund.«

»Mein bester Freund ist Vijaya, aber ich will ihn trotzdem nicht heiraten.«

»Ich liebe Luc, und es wird schön, mit ihm verheiratet zu sein. Er lässt mich in allem sein, wie ich bin. Ohne Bedingung.«

»Du könntest *mich* heiraten, und das wäre auch schön.« Manon hatte ihre Stickarbeit sinken lassen; das Auge des Vogels war gerade erst halb gefüllt.

»Ich bin schon in Lucs Lebensplanung vorgekommen, als du nicht mal wusstest, dass wir denselben Zug nehmen.«

»Und du willst es ihm nicht antun, dass er umplanen muss.«

»Nein, Jean. Nein. Ich will es *mir* nicht antun. Luc würde mir fehlen. Seine Bedingungslosigkeit. Ich will ihn. Ich will dich. Ich will den Norden und den Süden. Ich will Leben mit allem, was Leben ist! Ich entscheide mich gegen das Oder und für das Und. Luc lässt mir jedes Und. Könntest du das, wenn wir Mann und Frau wären? Wenn es da noch jemanden gäbe, einen zweiten Jean, einen Luc oder zwei oder …«

»Ich würde dich lieber ganz für mich haben.«

»Ach, Jean. Was ich mir wünsche, ist egoistisch. Ich weiß. Ich kann dich nur bitten, dass du bei mir bleibst. Ich brauche dich zum Überleben.«

»Dein Leben lang, Manon?«

»Mein Leben lang, Jean.«

»Das reicht mir, gerade so.«

Sie hatte wie zum Schwur die Sticknadel in ihre Daumenhaut geschoben und den Stoff des Vogelauges mit Blut getränkt.

Vielleicht war es aber nur der Sex.

Das hatte er gefürchtet: dass er für sie nur Sex war.

Dabei war es, wenn sie miteinander schliefen, nie »nur Sex«. Es war die Eroberung der Welt. Es war ein inbrünstiges Gebet. Sie erkannten, was sie waren, ihre Seelen, ihre Körper, ihre Lebenssehnsucht, ihre Todesangst. Es war eine Feier des Lebens.

Jetzt konnte Perdu wieder tiefer atmen.

»Ja. Das ist unsere Flagge, Jordan. Sie ist perfekt. Hissen Sie sie am Bug, wo sie jeder sehen soll. Vorn. Und die Trikolore hier gleich am Heck. Beeilen Sie sich.«

Während sich Max zum Heck lehnte, um herauszufinden, welches der im Wind schnatternden Stahlseile für das Setzen der Nationale zuständig war, und dann durch die Buchhandlung zum Bug trabte, fühlte Perdu es heiß hinter seinen Augen aufsteigen. Aber er wusste, er konnte nicht weinen.

Max setzte die Flagge, er zog sie hoch und höher.

Bei jedem Zug krampfte sich Perdus Herz zusammen. Die Flagge wehte nun stolz im Fahrtwind. Der Buchvogel flog.

Verzeih mir, Manon. Verzeih mir.

Ich war jung, dumm und eitel.

»Oh, oh. Die Bullen kommen!«, rief Max Jordan.

17

*D*as Flussboot der Gendarmerie näherte sich zügig. Perdu drosselte das Tempo, während das wendige Motorboot seitlich an Lulus Klampenstegen festmachte.

»Meinen Sie, wir kriegen eine Doppelzelle?«, fragte Max.

»Ich muss Zeugenschutz beantragen«, sagte Max.

»Ob meine Verlegerin die geschickt hat?«, sorgte sich Max.

»Sie sollten wirklich die Fenster putzen gehen oder ein paar Knoten üben«, murmelte Perdu.

Ein schneidiger Gendarm mit Fliegersonnenbrille sprang an Bord und erklomm sportlich den Steuerstand.

»*Bonjour Messieurs. Service de la navigation de la Seine, Arrondisment Champagne,* ich bin Brigadier Levec«, schnurrte er herunter. Man hörte, wie sehr er seine Position liebte.

Fast rechnete Perdu damit, von diesem Brigadier Levec eine Anzeige wegen unerlaubten Entfernens aus seinem Leben zu erhalten.

»Ihre *Voies-navigables-de-France*-Vignette ist leider nicht sichtbar angebracht. Und zeigen Sie mir die vorgeschriebenen Schwimmwesten, bitte, danke.«

»Ich geh doch mal die Fenster putzen«, sagte Jordan.

Eine Viertelstunde, eine Verwarnung und einen Bußgeldbescheid später hatte Monsieur Perdu sein Kassengeld und das Geld aus seiner Hosentasche auf den Tisch gelegt – für eine Gebührenvignette zur Befahrung der französischen Gewässer, einen Satz neonfarbene Schwimmwesten, die beim Schleusen auf der Rhône

Pflicht waren, und eine beglaubigte Kopie der VNF-Bestimmungen. Das Geld reichte nicht.

»So«, sagte Brigadier Levec. »Und was machen wir nun?«

Sah man da ein zufriedenes Funkeln in seinen Augen?

»Würden Sie … eh, lesen Sie zufällig gern?«, fragte Perdu und spürte, wie er vor Verlegenheit nuschelte.

»Natürlich. Ich halte nichts von der Unsitte, lesende Männer in eine Schublade mit Schwächlingen und Frauenverstehern zu packen«, antwortete der Flussgendarm, während er Kafka zu kraulen begann, der ihm mit spitz erhobenem Schweif auswich.

»Darf ich Ihnen dann vielleicht ein Buch … oder ein paar mehr als Restzahlung anbieten?«

»Tja. Ich nähme sie ja, für die Westen. Aber was machen wir mit dem Bußgeld? Und wie wollen Sie die Liegegebühren zahlen? Ich bin mir nicht sicher, ob die Marina-Besitzer sonderlich … lesefreudig sind.« Brigadier Levec überlegte. »Fahren Sie den Holländern nach. Die haben eine Nase für Gratisgelegenheiten und wissen, wo sie umsonst ankern dürfen.«

Als sie durch Lulus Bauch und an den Bücherregalen entlanggingen, damit sich Levec seine Restzahlungsmittel aussuchen konnte, wandte sich der VNF-Brigadier an Max, der die Fenster neben dem Lesesessel wienerte und es vermied, den Gendarm direkt anzusehen: »Sagen Sie, sind Sie nicht dieser bekannte Schriftsteller?«

»Ich? Nein. Sicher nicht. Ich bin … eh« – Jordan guckte rasch zu Perdu – »sein Sohn und ein ganz normaler Sportsockenverkäufer.«

Perdu starrte ihn an. Hatte sich Jordan etwa gerade einfach adoptieren lassen?

Levec nahm *Die Nacht* von einem Stapel. Der Gendarm betrachtete forschend Max' Bild auf dem Umschlag.

»Sicher?«

»Na ja. Vielleicht bin ich es doch.«

Levec hob verstehend die Schultern.

»Natürlich. Sie haben sicher viele weibliche Fans?«

Max fingerte an seinen Ohrenschützern, die er um den Hals gelegt hatte. »Weiß nicht«, murmelte er. »Kann sein.«

»Also, meine Ex-Verlobte liebte Ihr Buch. Ständig lag sie mir damit in den Ohren. Pardon, ich meine natürlich, das Buch von dem Kerl, dem Sie ähnlich sehen. Sie könnten mir vielleicht … seinen Namen hier hineinschreiben?«

Max nickte.

»Für Frédéric«, diktierte Levec, »in tiefer Freundschaft.«

Max schrieb zähneknirschend das Gewünschte.

»Schön«, sagte Levec und strahlte Perdu an. »Zahlt Ihr Sohn dann noch das Bußgeld?«

Jean Perdu nickte. »Aber sicher. Er ist ein guter Junge.«

Nachdem Max seine Taschen umgestülpt und ein paar kleine Scheine und Euromünzen zutage gefördert hatte, waren sie beide pleite. So nahm sich Levec aufseufzend weitere Neuerscheinungen – »Für die Kollegen« – und ein Rezeptbuch, *Kochen für den Singlemann.*

»Warten Sie«, bat Perdu. Dann gab er ihm nach kurzem Suchen aus der Abteilung »Lieben für Dummies« die Autobiografie von Romain Gary.

»Wozu, bitte sehr?«

»Wogegen, lieber Brigadier«, korrigierte Perdu sanft. »Es ist gegen die Enttäuschung, dass einen keine Frau so sehr liebt wie die, die uns geboren hat.«

Levec wurde rot und verschwand schnell vom Bücher-schiff.

»Danke«, flüsterte Max.

Als das Gendarmerieboot ablegte, war sich Perdu siche-rer denn je, dass die Romane über Aussteiger und Fluss-Hasardeure so etwas Banales wie Gebührenvignetten und Schwimmwestenbußgelder bösartig verschwiegen.

»Meinen Sie, der hält dicht, dass ich hier bin?«, fragte Jordan, als sich das Polizeiboot entfernte.

»Bitte, Jordan. Was ist denn so furchtbar daran, sich mit ein paar Fans zu unterhalten oder mit der Presse?«

»Sie könnten fragen, woran ich arbeite.«

»Ja, und? Sagen Sie die Wahrheit. Dass Sie nachden-ken, dass Sie sich Zeit lassen, dass Sie nach einer Ge-schichte graben und Bescheid sagen, wenn's so weit ist.«

Jordan guckte, als ob er das noch nie in Betracht gezo-gen hätte.

»Ich habe vorgestern meinen Vater angerufen. Er liest nicht viel, wissen Sie. Nur Sportzeitungen. Ich habe ihm erzählt, von den Übersetzungen, von den Tantiemen, und dass ich bald eine halbe Million Bücher verkauft hab. Dass ich ihm dann helfen könnte, seine Rente ist ja nicht so üppig. Wissen Sie, was mein Vater da gefragt hat?«

Monsieur Perdu wartete.

»Ob ich nicht endlich mal was Richtiges arbeiten will. Und er habe schon gehört, dass ich eine perverse Ge-schichte geschrieben habe. Das halbe Viertel würde hin-ter vorgehaltener Hand über ihn lästern. Ob ich über-haupt wüsste, was ich ihm da angetan habe mit meiner Spinnerei.«

Max sah unendlich verwundet und verloren aus.

Monsieur Perdu spürte einen ungewohnten Drang, ihn an sich zu ziehen. Als er es tatsächlich tat, brauchte er zwei Anläufe, bis er wusste, wo er seine Arme hintun sollte, um Max Jordan vorsichtig an seine Schulter zu drücken. Sie standen steif da, in der Hüfte nach vorn abgeknickt.

Dann flüsterte Perdu ihm an dem Ohrenschützer vorbei zu: »Ihr Vater ist ein kleinherziger Ignorant.«

Max zuckte erschrocken zusammen, doch Perdu hielt ihn eisern fest. Er sprach leise, als teile er dem jungen Mann ein Geheimnis mit: »Er hat es verdient, dass er sich einbildet, die Leute würden über ihn reden. Stattdessen reden sie wahrscheinlich über Sie. Und sie fragen sich, wie ein Mensch wie Ihr Vater einen derart erstaunlichen, großartigen Sohn haben kann. Vielleicht das Beste, was er hinbekommen hat.«

Max schluckte hart.

Seine Stimme war dünn, als er seinerseits flüsterte: »Meine Mutter sagte, er meine es nicht so. Er könne seine Liebe nur nicht ausdrücken. Und jedes Mal, wenn er mich beschimpfte und schlug, würde er mich in Wirklichkeit nur sehr lieben.«

Jetzt packte Perdu seinen jungen Begleiter an beiden Schultern, sah ihm fest in die Augen und sagte lauter: »Monsieur Jordan. *Max.* Ihre Mutter hat gelogen, weil sie Sie trösten wollte. Aber es ist Unsinn, schlechte Behandlung als Liebe zu deuten. Wissen Sie, was *meine* Mutter gesagt hat?«

»Spiel nicht mit den Schmuddelkindern?«

»Oh, nein. Sie war nie elitär. Sie sagte, dass viel zu viele Frauen die Komplizinnen von grausamen, gleichgültigen Männern sind. Sie lügen für diese Männer. Sie lügen ihre eigenen Kinder an. Weil sie selbst genauso von ihren Vätern behandelt wurden. Diese Frauen wollen immer noch daran glauben, dass hinter Grausamkeit Liebe steckt, um nicht verrückt zu werden vor Schmerz. Aber Fakt ist, Max: Da ist keine Liebe.«

Max wischte sich eine Träne aus dem Augenwinkel.

»Manche Väter können ihre Kinder nicht lieben. Sie sind ihnen lästig. Oder gleichgültig. Oder unheimlich. Sie ärgern sich über sie, weil sie anders sind, als sie es sich gewünscht haben. Sie ärgern sich, weil die Kinder der Wunsch der Frau waren, um die Ehe zu kitten, wo es nichts zu kitten gab. Ihr Mittel, ihn zu einer liebevollen Ehe zu zwingen, wo es keine Liebe gab. Und das lassen solche Väter an den Kindern aus. Egal, was diese tun, ihre Väter werden sie hässlich und gemein behandeln.«

»Hören Sie doch bitte auf.«

»Und die Kinder, die kleinen, zarten, sehnsüchtigen Kinder«, fuhr Perdu sanfter fort, weil ihn Max' innere Qual furchtbar rührte, »die tun alles, um geliebt zu werden. Alles. Sie denken, sie haben sicher irgendetwas damit zu tun, dass der Vater sie nicht lieben kann. Aber, Max« – nun hob Perdu Jordans Kinn an – »sie haben damit nichts zu tun. Das haben Sie in Ihrem wunderbaren Roman doch schon herausgefunden. Wir können uns nicht entscheiden zu lieben. Wir können niemanden dazu bringen, uns zu lieben. Es gibt kein Rezept. Es gibt nur die Liebe selbst. Und wir sind ihr ausgeliefert. Wir können nichts tun.«

Jetzt weinte Max, er weinte haltlos, sank in die Knie und umschlang Monsieur Perdus Beine.

»Na, na«, murmelte der. »Ist ja gut. Wollen Sie mal fahren?«

Max krallte sich in seine Hosenbeine. »Nein! Ich will rauchen! Ich will saufen! Ich will mich endlich wiederfinden! Ich will schreiben! Ich will entscheiden, wer mich liebt und wer nicht, ich will bestimmen, ob Liebe weh tut, ich will Frauen küssen, ich will ...«

»Ja, Max, schscht. Ist gut. Wir legen an, wir besorgen etwas zu rauchen und zu saufen, und den Rest mit den Frauen ... den Rest sehen wir.«

Perdu zog den jungen Mann hoch; Max lehnte sich an ihn und durchweichte sein gebügeltes Hemd mit Tränen und Spucke.

»Das ist alles zum Kotzen!«, schluchzte er.

»Ja, Sie haben recht. Aber, bitte, Monsieur, kotzen Sie auf der Wasserseite, nicht aufs Deck, sonst müssen Sie da schon wieder wischen.«

In Max Jordans Schluchzer mischte sich ein Lachen. Er weinte und lachte, während Perdu ihn im Arm hielt.

Als das Bücherschiff ein Zittern durchlief und es mit dem Achterdeck heftig gegen das Ufer prallte, fielen die Männer gemeinsam erst gegen das Klavier und dann zu Boden. Aus den Regalen regnete es Bücher.

»Hmpf«, machte Max, als ein schwerer Einband auf seinen Bauch fiel.

»Nehmen fwie fas Knie auf meinem Mund«, forderte Perdu.

Dann blickte er aus dem Fenster, und was er sah, gefiel ihm nicht.

»Wir sind abgetrieben!«

18

Perdu steuerte beherzt den von der Strömung an die Seite gedrückten Frachtkahn vom Ufer fort. Leider brach dabei Lulus Heck aus, so dass der lange Kahn quer im Fluss stand wie ein Korken im Flaschenhals und im Kreuzfeuer höchst unfreundlicher Huperei der Schiffe, denen sie die Fahrrinne versperrten. Nur knapp konnte ein britisches Narrowboat, eines der zwei Meter schmalen, aber dafür sehr langen, niedrigen Hausboote, verhindern, in Lulus Taille zu krachen.

»Ihr Flussesel! Winselschnepfen! Blindfische!«, schimpften die Engländer von dem dunkelgrünen Hausboot herüber.

»Monarchisten! Ungläubige! Brotrindenabschneider!«, rief Max mit vom Weinen nasaler Stimme zurück und schneuzte sich ein paarmal zur Bekräftigung.

Als Perdu die Literarische Apotheke so weit gedreht hatte, dass sie nicht mehr quer im Fluss steckte, sondern längs, hörten sie Applaus. Es waren drei Frauen in geringelten Oberteilen auf einem Miet-Hausboot.

»Ahoi, Büchernotärzte. Hinreißendes Binnenballett!«

Perdu zog an dem Sirenenhebel und grüßte das Damenboot höflich mit drei Signaltönen. Die Frauen winkten, während sie das Bücherschiff lässig überholten.

»Folgen Sie diesen Damen, *mon* Kapitän. Wir müssen bei Saint-Mammès dann rechts ab. Also, Steuerbord, wie man so sagt«, vermerkte Max. Seine rotgeweinten Augen versteckte er hinter Madame Bommes Strass-Sonnenbrille. »Da werden wir eine Filiale meiner Bank

suchen und einkaufen. In Ihrem Buchstabenschrank er-
hängen sich ja die Mäuse vor Hunger.«

»Heute ist Sonntag.«

»Oh. Na, gut. Noch mehr Mäusesuizide.«

Mit unausgesprochenem Einverständnis taten sie beide
so, als hätte es jenen Moment der Verzweiflung nicht
gegeben.

Je weiter sich der Tag der Nacht zuneigte, desto mehr
Vögel kreuzten den Himmel – Graugänse, Enten, Aus-
ternfischer, die schwatzend ihren Schlafplätzen auf den
Sandbänken und Ufersäumen zustrebten. Perdu war
fasziniert von den schier tausend Varianten Grün, die er
erblickte. Und all das hatte sich die ganze Zeit so nahe
bei Paris versteckt?

Die Männer näherten sich Saint-Mammès.

»Meine Güte«, murmelte Perdu. »Da ist ja was los.«

Im Flusshafen drängten sich Schiffe aller Größen dicht
an dicht, mit Wimpeln Dutzender Länderfarben. Auf
den Booten saßen unzählige Menschen über ihrem Essen – und alle, ausnahmslos alle, starrten das große Bücherschiff an.

Perdu war versucht, aufs Gas zu drücken.

Max Jordan studierte die Karte. »Von hier kann in alle
Himmelsrichtungen weitergefahren werden: nach Norden bis nach Skandinavien, nach Süden bis ins Mittelmeer, nach Osten und hinauf nach Deutschland.« Er
schaute zur Marina.

»Das ist wie rückwärts einparken vor dem einzigen Eis-
café der Stadt mitten im Sommer, und alle gucken.
Auch die Ballkönigin und ihr reicher Verlobter mit seiner Gang.«

»Danke, jetzt bin ich gleich viel entspannter.«

Perdu steuerte Lulu mit der geringsten Geschwindigkeit allmählich näher zum Hafen.

Alles, was er brauchte, war Platz. Sehr viel Platz.

Und er fand ihn. Ganz am Ende des Hafens, dort, wo erst ein einziges Boot lag. Ein britisches dunkelgrünes Narrow.

Es klappte schon beim zweiten Versuch, und sie rumpelten auch nur kurz gegen das englische Boot, vergleichsweise zart.

Aus der Kabine trat ein entnervter Mann mit halbleerem Weinglas in der Hand. Die andere Hälfte des Weins war auf seinem Hausmantel gelandet. Neben den Kartoffeln. Und der Soße.

»Was zum Henker haben wir Ihnen bloß getan, dass Sie ständig Anschläge auf uns verüben?«, rief er.

»'tschuldigung«, rief Perdu. »Wir ... eh ... lesen Sie zufällig gern?«

Max nahm das Knotenbuch mit auf den Steg. Dann vertäute er das Schiff mit Achterleinen und Vorspring an den Dalben, so, wie die Bilder des Buches es zeigten. Er brauchte sehr lange und weigerte sich, Hilfe anzunehmen.

Währenddessen suchte Perdu eine Handvoll englischsprachiger Romane heraus und gab sie dem Briten. Der blätterte sie durch und reichte Perdu dann kurz die Hand.

»Was haben Sie ihm gegeben?«, murmelte Max.

»Entspannungsliteratur aus der Bibliothek der mittelschweren Gefühle«, raunte Perdu zurück. »Bei Wut ist nichts kühlender als ein schönes Splatter-Werk, bei dem das Blut nur so aus den Seiten spritzt.«

Als Perdu und Jordan auf den Pontons Richtung Hafenbüro gingen, fühlten sie sich wie Jungs, die soeben das erste Mal ein Mädchen geküsst hatten und mit dem Leben und einer unglaublich aufregenden Erfahrung davongekommen waren.

Der Hafenmeister, ein Mann mit sonnenverbrannter Leguan-Haut, zeigte ihnen, wo die Stromkästen, die Frischwasserversorgung und der Fäkalientank waren. Außerdem verlangte er fünfzehn Euro im Voraus, als Liegegebühr. Es blieb nichts anderes übrig: Perdu zerschlug das Trinkgeld-Kätzchen auf seiner Kasse, zwischen deren Porzellanohren die eine oder andere Münze durch den Schlitz gefunden hatte.

»Ihr Sohn kann ja mal die Toilettentanks leeren, das ist hier umsonst.«

Perdu seufzte tief. »Sicher. Die Klos macht mein ... *Sohn* besonders gern.«

Jordan warf ihm einen nicht ganz freundlichen Blick zu.

Als sich Max mit dem Hafenmeister aufmachte, Schläuche zum Fäkalientank zu legen, sah Jean ihm nach. Wie federnd der junge Jordan ging! Alle Haare hatte er auch noch. Und vermutlich konnte er unendlich viel essen, ohne sich um Bauch und Hüfte Gedanken zu machen.

Aber, ob er wusste, dass er noch das ganze Leben Zeit hatte, furchtbare Fehler zu begehen?

Oh, nein, ich will keine einundzwanzig mehr sein, dachte Jean. Höchstens mit demselben Wissen von heute.

Ach, verflucht. Keiner würde klug werden, wenn er nicht irgendwann jung und dumm gewesen wäre.

Doch je mehr er darüber nachdachte, was er alles nicht mehr besaß, im Gegensatz zu Jordan, desto ärgerlicher wurde er. Es war, als seien die Jahre wie Wasser zwischen seinen Fingern verronnen – je älter er wurde, desto schneller. Und ehe er sich's versah, würde er Blutdrucktabletten und eine ebenerdige Wohnung brauchen.

Jean musste an Vijaya, seinen Jugendfreund, denken. Dessen Leben war dem von Perdu sehr ähnlich gewesen – bis der eine seine Liebe verlor und der andere sie fand.

In jenem Sommermonat, als Manon Perdu verlassen hatte, fand Vijaya bei einem Autounfall – er hatte mit dem Roller für Stunden im Schritttempo die Place de la Concorde umrundet und hatte sich nicht über die dichtbefahrenen Spuren hinweg aus dem Kreisel getraut – seine künftige Frau Kiraii. Sie war eine lebenskluge, warmherzige und entschlossene Frau, die genaue Vorstellungen davon hatte, wie sie leben wollte. Vijaya war es leichtgefallen, in ihren Lebensplan einzusteigen. Seinen eigenen Plänen reichte der kleine Raum von neun bis achtzehn Uhr: Er blieb wissenschaftlicher Forschungsleiter, spezialisierte sich auf den Aufbau und die Reaktionsfähigkeit menschlicher Zellen und ihrer Sinnesrezeptoren. Er wollte wissen, warum der Mensch Liebe empfand, wenn er etwas Bestimmtes aß, warum Gerüche längst verräumte Erinnerungen an Kindheitsstunden auslösten. Warum man Angst vor Gefühlen bekam. Wieso man sich vor Schleim und Spinnen ekelte. Wie sich die Zellen im Körper verhielten, wenn ein Mensch menschlich war.

»Du suchst also die Seele«, hatte Perdu ihm damals bei einem ihrer nächtlichen Telefonate gesagt.

»No, Sir. Ich suche die Mechanik. Es ist alles Aktion und Reaktion. Altern, Angst, Sex, das regeln alles deine Empfindungsfähigkeiten. Du trinkst einen Kaffee, und ich kann dir erklären, warum er dir schmeckt. Du verliebst dich, und ich sage dir, warum dein Hirn sich so benimmt wie das eines Zwangsneurotikers«, hatte Vijaya Perdu erklärt.

Kiraii hatte dem schüchternen Biologen einen Heiratsantrag gemacht, und Perdus Freund hatte ja gemurmelt, von seinem Glück zutiefst schockiert. Sicher hatte er an seine Rezeptoren gedacht, die wie eine Discokugel rotierten. Er ging mit der schwangeren Kiraii nach Amerika und schickte Perdu regelmäßig Bilder seiner Zwillingssöhne – erst Abzüge, dann als E-Mail-Anhänge. Es waren sportliche, offen und verschmitzt in die Kamera lächelnde Männer, die ihrer Mutter Kiraii ähnelten. Sie waren so alt wie Max.

Wie anders Viyaja diese zwanzig Jahre verbracht hatte! *Max, Schriftsteller, Ohrenschützerträger, Traumdeuter in spe. Mein zwangsverordneter »Sohn«. Bin ich so alt, dass ich väterlich wirke? Und … was wäre daran so schlimm?*

Monsieur Perdu spürte hier, mitten in der Flussmarina, heftige Sehnsucht nach einer Familie. Nach jemandem, der sich gern an ihn erinnern würde. Nach einer Möglichkeit, zurückzugehen, bis zu jenem Augenblick, als er den Brief nicht gelesen hatte.

Und du hast Manon genau das vorenthalten, wonach du dich sehnst – du hast dich geweigert, dich an sie zu erinnern. Ihren Namen zu sagen. Ihrer zu gedenken, jeden Tag, in Zuneigung und in Liebe. Stattdessen hast du sie verbannt. Pfui, Jean Perdu. Pfui, dass du die Angst gewählt hast.

»Angst verändert deinen Körper wie ein ungeschickter Bildhauer einen perfekten Stein«, hörte Perdu Vijayas Stimme in sich. »Nur, dass du von innen behauen wirst und es niemand sieht, wie viele Splitter und Schichten dir abgeschlagen werden. Du wirst innerlich immer dünner und instabiler, bis dich sogar das kleinste Gefühl umwirft. Eine Umarmung, und du denkst, du zerbrichst und bist verloren.«

Wenn Jordan mal einen väterlichen Rat brauchte, würde Perdu ihm sagen: »Hör niemals auf die Angst! Angst macht dumm.«

19

»*U*nd jetzt?«, fragte Max Jordan nach ihrer Erkundungstour.

Der kleine Lebensmittelladen der Marina und das Crêpes-Bistro am Campingplatz nebenan hatten sich geweigert, Bücher als Zahlungsmittel anzunehmen. Schließlich würden ihre Lieferanten arbeiten und nicht lesen.

»Weiße Bohnen mit Herz und Huhn«, schlug Perdu vor.

»Bitte nicht. Ich könnte weiße Bohnen nur mögen, wenn Sie sehr aufwendige Gehirnoperationen an mir vornähmen.«

Max ließ seinen Blick über die Marina schweifen. Überall saßen Leute auf den Decks, aßen, tranken und unterhielten sich munter.

»Wir werden uns wohl gesellschaftlich einbringen müssen«, beschloss er. »Ich lade uns irgendwo ein. Vielleicht bei dem netten britischen Gentleman?«

»Auf keinen Fall! Das ist Schnorrerei. Das ist –«

Aber Max strebte schon auf ein ganz bestimmtes Hausboot zu.

»Ahoi, die Damen!«, rief er. »Leider sind unsere Vorräte über Bord gegangen und von Katzenwelsen gefressen worden. Haben Sie zufällig noch ein Eckchen Käse für zwei einsame Wanderer?«

Perdu wollte vor Scham schier im Boden versinken. Man konnte doch nicht einfach so Frauen ansprechen! Erst recht nicht, wenn man Hilfe brauchte. Das war nicht ... *richtig*.

»Jordan«, zischte er und hielt den jungen Mann am Ärmel seines blauen Hemdes fest, »ich bitte Sie, das ist mir unangenehm. Wir können die Damen doch nicht einfach stören.«

Max schaute ihn nun genauso an, wie all die anderen immer Jean und Vijaya angestarrt hatten, als sie noch Jugendliche gewesen waren. Die beiden hatten sich in Gegenwart von Büchern so wohl gefühlt wie zwei Äpfel am Baum. Aber in Gegenwart von Menschen, insbesondere Mädchen und Frauen, waren sie als Teenager schüchtern gewesen bis zur Sprachlosigkeit. Partys waren eine Tortur. Und Mädchen anzusprechen kam einer Harakiri-Entleibung gleich.

»Monsieur Perdu, wir wollen etwas essen und revanchieren uns als amüsante Gesellschafter und mit einem harmlosen Flirt.«

Er forschte in Perdus Gesicht. »Sie erinnern sich, was das ist? Oder steht das auch in einem Buch, wo es Sie nicht belästigen kann?« Er grinste.

Jean antwortete nicht. Für junge Männer schien es undenkbar zu sein, dass man an den Frauen verzweifeln konnte. Um genau zu sein, wurde es mit zunehmendem Alter immer schlimmer. Je mehr man über Frauen wusste und darüber, was ein Mann in ihren Augen alles falsch machen konnte … Das fing bei den Schuhen an und hörte bei der korrekten Art des Zuhörens noch lange nicht auf.

Was er als unsichtbarer Zeuge bei den Elternsprechstunden alles zu hören bekommen hatte!

Frauen konnten sich jahrelang mit ihren Freundinnen über die falsche Art »hallo« zu sagen lustig machen. Oder über die falsche Hose. Oder die Zähne. Oder einen Heiratsantrag.

»Ich finde weiße Bohnen wirklich ganz prima«, sagte Perdu.

»Oh, bitte. Wann hatten Sie zuletzt ein Date?«

»Neunzehnhundertzweiundneunzig.« Oder vorgestern, aber Perdu wusste nicht, ob dieses Essen mit Catherine ein »Date« gewesen war. Oder mehr. Oder weniger.

»Neunzehnhundertzweiundneunzig? Das war das Jahr meiner Geburt. Das ist … erstaunlich.« Jordan überlegte. »Okay. Ich verspreche, wir haben kein Date. Wir gehen essen. Bei klugen Frauen. Sie müssen nur ein paar Komplimente und Gesprächsthemen auf Lager haben, die Frauen mögen. Als Buchhändler dürfte das für Sie doch kein Problem sein. Zitieren Sie halt irgendwas.«

»Na schön«, sagte Perdu. Er stieg noch rasch über den niedrigen Zaun, lief auf eine nahe liegende Wiese und kam wenig später mit einem Arm voll Sommerblumen zurück.

»Das ist ein Zitat«, behauptete er.

Die drei Frauen in den Ringelshirts hießen Anke, Corinna und Ida. Sie waren Deutsche, alle Mitte vierzig, sie liebten Bücher, ihr Französisch war abenteuerlich, und sie reisten über die Flüsse, um »zu vergessen«, wie Corinna sagte.

»Echt? Was denn – doch nicht etwa Männer?«, fragte Max.

»Nicht alle. Nur einen«, sagte Ida. Ihr Mund in ihrem sommersprossigen Zwanziger-Jahre-Filmstargesicht lachte, aber nur zwei Herzschläge lang. Die Augen unter den rothaarigen Ponylocken verrieten Kummer und Hoffnung zugleich.

Anke rührte in einem provenzalischen Risotto. Pilzduft füllte die winzige Kombüse, während die Männer mit Ida und Corinna auf dem Achterdeck der Baluu saßen, Rotwein aus einem Dreiliterkistchen tranken sowie den ortstypischen, mineralischen Auxerrois.

Jean verriet ihnen, dass er Deutsch verstand, die erste Sprache aller Buchhändler. Und so unterhielten sie sich in einem munteren Mischmasch, er antwortete ihnen auf Französisch und stellte seine Fragen in einer Lautmalerei, die zumindest entfernte Ähnlichkeit mit Deutsch besaß.

Es war, als sei er durch eine Tür der Angst gegangen und habe zu seiner Überraschung feststellen müssen, dass hinter dieser Tür nicht der Abgrund wartete – sondern weitere Türen, helle Flure und freundliche Räume. Er beugte den Kopf zurück und sah über sich etwas zutiefst Berührendes – den Himmel. Unbegrenzt von Häusern, Masten, Lichtern war er dicht an dicht mit funkelnden Sternen aller Größen und Intensitäten übersät. Als ob ein Sternenschauer auf das Himmelsfenster geregnet war, so üppig waren die Lichter. Ein Anblick, den kein Pariser je zu sehen bekam, wenn er seine Stadt nicht verließ.

Und da – die Milchstraße. Perdu hatte das schlierige Sternengewölk zum ersten Mal als Kind gesehen, warm eingepackt in Jacke und Wolldecke, auf einer Butterblumenwiese an der bretonischen Küste. Er hatte in den blauschwarzen Nachthimmel gestarrt, stundenlang, während die Eltern auf dem bretonischen Fest-noz in Pont-Aven noch einmal versucht hatten, ihre Ehe zu retten. Immer, wenn eine Sternschnuppe gefallen war, hatte sich Jean Perdu gewünscht, dass Lirabelle Bernier und Joaquin Perdu wieder miteinander lachten anstatt übereinander. Dass sie zu Dudelsack, Geige und Bandoneon Gavotte tanzten, anstatt mit verschränkten Armen am Rande des Tanzbodens zu schweigen.

Entzückt, dass sich der Himmel weiterdrehte, hatte Jean, der Junge, in die weite Dunkelheit hineingeschaut. Er hatte sich in der Tiefe dieser ewigen Sommernacht aufgehoben gefühlt.

Damals, in jenen Stunden, hatte Jean Perdu alle Geheimnisse und Aufgaben des Lebens verstanden. Es war Ruhe in ihm gewesen und alles an seinem Platz.

Er hatte gewusst, dass nichts zu Ende geht. Dass alles im Leben ineinanderfloss. Dass es nichts gab, was er falsch machen konnte.

Dies hatte er später als Mann nur noch ein einziges Mal so intensiv gefühlt. Zusammen mit Manon.

Manon und er hatten die Sterne gesucht, waren immer weiter von den Städten fortgefahren, um die dunkelste Stelle der Provence zu finden. In den Bergen um Sault entdeckten sie jene einsamen Gehöfte, die in Trichtern aus Stein, Schluchten und Felsen versteckt waren, in denen sich Thymian festkrallte. Und dort erst zeigte sich der Sommernachtshimmel ganz und klar und tief.

»Wusstest du, dass wir alle Kinder der Sterne sind?«, hatte Manon ihn gefragt, warm und dicht an seinem Ohr, um die Stille der Berge nicht zu stören.

»Als vor Milliarden Jahren die Sterne implodierten, regnete es Eisen und Silber, Gold und Kohlenstoff. Und das Eisen des Sternenstaubs ist heute in uns. In unseren Mitochondrien. Die Mütter geben die Sterne und ihr Eisen weiter an die Kinder. Du und ich, Jean – wer weiß –, sind vielleicht aus dem Staub ein und desselben Sterns, und wir haben uns an seinem Licht erkannt. Wir haben uns gesucht. Wir sind Sternensucher.«

Er hatte emporgesehen und sich gefragt, ob sie das Licht des toten Sterns, der in ihnen weiterlebte, noch sehen konnten.

Manon und er hatten sich eine funkelnde Himmelsperle ausgesucht. Ein Stern, der noch leuchtete, obgleich er vielleicht schon längst Vergangenheit war.

»Der Tod bedeutet gar nichts, Jean. Wir bleiben immer, was wir füreinander waren.«

Die Himmelsperlen spiegelten sich auf der Yonne. Sterne, die auf dem Fluss tanzten, wiegend, ein jeder einsam, sich nur liebkosend, wenn die Wellen übereinanderbrachen und für einen Lidschlag zwei Lichtperlen aufeinanderlegten.

Jean fand Manons und seinen Stern nicht wieder.

Als Perdu auffiel, dass Ida ihn beobachtete, sah er sie an. Es war kein Blick zwischen Mann und Frau, sondern zwischen Menschen, die auf den Flüssen unterwegs sind, weil sie etwas suchten. Etwas Bestimmtes.

Perdu sah Idas Kummer. Er flackerte in ihren Augen. Jean sah, dass die Rothaarige damit rang, sich mit einer neuen Zukunft anzufreunden, die sich noch nach zweiter Wahl anfühlte. Sie war verlassen worden oder selbst gegangen, bevor sie weggestoßen werden konnte. Der Mensch, der ihr Fixpunkt gewesen war und für den sie vermutlich verzichtet hatte – der lag noch um ihr Lächeln wie ein Schleier.

Wir bewahren alle die Zeit auf. Wir bewahren die alten Ausgaben jener Menschen auf, die uns verlassen haben. Und auch wir sind noch diese alten Ausgaben, unter unserer Haut, unter der Schicht aus Falten und Erfahrung und Lachen. Genau darunter sind wir noch die Ehemaligen. Das ehemalige Kind, der ehemalige Geliebte, die ehemalige Tochter.

Ida suchte hier auf den Flüssen keinen Trost – sie suchte sich. Ihren Platz in dieser neuen, unbekannten, noch zweitklassigen Zukunft. Sie allein.

»Und du?«, fragten ihre Augen. »Und du, Fremder?«

Perdu wusste nur, dass er zu Manon wollte, um sie um Verzeihung zu bitten für seine eitle Dummheit.

Und dann sagte Ida plötzlich: »Ich wollte gar nicht frei sein. Ich wollte mich nicht um ein neues Leben kümmern müssen. Es war mir genau so recht. Vielleicht liebte ich meinen Mann nicht so, wie es in Büchern steht. Aber es war nicht schlecht. Nicht schlecht ist gut genug. Es reicht, um zu bleiben. Um nicht zu betrügen. Um nichts zu bereuen. Nein, ich bereue sie nicht, die kleine Liebe meines Lebens.«

Anke und Corinna sahen ihre Freundin liebevoll an, und Corinna fragte: »War das die Antwort auf meine Frage von gestern? Warum du ihn nicht längst verlassen hast, wo er doch nie deine große Liebe war?«

Die kleine Liebe. Die große Liebe. Eigentlich grausam, dass es sie in mehreren Formaten gab. Oder?

Wenn Jean Ida ansah, die ihr voriges Leben nicht bereute, ehrlich nicht bereute, war er sich nicht mehr sicher.

»Und … wie sah *er* eure Zeit?«, fragte er dann doch.

»Ihm war die kleine Liebe nach fünfundzwanzig Jahren zu wenig. Er hat nun seine große Liebe gefunden. Sie ist siebzehn Jahre jünger als ich und gelenkig, die kann sich die Fußnägel mit dem Pinsel im Mund lackieren.«

Corinna und Anke prusteten los, dann lachte auch Ida.

Später spielten sie Karten. Zu Mitternacht brachte ein Radiosender Swing. Das fröhliche »Bei mir biste scheen«, das träumerische »Cape Cod« und dann auch Louis Armstrongs wehmütiges »We have all the time in the world«.

Max Jordan tanzte mit Ida – oder bewegte zumindest seine Füße millimeterweise –, und Corinna und Anke tanzten miteinander. Jean hielt sich am Stuhl fest.

All diese Lieder hatte er zuletzt gehört, als Manon noch lebte.

Wie scheußlich es sich dachte, dieses »als sie noch lebte«.

Als Ida sah, wie Perdu um Fassung rang, flüsterte sie Max etwas zu und schob ihn aus ihrem Arm.

»Na komm«, sagte sie dann zu Jean.

Es war gut, dass er nicht allein war bei der Wiederbegegnung mit dieser Musik, die so viele Erinnerungen gebar.

Denn es machte ihn immer noch fassungslos, dass Manon fort war, während die Lieder, die Bücher, das Leben einfach weiterexistierten.

Wie konnten sie nur.

Wie konnte das alles nur einfach … weitergehen!

Wie sehr er sich doch fürchtete vor dem Tod. Und vor dem Leben. Vor all den Tagen ohne Manon, die noch vor ihm lagen.

Er sah bei jedem Lied Manon gehen und liegen und lesen, tanzen für sich, tanzen für ihn. Er sah sie schlafen und träumen und ihm den Lieblingskäse vom Teller ziehen.

»Wolltest du deswegen dein restliches Leben ohne Musik verbringen? Aber Jean! Du hast Musik so geliebt.

Du hast gesungen, für mich, wenn ich Angst hatte, ein-zuschlafen und Zeit mit dir zu versäumen. Du hast Lie-der gedichtet, auf meine Finger und Zehen und auf meine Nase. Du bist Musik, Jean, durch und durch – wie konntest du dich nur so töten?«

Ja, wie wohl. Übung, natürlich.

Jean spürte den streichelnden Wind, hörte das Lachen der Frauen, er hatte einen leichten Schwips – und war erfüllt von einer sprachlosen Dankbarkeit, dass Ida ihn hielt.

Manon hat mich geliebt. Und diese Sterne, dort oben, haben uns zusammen gesehen.

20

 r träumte, wach zu sein.

Er war auf dem Bücherschiff, auf dem sich die Dinge aber ständig veränderten: Das Steuerrad zer-brach, die Fenster beschlugen, die Ruder versagten. Die Luft so schwer, als ob er durch Pudding watete. Und wieder verirrte sich Perdu in dem Labyrinth aus Was-sertunneln. Das Boot ächzte und barst.

Manon war neben ihm.

»Aber du bist doch tot«, stöhnte er.

»Bin ich das wirklich?«, fragte sie. »Wie schade.«

Das Schiff brach auseinander, und er stürzte ins Wasser.

»Manon!«, schrie er. Sie sah ihm zu, wie er gegen den Sog ankämpfte, gegen einen Trichter, der sich in dem schwarzen Wasser gebildet hatte. Sie sah ihm zu. Reichte ihm nicht die Hand. Sah einfach nur zu, wie er ertrank.

Er sank und sank.

Aber er wachte nicht auf.

Perdu atmete ergeben ein und wieder aus – und ein und aus.

Ich kann unter Wasser atmen!

Dann berührte er den Grund.

So erwachte Monsieur Perdu. Er lag auf der Seite und sah einen Lichtkringel über das weiß-rote Fell von Lindgren tanzen. Die Katze lag zwischen seinen Füßen. Sie erhob sich, streckte sich und spazierte dann schnurrend dicht vor Jeans Gesicht, um ihn mit ihren Barthaaren zu kitzeln. »Na?«, schien ihr Blick zu fragen, »was habe ich dir gesagt?« Ihr Schnurren war zart wie das entfernte Raunen eines Schiffsmotors.

Er erinnerte sich, schon einmal mit solch einer etwas ängstlichen Verwunderung erwacht zu sein. Als Junge, als er in einem Traum das erste Mal geflogen war. Er war von einem Dach gesprungen und in einen Schlossinnenhof gesegelt, mit ausgebreiteten Armen. Und er hatte verstanden, dass er springen musste, um fliegen zu lernen.

Er kletterte an Deck. Über dem Fluss schwebte spinnwebweißer Dunst, und über den nahen Wiesen dampfte es. Das Licht verriet, dass es noch jung war und der Tag eben erst geboren. Er genoss es, wie viel von dem Himmel er sehen konnte. Und wie viele Farben ringsum waren. Der weiße Nebel. Die grauen Tupfer. Zartes Rosa, milchiges Orange.

Auf den Schiffen in der Marina herrschte die Stille des Schlafes. Auch drüben, auf der Baluu, war alles ruhig.

Jean Perdu sah leise nach Max. Der Schriftsteller hatte sich ein Lager zwischen Büchern bereitet, auf einem der Lesesofas in der Abteilung, die Perdu »Wie man ein

Mensch wird« getauft hatte. Dort stand auch das Buch der Scheidungstherapeutin Sophie Marcelline, einer Kollegin von seinem Freitagskunden, dem Therapeuten Eric Lanson. Sophie riet bei Liebeskummer, sich für jedes gemeinsam verbrachte Jahr mindestens einen Trauermonat zu nehmen. Bei Freundschaften, die zu Bruch gingen, zwei Monate pro Freundschaftsjahr. Und für jene, die für immer gingen, für die Toten, »nehmen Sie bitte gleich Ihr ganzes Leben. Denn die Toten, die wir einst liebten, lieben wir für immer. Ihr Fehlen begleitet uns bis zu unserem letzten Tag.«

Neben dem schlafenden Max – zusammengerollt wie ein Junge, die Knie an die Brust gezogen, der Mund zu einem »Aber wieso das denn?«-Schmollen gespitzt – lag Sanarys *Südlichter.*

Perdu nahm das schmale Buch hoch. Max hatte mit Bleistift Sätze unterstrichen, Fragen danebengeschrieben; er hatte das Buch gelesen, wie ein Buch gelesen werden wollte.

Lesen: eine Reise ohne Ende. Eine lange, ja ewige Reise, auf der man milder und liebender und menschenfreundlicher wurde.

Max hatte diese Reise begonnen. Mit jedem Buch würde er mehr von der Welt, den Dingen und den Menschen in sich tragen.

Perdu begann zurückzublättern. Da, diese Stelle, die hatte er auch besonders gemocht.

»Die Liebe ist eine Wohnung. Alles in einer Wohnung sollte benutzt werden, nichts abgedeckt oder ›geschont‹. Nur derjenige lebt, der auch die Liebe ganz und gar bewohnt und sich vor keinem Zimmer, keiner Tür scheut. Sich zu streiten und sich zärtlich anzufassen, das ist beides gleich wichtig; sich aneinander festzuhalten und wieder wegzustoßen auch. Es ist existenziell, dass wirklich jedes Zimmer der Liebe genutzt wird. Sonst machen sich die Geister und Gerüche darin selbständig. Vernachlässigte Räume und Häuser können tückisch und stinkend werden ...«

Nimmt mir die Liebe übel, weil ich mich weigerte, die Tür zu diesem Zimmer aufzuschließen, um dort ... ja, was? Was soll ich tun? Manon einen Altar bauen? Adieu sagen? Was, bitte, was muss ich nur tun?

Jean Perdu legte das Buch neben den schlafenden Max. Nach einer Weile strich er dem jungen Mann das Haar aus der Stirn.

Dann suchte er leise ein paar Bücher heraus. Sie als Währung zu benutzen fiel ihm nicht leicht, denn er wusste um ihren Wert. Buchhändler vergaßen nie, dass Bücher noch ein sehr junges Mittel waren, sich auszudrücken, die Welt zu verändern und Tyrannen zu stürzen.

Wenn Monsieur Perdu Bücher sah, sah er nicht nur Geschichten, Ladennettopreise und seelenmedizinische Grundversorgung. Er sah Freiheit mit Flügeln aus Papier.

Wenig später lieh er sich eines der Hollandräder von Anke, Ida und Corinna und radelte über gewundene, leere schmale Straßen an Feldern, Pferdekoppeln und Kuhweiden vorbei in das nächste Dorf.

In der Boulangerie am Kirchplatz holte gerade eine rotwangige, muntere Bäckerstochter Baguette und Croissants aus dem Ofen.

Sie wirkte zufrieden, dort zu sein, wo sie war: in einer kleinen Bäckerei, in der im Sommer die Flussschiffer einfielen, im Rest des Jahres die Bauern, Winzer, Handwerker, Schlachter und Stadtflüchter aus dem Burgund, den Ardennen und der Champagne. Ab und an Tanz in der Mühle, Erntefeste, Kuchenwettbewerbe, Heimatverein. Haushaltshilfe bei den Künstlern sein, die hier in der Gegend lebten, in umgebauten Remisen und Ställen. Leben in Grün und Stille und unter Sternen und roten Monden.

Konnte das schon reichen, um satt vom Leben zu werden?

Perdu holte tief Luft, als er den altmodischen Laden betrat. Er hatte keine andere Wahl, als ihr sein ungewöhnliches Angebot zu machen.

»Bonjour, Mademoiselle, verzeihen Sie, lesen Sie gern?« Nach kurzem Hin und Her »verkaufte« sie ihm eine Zeitung, Briefmarken und Postkarten mit einem Motiv der Marina von Saint-Mammès, außerdem Baguettes und Croissants – alles gegen ein einziges Buch: *Verzauberter April,* in dem vier englische Damen in ein italienisches Paradies flüchten.

»Das deckt meine Kosten voll und ganz«, versicherte sie treuherzig. Dann öffnete sie das Buch, hielt es vor ihre Nase und roch mit einem tiefen Atemzug an den Seiten. Glühend vor Genuss tauchte ihr Gesicht wieder auf.

»Riecht nach Eierkuchen, finde ich.« Sie versteckte das Buch sorgsam in der Schürzentasche. »Mein Vater sagt, lesen macht frech.« Sie lächelte entschuldigend.

Jean setzte sich wenig später an den Kirchbrunnen und riss ein warmes Croissant auseinander. Oh, wie es dampfte, wie gut das goldene, weiche Innere duftete. Er aß langsam und sah dem Dorf zu, wie es erwachte.

Lesen macht frech. O ja, fremder Vater, das tut es.

Sorgfältig schrieb Perdu ein paar Zeilen an Catherine – wohl wissend, dass Madame Rosalette eh mitlesen würde. Also schrieb er am besten gleich an alle.

Ma chère Catherine, liebe Mdme Rosalette (neue Haare? Wunderbar! Mokka?), werte Mdme Bomme und die gesamte No. 27,
bis auf weiteres bestellen Sie doch bitte beim Kollegen Voltaire et plus Ihre Bücher. Ich habe Sie weder verlassen noch vergessen. Doch es gibt noch ein paar unvollendete Kapitel, die ich zuerst noch einmal lesen … und beenden muss. Geister zähmen. – JP

War das zu karg, zu wenig knisternd?
Seine Gedanken jagten über die Felder und den Fluss nach Paris. Catherines Lächeln, ihr Stöhnen. Es war auf einmal so viel Gefühl in ihm. Er wusste kaum, wem sie eigentlich gehörte, diese jäh aufwallende Sehnsucht nach Berührung, nach Körper, Nacktheit und Wärme unter einer gemeinsamen Decke. Nach Freundschaft, nach Heimat, nach einem Ort, wo er bleiben und satt sein konnte. Gehörte sie Manon? Oder Catherine? Er schämte sich, dass sie beide in ihm wogten. Und doch: Es hatte ihm so gut getan, mit Catherine zusammen zu sein. Sollte er sich es verbieten, war das unrecht?
Ich habe nie wieder jemanden brauchen wollen … ich Feigling.
Monsieur Perdu radelte zurück, flankiert von Bussarden und Lerchen, die hoch in der Luft standen und auf den Böen über den Weizenfeldern balancierten. Er spürte den Fahrtwind durch sein Oberhemd.

Er hatte das Gefühl, als ein anderer zum Schiff zurückzukehren als jener, der vor einer Stunde aufgebrochen war.

Er hängte eine Tüte mit frischen Croissants, einem Sträußlein roten Feldmohns und drei Ausgaben von *Die Nacht,* die Max vor dem Schlafengehen noch ausführlich signiert hatte, an den Lenker von Idas Rad.

Dann bereitete er in seiner Kombüse mit der Presskanne Kaffee zu, fütterte die Katzen, kontrollierte die Luftfeuchtigkeit in den Bücherräumen (ausreichend), den Ölstand (fast bedenklich) und machte Lulu klar zum Ablegen.

Als das Bücherschiff hinaus auf den unberührten Fluss glitt, sah Perdu Ida aus dem Achterdeck der Baluu kommen. Er hob die Hand, bis er um eine Schleife bog. Er wünschte Ida von Herzen, dass sie eines Tages eine größere Liebe fand, die den Verlust ihrer kleinen ausglich.

Ruhig steuerte er in den Morgen hinein. Die Kühle löste sich auf und wurde zu seidig warmer Sommerluft.

»Wussten Sie, dass Bram Stoker seinen *Dracula* geträumt hat?«, fragte Jean Perdu munter, als Max eine Stunde später dankbar nach einem Kaffee griff.

»Geträumt? Dracula? Wo sind wir, in Transsylvanien?«

»Auf dem Canal de Loing Richtung Canal de Briare. Wir fahren die Bourbonnais-Route, die Sie uns ausgesucht haben. Darauf kommen wir bis zum Mittelmeer.« Perdu nahm einen Schluck Kaffee. »Und es war Krabbensalat. Stoker hat verdorbenen Krabbensalat gegessen, sich die halbe Nacht mit Vergiftungserscheinungen geplagt und dabei zum ersten Mal von dem Herrn der Vampire geträumt. Das beendete sein kreatives Tief.«

»Echt? Ich hab keinen Bestseller geträumt«, murmelte Max, stippte sein Croissant hungrig in den Kaffee und achtete beim Essen darauf, dass kein Krümelchen verloren ging. »Ich wollte in meinem Buch lesen. Aber die Buchstaben rieselten von den Seiten.« Dann wurde er lebhafter. »Glauben Sie, wenn ich mir den Magen verderbe, träume ich eine Geschichte?«

»Wer weiß?«

»Don Quijote war auch ein Alptraum, bevor es ein Klassiker wurde. Haben *Sie* denn was Brauchbares geträumt?«

»Ich konnte unter Wasser atmen.«

»Wow. Und Sie wissen, was das bedeutet.«

»Dass ich im Traum unter Wasser atmen kann.«

Max zog die Oberlippe zu einem Elvis-Lächeln hoch. Dann sagte er feierlich: »Nein. Es bedeutet, dass Ihnen Gefühle nicht mehr die Luft nehmen. Vor allem nicht mehr die untenrum.«

»›Untenrum?‹ Wo steht das denn, im Haushaltskalender für respektable Ehefrauen von 1905?«

»Nein. Im Großen Traumdeuterlexikon von 1992. Das war meine Bibel. Meine Mutter hatte die schlimmen Wörter mit Edding geschwärzt. Ich hab damit allen die Träume gedeutet, meinen Eltern, den Nachbarn, den Jungen und Mädchen aus der Klasse ... den ganzen Freud rauf und runter.«

Jordan streckte sich und vollführte einige Tai-Chi-Formen. »Habe nur Ärger bekommen, vor allem, als ich der Schuldirektorin ihren Traum von den Pferden gedeutet habe. Ich sag ihnen, Frauen und Pferde, das ist eine eigene Geschichte.«

»Das sagt mein Vater auch.«

Perdu erinnerte sich, dass er am Anfang, als sie sich kennenlernten, Träume von Manon hatte, in denen sie sich in ein Adlerweibchen verwandelte. Und er versuchte, sie zu fangen und zu zähmen. Er hatte sie ins Wasser getrieben, weil sie mit nassen Flügeln nicht fliehen konnte.

In den Träumen unserer Lieben sind wir unsterblich. Und unsere Toten leben nach ihrem Tod in unseren Träumen weiter. Träume sind die Drehscheibe zwischen allen Welten, zwischen Zeit und Raum.

Als Max den Kopf in den Fahrtwind hielt, um sich den Schlaf aus dem Gesicht zu treiben, sagte Perdu: »Schauen Sie mal. Da vorn ist unsere erste Schleuse.«

»Was, die Babywanne da neben dem Puppenhäuschen mit den Blumen? Da passen wir nie rein.«

»Und ob wir da reinpassen.«

»Wir sind zu lang.«

»Das ist eine Penische, kleiner als das Freycinet-Maß. Alle Schleusen Frankreichs sind danach gebaut.«

»Die nicht. Die ist zu schmal!«

»Wir sind 5,04 Meter breit, da sind also mindestens sechs Zentimeter Platz. Drei links, drei rechts.«

»Mir ist schlecht.«

»Fragen Sie mich mal. Sie werden uns nämlich schleusen.«

Die Männer guckten sich an und brachen in Gelächter aus.

Der Schleusenwärter winkte sie ungeduldig näher. Sein Hund bellte breitbeinig in Richtung Boot, die Schleusenfrau trug frisch gebackenen Pflaumenkuchen heran und überließ ihnen die Platte im Tausch gegen den neuen John Irving.

»Und einen Kuss von dem jungen Herrn Schriftsteller da.«

»Ich bitte Sie, geben Sie ihr noch ein Buch, Perdu«, zischte Jordan. »Die Frau hat einen Damenbart auf den Wangen.«

Sie bestand auf dem Wangenkuss.

Der Schleusenwärter nannte seine Frau ein Ungeheuer, ihr zotteliger blonder Hund bellte sich heiser und pinkelte Max auf die Hand, mit der er sich an der Leiter festhielt. Die borstige Schleusenfrau nannte ihren Mann einen Wichtigtuer und Amateurhausmeister. Der rief ungehalten: »Nun fahren Sie schon rein!«

Linkes Schleusentor zukurbeln, herumlaufen, rechtes Schleusentor schließen. Nach vorn laufen, die oberen Schütze auf beiden Seiten öffnen – Wasser lief ein. Rechtes Schleusentor öffnen, herumlaufen, oben links öffnen. »Fahren Sie schon raus!« Ein strenger Wärter, der sicher in zwölf Sprachen kommandieren konnte.

»Wie viele Schleusen haben wir noch bis zur Rhône?«

»Um die hundertfünfzig, wieso fragen Sie, Jordan?«

»Auf dem Rückweg sollten wir über den Kanal zwischen Champagne und Burgund fahren«, bat Jordan.

Rückweg?, dachte Perdu. *Es gibt kein Zurück.*

21

Der Seitenkanal des Loing strömte auf einer Ebene mit der Umgebung dahin. Auf dem Treidelweg sahen sie gelegentlich konzentrierte Radler, eingeschlafene Angler oder einsame Jogger. Wiesen, auf denen die kräftigen, weißen Charolais-Rinder grasten, und Felder mit Sonnenblumen wechselten sich mit in voller Kraft stehenden Wäldern ab. Manchmal hupte sie ein Autofahrer freundlich an. Die kleinen Orte, die sie passierten, besaßen gute Anleger, viele kostenlos und darum ringend, dass eines der Boote bei ihnen anlegte und die Crew etwas Geld in den Läden ließ.

Dann veränderte sich das Land. Der Kanal war höher als die Umgebung, und sie konnten von oben in die Gärten schauen.

Als sie gegen Mittag in die weitläufigen Fischteichgebiete der Champagne eintauchten, schleuste Max fast schon so routiniert wie ein Bourbonenschiffer.

Der Kanal teilte sich in immer mehr Nebenarme auf, die die Teiche speisten. Aus den Schilfwiesen und Binsenbüschen flogen keckernde Flussmöwen empor. Sie kreisten neugierig über der schwimmenden Bücherapotheke.

»Was ist der nächste größere Anleger?«, fragte Perdu.

»Montargis. Der Kanal geht direkt durch die Innenstadt.« Max blätterte in dem Hausbootbuch. »Die Stadt der Blumen und der Pralinenerfindung. Wir sollten da eine Bank suchen. Ich könnte töten für ein Stückchen Schokolade.«

Und ich für eine Tube Waschmittel und ein frisches Hemd.

Max hatte ihre Oberhemden mit Flüssigseife gewaschen. Jetzt rochen sie beide nach Rosenduftsäckchen.

Dann fiel Perdu etwas ein. »Montargis? Ach, da sollten wir vorher Per David Olson besuchen.«

»Olson? *Den* P. D. Olson? Den kennen Sie auch?«

Kennen war zu viel gesagt. Als Per David Olson für den Literaturnobelpreis gehandelt wurde – neben Philip

Roth und Alice Munro –, war Jean Perdu ein junger Buchhändler gewesen.

Wie alt mochte Olson heute sein, zweiundachtzig? Er war vor dreißig Jahren nach Frankreich gekommen. Die Grande Nation war für den Nachfahren eines Wikingerclans um vieles erträglicher als sein Heimatvolk, die Amerikaner.

»Eine Nation, die nicht einmal auf eintausend Jahre entwickelter Kultur kommt, keine Mythen, keinen Aberglauben, keine kollektiven Erinnerungen, Werte oder Schamempfinden besitzt; nur christlich-militärische Pseudomoral, Weizeninzest, eine amoralische Waffenlobby und sexistischen Rassismus«, so hatte er in der New York Times über die USA gewettert, bevor er das Land verließ.

Aber das Interessanteste an ihm war: P. D. Olson war einer der elf Namen auf Jean Perdus Liste möglicher Kandidaten der Autorenschaft von Sanarys *Südlichter*. Und P. D. wohnte in Cepoy, einem Dorf vor Montargis. Es lag direkt am Kanal.

»Und was machen wir? Klingeln und fragen: ›Hallo, P. D., du alte Blase, hast du *Südlichter* geschrieben?‹«, fragte Max.

»Ja, genau. Wie sonst?«

Max blies die Backen auf. »Also, normale Leute schreiben eine E-Mail«, sagte er.

Jean Perdu musste an sich halten, um nicht etwas zu erwidern, was sich sehr nach »früher hatten wir gar nichts, und trotzdem war alles besser« anhörte.

In Cepoy fanden sie statt eines Hafens nur zwei große Eisenringe im Gras, zwischen denen sie dann die Leinen der Literarischen Apotheke stramm zogen.

Wenig später schickte der Besitzer der Jugendherberge am Fluss – ein sonnenverbrannter Mann, mit einer roten Wulst im Nacken – sie zum alten Pfarrhaus. Dort wohnte P. D. Olson.

Auf ihr Klopfen öffnete eine Frau, die direkt aus einem Gemälde Pieter Bruegels entsprungen sein konnte. Flächiges Gesicht, Haare wie grober Flachs auf der Spindel, weißer Spitzenkragen auf dem grauen Hauskleid. Sie sagte weder »Guten Tag« noch »Was wollen Sie?« oder gar »Wir kaufen nichts« – sie öffnete und wartete schweigend. Ein Schweigen, so kraftvoll wie ein Fels.

»*Bonjour,* Madame. Wir möchten zu Monsieur Olson«, sagte Perdu nach einer Weile.

»Wir sind nicht angemeldet«, ergänzte Max.

»Wir kommen mit dem Boot, aus Paris. Leider haben wir kein Telefon.«

»Und auch kein Geld.«

Perdu stupste Max in die Seite. »Aber deswegen sind wir nicht hier.«

»Ist er denn überhaupt da?«

»Ich bin Buchhändler, wir haben uns mal auf einer Messe getroffen. In Frankfurt, neunzehnhundertfünfundachtzig.«

»Ich bin Traumdeuter. Und Autor. Max Jordan, hallo. Haben Sie zufällig einen Rest Eintopf von gestern? Wir haben nur noch eine Dose weiße Bohnen und Brekkies an Bord.«

»Sie können ihr so viel beichten, wie Sie wollen, meine Herren, es gibt keine Absolution und keinen Eintopf«, ließ sich eine Stimme hören. »Margareta ist taub, seit sich ihr Verlobter von einem Kirchturm gestürzt hat.

Sie wollte ihn retten und ist in das Mittagsgeläut geraten. Sie liest nur bei Menschen, die sie kennt, von den Lippen ab. Verdammte Kirche! Bringt denen Unglück, die noch hoffen.«

Da stand der so berüchtigte Amerikakritiker P. D. Olson, ein zu klein geratener Wikinger in Bauerncord, Zimmermannshemd und gestreifter Kellnerweste.

»Monsieur Olson, entschuldigen Sie bitte, dass wir Sie einfach überfallen, aber wir haben eine dringende Frage, die …«

»Ja, ja. Sicher. In Paris ist alles dringend. Hier draußen gilt das nicht, meine Herren. Hier glättet sich die Zeit auf ihr Maß. Hier haben die Feinde der Menschheit keine Chance. Wir trinken jetzt erst einmal etwas und lernen uns kennen«, forderte er seine beiden Besucher auf.

»Feinde der Menschheit?«, formte Max mit den Lippen nach. Ihm war anzusehen, dass er sich sorgte, sie könnten es mit einem Verrückten zu tun haben.

»Man sagt, Sie sind eine Legende«, versuchte er sich dennoch an Konversation, nachdem Olson einen Hut von der Garderobe genommen hatte und sie neben ihm in Richtung Bar Tabac stiefelten.

»Nennen Sie mich nicht Legende, junger Mann, das hört sich an wie Leiche.«

Max schwieg, und Jean Perdu beschloss, diesem Beispiel zu folgen.

Während Olson vor ihnen her durchs Dorf ging, mit Schritten, die einen überstandenen leichten Schlaganfall verrieten, sagte er: »Schauen Sie sich mal um! Hier kämpfen die Leute seit Jahrhunderten um ihre Heimat. Da, sehen Sie, wie die Bäume gesetzt sind? Wie die Dächer gedeckt? Und wie weit ab die großen Straßen um das Dorf herumführen? Das ist alles Strategie. Auf Jahrhunderte gedacht. Hier denkt keiner an jetzt.«

Er grüßte einen Mann, der in einem knatternden Renault an ihnen vorbeifuhr, auf dem Beifahrersitz eine Ziege.

»Hier arbeiten und denken sie für die Zukunft. Immer für die, die nach ihnen kommen. Und die machen es genauso. Erst wenn eine Generation aufhört, an die folgende zu denken, und alles jetzt verändern will, wird dieses Land zerstört.«

Sie waren an der Bar Tabac angelangt. Drinnen über dem Tresen lief im Fernseher ein Pferderennen. Olson bestellte drei kleine Gläser Rotwein.

»Wetten, Wald und etwas Wein. Was will ein Mann mehr?«, sagte er wohlig.

»Also, wir hätten da eine Frage ...«, begann Max.

»Nur die Ruhe, mein Junge«, sagte Olson. »Du riechst nach Duftsäckchen und siehst mit deinen Ohrenschützern aus wie ein DJ. Aber ich kenne dich, du hast was geschrieben. Gefährliche Wahrheiten. Nicht schlecht für den Anfang.« Er stieß mit Jordan an.

Max glühte vor Stolz. Perdu bemerkte einen Stich der Eifersucht.

»Und Sie? Sie sind der Buchapotheker?«, wandte sich Olson nun an ihn. »Gegen was empfehlen Sie denn meine Bücher?«

»Zur Behandlung vom Ehemann-in-Rente-Syndrom«, antwortete Perdu spitzer, als er geplant hatte.

Olson starrte ihn an. »Aha. Und wie?«

»Wenn der Ehemann nach der Pensionierung so sehr im Weg herumsitzt, dass seine Frau ihn am liebsten umbringen will, liest sie Ihre Bücher und will dann lieber Sie umbringen. Es ist eine Aggressionsumleitung.«

Max starrte ihn verblüfft an. Olson fixierte Perdu, und dann – lachte er schallend.

»Oh my god, ich erinnere mich. Mein Vater saß meiner Mutter ständig zwischen den Füßen und fing an, sie zu kritisieren. Wieso kochst du Kartoffeln nicht ungeschält? Hi, Liebling, ich habe mal den Kühlschrank umgeräumt. Grässlich. Und er hatte kein Hobby, der Mann, als Ex-Workaholic. Wollte ziemlich bald sterben vor Langeweile und gefallener Würde, aber meine Mum ließ ihn nicht. Schickte ihn ständig raus, mit den Enkeln, in Handwerkerkurse und in den Garten. Ich glaube, sonst wäre sie in den Knast gekommen, wegen Totschlags.«

Olson feixte. »Wir Männer werden anstrengend, wenn wir außer Arbeit nichts haben, worin wir gut sind.« Er trank seinen Wein in drei langen Schlucken aus.

»Okay, trinken Sie schneller«, verlangte er dann, während er sechs Euro auf dem Tresen hinterließ. »Es ist so weit.«

Und weil sie darauf hofften, dass er ihnen ihre Frage beantworten würde, wenn er sie erst einmal angehört hatte, tranken sie den Wein ebenfalls auf ex und folgten P. D.

Wenig später waren sie an dem alten Schulgebäude angelangt. Auf dem Hof standen zahlreiche Wagen, mit Kennzeichen aus der ganzen Loire-Gegend, sogar aus Orléans und Chartres.

Olson marschierte zielsicher auf die Sporthalle der Schule zu.

Als sie eintraten, befanden sie sich auf einmal mitten in Buenos Aires.

Links an der Wand: die Männer. Rechts auf den Stühlen: die Frauen. In der Mitte: der Tanzboden. Am Kopfende, wo die Kletterringe hingen: eine Tangokapelle. Am Ende, wo sie standen: eine Bar, hinter der ein sehr runder kleiner

Mann mit muskulösen Oberarmen und einem prächtigen schwarzen Schnurrbart Getränke einschenkte.

P. D. Olson drehte sich um und rief über die Schulter: »Tanzen Sie! Beide. Danach beantworte ich Ihnen jede Frage, die Sie haben.«

Als er Sekunden später über die Tanzfläche schritt, zielsicher auf eine junge Frau mit streng zurückgebundenem, blondem Haar und einem geschlitzten Rock zu, da hatte sich der alte Mann verwandelt. In einen geschmeidigen, alterslosen *Tanguero,* der die junge Frau, eng an sich gepresst, kundig durch die Halle führte.

Während Max entgeistert auf diese unerwartete Welt sah, wusste Monsieur Perdu sofort, wo er sich befand: in einem Buch von Jac. Toes hatte er so etwas einmal beschrieben gesehen. Heimliche *Tango-Milongas* in Aulas, Turnhallen, stillgelegten Scheunen. Dort trafen sich Tänzer aller Klasse, jeden Alters, jeder Nationalität; manche fuhren Hunderte Kilometer für diese Handvoll Stunden. Sie alle einte eines: Sie mussten ihre Leidenschaft für den Tango vor ihren eifersüchtigen Partnern und der Familie geheim halten, die diesen lasterhaften, melancholischen, frivolen Bewegungen nur Ekel und peinlich berührte Steifheit entgegenzusetzen hatten. Niemand ahnte, wo die *Tangueras* in den Stunden dieser Nachmittage waren. Man vermutete sie beim Sport oder der Fortbildung, im Meeting oder beim Einkauf, in der Sauna, auf dem Feld oder zu Hause. Doch sie tanzten um ihr Leben. Sie tanzten, um überhaupt zu leben.

Nur wenige taten es, um ihre Geliebten und Liebhaber zu treffen; denn beim Tango ging es nie um das eine. Es ging um alles.

Manons Tagebuch

Auf dem Weg nach Bonnieux

*Seit acht Monaten weiß ich, dass ich also doch noch
eine andere Frau bin als das Mädchen, das letzten
August in den Norden kam, und sich so davor fürchtete, lieben zu können – zwei Mal.*

*Es ist für mich immer noch erschütternd zu erleben,
dass sich Liebe nicht auf einen Menschen beschränken
muss, um wahr zu sein.*

*Im Mai heirate ich Luc, unter tausend Blüten und in
dem süßen Duft, der Neubeginn und Zuversicht mit
sich trägt.*

*Ich werde nicht mit Jean brechen; ich werde es ihm
aber überlassen, dies mit mir zu tun, mir Vielfresse-
rin, Alleswollerin.*

*Ängstigt mich die Vergänglichkeit so sehr, dass ich
alles jetzt erleben will, nur zur Sicherheit, falls mich
morgen der Schlag trifft?*

*Heiraten. Ja? Nein? Es in Frage zu stellen hieße,
alles in Frage zu stellen.*

*Ich wünschte, ich wäre das Licht der Provence, wenn
die Sonne untergeht. Dann könnte ich überall sein, in
jedem lebendigen Ding, es wäre meine Natur, und
niemand würde mich hassen.*

*Ich muss mein Gesicht ordnen, bevor ich in Avignon
ankomme. Ich hoffe, dass Papa mich abholt, nicht
Luc, nicht Maman.*

*Immer, wenn ich länger in Paris bin, will es sich
diesen Mienen anpassen, mit denen sich die Groß-
stadtgeschöpfe auf den Straßen aneinander vorbei-*

drücken, als merkten sie gar nicht, dass sie nicht allein sind. Es sind Gesichter, die sagen: »Ich? Ich will nichts. Ich brauche nichts. Nichts kann mich beeindrucken, schockieren, überraschen oder gar erfreuen. Freuen ist was für Einfaltspinsel aus Vorstädten und stinkenden Kuhscheunen. Die können sich ja freuen, wenn sie unbedingt wollen. Unsereins hat Wichtigeres zu tun.«

Aber mein gleichgültiges Gesicht ist nicht das Problem.

Es ist das neunte.

Maman sagt, ich habe es zu meinen anderen dazubekommen. Sie kennt meine unterschiedliche Mimik, seit ich als faltiger Wurm auf die Welt kam. Aber Paris hätte mir ein neues Gesicht zwischen Scheitel und Kinn geschnitten. Sie hat es wohl beim letzten Heimkommen schon gesehen, als ich an Jean dachte, seinen Mund, sein Lachen, sein »Das musst du lesen, es wird dir guttun«.

»Wärst du meine Rivalin, ich würde dich fürchten«, sagte sie. Sie war ganz erschrocken, dass das so aus ihrem Mund herausplatzte.

Mit Wahrheiten gehen wir immer derart kurz und klar um. Als Mädchen lernte ich, dass jene Beziehungen am besten seien, die »klar wie Wasser« sind. Sind die schwierigen Dinge gesagt, verlieren sie ihre Tödlichkeit, hieß es.

Ich glaube, das gilt nicht für alles.

Maman ist mein »neuntes Gesicht« unheimlich. Ich weiß, was sie meint. Ich habe es in Jeans Spiegel gesehen, als er mir den Rücken mit einem angewärmten Handtuch abrubbelte. Jedes Mal, wenn wir uns

sehen, nimmt er sich einen Teil von mir vor und
wärmt ihn, damit ich nicht eingehe wie ein fröstelnder Zitronenbaum. Er wäre ein Gluckenvater.
Es war ein wollüstiges Gesicht, getarnt unter Beherrschung, was es noch unheimlicher macht.
Maman hat immer noch Angst um mich; fast steckt
sie mich damit an, und ich denke: Na gut, wenn mir
wirklich was passiert, will ich bis dahin aber leben,
so intensiv es geht, und ich will keine Beschwerden
hören.
Sie fragt wenig, und ich erzähle viel – ich bin geradezu detailversessen, was meine Wochen in der Hauptstadt angeht, und ich verberge Jean hinter einem
Glasperlenvorhang aus klingenden, bunten, durchschaubaren Details, Details, Details. Klar wie Wasser.
»Paris hat dich von uns entfernt und dir nähergebracht, nicht wahr?«, sagt Maman, und wenn sie
»Paris« sagt, dann weiß sie, dass ich weiß, dass sie
einen Männernamen meint, den ich ihr nur nicht
bereit bin zu nennen.
Ich werde nie bereit dafür sein.
Ich bin mir selbst so fremd. Als ob Jean eine Kruste
abgeschält hätte, unter der ein tieferes, genaueres Ich
zum Vorschein kommt, das sich mir spöttisch lächelnd
entgegendrückt.
»Na?«, fragt es. »Dachtest du wirklich, du wärst eine
Frau ohne Eigenschaften?«
(Jean sagt, Musil zitieren ist kein Zeichen von Klugheit, nur von Gedächtnistraining.)
Was ist das nur, was uns passiert?
Diese verfluchte Freiheit! Sie verlangt, dass ich
schweige wie ein toter Baumstumpf, darüber, was mir

*passiert, wenn mich die Familie und Luc im Seminar
an der Sorbonne und abends fleißig wähnen. Sie verlangt, dass ich mich beherrsche, mich zerstöre, verste-
cke, verleumde in Bonnieux und es niemandem zumute, zu beichten und mich mit meinem geheimen
Leben interessant zu machen.*

*Ich fühle mich wie auf dem Ventoux ausgesetzt, dem
Mistral, der Sonne, dem Regen, der Weite. Ich kann
so weit sehen und so frei atmen wie noch nie – habe
aber jeden Schutz verloren. Freiheit ist Verlust der
Sicherheit, sagt Jean.*

Aber weiß er wirklich, was ich verliere?

*Und weiß ich wirklich, worauf er verzichtet, wenn er
mich wählt? Er sagt, er will keine Frau neben mir
haben. Es sei schon genug, dass ich zwei Leben führte, da wollte er es nicht auch noch tun. Ich könnte
jedes Mal vor Dankbarkeit weinen, wenn er es mir
wieder einmal leichtmacht. Nie ein Vorwurf, kaum
eine gefährliche Frage; er gibt mir das Gefühl, ein
Geschenk zu sein und nicht nur ein schlechter Mensch
mit zu vielen Wünschen ans Leben.*

*Wem immer ich mich in der Heimat auch anvertrau-
te, der oder die wäre gezwungen, mit mir zu lügen,
zu verheimlichen, zu schweigen. Ich muss es mir
schwermachen, nicht anderen, so sind die Gesetze für
Gefallene.*

*Ich habe nicht ein einziges Mal Jeans Namen er-
wähnt. Ich sorge mich, dass an der Art, wie ich ihn
aussprechen würde, Maman, Papa oder Luc mich
sofort durchschauten.*

*Vielleicht hätten sie, jeder auf seine Art, Verständnis.
Maman, weil sie die Sehnsucht der Frauen kennt. Sie*

ist in uns allen, schon als kleines Mädchen, wenn wir kaum über den Tisch in der Ecke der Küche schauen können und mit geduldigen Stofftieren und weisen Pferden reden.

Papa, weil er die Lust des Tieres im Menschen kennt. Er würde das Animalische verstehen, das Nahrhafte, er würde womöglich sogar eine biologisch verankerte Triebhaftigkeit erkennen – Kartoffelbrunftzeit. (Ihn werde ich um Hilfe anflehen, wenn ich nicht weiterweiß. Oder ein Mamapapa, wie es Sanary schrieb, den mir Jean vorlas.)

Luc hätte Verständnis, weil er mich kennt. Weil er sich entschieden hat. Er ist von großer Entscheidungstreue: Was gilt, das gilt, auch wenn es weh tut oder sich später als falsch erweist.

Aber was ist, wenn er nach dreißig Jahren zugibt, wie sehr ich ihn verwundet habe, als ich nicht schweigen konnte?

Ich kenne meinen künftigen Mann – er würde bittere Stunden und Nächte haben. Er würde mich ansehen und den Fremden hinter mir in mir sehen. Er würde mit mir schlafen und sich fragen: Denkt sie an ihn? Ist es gut, ist es besser mit ihm? Er würde sich bei jedem Fest auf den Dörfern und jedem Feuerwehrumzug zum vierzehnten Juli, bei dem ich mit einem Mann rede, fragen: Ist er der Nächste? Wann reicht es ihr denn endlich?

All das würde er mit sich allein abmachen und mir mit keinem Wort einen Vorwurf. Wie sagte er: »Wir haben nur dieses Leben. Ich will meines mit dir erleben, dich aber bei deinem nicht stören.«

Ich muss auch für Luc schweigen.

Und für mich. Ich will Jean für mich.

Ich hasse es, das alles zu wollen – alles ist mehr, als ich je ertragen konnte …

Oh, verfluchte Freiheit, du bist immer noch größer als ich!

Sie verlangt, dass ich mich in Frage stelle, schäme und doch so stolz bin, das Leben mit allem zu leben, was ich begehre.

Ich werde es so sehr genießen, mich an alles zu erinnern, was wir erlebten, wenn ich alt bin und mich nicht mehr zu den Füßen bücken kann!

Diese Nächte, als wir die Sterne gesucht haben und in Buoux im Fort lagen. Diese Wochen, als wir in der Camargue verwilderten. Ach, und diese herrlichen Abende, in denen Jean mich in das Leben mit Büchern einweiht, wir still und nackt und mit Castor auf dem Diwan liegen und Jean meinen Po als Lesepult nimmt. Ich wusste nicht, dass es so unendlich viele Gedanken, Einsichten und Wunderlichkeiten gibt. Es müsste Pflicht sein, dass die Regierenden der Welt Bücherführerscheine machen. Erst wenn sie fünf-, nein, besser zehntausend Bücher gelesen haben, sind sie annähernd in der Lage, die Menschheit und ihre Verhaltensweisen zu verstehen. Ich fühlte mich oft besser, nicht mehr so … böse, falsch und untreu, wenn mir Jean Dinge vorlas, in denen gute Menschen aus Liebe oder aus Not oder Lebenshunger ungute Dinge tun.

»Dachtest du, du wärst die Einzige, Manon?«, fragte er – *und, ja, genauso scheußlich fühlt es sich an. Als sei ich die Einzige, die es nicht schafft, bescheiden zu sein.*

Oft, wenn wir mit der Liebe aufhören und noch nicht
wieder damit anfangen, erzählt mir Jean von einem
Buch, das er gelesen hat, lesen will oder von dem er
möchte, dass ich es lese. Er nennt Bücher Freiheiten.
Und Heimaten, das seien sie auch. Sie bewahren all
die guten Wörter auf, die wir so selten benutzen.
Milde. Güte. Widerspruch. Nachsicht.
Er weiß so viel, er ist ein Mann, der so selbstlos lieben
kann. Er lebt, wenn er liebt. Wenn er geliebt wird, wird
er unsicher. Fühlt er sich selbst deshalb so ungeschickt?
Er weiß gar nicht, wo was in seinem Körper wohnt!
Die Trauer, die Angst, das Lachen – wo nur? Ich
drückte ihm meine Faust in den Magen: »Hier, das
Lampenfieber?«, ich pustete unter seinen Nabel:
»Dort, das Mannsein?«, ich legte meine Finger um
seinen Hals: »Hier, die Tränen?«
Sein Körper: gefroren, paralysiert.
An einem Abend gingen wir tanzen. Tango Argentino.
Desaster! Verlegen schob mich Jean ein bisschen hier-
hin, ein bisschen dorthin, in den Schrittfolgen aus der
Tanzschule und nur mit den Händen. Er selbst? An-
wesend, aber nicht Herr seiner Hülle.
Nein, das konnte doch nicht sein, nicht er, nicht dieser
Mann! Er war anders als die Männer des Nordens,
der Picardie, Normandie oder Lothringens, die an
kolossaler Unfruchtbarkeit der Seele leiden. Was viele
Frauen in Paris allerdings erotisch finden; als ob es
eine sexuelle Herausforderung sei, einen Mann zu
einem klitzekleinen Gefühl zu bringen! Sie vermuten
in der Kälte ein besonders hitziges, brutales Maß an
Leidenschaft, das sie über die Schulter wirft und ir-
gendwo an den Boden nagelt ...

Wir mussten es abbrechen, gingen nach Hause, tranken, drückten uns um die Wahrheit. Er war dann sehr liebevoll während des Kater-und-Katze-Spiels. Meine Verzweiflung war grenzenlos: Wenn ich mit ihm nicht tanzen konnte – was dann?

Ich bin mein Körper. Meine Vulvalippen lächeln saftig, wenn ich Lust habe, meine Brust schwitzt, wenn ich gedemütigt bin, und in meinen Fingern wohnt die Angst vor der eigenen Courage, sie beben, wenn ich beschützen und wehren will. Wenn ich dagegen vor konkreten Dingen Angst haben sollte, wie vor dem Knoten, den sie da in der Achselhöhle entdeckt haben und mir mit einer Biopsie rausholen wollen – ja, da werde ich konfus und ruhig zugleich. Konfus will ich mich beschäftigen; aber ruhig, so ruhig bin ich, dass ich weder ernste Bücher lesen mag noch breite, große Musik hören. Ich will nur dasitzen und das Licht des Herbstes sehen, wie es auf die gelb-roten Blätter tropft, ich will den Kamin säubern, ich will mich, erschöpft von so konfusen, substanzlosen, blöde umhertanzenden Gedanken, hinlegen und schlafen. Ja, ich will schlafen, wenn ich Angst habe – die Rettung der Seele vor der Panik.

Aber er? Jean, er hat seinen Körper nur wie einen Garderobenständer, an den er seine Hemden und Hosen und Jacken hängt.

Ich stand auf, er kam mir nach – ich ohrfeigte ihn. Brennen in der Hand, ein Feuer, als hätte ich in Glut gefasst.

»Hey!«, sagte er. »Aber warum ...?« Ich gab ihm noch eine Ohrfeige, jetzt hatte ich heiße Kohlen in den Fingern.

»Hör auf zu denken. Fühle!«, schrie ich ihn an.

Ich ging zu dem Plattenspieler, gab uns den »Libertango«. Ein Akkordeon wie Peitschenschläge, Gerten-
hiebe, das Knacken der Äste im Feuer. Piazzolla und
die Geigen, die er jagte bis ins Höchste.

»Nein, ich ... «

»Doch. Tanz mit mir. Tanz, wie du dich fühlst! Wie
fühlst du dich?«

»Ich bin wütend! Du hast mich geschlagen, Manon!«

»Dann tanz wütend! Such dir in dem Stück das Instrument, das dein Gefühl spiegelt, folge ihm! Fass
mich an, wie du dich über mich ärgerst!«

Kaum hatte ich das ausgesprochen, da packte er mich
schon und drückte mich an die Wand, beide Arme
erhoben, sein Griff fest, sehr fest. Die Geigen schrien.
Nackt tanzten wir, er hatte die Geige als Instrument
seiner Gefühle gewählt. Sein Zorn verwandelte sich
in Lust, dann in Zärtlichkeit, und als ich ihn biss und
kratzte und mich wehrte, ihm zu folgen, mich weigerte, an seiner Hand zu gehen – da wurde mein
Liebhaber zu einem Tanguero. Er kehrte zurück in
seinen Körper.

Ich sah, während ich Herz an Herz mit ihm war und
er mich fühlen ließ, was er für mich empfand, unsere
Schatten an der Wand, an der violetten Lavendelzim-
merwand tanzen. Sie tanzten im Rahmen des Fens-
ters, sie tanzten wie ein Wesen, und Castor, der Kater,
beobachtete uns vom Schrank herab.

Von diesem Abend an tanzten wir immer Tango; am
Anfang nackt, weil es dann leichter war, das Wiegen
und Drängen und Halten. Wir tanzten, jeder mit der
Hand auf der eigenen Herzseite. Und dann, irgend-

wann, wechselten wir, legten die Hände auf die Herzgegend des anderen.

Tango ist eine Wahrheitsdroge. Er enttarnt deine Probleme, deine Komplexe. Aber auch deine Stärken, die du vor anderen versteckst, um sie nicht zu kränken. Und er zeigt, was ein Paar füreinander sein kann, wie sie aufeinander hören. Will einer nur sich selbst gern hören, wird er Tango hassen.

Jean konnte nicht umhin zu fühlen, statt sich in abstrakte Ideen vom Tanzen zu flüchten. Er spürte mich. Die Härchen meines Schoßes. Meinen Busen. Nie habe ich meinen Körper so sehr als Frau gespürt wie in den Stunden, als Jean und ich tanzten und uns danach liebten, auf dem Diwan, auf dem Boden, sitzend auf dem Stuhl, überall. Er hatte das Gefühl, so sagte er, »als seist du die Quelle, aus der ich ströme, wenn du da bist, und ich versiege, wenn du gehst«. Danach tanzten wir uns durch die Tangobars in Paris. Jean lernte, mich die Energie seines Körpers spüren zu lassen und welchen Tango er von mir wollte – und wir lernten Spanisch. Zumindest die geflüsterten Gedichte und Verse, die ein Tanguero seiner Tanguera zuraunt, um sie ein wenig mehr ... Tango zu machen. Welch köstliche, unerklärbare Spiele wir damit begannen. Wir lernten, uns im Schlafzimmer zu siezen. Und verlangten durch die Höflichkeitsform bisweilen recht unhöfliche Dinge.

Oh, Luc! Mit ihm ist es anders ... weniger verzweifelt. Aber auch weniger natürlich. Bei Jean habe ich von Anfang an niemals gelogen. Luc verschweige ich meine Wünsche nach mehr Härte oder Zartheit, nach mehr Mut oder Spiel. Ich schäme mich, weil ich mehr will,

als er geben kann – oder, wer weiß: Vielleicht könnte
er, wenn ich nur einmal danach fragte? Doch wie?
»Wenn du mal mit einer anderen Frau tanzt, dann
verrate nicht den Tango dadurch, dass du dich zu-
rückhältst«, sagte uns Gitano, einer der Tangolehrer
in den Bars.
Er sagte auch, dass Jean mich liebt. Und ich ihn.
Er würde es an jedem Schritt sehen, den wir täten;
wir seien ein Wesen, und vielleicht kommt das der
Wahrheit nahe?
Ich muss mit Jean sein, weil er der männliche Teil
von mir ist. Wir sehen uns an und sehen dasselbe.
Luc ist der Mann, mit dem ich in eine gemeinsame
Richtung schaue, nebeneinander.
Wir dagegen, anders als der Tangolehrer, wir reden
nicht von Liebe.
»Ich liebe dich«, das dürfen die sagen, die ganz frei
und rein sind. Romeo und Julia.
Aber nicht Romeo, Julia und Stefan.
Uns bleibt immer so wenig Zeit. Wir müssen alles auf
einmal tun, sonst schaffen wir gar nichts. Miteinander
schlafen und währenddessen über Bücher reden und
zwischendrin essen und schweigen und streiten und
versöhnen, tanzen und vorlesen, singen und weiter
unseren Stern suchen – alles im Schnellverfahren. Ich
sehne mich nach dem nächsten Sommer, wenn Jean in
der Provence sein wird und wir Sterne suchen.
Ich sehe den Papstpalast in der Sonne golden glänzen.
Endlich wieder, dieses Licht; endlich wieder Menschen, die nicht so tun, als seien die anderen gar nicht
da, weder im Aufzug noch auf der Straße oder im
Bus. Endlich wieder Aprikosen direkt vom Baum.

*Oh, Avignon – früher habe ich mich gefragt, warum
diese Stadt mit dem bösen, immer kalt und verschattet
wirkenden Palast so voller geheimer Gänge und Fall-
türen ist. Jetzt weiß ich: Es muss diese Ruhelosigkeit
des Begehrens schon seit Anbeginn der Menschheit
geben. Lauben, Séparées, Logen, Maislabyrinthe –
ihr dient doch alle nur demselben Spiel!
Es ist ein Spiel, von dem jeder weiß. Aber jeder tut so,
als sei es nicht da, höchstens ganz fern, ganz unge-
fährlich, nicht wirklich.
Von wegen.
Ich fühle die bodenlose Scham in meinen Wangen,
ich spüre das Vermissen in meinen Knien, und die
Lüge wohnt zwischen meinen Schulterblättern und
kratzt sie wund.
Lieber Mamapapa, mach, dass ich mich nicht entscheiden muss, ich bitte dich.
Und mach auch, dass die Erbse in meiner Achsel nur
ein Kalkkrümel ist, wie sie ständig aus den Was-
serhähnen rieseln, da droben im Valensole, wo
der Lavendel wohnt und die unbestechlichsten
Katzen.*

22

$\mathcal{M}$onsieur Perdu spürte, wie ihn Blicke unter
getuschten Wimpern streiften. Wenn er den
Blick einer Frau auffing, festhielt und erwiderte, wäre
er schon mitten im *Cabeceo,* dem stummen Blickwech-

sel, mit dem beim Tango alles verhandelt wurde. Das »Fragen mit den Augen«.

»Schauen Sie auf den Boden, Jordan. Sehen Sie die Frauen nicht direkt an«, flüsterte er. »Wenn Sie eine Frau länger anschauen, wird sie annehmen, dass Sie sie fragen, ob Sie sie auffordern dürfen. Tanzen Sie Tango Argentino?«

»Ich war mal gut in freier Bewegung mit dem Fächer.«

»Tango Argentino ist so ähnlich. Er kennt nur wenige feste Schrittfolgen. Sie lehnen sich mit dem Oberkörper aneinander, Herz an Herz. Und dann hören Sie der Frau zu, wie sie geführt werden will.«

»Zuhören? Aber es spricht doch keiner.«

Das stimmte. Weder die Frauen noch die Männer noch die Paare auf der Tanzfläche verbrauchten Luft zum Reden. Und doch war alles an ihnen beredt. »Führ mich fester! Nicht so schnell! Gib mir Raum! Lass dich locken! Spielen wir!« Die Frauen korrigierten die Männer; hier ein Reiben mit dem Fußrücken über die Wade – »Konzentrier dich!« –, dort ein Ausmalen der stilisierten Achten auf dem Boden – »Ich bin die Prinzessin!«

Woanders gab es Männer, die bei den vier aufeinanderfolgenden Tänzen die Macht der Worte benutzten, um ihre Partnerin leidenschaftlicher werden zu lassen. Sie flüsterten ihr in weichem Spanisch ins Ohr, an den Hals, ins Haar, wo der Atemstrom die Haut erregte: »Ich bin verrückt nach deinem Tango. Du machst mich wahnsinnig mit deinem Tanz. Mein Herz wird deins singen lassen vor Freiheit …«

Aber hier gab es keine Tangoflüsterer. Hier lief alles über die Augen.

»Männer lassen ihren Blick diskret schweifen«, raunte Perdu Max die Regeln des *Cabeceo* zu.

»Woher wissen Sie das alles? Auch aus einem …«

»Nein. Nicht aus einem Buch. Hören Sie zu: Schauen Sie langsam, aber nicht zu langsam, herum. So suchen Sie sich aus, mit wem Sie bei der nächsten *Tanda,* der Viererfolge, tanzen wollen, oder prüfen, wer mit Ihnen tanzen will. Sie fragen mit einem langen, direkten Blick. Wird er erwidert, gar mit einem Nicken, einem halben Lächeln, gilt die Aufforderung als angenommen. Schaut sie zur Seite, heißt das: Nein, danke.«

»Das ist gut«, flüsterte Max. »Dieses ›Nein, danke‹ ist so still, dass keiner fürchten muss, sich zu blamieren.«

»Exakt. Es ist eine galante Geste, wenn Sie aufstehen und die Dame abholen. Bei der Gelegenheit können Sie auf dem Weg auch nachprüfen, ob Sie wirklich gemeint waren. Oder der Herr schräg hinter Ihnen.«

»Und nach dem Tanz? Lade ich sie ein, zu einem Getränk?«

»Nein. Sie bringen sie zu ihrem Platz, bedanken sich und gehen auf die Männerseite zurück. Tango verpflichtet zu nichts. Sie teilen für drei, vier Lieder Sehnsüchte, Hoffnungen und auch Lust. Manche sagen: Es ist wie Sex, nur besser. Und öfter. Aber danach ist es vorbei. Es wäre höchst unschicklich, mehr als eine *Tanda* mit einer Frau zu tanzen. Das gilt als schlechte Erziehung.«

Unter gesenkten Lidern beobachteten sie die Paare. Nach einiger Zeit zeigte Perdu mit dem Kinn auf eine Frau, die Anfang fünfzig, aber auch Ende sechzig sein konnte. Schwarzes Haar mit grauen Strähnen, tief im Nacken geknotet wie bei einer Flamencotänzerin. Ein gut gepflegtes Tanzkleid. Drei Eheringe an einem Finger. Sie hielt sich wie eine Ballerina, war schlank und von einer flexiblen Festigkeit, wie ein junger Brombeerzweig. Eine hervorragende Tänzerin, sicher und genau, und dabei doch so herzensweich, dass sie um die Bewegungslosigkeit oder Zaghaftigkeit ihrer Partner herumtanzte, des Mannes Makel hinter ihrer Grazie versteckte. Sie machte, dass alles leicht aussah.

»Das wird Ihre Tanzpartnerin, Jordan.«

»Die? Die ist viel zu gut. Ich hab Angst!«

»Merken Sie sich das Gefühl. Sie werden eines Tages darüber schreiben wollen, und dann wäre es gut zu wissen, wie sie sich anfühlt, diese Angst zu tanzen. Und es dann doch zu tun.«

Während Max halb panisch, halb beherzt versuchte, den Blick der stolzen Brombeerkönigin auf sich zu lenken, schlenderte Jean zu der Bar, ließ sich ein Glas mit einem Fingerhut voll Pastis einschenken, goss es mit Eiswasser auf. Er war ... aufgeregt. Ja, richtig aufgeregt.

Als ob er gleich eine Bühne betreten musste.

Wie war er vor jedem Treffen mit Manon schier außer sich gewesen! Seine bebenden Finger verwandelten die Rasur in ein Gemetzel. Er hatte nie gewusst, was er anziehen sollte, wollte stark und schlank und elegant und cool zugleich aussehen. Das war die Zeit, in der er das Laufen und Gewichtheben begonnen hatte, um für Manon schön zu sein.

Jetzt nahm Jean Perdu einen Schluck Pastis.

»Grazie«, sagte er, einer Intuition folgend.

»*Prego,* Signor Capitano«, sagte der kleine, runde Schnurrbartträger in singendem Neapolitanisch.

»Zu viel der Ehre. Ich bin kein richtiger Kapitän ...«

»Oh, doch. Sind Sie. Cuneo sieht es.«

Aus den Lautsprecherboxen quoll Chartmusik. Die *Cortina* – das Zeichen für den Partnerwechsel. In dreißig Sekunden würde die Kapelle die nächste *Tanda* spielen.

Perdu beobachtete, wie sich die Brombeertänzerin erbarmte und sich von einem blassen, aber tapfer den Kopf hochhaltenden Max in die Mitte der Tanzfläche führen ließ. Nach nur wenigen Schritten hielt sie sich wie eine Kaiserin, und irgendetwas schien sie mit Max zu machen, obwohl er bisher nur an ihrem ausgestreckten Arm hing. Er nahm die Ohrenschützer ab. Warf sie beiseite. Er wirkte nun größer, seine Schultern breiter, sein Brustkorb gewölbt wie der eines Toreros.

Sie schoss Perdu einen kurzen Blick aus klaren, hellblauen Augen zu. Der Blick war jung, die Augen waren alt, und ihr Körper sang jenseits aller Zeiten das süße, sehnsüchtige Lied des Tangos. Perdu wusste von der *Saudade* des Lebens, einer milden, wärmenden Trauer, um alles, um nichts.

Saudade.

Die Sehnsucht nach der Zeit, als man ein Kind war, als die Tage ineinanderflossen und Vergänglichkeit keine Bedeutung hatte. Es ist das Geliebtwerden, das man nie wiederfindet. Es ist die Hingabe, die man einmal erlebte. Es ist alles, was ein Mensch nicht in Worte fassen kann.

Er sollte sie in die Enzyklopädie der Gefühle aufnehmen.

P. D. Olson kam an die Bar. Sobald seine Füße und Beine nicht mehr tanzten, ging er wieder wie ein alter Herr.

»Was du nicht erklären kannst, musst du tanzen«, murmelte Perdu vor sich hin.

»Und was du nicht aussprechen kannst, musst du auf-
schreiben«, sagte der alte Romancier polternd.

Als die Kapelle nun »Por una Cabeza« anspielte, ließ
sich die Brombeertänzerin an Max' Brust fallen, ihre
Lippen flüsterten ihm einige Beschwörungsformeln zu,
ihre Hand, ihr Fuß, ihre Hüfte korrigierten diskret seinen Stand. Und dann machte sie, dass es so aussah, als
führte er sie.

Jordan tanzte Tango, erst mit weit aufgerissenen Augen, dann, auf einen gewisperten Befehl hin, mit gesenkten Lidern. Sie wirkten bald wie ein eingespieltes
Liebespaar, die Fremde und der Junge.

P. D. nickte Cuneo zu, dem rundlichen Barmann, der
sich nun auch auf den Tanzboden zubewegte. Dort
wirkte er leichter. Leicht und sehr galant in seinen
schmalen, ehrerbietigen Bewegungen. Seine Tanzpartnerin war größer als er, und dennoch schmiegte sie sich
an ihn, voller Vertrauen.

Da beugte sich P. D. Olson vertraulich zu Perdu.

»Eine wunderbare literarische Gestalt, dieser Salvatore Cuneo. Kam als Erntehelfer in die Provence, Kirschen, Pfirsiche, Aprikosen, alles, was sensible Hände
braucht. Er arbeitete zusammen mit den Russen und
Maghrebinern und den Algeriern. Verlebte eine Nacht
mit einer jungen Flussschifferin. Sie verschwand am
nächsten Tag wieder auf ihren Kahn. Irgendetwas mit
Mond. Seither sucht Cuneo die Flüsse nach ihr ab. Seit
über zwanzig Jahren. Arbeitet mal hier, mal da, ich
glaube, er kann inzwischen alles. Vor allem kochen.
Aber auch malen, einen Tanklaster reparieren, Horo-
skope errechnen ... was Sie wollen, das macht er. Den
Rest lernt er in wahnwitziger Geschwindigkeit. Der

Mann ist ein Genie im Körper eines neapolitanischen Pizzabäckers.« P.D. schüttelte den Kopf. »Zwanzig Jahre. Das muss man sich mal vorstellen. Wegen einer Frau!«

»Ja, und? Gibt es einen besseren Grund?«

»Das müssen Sie natürlich sagen, John Lost.«

»Wie bitte? Wie haben Sie mich gerade genannt, Olson?«

»Haben Sie doch gehört. Jean Perdu, John Lost, Giovanni Perdito – ich habe schon mal von Ihnen geträumt.«

»Haben Sie *Südlichter* geschrieben?«

»Haben Sie schon getanzt?«

Jean Perdu kippte den Rest Pastis in einem Zug hinunter.

Dann drehte er sich um und ließ seinen Blick über die Frauen gleiten. Manche schauten fort, andere hielten stand.

Und eine, die zielte mit ihrem Blick auf ihn. Sie war Mitte zwanzig. Kurze Haare, kleiner Busen, fester Deltamuskel zwischen Oberarm und Schulter. Und ein Brennen im Blick, das von unendlich viel Hunger, aber auch von dem Mut erzählte, diesen Hunger zu stillen.

Perdu nickte ihr zu. Sie erhob sich, ohne zu lächeln, und ging ihm die Hälfte des Wegs entgegen. Minus exakt einen Schritt. Diesen letzten, den wollte sie ihm abzwingen. Sie wartete. Eine wütende, gerade noch beherrschte Katze.

Im selben Moment beendete die Kapelle ihr erstes Lied; und Monsieur Perdu schritt auf die lebenshungrige Katzenfrau zu.

»Kampf!«, sprach ihr Gesicht.

»Unterwirf mich, wenn du kannst, aber wage es nicht, mich zu demütigen«, forderte ihr Mund.

»Und wehe, du hast Scheu, mir Schmerz zuzufügen. Ich bin weich, aber ich spüre das Weiche erst in der Leidenschaft ganzer Härte. Und ich kann mich wehren!« – das sagten ihre kleine, feste Hand und die fast vibrierende Spannung, die ihren Körper aufrecht hielt, und ihre Schenkel, die sie jetzt an seine schmiegte.

Von oben bis unten presste sie sich an ihn – aber bei den ersten Tönen gab Jean seine Energie mit einem Stoß aus seinem Solarplexus an sie weiter. Er drückte sie tief, tief, noch tiefer nach unten, bis sie beide mit einem Bein in den Knien waren, das andere lang zur Seite ausgestreckt.

Ein Raunen ging durch die Reihe der Frauen, aber es verstummte sofort, als Perdu die junge Frau hochzog und sie dabei ihr Spielbein schnell und raffiniert um seine Knie schlang. Ihre Kniekehlen fanden sich zart. Sie waren so eng aneinandergeschmiegt wie sonst nur nackte Liebende.

Es pochte eine Kraft in Jean, die lange ungenutzt gewesen war.

Konnte er es noch? Konnte er zurückkehren in seinen Körper, den er ewig nicht benutzt hatte?

»Nicht denken, Jean! Fühle!«

Ja, Manon.

Nicht zu denken bei der Liebe, dem Liebesspiel, dem Tanz und dem Reden über Gefühle – das hatte Manon ihm beigebracht. Sie hatte ihn »typisch Norden« genannt, weil er seine Gemütsunruhen vor ihr hinter Phrasen und starrem Gesicht zu verbergen suchte. Weil er beim Sex zu sehr darauf achtete, was sich gehörte.

Und weil er beim Tanz Manon wie einen Einkaufswagen übers Parkett zog und schob, anstatt so zu tanzen, wie er es sich wünschte. So, wie die Impulse von Wille, Reaktion und Lust es ihm eingaben.

Manon hatte diese Steifheit aufgeknackt wie eine Nuss, zwischen ihren Händen, ihren nackten Händen, ihren nackten Fingern, ihren nackten Beinen ...

Sie hat mich befreit, von allem, was menschenfeindlich ist. Von dem Schweigen und von Hemmungen. Von dem Zwang, immer nur die richtigen Schritte tun zu dürfen.

Es heißt, Männer, die ganz in ihrem Körper sind, die riechen es, die fühlen es, wenn eine Frau mehr vom Leben will, als sie bekommt. Das Mädchen in seinen Armen sehnte sich nach dem Fremden, dem ewigen Reisenden, das roch er, während er ihr Herz an seiner Brust schlagen fühlte. Der Unbekannte, der in die Stadt reitet, ihr für eine Nacht alles Abenteuerliche schenkt, ihr all das zu Füßen legt, was hier, in dem Dorf inmitten schweigender Weizenfelder und alter Wälder, fehlte. Dies ist der einzige Protest, den sie sich erlaubt, um nicht bitter zu werden in all der ländlichen Idylle, in der es immer um das Land, um die Familie, um die Nachkommen geht. Aber nie um sie, um sie ganz allein.

Jean Perdu gab der jungen Frau, was sie begehrte. Er fasste sie an, wie keiner der jungen Tischler und Winzer und Waldbauern es je täte. Er tanzte mit ihrem Leib und ihrer Fraulichkeit, wie es keiner vermochte, der sie von Kindesbeinen an kannte und für den sie doch nur die Marie war, »die Tochter vom alten Schmied, der unsere Ackergäule beschlägt«.

Jean legte in jede Berührung seinen ganzen Leib, seinen Atem, seine Konzentration. Und er flüsterte ihr Dinge zu, in der Sprache des Tangos, einem argentinischen Spanisch, das Manon und er einst gelernt hatten und sich gegenseitig im Bett zuflüsterten. Sie hatten sich gesiezt, ganz wie die älteren, traditionellen Ehepaare des verblühten Spaniens, und sich Anzüglichkeiten zugeraunt.

Alles blendete übereinander – die Vergangenheit, die Gegenwart, diese junge Frau und die andere, die Manon hieß. Der junge Mann, der er gewesen war, der damals keine Ahnung hatte, wie sehr er Mann sein konnte. Der noch nicht alte, aber ältere Mann, der vergessen hatte, wie es war, Wünsche zu haben. Eine Frau in den Armen zu halten.

Und hier war er, in den Armen der Katzentänzerin, die es liebte, zu kämpfen, bezwungen zu werden und erneut zu kämpfen.

Manon, Manon, so hast du auch getanzt. So hungrig danach, etwas nur für dich allein zu erobern. Ohne Familie, ohne das Land deiner Vorfahren auf den Schultern. Nur du, ohne Zukunft, du und der Tango. Du und ich, deine Lippen, meine Lippen, deine Zunge, meine Haut, mein Leben, dein Leben.

Als das dritte Lied angespielt wurde, der »Libertango«, platzten die Notausgangstüren der Halle auf.

»Da sind sie, die Säue!«, hörte Perdu eine erregte, zutiefst wütende Männerstimme brüllen.

ünf Männer drückten sich herein. Die Frauen schrien auf.

Schon zog der erste Eindringling Cuneos Partnerin aus dessen Armen und machte Anstalten, sie zu ohrfeigen. Der stämmige Italiener fiel ihm in den Arm. Daraufhin kam ein zweiter hinzu, der sich auf Cuneo stürzte und ihm in den Magen boxte, während der andere die Frau mit sich zerrte.

»Verrat«, zischte P. D. Olson, als Jean Perdu und er die Katzenfrau von dem sichtbar aufgepeitschten, riechbar alkoholisierten Männermob wegführten.

»Da ist mein Vater«, raunte sie, wachsweiß vor Erschrecken, deutete auf einen der aggressiven Störer mit engstehenden Augen und einer Axt in der Hand.

»Schauen Sie nicht hin! Gehen Sie vor mir her aus der Tür!«, befahl Perdu.

Max wehrte einen von zwei zornigen Kerlen ab, die beide meinten, in Cuneo die Personifizierung der satanischen Sexspiele ihrer Frauen, Töchter und Schwestern entdeckt zu haben. Salvatore Cuneo blutete von einem Schlag auf den Mund. Max trat dem einen der Angreifer gegen die Knie, den anderen legte er mit einer *Kung-Fu*-Drehung aufs Kreuz.

Dann hastete er zurück zu seiner Brombeertänzerin, die, ganz still und stolz aufgerichtet, immer noch dastand mitten in dem Chaos. Er küsste ihr mit einem Diener galant die Hand.

»Ich danke Ihnen, Königin dieser unvollendeten Nacht, für den schönsten Tanz meines Lebens.«

»Kommen Sie, bevor es der letzte war!«, rief P.D. und zog Max am Arm.

Perdu sah die Königin lächeln, als sie Max nachblickte. Sie hob seine Ohrenschützer auf und drückte sie an ihr Herz.

Jordan, Perdu, P.D., die Katzenfrau und Cuneo liefen zu einem alten blauen Renault-Kastenwagen. Cuneo quetschte seinen Trommelbauch hinters Steuer, P.D., schwer atmend, schob sich auf den Beifahrersitz, Max, Jean und die junge Frau krabbelten hinten auf die Ladefläche, zwischen Werkzeugkästen, einen Lederkoffer, einen Flaschenträger, in dem Gewürze, Essige und Kräuterbüschel standen, und Berge von Lehrbüchern unterschiedlichster Inhalte. Sie wurden durcheinandergeschüttelt, als Cuneo Gas gab, verfolgt von den zornig geschüttelten Fäusten der Männer, die den heimlichen Tanztrieb ihrer Frauen nicht mehr dulden wollten und die fremden Kerle bis auf den Parkplatz verfolgt hatten.

»Dumme Honks!«, spuckte P.D. aus, während er einen Bildband über Schmetterlinge nach hinten warf. »Denken nur in kleinlichen Vorstellungen und halten uns für ein Rudel Swinger, das erst angezogen und später nackt tanzt. Dabei sähe das ja nun wirklich nicht mehr schön aus, all die faltigen, borstigen Murmelhoden, Blähbäuche und dünnen Opabeine.«

Die Katzenfrau prustete, und auch Max und Cuneo lachten – das überzogene Lachen jener, die gerade noch mit dem Schrecken davongekommen waren.

»Sagen Sie … könnten wir trotzdem bei einer Bank haltmachen?«, fragte Max sehnsüchtig, als sie mit achtzig Sachen auf dem Rückweg zum Schiff Cepoys Hauptstraße entlangbretterten.

»Nur wenn Sie sich für einen Job als Kastratensänger interessieren«, grollte P. D.

Wenig später hielten sie vor dem Bücherschiff. Lindgren und Kafka lagen wohlig gelangweilt in der Frühabendsonne an der Fensterfront und ließen sich nicht von dem aufgeregten Krähenpärchen stören, das aus der sicheren Höhe eines verlebten Apfelbaumes Beleidigungen herunterschnatterte.

Perdu bemerkte den sehnsuchtsvollen Blick, den Cuneo dem Kahn zuwarf.

»Hier können Sie nicht mehr bleiben, befürchte ich«, sagte er zu dem Italiener.

Der seufzte. »Sie glauben gar nicht, wie oft ich diesen Satz schon gehört habe, Capitano.«

»Kommen Sie doch mit uns. Wir fahren bis in die Provence.«

»Der alte Buchstabenkleber hat Ihnen meine Geschichte erzählt, *si?* Dass ich eine Signorina auf den Flüssen suche, die noch mein Herz bei sich trägt?«

»Ja, ja, der böse Amerikaner hat mal wieder die Klappe nicht halten können. Na, und? Ich bin alt und eh bald tot, ich muss mich noch ein bisschen danebenbenehmen, damit's reicht. Immerhin habe ich es nicht bei Facebook gepostet.«

»Sie sind bei Facebook?«, fragte Max ungläubig. Er hatte Äpfel gepflückt und sie in seinem Hemd gesammelt.

»Ja, was denn? Nur weil das wie Klopfzeichen im Knast ist?«

Der alte Olson kicherte. »Klar mache ich da mit. Wie soll ich sonst kapieren, was mit der Menschheit passiert? Warum sich der Lynchmob vom Dorfplatz auf einmal weltweit zusammenrotten kann.«

»Äh. Tja. Okay«, sagte Max. »Ich schick Ihnen dann mal eine Kontaktanfrage.«

»Tu das, mein Sohn. Ich bin immer am letzten Freitag des Monats im Internet, zwischen elf und fünfzehn Uhr.«

»Sie schulden uns noch eine Antwort«, sagte Perdu. »Schließlich haben wir getanzt, beide. Also? Und antworten Sie ehrlich, ich kann Lügen nicht leiden. Haben Sie *Südlichter* geschrieben? Sind Sie Sanary?«

Olson drehte sein faltiges Gesicht in die Sonne. Nahm den unmöglichen Hut ab, strich sich das weiße Haar nach hinten.

»Ich, Sanary … wie kommen Sie darauf?«

»Die Technik. Die Wörter.«

»Ah, ich weiß, was Sie meinen! ›Das große Mamapapa‹, wunderbar – die personifizierte Sehnsucht jedes Menschen nach dem ultimativen Kümmerer, dem mütterlichen Vater. Oder die ›Rosenliebe‹, blühend und duftend soll sie sein, aber ohne Stacheln, was ein Verkennen der Natur der Rose ist. Alles ganz wundervoll. Nur leider nicht von mir. Sanary ist meines Erachtens ein großer Menschenfreund, ein Mensch jenseits aller Konventionen. Das kann ich von mir nicht behaupten. Ich mag Menschen nicht gern, und immer, wenn ich Gesellschaftsregeln einhalten muss, bekomme ich Durchfall. Nein, mein Freund John Lost – ich bin es nicht. Und das ist leider die Wahrheit.«

P. D. stieg mühsam aus, hinkte um das Auto rum.

»Hör zu, Cuneo, ich pass auf deine alte Karre auf, bis du wiederkommst. Oder auch nicht wiederkommst, wer weiß.«

Cuneo war unschlüssig, aber als Max begann, seine Bücher und den Flaschenträger entschlossen zum Schiff zu tragen, griff er nach dem Werkzeugkasten und dem Lederkoffer.

»Capitano Perdito, ist es erlaubt, an Bord zu kommen?«

»Bitte. Es wäre mir eine Ehre, Signor Cuneo.«

Max löste die Leinen, die Katzenfrau lehnte mit unergründlichem Blick an der Motorhaube des Renaults, da schüttelte Perdu P. D. Olson zum Abschied die Hand.

»Haben Sie wirklich von mir geträumt? Oder sind das nur Wortspiele?«, fragte er.

Per David Olson lächelte verschmitzt. »Eine Welt aus Wörtern kann niemals wahr sein. Habe ich mal bei einem Deutschen gelesen, Gerlach hieß er, Gunter Gerlach. Kein Mann für den kleinen Verstand.« Er überlegte. »Fahren Sie nach Cuisery, an der Seille. Vielleicht werden Sie da Sanary finden. Falls sie noch lebt.«

»Sie?«, fragte Perdu.

»Ach, was weiß denn ich. Ich stelle mir eben am liebsten alles Interessante als Frau vor. Sie nicht?« Olson grinste und sortierte sich schwerfällig in Cuneos alten Wagen. Dann wartete er auf die junge Frau.

Die griff nach Perdu.

»Du schuldest mir auch etwas«, sagte sie heiser und verschloss Perdus Mund mit einem Kuss.

Es war der erste Kuss einer Frau seit zwanzig Jahren, und Jean hätte sich nicht träumen lassen, wie berauschend es war.

Sie saugte an ihm, schlug kurz mit der Zunge nach seiner.

Mit glühenden Augen schubste sie Jean dann von sich.

»Und wenn ich dich begehrte, was ginge es dich an?«,
sagte ihr stolzer Blick erzürnt.

Halleluja. Womit hab ich denn das verdient?

»Cuisery?«, fragte Max. »Was ist das?«

»Das Paradies«, sagte Perdu.

24

Cuneo hatte die zweite Kajüte bezogen und dann
die Kombüse zu seinem Revier erklärt. Aus seinem Koffer und dem Flaschenträger baute der stämmige Mann mit der Halbglatze eine Batterie Gewürze, Öle
und Blends auf. Mischungen, die er selbst angerührt
hatte, zum Würzen, zum Dips-Verfeinern oder einfach
zum »Daran-Riechen-und-glücklich-Sein«.

Als er Perdus skeptisches Gesicht sah, fragte er: »Oder
ist was falsch daran?«

»Nein, Signor Cuneo. Es ist nur …«

*Es ist nur, ich bin Wohlgerüche nicht gewöhnt. Sie sind zu
schön. Zu unerträglich schön. Und nicht »glücklich«.*

»Ich kannte mal eine Frau«, begann Cuneo, während er
weiterräumte und seine Kochmesser sorgfältig kontrollierte, »die musste bei dem Geruch von Rosen weinen.
Und eine andere, die fand es sehr erotisch, wenn ich
Pasteten gebacken habe. Gerüche machen komische Sachen mit der Seele.«

Pastetenglück, fiel Perdu da ein. Unter P. Oder unter D
wie Duftsprache. Ob er eines Tages wirklich seine Enzyklopädie der Gefühle beginnen würde?

Und wieso nicht gleich morgen? Ach was – jetzt?

Alles, was er brauchte, waren Papier und Stift. Und dann, eines Tages, Buchstabe für Buchstabe, hätte er einen Traum erfüllt. Hätte, würde, wäre …

Jetzt. Es gibt immer nur ein Jetzt. Nun mach schon, Feigling. Atme endlich unter Wasser.

»Bei mir ist es Lavendel«, gab er zögernd zu.

»Müssen Sie dann weinen oder das andere?«

»Beides. So riecht mein größtes Scheitern. Und mein Glück.«

Jetzt schüttete Cuneo noch eine Plastiktüte mit Kieselsteinen aus und arrangierte sie auf einem Regalbrett.

»Das ist *mein* Scheitern und mein Glück«, erklärte er ungefragt. »Es ist die Zeit. Sie glättet die Kanten von dem, was weh tut. Und weil ich das oft vergesse, besitze ich diese Kieselsteine, aus jedem Fluss, den ich bisher bereist habe.«

Der Canal du Loing war in den Canal de Briare übergegangen, einen der spektakulärsten Abschnitte der Route Bourbonnais, mit einer trogartigen Wasserbrücke, die den Kanal über die hier rauhe, unschiffbare Loire führte. Im Sportboothafen von Briare, der so üppig mit Blumen geschmückt war, dass Dutzende Maler an den Ufern saßen, um die Szenerie einzufangen, waren sie vor Anker gegangen.

Die Marina glich einem zweiten, kleineren Saint-Tropez; sie sahen viele teure Jachten, an den Promenaden wurde flaniert. Die Literarische Apotheke war das größte Schiff, und viele Freizeitkapitäne kamen vorbei, um sie sich anzuschauen, die Umbauten zu begutachten und einen Blick auf die Crew zu werfen. Perdu wusste, dass sie seltsam aussahen. Nicht nur wie Neulinge, sondern schlimmer.

Wie Amateure.

Jeden Besucher fragte Cuneo unverdrossen, ob sie den Frachter Mondnacht auf ihren Reisen gesehen hatten. Ein Schweizer Ehepaar, das seit dreißig Jahren auf einem holländischen Luxe Motor durch Europa fuhr, meinte, sich zu erinnern. Vor zehn Jahren vielleicht. Oder zwölf?

Als sich Cuneo dem Abendessen widmen wollte, fand er in der Speisekammer gähnende Leere und im Kühlschrank nur Katzenfutter und besagte weiße Bohnen.

»Wir haben kein Geld, Signor Cuneo, und keine Vorräte«, begann Perdu. Er berichtete von ihrem unerwarteten Aufbruch in Paris und den Missgeschicken.

»Die Flussleute sind meist sehr hilfsbereit. Und ich habe einige Ersparnisse«, bemerkte der Neapolitaner. »Davon könnte ich Ihnen etwas geben, als Fahrtgeld.«

»Das ist ehrenwert, kommt aber nicht in Frage«, sagte Perdu. »Wir müssen irgendwie Geld verdienen.«

»Wartet diese Frau denn nicht auf Sie?«, fragte Max Jordan in aller Unschuld. »Da sollten wir nicht zu viel Zeit verlieren.«

»Sie erwartet mich nicht, wir haben alle Zeit der Welt«, wiegelte Perdu eilig ab.

O ja. We have all the time in the world. Ach, Manon ... weißt du noch, diese Kellerbar, Louis Armstrong und wir.

»Sie überraschen sie? Das ist unglaublich romantisch ... aber auch ein ganz schönes Risiko.«

»Wer kein Risiko eingeht, lebt nicht«, schaltete sich Cuneo ein. »Reden wir noch mal über das Geld.« Perdu warf ihm ein dankbares Lächeln zu.

Cuneo und Perdu beugten sich nun über die Wasserstraßenkarte, und der Italiener kreuzte an einigen Stellen Dörfer an. »Hier, in Apremont-sur-Allier hinter

Nevers, da habe ich Bekannte. Javier sucht immer mal wieder Helfer für seine Renovierungsarbeiten an Grabmalen … und hier, in Fleury, habe ich mal als Privatkoch gearbeitet … in Digoin bei einem Maler … und hier, in Saint-Sautur, hm, wenn sie nicht mehr beleidigt ist, dass ich damals nicht mit ihr …« Er errötete. »Also, manche helfen uns sicher aus mit Essen und Diesel. Oder wissen, wo es Arbeit gibt.«

»In Cuisery kennen Sie auch jemanden?«

»Der Bücherstadt an der Seille? Da war ich noch nie. Aber vielleicht finde ich ja dort, was ich suche.«

»Die Frau.«

»Ja. Die Frau.« Cuneo atmete tief durch. »Es gibt nur selten solche Frauen wie diese, wissen Sie. Vielleicht nur alle paar Jahrhunderte. Sie ist alles, was sich ein Mann erträumt. Schön, klug, weise, nachsichtig, leidenschaftlich, einfach alles.«

Erstaunlich, dachte Perdu. So könnte ich nicht über Manon reden. Über sie zu reden hieße, sie zu teilen. Hieße zu beichten. Das brachte Jean immer noch nicht über sich.

»Die große Frage ist doch«, sinnierte Max, »was bringt schnelles Geld? Ich sage euch gleich: Als Gigolo tauge ich nichts.«

Cuneo schaute sich um. »Und die Bücher?«, fragte er langsam. »Wollen Sie die eigentlich alle behalten?«

Dass ihm das nicht selbst eingefallen war.

Cuneo ging von seinem Geld in Briare bei den Bauern Obst, Gemüse und Fleisch einkaufen und schwatzte _ einem gewieften Angler den Fang des Tages ab. Jean öffnete das Bücherschiff, und Max lief los, um sich als sprechende Reklametafel zu betätigen. Er flanierte durch die Marina und das Dorf und rief: »Bei uns gibt es Bücher! Die Neuerscheinungen der Saison. Frivol, klug und billig, Bücher, schöne Bücher!«

Wenn er an einem Tisch voller Damen vorbeikam, lockte er: »Lesen macht schön, Lesen macht reich, Lesen macht schlank!« Zwischendurch stellte er sich vor das Restaurant Le Petit St Trop und deklamierte: »Haben Sie Liebeskummer? Wir haben das Buch dagegen. Haben Sie Ärger mit dem Skipper? Wir haben das Buch dagegen! Haben Sie einen Fisch geangelt und wissen nicht, wie man ihn ausnimmt? Unsere Bücher wissen alles.«

Einige erkannten den Schriftsteller, dessen Konterfei sie in den Zeitschriften gesehen hatten. Andere wandten sich pikiert ab. Und eine Handvoll fand sich tatsächlich auf der Literarischen Apotheke zu einer Beratung ein.

Und so kamen Max, Jean und Salvatore Cuneo zu ihren ersten Euros. Außerdem gab ein großer, finsterer Mönch aus Rogny ihnen einige Gläser Honig und Töpfchen Kräuter im Tausch gegen Perdus agnostische Sachbücher.

»Was er wohl ausgerechnet mit denen macht?«

»Vergraben«, schätzte Cuneo.

Er besorgte beim Hafenmeister, den er auch nach dem Frachtschiff Mondnacht fragte, noch ein paar Kräutersetzlinge und legte auf dem Heckdeck mit Hilfe einiger Buchregalbretter einen Küchengarten an, sehr zur Freude von Kafka und Lindgren, die sich mit Begeisterung auf die Minze stürzten. Wenig später jagten sie sich hin und her durchs Schiff, mit Katzenschweifen, aufgeplustert wie Spülbürsten.

Am Abend trug Cuneo, angetan mit Blümchenschürze und ebenso geblümten Topfhandschuhen, das Essen herein.

»Meine Herren: eine Variante des touristisch begradigten *Ratatouille. Bohémienne de Légumes*«, erklärte Salvatore, während er das Essen auf ihren improvisierten Tisch auf dem Deck stellte.

Es entpuppte sich als in winzige Würfel geschnittenes rotes Gemüse, gebraten, mit reichlich Thymian gewürzt, in eine Form gepresst, dann kunstvoll auf die Teller gestürzt und mit kostbarstem Olivenöl beträufelt. Dazu gab es Lammkotelettes, die Cuneo dreimal durchs offene Feuer zog, und schneeweißen, auf der Zunge zart schmelzenden Knoblauchflan.

Als Perdu den ersten Bissen nahm, passierte etwas Merkwürdiges.

In seinem Kopf schienen Bilder zu explodieren.

»Das ist unglaublich, Salvatore. Du kochst, wie Marcel Pagnol schreibt.«

»Ah, Pagnol. Guter Mann. Der wusste auch: Man sieht nur mit der Zunge gut. Und mit der Nase und dem Magen«, seufzte Cuneo genüsslich. Dann sagte er zwischen zwei Bissen: »Capitano Perdito, ich glaube fest daran, dass man die Seele eines Landes essen muss, um es zu verstehen. Um die Menschen zu fühlen. Und die Seele ist, was dort wächst. Was die Menschen jeden Tag sehen und riechen und anfassen. Was einmal durch sie hindurchwandert und von innen ausformt.«

»So wie Nudeln die Italiener formen?«, fragte Max kauend.

»Pass bloß auf, Massimo, was du sagst. *Pasta* formt die Frauen *bellissima!*« Cuneo zeichnete mit Begeisterung einen ausladenden weiblichen Körper nach.

Sie aßen, sie lachten. Rechts ging die Sonne unter, links der Vollmond auf, sie waren umfangen vom üppigen

Blumenduft des Hafens. Die Katzen erkundeten sorgsam die Umgebung und leisteten den Männern später Gesellschaft, huldvoll thronend auf einer umgedrehten Bücherwanne.

Ein ungekannter Frieden kehrte in Jean Perdu ein.

Kann Essen heilen?

Mit jedem Bissen, den er zu sich nahm, getränkt mit den Kräutern und Ölen der Provence, schien er das Land, das ihn erwartete, mehr in sich aufzunehmen. Er aß gleichsam das Land, das um sie herum war. Schon konnte er die wilde Gegend um die Loire herausschmecken, Wald und Wein.

In dieser Nacht schlief er ruhig. Kafka und Lindgren bewachten seinen Schlaf. Der Kater lag an der Tür, Lindgren an seiner Schulter. Manchmal spürte Jean Pfoten, die seine Wange betasteten, wie um zu sehen, ob er noch da war.

Am nächsten Morgen beschlossen sie, zunächst im Hafen von Briare zu bleiben. Es war ein beliebter Treff- und Stützpunkt, und die Hausbootsaison hatte begonnen. Nahezu jede Stunde trafen neue Pénichettes ein, und mit ihnen potenzielle Bücherkäufer.

Max bot an, den spärlichen Rest seiner Kleidung mit Jean zu teilen, der ja nur in Hemd, grauer Hose, Jackett und Pullover losgefahren war. Und Kleidung stand zurzeit nicht weit genug oben auf ihrer Liste der einzukaufenden Notwendigkeiten.

Perdu trug erstmals seit gefühlten Jahrhunderten Jeans und ein verwaschenes Shirt. Als er sich im Spiegel erblickte, war er sich fremd. Der Dreitagebart, die leichte Bräune, die er sich im Steuerstand zugelegt hatte, die legere Kleidung ... er sah zwar nicht mehr älter aus, als er war. Auch nicht mehr so bieder. Aber auch nicht unbedingt sehr viel jünger.

Max ließ sich einen spöttischen waagerechten Strich als Bärtchen auf der Oberlippe stehen und kämmte sich das Haar nach hinten, um es zu einem glänzenden, schwarzen Piratenzopf zu züchten. Jeden Morgen trainierte er barfuß und nur mit einer leichten Hose bekleidet *Kung-Fu* und *Tai-Chi* auf dem Achterdeck. Mittags und abends las er Cuneo etwas vor, während der das Essen vorbereitete. Cuneo wünschte sich häufig Geschichten von Schriftstellerinnen.

»Frauen erzählen mehr von der Welt. Männer erzählen immer nur von sich.«

Inzwischen öffneten sie die Literarische Apotheke bis spät in die Nacht. Die Tage wurden wärmer.

Die Kinder aus den Dörfern und von den anderen Bootsleuten hockten stundenlang in Lulus Bauch, um die Abenteuer von Harry Potter, Kalle Blomquist, den Fünf Freunden, den Warrior Cats oder Gregs Tagebuch zu lesen. Vielmehr, um sie sich vorlesen zu lassen. Oft musste sich Perdu ein stolzes Grinsen verkneifen, wenn er Max in einem Rund von Kindern auf dem Boden sah, seine langen Beine zusammengefaltet, das Buch auf den Knien. Er las immer besser, verwandelte die Geschichten in Hörspiele. Perdu ahnte, wie aus diesen kleinen Kindern, die mit großen Augen und verzückter Konzentration lauschten, eines Tages Menschen werden würden, die das Lesen, das Verzaubertwerden, den ganz eigenen Film im Kopf brauchten wie die Luft zum Atmen.

Allen unter vierzehn verkaufte er Bücher nach Gewicht: zwei Kilo für zehn Euro.

»Machen wir denn da keinen Verlust?«, fragte Max.

Perdu zuckte die Schultern. »Monetär ja. Aber Lesen macht bekanntlich frech, und die Welt von morgen kann sicher ein paar Leute gebrauchen, die aufmucken, finden Sie nicht?«

Die Teenager drückten sich stets kichernd und dann auffällig still in der Erotika-Ecke herum. Perdu tat ihnen den Gefallen, laut und geschäftig herumzuklirren, wenn er sich näherte, damit sie ihre Lippen voneinander losschrauben und ihre geröteten Gesichter hinter einem harmlosen Buch verstecken konnten.

Oft spielte Max Klavier und lockte damit Kunden an Bord.

Perdu gewöhnte sich an, täglich eine Karte an Catherine aufzugeben und für angehende Literaturpharmazeuten in einem Schulheft neue Einträge für seine Enzyklopädie der kleinen bis mittelschweren Gefühle zu sammeln.

Er setzte sich jeden Abend ans Heck und schaute in den Himmel. Immer war die Milchstraße zu sehen, und ab und an jagte eine Sternschnuppe vorbei. Die Frösche gaben A-cappella-Konzerte, die Grillen zirpten dazu, untermalt vom leisen Klackern der Seile an den Masten und dem gelegentlichen Bimmeln einer Schiffsglocke.

Ihn durchströmten völlig neue Gefühle. Es war nur angemessen, dass Catherine sie erfuhr. Denn mit ihr hatte all das begonnen. All das, von dem er noch nicht wusste, welche Art Mann es aus ihm machte.

Catherine, heute hat Max begriffen, dass ein Roman wie ein Garten ist, der Zeit braucht. Damit sich der Leser darin auch wirklich erholt. Ich fühle mich seltsam väterlich, wenn ich Max ansehe. Mit Gruß, Perdito.

Catherine, heute Morgen bin ich aufgewacht und wusste für drei Sekunden, dass du eine Bildhauerin der Seele bist. Dass du eine Frau bist, die die Angst zähmt. Unter dir verwandelt sich Stein in Mensch zurück. John Lost, Hinkelstein.

Catherine, die Flüsse sind anders als das Meer. Das Meer fordert, die Flüsse geben. Hier hamstern wir Zufriedenheit, Ruhe, Melancholie und den spiegelglatten Abendfrieden, wenn er graublau den Tag beschließt. Ich hab das Seepferdchen noch, das du mir aus dem Brot geknetet hast, das mit den Pfefferaugen. Es braucht dringend einen Begleiter. Findet Jeanno P.

Catherine, die Menschen auf den Flüssen kommen erst im Unterwegssein an. Sie lieben Bücher über entlegene Inseln. Wenn die Wasserleute wüssten, wo sie morgen anlegen, würden sie krank. Es kann sie verstehen: J. P. aus P., zurzeit nirgends.

Und Perdu hatte über den Flüssen noch etwas entdeckt: atmende Sterne. An einem Tag glänzten sie hell. Am nächsten waren sie blass. Dann wieder hell. Und das lag nicht an dem Dunst oder seiner Lesebrille, sondern daran, dass er sich Zeit nahm, den Blick von seinen eigenen Füßen zu erheben.

Es sah aus, als ob sie atmeten, in einem unendlich langsamen, tiefen Rhythmus. Sie atmeten und sahen der Welt zu, wie sie wurde und verging. Manche Sterne hatten schon Dinosaurier gesehen und Neandertaler, sie hatten die Pyramiden emporwachsen sehen und Kolumbus Amerika entdecken. Für sie war die Erde nur eine weitere Welteninsel im unermesslichen Meeresall und ihre Bewohner erstaunlich … klein.

25

*A*m Ende der ersten Woche informierte sie ein Stadtbeamter von Briare unter der Hand, dass sie entweder ein Saisongewerbe anmelden oder weiterziehen müssten. Er war selbst ein begeisterter Leser von amerikanischen Thrillern.

»Aber passen Sie künftig auf, wo sie anlegen – die französische Bürokratie kennt von Natur aus keine Lücken.«

Ausgerüstet mit Vorräten, Strom, Wasser und einer Handvoll Namen und Handynummern von freundlichen Leuten, die auf den Gewässern lebten, schwenkten sie in den Seitenkanal der Loire ein. Bald passierten sie Schlösser und dichte, harzig frisch duftende Wälder und Weinberge, an denen *Sauvignon* und *Pinot Noir* angebaut wurden.

Je weiter sie in den Süden vordrangen, desto wärmer wurde der Sommer. Ab und an sahen sie Schiffe, auf deren Decks sich Frauen in Bikinis ausstreckten.

In den Auen bildeten Erlen, Brombeerruten und Wilde Rebe einen magischen Urwald, durchwebt von grünlich schimmernden Lichtern, in denen Waldstäubchen tanzten. Zwischen den Stämmen blitzten Moortümpel auf, Holunderfrüchte und schiefe Buchen.

Cuneo zog einen Fisch nach dem anderen aus dem murmelnden Wasser, und auf den langen, flachen Sandbänken sahen sie Graureiher, Fischadler und Seeschwalben rasten. Hier und da tauchten Biber ins Gebüsch, auf der Jagd nach Biberratten. Es war ein altes, sattes Frankreich, was sich ihnen hier präsentierte, süffig, herrschaftlich, laubgrün und einsam.

In einer Nacht ankerten sie an einer verwilderten, ungenutzten Weide. Es war still. Nicht einmal das Wasser gluckste, und es war kein einziges Motorengeräusch zu hören. Sie waren völlig allein, bis auf ein paar Käuzchen, die sich gelegentlich etwas über das Wasser hinweg zuriefen.

Nach dem Abendessen bei Kerzenlicht schleppten sie Decken und Kissen an Deck und lagen dann da, drei Männer, Kopf an Kopf, wie ein dreizackiger Stern.

Die Milchstraße stand wie eine helle Schliere, ein Kondensstreifen aus Planeten direkt über ihnen.

Die Ruhe war schier überwältigend, und die blaue Tiefe des Nachthimmels schien sie in sich einzusaugen.

Max zauberte einen dünnen Joint hervor.

»Ich muss scharf protestieren«, sagte Jean behaglich.

»Aye, Skipper. Registriert. Einer der Holländer hat ihn mir gegeben, er hatte kein Geld für den Houellebecq.«

Max zündete das Dope an.

Cuneo schnupperte. »Riecht wie verbrannter Salbei.« Er nahm die Gedrehte umständlich an, und zog kurz und vorsichtig.

»Brr. Schmeckt wie einmal an der Tanne lecken.«

»Du musst es in die Lunge saugen und da so lange drinlassen, wie du kannst«, riet ihm Max. Cuneo gehorchte. »Ach du heiliger Balsamico«, keuchte er dann.

Jean zog nur sacht und ließ den Rauch im Gaumen herumwallen. Ein Teil von ihm fürchtete den Kontrollverlust. Ein anderer sehnte sich genau danach.

Immer noch war es Jean, als säße ein Pfropf aus Zeit, Gewohnheit und verharzter Angst in ihm, der verhinderte, dass sich seine Trauer Bahn brach. Er fühlte sich bewohnt von steinernen Tränen. Sie verhinderten, dass etwas anderes in ihm Platz fand.

Er hatte bisher weder Max noch Cuneo gestanden, dass die Frau, für die er alle Leinen seines Lebens gekappt hatte, längst zu Staub geworden war.

Und auch nicht, dass er sich schämte. Dass es die Scham war, die ihn trieb, aber dass er weder wusste, was er in Bonnieux tun sollte, noch, was er hoffte, dort zu finden. Frieden? Den hatte er sich noch lange nicht verdient.

Na, gut, ein zweiter Zug konnte nicht schaden.

Der Rauch war beißend heiß. Diesmal sog er ihn tief ein. Jean fühlte sich, als läge er am Grund eines Meeres, eines Meeres aus schwerer Luft. Es war so still wie unter Wasser. Sogar die Käuzchen schwiegen jetzt.

»Total vollgesternt«, murmelte Cuneo mit verknoteter Zunge.

»Wahrscheinlich fliegen wir über den Himmel. Die Erde ist eine Diskusscheibe, so isses nämlich«, erklärte Max.

»Oder eine Schlachtplatte«, hickste Cuneo.

Er und Max prusteten los. Sie lachten, und ihre Stimmen hallten über den Fluss und schreckten die Hasenkinder im Dickicht auf, die sich mit wild pochendem Herzen flacher in ihre Schlafgruben drückten.

Der Nachttau legte sich auf Jeans Lider. Er lachte nicht. Ihm war, als verhindere das Luftmeer über ihm, dass sich sein Brustkorb überhaupt heben konnte.

»Wie war sie denn so, deine Gesuchte, Cuneo?«, fragte Max, als sie sich beruhigt hatten.

»Schön. Jung. Und sehr braun von der Sonne«, antwortete Cuneo.

Er hielt inne.

»Bis auf du-weißt-schon-wo. Da war sie weiß wie Milchcreme.«

Er seufzte. »Und schmeckte auch so süß.«

Sie sahen Sternschnuppen, die hier und da kurz aufflammten, durch ihr Blickfeld jagten und verglühten.

»Die Dummheiten der Liebe sind die schönsten. Aber man bezahlt am teuersten für sie«, flüsterte Cuneo und zog sich seine Decke bis ans Kinn. »Für die kleinen genauso wie für die großen.«

Wieder seufzte er. »Es war nur eine Nacht. Vivette war verlobt, damals, aber wie das so war, es hieß nur, dass sie unantastbar war für Männer, vor allem für Männer wie mich.«

»Ausländer?«, fragte Max.

»Nein, Massimo, das war kein Problem. Kein Flussschiffer, das war das Tabu.«

Cuneo zog noch einmal an dem Joint und gab ihn weiter.

»Vivette kam über mich wie ein Fieber, das bis heute anhält. Mein Blut kocht, wenn ich an sie denke. Ihr Gesicht schaut mich aus jedem Schatten an und aus jedem Sonnenstrahl auf dem Wasser. Ich träume von ihr, aber jede Nacht werden die Tage weniger, die wir noch zusammen verbringen könnten.«

»Irgendwie fühle ich mich gerade furchtbar alt und vertrocknet«, ließ sich Max vernehmen. »All diese Leidenschaften, die ihr empfindet! Der eine sucht seit zwanzig Jahren seinen One-Night-Stand, und der andere fährt von jetzt auf gleich los, um ...« Max brach ab.

In der Stille nach dem Satz blinkte etwas auf, was Jean nur am Rande seiner grasumwölkten Aufmerksamkeit mitbekam. Was hatte Max da gerade nicht sagen wollen? Doch der sprach weiter, und Jean vergaß es wieder.

»Ich weiß gar nicht, was *ich* wollen soll. Ich war noch nie so verliebt in eine Frau. Ich habe immer vor allem gesehen, was … was sie *nicht* ist. Die eine war hübsch, aber arrogant zu Leuten, die weniger verdienten als ihr Vater. Die andere war nett, aber brauchte immer so lange, um einen Witz zu verstehen. Und wieder eine war unglaublich schön, aber sie weinte, wenn sie sich auszog, ich weiß nicht, warum, und dann habe ich lieber nicht mit ihr geschlafen, sondern sie in meinen größten Pullover gepackt und die ganze Nacht festgehalten. Ich sag euch, Frauen lieben kuscheln im Löffelchen, aber es bedeutet einen eingeschlafenen Arm und eine platzende Blase für den Mann.«

Perdu nahm noch einen Zug.

»Auch deine Prinzessin ist schon geboren, Massimo«, sagte Cuneo voller Überzeugung.

»Aber wo ist sie denn bloß?«, fragte Max.

»Vielleicht suchst du sie gerade schon und weißt nur nicht, dass du auf dem Weg zu ihr bist«, flüsterte Jean.

So war es bei ihm und Manon gewesen. Er war von Marseille gekommen und an jenem Morgen in den Zug gestiegen, ohne zu ahnen, dass er eine halbe Stunde später die Frau finden würde, die sein Leben veränderte und auch alle Pfeiler, auf denen es stand. Er war vierundzwanzig gewesen, kaum älter als Max jetzt. Er hatte nur fünf Jahre voller heimlicher Stunden mit Manon gehabt. Er bezahlte für diese Handvoll Tage mit zwei Jahrzehnten Schmerz, Sehnsucht und Einsamkeit.

»Aber, ich will verdammt sein, wenn diese paar Stunden es nicht wert gewesen wären.«

»Capitano? Hast du was gesagt?«

»Nein. Ich habe was gedacht. Könnt ihr jetzt schon meine Gedanken hören? Ich werde euch über die Planke jagen.«

Seine Mitfahrer glucksten.

Die Stille der ländlichen Nacht schien immer unwirklicher zu werden und die Männer von der Gegenwart fortzutreiben.

»Und deine Liebe, Capitano?«, fragte Cuneo. »Wie ist ihr Name?«

Jean zögerte lange.

»*Scusami,* ich wollte nicht …«

»Manon. Sie heißt Manon.«

»Und sie ist sicher schön.«

»Schön wie ein Kirschbaum im Frühling.«

Es war so leicht, die Augen zu schließen und auf Cuneos harte Fragen, gestellt mit sanfter Stimme und voller Freundschaftlichkeit, zu antworten.

»Und klug, *sì?*«

»Sie kennt mich besser als ich mich. Sie … hat mir das Fühlen beigebracht. Und das Tanzen. Und es war leicht, sie zu lieben.«

»War?«, fragte jemand, aber so leise, dass sich Perdu nicht sicher war, ob es Max, Salvatore oder doch nur sein innerer Lektor gewesen war.

»Sie ist mein Ort. Und sie ist mein Lachen. Sie ist …«

Er schwieg. Tot. Das konnte er nicht aussprechen. Er hatte solche Angst vor der Trauer, die gleich dahinter wartete.

»Und was wirst du ihr sagen, wenn du kommst?«

Jean rang mit sich. Dann entschied er sich für die einzige Wahrheit, die in dem Verschweigen über Manons Tod stimmte.

»Verzeih mir.«

Cuneos Fragen hörten auf.

»Ich beneide euch wirklich«, murmelte Max. »Ihr lebt eure Liebe. Eure Sehnsucht. Egal, wie verrückt sie sind. Ich fühle mich einfach nur verschwendet. Ich atme, das Herz schlägt, das Blut pumpt. Aber ich kriege es nicht auf die Reihe, das Schreiben. Die Welt geht überall kaputt, und ich jammere wie ein verzogenes Balg. Das Leben ist ungerecht.«

»Nur der Tod ist für alle da«, sagte Perdu trocken.

»Das ist wirklich Demokratie«, merkte Cuneo an.

»Also, ich halte den Tod für politisch überbewertet«, fand Max. Er gab den letzten Stummel des Joints an Jean.

»Ist es eigentlich wahr, dass sich Männer ihre große Liebe danach aussuchen, ob sie der Mutter ähnelt?«

»Hmm«, brummte Perdu und dachte an Lirabelle Bernier.

»*Sì, certo!* Dann müsste ich mir eine aussuchen, die mich ständig ›Zumutung‹ nennt und mir Ohrfeigen verpasst, wenn ich lese oder Wörter benutze, die sie nicht versteht«, antwortete Cuneo mit bittersüßem Lachen.

»Und ich eine, die es erst mit Mitte fünfzig schafft, mal ›nein‹ zu sagen und etwas zu essen, das sie mag, anstatt nur das, was billig ist«, gab Max zu.

Cuneo drückte die Selbstgedrehte aus.

»Salvo, sag mal«, fragte Max, als sie schon fast eingeschlafen waren. »Darf ich deine Geschichte schreiben?«

»Untersteh dich, *amico*«, antwortete Salvatore. »Such dir gefälligst deine eigene *storia,* kleiner Massimo. Wenn du meine wegnimmst, habe ich doch keine eigene mehr.«

Max seufzte tief. »Na gut«, nuschelte er schläfrig. »Habt ihr beiden wenigstens … ein paar Wörter für mich? Lieblingswörter, oder so? Zum Einschlafen?«

Cuneo schmatzte. »Wie Milchsoufflé? Nudelkuss?«

»Ich mag Wörter, die sich anhören wie das, was sie beschreiben«, raunte Perdu. Er hatte die Augen geschlossen. »Abendbrise. Nachtläufer. Sommerkind. Trotz. Da sehe ich ein kleines Mädchen in Fantasierüstung, das gegen alles kämpft, was es nicht sein will. Brav und dünn und leise, igitt. Ritterchen Trotz gegen die dunkle Macht der Vernunft.«

»Das sind Wörter, an denen man sich schneidet«, murmelte Cuneo, »wie Rasierklingen im Ohr und auf der Zunge. Disziplin. Drill. Oder General Vernunft.«

»Die Vernunft liegt so breit im Mund, da kommen andere Wörter gar nicht mehr dran vorbei«, beklagte sich Max. Dann lachte er. »Stellt euch mal vor, man müsste sich schöne Wörter erst kaufen, bevor man sie benutzen darf.«

»Da wären einige bei ihrem Rededurchfall bald pleite.«

»Und die Reichen hätten das Sagen, weil sie all die wichtigen Wörter wegkaufen.«

»Und ›Ich liebe dich‹ wäre am teuersten.«

»Wenn es für eine Lüge benutzt wird, gleich doppelt.«

»Die Armen müssten Wortraub begehen. Oder es sich mit Taten zeigen, anstatt es zu sagen.«

»Sollten eh alle tun. Lieben ist ein Verb, also … tut man es. Weniger reden, mehr machen. Oder?«

Meine Güte, das Dope hat es aber in sich.

Wenig später rollten sich Salvo und Max aus den Decken und trotteten zu ihren Schlafplätzen unter Deck. Bevor Max Jordan ganz verschwunden war, drehte er sich noch einmal zu Perdu um.

»Was denn, Monsieur?«, fragte der müde. »Wollen Sie noch ein Wort zum Einschlafen mitnehmen?«

»Ich ... nein. Ich wollte nur sagen, also ... ich mag Sie wirklich. Egal, was ...«

Max wirkte, als wollte er noch etwas sagen, wisse aber nicht, wie.

»Ich mag Sie auch, Monsieur Jordan. Sehr sogar. Ich würde mich freuen, wenn wir Freunde werden. Monsieur Max.«

Die beiden Männer schauten sich an; nur das Mondlicht erhellte ihre Gesichter. Max' Augen lagen im Dunkeln.

»Ja«, flüsterte der junge Mann. »Ja, Jean. Ich bin gern ... Ihr Freund. Ich werde versuchen, ein guter zu sein.«

Das verstand Perdu zwar nicht, schob es aber auf den Joint.

Als Perdu allein war, lag er einfach nur da. Die Nacht begann, ihren Geruch zu verändern. Von irgendwoher wehte ihn ein Duft her ... War das Lavendel?

Etwas erbebte in ihm.

Er erinnerte sich, dass er als sehr junger Mann, noch bevor er Manon kennengelernt hatte, bei dem Duft von Lavendel dasselbe in sich gespürt hatte. Eine Erschütterung. Als ob sein Herz schon wusste, dass in ferner Zukunft dieser Duft verbunden sein würde mit Sehnsucht. Mit Schmerz. Mit Liebe. Mit einer Frau.

Er atmete tief ein und ließ diese Erinnerung ganz durch sich hindurchgleiten. Ja, vielleicht hatte er schon vorher, in Max' Alter, die Erschütterung gespürt, die diese Frau Jahre später in seinem Leben auslösen würde.

Jean Perdu nahm die Flagge, die Manon genäht hatte, vom Bug, und strich sie glatt. Dann kniete er nieder und legte seine Stirn auf das Auge des Büchervogels, dort, wo Manons Blut einst zu einem dunklen Fleck getrocknet war.

Nächte sind zwischen uns, Manon.

Er flüsterte, auf den Knien, den Kopf geneigt: »Nächte und Tage und Länder und Meere. Tausende von Leben kamen und gingen, und du wartest auf mich.

In einem Zimmer, irgendwo, nebenan.

Wissend bist du und liebend.

In meinen Gedanken liebst du mich immer noch.

Du bist die Angst, die in mir Stein schneidet.

Du bist das Leben, das in mir auf mich hofft.

Du bist der Tod, den ich fürchte.

Du bist mir geschehen, und ich habe dir meine Worte vorenthalten. Meine Trauer. Meine Erinnerung.

Deinen Platz in mir und all unsere Zeit.

Ich habe unseren Stern verloren.

Verzeihst du mir?

Manon?«

26

*M*ax! Die nächste Kammer des Schreckens voraus.«

Jordan schleppte sich heran. »Wetten, mir pinkelt wieder der Schleusenwärterköter auf die Hand wie bei den letzten ungefähr tausend Schleusen? Außerdem habe ich blutige Finger von dem elenden Kurbeldrehen und Schützöffnen. Werden diese zarten Hände jemals wieder einen Buchstaben liebkosen können?« Max zeigte vorwurfsvoll seine geröteten Hände, an denen winzige Blasen schwärten.

Sie näherten sich nach ungezählten Kuhweiden, von denen aus sich die Rinder im Uferwasser kühlten, und nach stolzen Schlossanlagen ehemaliger Maitressen der Schleuse La Grange, kurz vor Sancerre.

Das Weindorf thronte auf einem weithin sichtbaren Hügel und markierte die südlichen Ausläufer des zwanzig Kilometer langen, wilden Naturschutzgebiets des Loire-Tals.

Trauerweiden hängten ihre Äste wie spielende Finger in das Wasser. Das Bücherschiff wurde umarmt von grünen, bewegten Mauern, die immer näher zu rücken schienen.

In der Tat waren sie bei jeder bisherigen Schleuse des Tages von einem zutiefst aufgeregten Schleusenhund angebellt worden. Und jeder dieser Kläffer hatte zielsicher an jenen Poller gepinkelt, über den Max die zwei Taue geworfen hatte, um das Bücherschiff während des Auf- und Abschwellens des Wassers in der Kammer stabil zu halten. Nun warf Max die Leinen mit spitzen Fingern aufs Deck.

»He, Capitano! Cuneo schleust, keine Problem.«

Der kurzbeinige Italiener legte die Zutaten fürs Abendessen beiseite, kletterte in seiner geblümten Kochschürze die Leiter hoch, zog sich oben ein paar bunte Topfhandschuhe an und schwenkte das Tau der Festmacher wie eine Schlange hin und her. Der Hund wich vor der Boa Seilensis zurück und trollte sich missmutig.

Die Eisenstange zum Öffnen der Zuflussklappen drehte Cuneo dann mit nur einer Hand; unter seinem kurzärmeligen, gestreiften Hemd wölbten sich kugelrunde

Muskeln. Dazu sang er mit einer Gondeltenor-Stimme: »Que sera, sera …« und zwinkerte der entzückten Schleusenfrau zu, als deren Mann nicht hinsah. Ihrem Gemahl reichte er im Vorbeifahren eine Dose Bier. Dafür kassierte Salvatore ein Lächeln und die Auskunft, in Sancerre sei heute Abend Tanz, im übernächsten Hafen habe der Hafenmeister keinen Diesel mehr auf Vorrat, und auf die wichtigste Frage Cuneos ein Nein, der Frachter Mondnacht sei schon lange nicht mehr durchgekommen. Zuletzt, als Mitterrand noch lebte. Ungefähr.

Perdu beobachtete Cuneo bei dieser Nachricht.

Eine Woche lang hatte dieser immer ein und dasselbe gehört: »Nein, nein, nein.«

Sie hatten die Schleusenwärter gefragt, die Hafenmeister, die Skipper, ja, sogar die Kunden, die die Literarische Apotheke vom Ufer aus heranwinkten.

Der Italiener bedankte sich, in seinem Gesicht blieb es ruhig. Ruhig wie ein Stein. Er musste eine unerschütterliche Quelle der Hoffnung in sich tragen. Oder suchte auch er nur noch aus Gewohnheit?

Die Gewohnheit ist eine gefährliche, eitle Göttin. Sie lässt nichts zu, was ihre Regentschaft unterbricht. Sie tötet eine Sehnsucht nach der anderen. Die Sehnsucht nach Reisen, nach einer anderen Arbeit, nach einer neuen Liebe. Sie verhindert zu leben, wie man will. Weil wir aus Gewohnheit nicht mehr nachdenken, ob wir noch wollen, was wir tun.

Cuneo gesellte sich zu Perdu auf den Steuerstand.

»Aye, *Capitano*. Ich habe meine Liebe verloren. Und der Junge?«, fragte er. »Was hat er verloren?«

Die beiden Männer sahen zu Max, der, auf die Reling gestützt, aufs Wasser sah und sehr, sehr weit entfernt erschien.

Max redete weniger, spielte kein Klavier mehr.

Ich versuche, ein guter Freund zu sein, hatte er zu Perdu gesagt. Was bedeutete dieses »versuchen« nur?

»Ihm fehlt seine Muse, Signor Salvatore. Max schloss einen Pakt mit ihr und gab ein normales Leben auf. Aber seine Muse ist fort. Nun hat er kein Leben mehr, weder ein normales noch das künstlerische. Deswegen sucht er sie, hier draußen.«

»*Sì, capisco.* Vielleicht hat er seine Muse nicht genug geliebt? Dann muss er ihr noch mal einen Antrag machen.«

Konnten sich Schriftsteller neu mit ihren Musen verheiraten? Sollten Max, Cuneo und er auf einer Wildblumenwiese nackt um ein Feuer aus Weinreben tanzen?

»Was für Typen sind Musen denn so? Sind sie wie Katzikatzi?«, fragte Cuneo. »Die mögen keine Bettelei um Liebe. Oder sind sie wie Hunde? Kann er das Musenmädchen eifersüchtig machen, wenn er mit anderem Mädchen Liebe macht?«

Bevor Jean Perdu antworten konnte, dass Musen wie Pferde seien, hörten sie Max etwas brüllen.

»Ein Reh! Da, im Wasser!«

Tatsächlich: Da vor ihnen war es, mitten im Kanal. Ein völlig erschöpftes junges Rehweibchen schwamm hilflos umher. Es geriet in Panik, als es die Penische hinter sich aufragen sah.

Immer wieder versuchte es, an der Böschung Fuß zu fassen. Doch die glatten, senkrechten Wände des künstlichen Kanals machten es unmöglich, aus dem tödlichen Wasser zu entkommen.

Max hing schon über der Reling und versuchte, das erschöpfte Tier mit dem Schwimmring einzufangen.

»Massimo, lass das, du fällst noch über –«

»Aber wir müssen ihr doch helfen! Sie kommt da nicht allein raus, sie ertrinkt!«

Jetzt knüpfte Max aus einem Tau eine Schlinge, die er immer wieder zu dem Reh warf. Aber es wand sich noch panischer davon, ging unter, tauchte wieder auf.

Die tiefe Angst in den Rehaugen sprang Perdu an.

»Bleib ruhig«, bat er das Tier stumm, »bleib ruhig, vertrau uns … vertrau uns.« Er fuhr Lulus Motor herunter, warf den Rückwärtsgang hinein, um die Penische zu stoppen, aber das Schiff würde noch Dutzende Meter weitergleiten.

Schon war das Reh auf halber Höhe neben ihnen.

Es strampelte noch verzweifelter, je öfter die Leine mit der Rettungsschlaufe neben ihm aufs Wasser klatschte. Die braunen Augen waren aufgerissen vor Panik und Todesangst, als es seinen schmalen, jungen Kopf zu ihnen umwandte.

Und dann schrie es.

Es war halb heiseres Wimmern, halb bittendes Fiepen.

Cuneo machte Anstalten, sich in den künstlichen Fluss zu stürzen, und zog bereits in Windeseile Schuhe und Hemd aus.

Das Reh schrie und schrie.

Perdu überlegte fieberhaft. Sollten sie anlegen? Vielleicht bekamen sie es von der Landseite aus zu packen und konnten es aus dem Wasser ziehen?

Er lenkte das Schiff ans Ufer, hörte, wie die Außenwände am Kanal entlangschrammten.

Und immer noch schrie das Reh, mit diesem verzweifelten, heiseren Fiepen. Die Bewegungen wurden müder, immer kraftloser versuchten seine Vorderläufe, Halt an dem Ufer zu finden.

Doch nirgends fand es ihn.

Cuneo stand in Unterwäsche an der Reling. Ihm musste klargeworden sein, dass er dem Rehmädchen nicht helfen konnte, solange er selbst ebenfalls nicht ans Ufer klettern konnte. Und die Außenwände der Lulu waren zu hoch, um ein sich wehrendes Tier nach oben zu reichen oder die Notleiter mit ihm zu erklimmen.

Als sie endlich angelegt hatten, sprangen Max und Jean ans Ufer und rannten durch das Unterholz zurück zu dem Reh.

Es hatte sich inzwischen von ihrer Uferseite aus abgestoßen und versuchte, auf die andere Seite des Kanals zu gelangen.

»Aber warum lässt sie sich denn nicht helfen?«, flüsterte Max. Ihm liefen Tränen über die Wangen.

»Komm her!«, brüllte er heiser. »Du blödes Miststück, komm schon her!«

Sie konnten jetzt nur noch zusehen.

Das Reh fiepte und wimmerte, während es versuchte, die gegenüberliegende Uferböschung zu erklimmen.

Und irgendwann hörte es auch damit auf. Es rutschte zurück.

Schweigend sahen die Männer zu, wie das Reh nur noch mühsam den Kopf über Wasser hielt. Immer wieder sah es zu ihnen hin und versuchte, von ihnen wegzupaddeln.

Der angstvolle Blick voller Misstrauen und Abwehr traf Perdu bis ins Mark.

Nur noch einmal schrie das Reh, sehr lang und sehr verzweifelt.

Dann hörte das Schreien auf.

Es versank.

»Oh, Gott, bitte«, flüsterte Max.

Als es auftauchte, trieb es auf der Seite, der Kopf unter Wasser, und seine Vorderläufe zuckten.

Die Sonne schien, die Mücken tanzten, und irgendwo im Dickicht keckerte ein Vogel. Leblos drehte sich der Körper des Rehs um sich selbst.

Max rannen Tränen über das Gesicht. Er ließ sich ins Wasser gleiten und schwamm zu dem Kadaver.

Schweigend sahen Jean und Salvatore zu, wie Max den schlaffen Körper des Rehs hinter sich herzog, bis er an Perdus Uferseite war. Mit einer ungeahnten Kraft hob Max den schmalen, nassen Körper in die Höhe, bis Jean ihn packen und hochziehen konnte. Fast schaffte er es nicht.

Das Reh roch nach Brackwasser, nach Waldboden und nach dem Duft einer sehr fremden, alten Welt jenseits der Städte. Das nasse Fell war borstig. Als Perdu das Reh vorsichtig auf den sonnenwarmen Grund neben sich bettete, das Köpfchen auf seinen Knien, hoffte er, dass gleich ein Wunder geschah und sich das Reh schüttelte, mit wackeligen Läufen aufstand und ins Unterholz davonhuschte.

Jean strich über die Brust des jungen Tieres. Er strich über den Rücken, über den Kopf, als ob allein die Berührung den Bann lösen konnte. Er fühlte den Rest Wärme, der noch in dem schlanken Körper gehortet war.

»Bitte«, bat er leise. »Bitte.«

Wieder und wieder streichelte er über den Kopf in seinem Schoß.

Die braunen Augen des Rehs sahen glanzlos an ihm vorbei.

Max schwamm auf dem Rücken, die Arme weit ausgebreitet.

Cuneo auf dem Deck hielt sein Gesicht in beiden Händen.

Keiner der Männer wagte es, die anderen anzusehen.

27

Sie fuhren in Schweigen den Seitenkanal der Loire gen Süden durchs Burgund, unter mächtigen, grünen Kathedralbögen der Bäume hindurch, die sich über den Kanal wölbten. Manche Weinberge waren so groß, dass ihre Rebenreihen bis an den Horizont zu reichen schienen. Überall blühten Blumen, sogar die Schleusen und Brücken waren überwuchert.

Die drei aßen schweigend, verkauften schweigend Bücher an Uferkunden, und sie gingen sich aus dem Weg. Am Abend lasen sie, jeder für sich in einer Ecke des Schiffs. Die Katzen liefen ratlos von einem zum anderen. Aber auch sie konnten keinen aus der mutwilligen Vereinsamung reißen. Ihre reibenden Köpfchen, bohrenden Blicke und ihr fragendes Miauen blieben unbeantwortet.

Der Tod des Rehs hatte den Dreimännerstern auseinandergeschlagen. Jetzt driftete jeder wieder allein durch die Zeit, die elende, komplizierte Zeit.

Jean saß lange über dem linierten Schreibheft für seine Gefühlsenzyklopädie. Er starrte aus dem Fenster, ohne zu sehen, wie der Himmel in allen Farben von Rot bis

Orange verschwamm. Es war, als wate er durch Gedankensirup.

Am nächsten Abend passierten sie Nevers und legten nach einer kurzen, angespannten Diskussion – »Warum nicht Nevers? Da könnten wir Bücher verkaufen.« – »In Nevers gibt es genug Buchhandlungen, aber niemanden, der uns Diesel verkaufen kann.« – kurz vor Schleusenschluss in der Nähe des winzigen Ortes Apremont-sur-Allier an, das sich in die Mäander des Allier schmiegte. Cuneo hatte dort Bekannte, einen Steinbildhauer und seine Familie, die in einem abgelegenen Haus zwischen dem Allier und dem Dorf wohnten.

Hier, vom »Garten Frankreichs« aus, würde es nicht mehr weit sein bis Digoin und dem Abzweig zum Zentralkanal, der sie in Richtung Rhône und auf die Seille nach Cuisery, der Bücherstadt, bringen würde.

Kafka und Lindgren flitzten in das Uferwäldchen, um zu jagen. Wenig später flogen die Vögel auf.

Als die drei Männer durch das Dorf gingen, war es Jean, als träten sie in die Zeit des 15. Jahrhunderts ein.

Die hohen, breithäuptigen Bäume, die kaum befestigten Wege, die Handvoll Häuser mit gelbem Sandstein, rosafarbenem Ocker und roten Schindeln, ja, sogar die Blumen der Bauerngärten und den Efeu, der sich überall emporwand, all das wirkte, als hätten sie das Frankreich der Ritter- und Hexenzeit betreten. Gekrönt wurde das Dorf ehemaliger Steinhauer und Mauerschläger von einem Schlösschen, dessen Fassade im Schein der bald untergehenden Sonne goldrot aufglomm. Nur die modernen Räder störten das Gesamtbild – am Ufer des Allier saßen Radreisewanderer und picknickten.

»Ziemlich scheißlieblich hier«, moserte Max.

Sie durchquerten hinter einem massigen, alten runden Wehrturm einen Blumengarten, der so üppig in Rosa, Rot und Weiß erblühte, dass Jean schwindelig wurde von Duft und Anblick. Gewaltige Glyzinien beugten sich wie Laubenbögen über die Wege, und in einem See thronte eine einsame Pagode, nur zu erreichen durch einige erhöhte Steine im Wasser.

»Und hier leben echte Leute oder nur Komparsen?«, fragte Max angriffslustig. »Was soll das sein, ein Vorführdorf für Amerikaner?«

»Ja, Max, hier leben Menschen. Solche, die sich noch ein kleines bisschen mehr als andere der Realität widersetzen. Und nein, Apremont ist nicht für Amerikaner. Es ist für die Schönheit der Dinge«, antwortete Cuneo.

Er teilte einen großen Rhododendron, drückte eine verborgene Pforte in einer hohen alten Steinmauer auf.

Sie betraten einen weitläufigen Garten mit gepflegtem Rasen, auf der Rückseite eines großen, prächtigen Herrenhauses mit hohen, doppelflügeligen Fenstern, einem Türmchen, zwei Eckflügeln und einer Terrasse.

Jean fühlte sich unglaublich fremd und steif. Es war lange her, dass er Menschen bei sich zu Hause besucht hatte.

Als sie näher kamen, hörten sie Klaviergeklimper und Gelächter, und nachdem sie den Garten durchschritten hatten, sah Perdu unter einer Rotbuche eine Frau, die nackt, nur mit einem mondänen Hut bekleidet, auf einem Stuhl saß und auf eine Leinwand malte; daneben saß ein Mann in einem altmodischen, englischen Sommeranzug an einem Klavier auf Rädern.

»Hey! Du da mit dem hübschen Mund, kannst du Klavier spielen?«, rief die Nackte, als sie die drei Männer sah.

Max errötete. Und nickte.

»Dann spiel mir was, die Farben tanzen so gern. Mein Bruder kann nicht mal ein a von einem h unterscheiden.« Max klemmte sich gehorsam an das Piano auf Rädern und versuchte, der Nackten nicht auf den Busen zu gaffen. Vor allem, da sie nur noch ihre linke Brust besaß. An der anderen, der rechten Seite verriet eine dünne rote Linie, dass dort einmal deren Zwilling gewesen war, ebenso rund und voll und jung.

»Schau in Ruhe hin. Dann legt sich die Neugier«, sagte sie. Sie nahm den Hut ab und zeigte sich ihm ganz: ein nackter Schädel, auf dem sich Flaum bildete. Ein krebsverletzter Körper, der sich zurück ins Leben kämpfte.

»Haben Sie denn ein Lieblingslied?«, fragte Max, nachdem er seine Verlegenheit, seine Faszination und auch sein Mitgefühl hinuntergeschluckt hatte.

»Habe ich, schöner Mundmann. Viele. Tausende!« Sie beugte sich vor, flüsterte Max etwas zu, setzte den Hut wieder auf und tauchte dann ihren Pinsel erwartungsvoll in den roten Farbbrei auf ihrer Palette.

»Ich wäre so weit«, sagte sie, »und sag Elaia zu mir!« Wenig später erklang »Fly me to the moon«. Max spielte es als wunderschöne Jazzversion. Die Malerin schwang den Pinsel im Strom der Melodie.

»Sie ist Javiers Tochter«, flüsterte Cuneo. »Sie kämpft, seit sie ein Mädchen ist, gegen den Krebs. Ich bin froh, dass sie offenbar immer noch gewinnt.«

»Nein! Das ist ja unmöglich – du wagst es, jetzt erst, einfach so, wieder aufzutauchen?«

Eine Frau etwa in Jeans Alter kam von der Terrasse aus in Cuneos Arme geflogen. Sie besaß unglaublich lachende Augen.

»Oh, du verdammter Nudeldreher! Javier, sieh doch nur, wer da ist – der Steinstreichler!«

Ein Mann in abgenutzten groben Cordhosen und einem Zimmermannshemd kam aus dem Inneren des Hauses. Das, wie Jean jetzt beim Nähertreten sah, längst nicht so hochherrschaftlich war, wie es von weitem wirkte. Eher ein Haus, dessen glorreiche Zeiten mit goldenen Lüstern und einem Dutzend Angestellter sehr, sehr lange vorbei war.

Nun wandte sich die Frau mit den lachenden Augen an Perdu.

»Hallo«, sagte sie, »herzlich willkommen bei den Flintstones.«

»Guten Tag«, begann Jean Perdu, »mein Name ist –«

»Ach, lass doch die Namen. Wir brauchen sie hier nicht. Hier heißt jeder so, wie er will. Oder nach dem, was er kann. Kannst du etwas besonders gut? Oder bist du etwas Besonderes?«

Ihre dunkelbraunen Augen sprühten.

»Ich bin der Steinstreichler!«, rief Cuneo. Er kannte das Spiel.

»Ich bin …«, begann Perdu.

»Hör nicht auf ihn, Zelda. Er ist der Seelenleser, das ist er«, sagte Cuneo. »Und er heißt Jean und wird dir jedes Buch besorgen, das du brauchst, um wieder gut zu schlafen.«

Er drehte sich um, als Zeldas Mann ihm auf die Schulter klopfte.

Die Hausherrin sah nun aufmerksamer zu Perdu.

»Ja?«, fragte sie. »Das kannst du? Dann wärest du ein Wundermann.«

Um ihren lachenden Mund legte sich ein trauriger Zug.

Ihr Blick wanderte in den Garten, zu Elaia.

Max gab nun eine rasante Version von »Hit the Road, Jack« zum Besten, für Javiers und Zeldas todkranke Tochter.

Zelda musste müde sein, dachte Perdu, müde davon, dass der Tod seit Jahren mit ihnen in diesem wunderschönen Haus wohnte.

»Haben Sie … habt ihr einen Namen für ihn?«, fragte er.

»Wen, ihn?«

»Für das, was in Elaias Körper wohnt und schläft, oder nur so tut, als schliefe es.«

Zelda strich über Perdus unrasierte Wange.

»Du kennst dich aus mit dem Tod, hm?« Sie lächelte traurig. »Er, der Krebs, heißt Lupo. Elaia hat ihn so genannt, als sie neun Jahre alt war. Lupo, wie der Comic-Hund. Sie stellt sich vor, dass sie beide in diesem Körper wohnen wie in einem Haus und es sich teilen wie eine WG. Sie respektiert es, dass er manchmal mehr Aufmerksamkeit will. Sie sagte, so kann sie besser schlafen, als wenn sie sich vorstellt, dass er sie zerstören will. Wer zerstört denn bitte schön sein eigenes Haus?«

Zelda lächelte voller Liebe, während sie ihre Tochter betrachtete. »Seit über zwanzig Jahren lebt Lupo bei uns. Ich glaube, langsam wird auch er alt und müde.«

Sie drehte sich abrupt von Jean fort und zu Cuneo um, so, als ob sie bedauerte, offen gewesen zu sein.

»Und jetzt zu dir. Wo warst du, hast du Vivette gefunden, und werdet ihr heute Nacht hier schlafen? Erzähl mir alles. Und hilf mir beim Kochen«, forderte sie den Neapolitaner auf, hakte ihn unter und führte ihn zum

Haus. Rechts hatte Javier seinen Arm um den Italiener gelegt, hintendrein ging Elaias Bruder Leon.

Jean fühlte sich überflüssig. Er schlenderte unschlüssig durch den Garten. In einer Ecke, wo sich die Schatten verdichteten, entdeckte er unter einer Buche eine verwitterte Steinbank. Hier konnte ihn niemand sehen. Aber er alles.

Von dort aus sah er auf das Haus, beobachtete, wie nach und nach die Lichter aufflammten und wie seine Bewohner durch die Zimmer gingen. Er sah Cuneo mit Zelda in der großen Küche werkeln und Javier, der mit Leon rauchend am Esstisch saß, ab und an etwas zu fragen schien.

Max hatte aufgehört, Klavier zu spielen. Elaia und er unterhielten sich leise. Und dann küssten sie sich.

Wenig später nahm Elaia Max mit in die Tiefen des Hauses.

Kurze Zeit später flammte Kerzenlicht in einem Erker auf. Jean konnte Elaias Schatten sehen, der über Max kniete, und sie hielt seine Hände dort, wo ihr Herz schlug, als sie begann, sich auf ihm zu bewegen. Jean sah, wie sie Lupo eine Nacht abrang, die nicht ihm gehörte.

Max lag noch da, als Elaia aus dem Zimmer tanzte und mit einem langen Schlaf-T-Shirt angetan in die Küche ging und, wie Perdu beobachtete, sich zu ihrem Vater auf die Bank setzte.

Bald stolperte auch Max in die Küche. Er half, den Tisch zu decken, den Wein zu öffnen. Aus seinem Versteck heraus konnte Perdu sehen, wie Elaia Max nachsah, wenn er ihr den Rücken zudrehte. Sie machte dabei ein so schelmisches Gesicht, als hätte sie ihm einen grandiosen Streich gespielt. Wenn sie nicht hinsah, schenkte er ihr ein scheues, plüschäugiges Lächeln.

»Verliebe dich bloß nicht in eine Frau, die stirbt, Max. Es ist kaum auszuhalten«, flüsterte Jean.

Etwas in seiner Brust zog sich zusammen. Es drückte sich durch seine Kehle nach oben und quoll aus seinem Mund.

Ein krampfartiges, tiefes Schluchzen.

Wie es geschrien hat. Wie das Reh geschrien hat! Oh, Manon.

Und da kamen sie. Die Tränen.

Er schaffte es gerade noch, sich an die Buche zu lehnen und seine Hände links und rechts an den Stamm zu pressen.

Er wimmerte, er weinte. Jean Perdu weinte wie nie zuvor.

Er klammerte sich an den Baum. Er schwitzte. Er hörte diese Laute aus seinem Mund, und es war, als risse ein Damm.

Wie lange es dauerte, wusste er nicht.

Minuten? Eine Viertelstunde? Länger?

Er weinte in seine Hände, mit tiefen, verzweifelten Schluchzern, bis es einfach aufhörte. Als ob er eine Hautblüte aufgeschnitten und das eitrige Innere ausgepresst hätte. Übrig blieb erschöpfte Leere. Und Wärme, eine ungekannte Wärme, wie von einem Motor, der durch die Tränen in Gang gesetzt wurde. Er war es, der Jean aufstehen ließ und durch den Garten gehen, schneller, bis er lief, direkt in die große Küche hinein.

Sie hatten noch nicht mit dem Essen begonnen, und seltsamerweise machte ihn das glücklich, für einen

Lidschlag, weil diese Fremden auf ihn gewartet hatten, weil er doch nicht überflüssig war.

»Und natürlich kann eine Pastete wie ein Gemälde …«, schwärmte Cuneo gerade.

Sie schauten ihn alle erstaunt und mitten im Satz an.

»Da sind Sie ja!«, rief Max. »Wo waren Sie denn bloß?«

»Max. Salvo. Ich muss euch etwas sagen«, stieß Jean hervor.

28

$\mathcal{D}$iese Worte auszusprechen. Sie wahrhaftig auszusprechen und ihrem Klang nachzulauschen. Wie der Satz dann dastand, in der Küche von Zelda und Javier, zwischen Salatschüsseln und Weingläsern voller Rotwein. Und was er bedeutete.

»Sie ist tot.«

Es hieß, dass er allein war.

Es hieß, dass der Tod keine Ausnahme machte.

Er spürte, wie eine kleine Hand nach seiner griff.

Elaia.

Sie zog ihn herunter auf die Bank. Seine Knie zitterten.

Jean schaute nacheinander erst Cuneo, dann Max ins Gesicht.

»Ich muss mich nicht beeilen«, sagte er, »weil Manon schon seit einundzwanzig Jahren tot ist.«

»*Dio mio*«, entfuhr es Cuneo.

Max atmete hörbar ein, dann langte er in seine Hemdtasche.

Er zog ein Stück Zeitungspapier hervor, zweimal gefaltet, und schob es Jean hinüber.

»Ich habe es gefunden, als wir noch in Briare waren. Es steckte in einem Buch von Proust.«

Jean faltet das Papier auseinander.

Die Todesanzeige.

Er hatte sie damals in irgendein Buch in der Literarischen Apotheke gesteckt, es wahllos eingeordnet, und dann, nach einiger Zeit, vergessen, welches es gewesen und wo es in den Tausenden von Büchern verschwunden war.

Er strich über das Papier, faltete es zusammen und steckte es ein.

»Aber Sie haben geschwiegen. Sie wussten, dass ich Sie im Unklaren gelassen habe. Nein, sagen wir es, wie es ist: angelogen. Aber Sie haben es für sich behalten, dass Sie wussten, dass ich Sie anlüge. Und mich. Bis ...«

Bis ich so weit bin.

Jordan zuckte leicht mit den Schultern.

»Natürlich«, sagte er dann leise. »Wie denn sonst.«

Im Flur tickte die Standuhr.

»Ich danke ... dir, *Max*«, flüsterte Perdu. »Ich danke dir. Du bist ein guter Freund.«

Er stand auf, Max ebenso, und sie fielen einander über den Tisch hinweg in die Arme. Umständlich, unbequem, aber als Jean Max umarmte, war er unendlich erleichtert. Sie hatten sich wieder.

Erneut kamen Jean Tränen.

»Sie ist tot, Max, o Gott!«, flüsterte er erstickt an Max' Hals, und der junge Mann hielt Perdu noch fester, er stieg mit den Knie auf den Tisch, schob Teller, Gläser und Schüsseln rigoros zur Seite, um Jean zu umarmen, sehr fest, ganz dicht.

Jean Perdu weinte ein zweites Mal.

Zelda schloss ihr kleines Schluchzen in ihrem Mund ein.

Elaia sah Max unendlich zärtlich an, während sie ihre kullernden Tränen fortwischte. Ihr Vater hatte sich zurückgelehnt und verfolgte das Schauspiel, grub mit der einen Hand in seinem Bart herum und drehte die Zigarette zwischen den Fingern der anderen.

Cuneo hielt den Blick auf seinen Teller gesenkt.

»Schon gut«, raunte Perdu nach dem heftigen Weinkrampf, »schon gut. Es geht. Wirklich. Ich brauche was zu trinken.«

Er atmete geräuschvoll aus. Komischerweise war ihm nach Lachen zumute. Danach, Zelda zu küssen, danach, mit Elaia zu tanzen.

Er hatte sich damals die Trauer verboten, weil … weil es ihn offiziell nicht in Manons Leben gegeben hatte. Weil es niemanden gab, der mit ihm um sie getrauert hätte. Weil er allein war, ganz allein, mit seiner Liebe.

Bis heute.

Max stieg vom Tisch, jeder schob einen Teller, ein Glas zurecht, Besteck fiel auf den Kachelboden. Javier sagte: »Na, dann. Ich hab noch einen Wein.«

Es war eine lebhafte Stimmung, bis …

»Wartet mal«, bat Cuneo, sehr leise.

»Was?«

»Ich sagte, wartet mal bitte.«

Salvatore sah weiter auf seinen Teller. Etwas tropfte von seinem Kinn in die Salatsoße.

»Capitano. *Mio caro* Massimo. Liebe Zelda, Javier, mein Freund. Kleine Elaia, liebe, kleine Elaia.«

»Und Lupo«, flüsterte die junge Frau.

»Ich möchte bitte auch etwas … gestehen.«

Er hielt weiter den Kopf auf die massige Brust gesenkt.

»Es ist so, … *Ecco*. Vivette ist das Mädchen, das ich liebte, und ich habe sie gesucht, seit einundzwanzig Jahren, auf allen Flüssen Frankreichs, in jeder Marina, jedem Hafen.«

Alle nickten.

»Und?«, fragte Max vorsichtig.

»Und … sie ist verheiratet mit dem Bürgermeister von Latour. Seit zwanzig Jahren. Sie hat zwei Söhne und einen unglaublichen, dreifaltigen Riesenhintern. Ich habe sie schon vor fünfzehn Jahren gefunden.«

»Oh«, entwich es Zelda.

»Sie hat sich an mich erinnert. Aber auch erst, nachdem sie mich mit Mario, Giovanni und Arnaud verwechselt hatte.«

Javier beugte sich vor. Seine Augen funkelten. Er sog jetzt sehr ruhig an seiner Zigarette.

Zelda lächelte nervös. »Das ist ein Witz, oder?«

»Nein, Zelda. Ich habe trotzdem nicht aufgehört, nach der Vivette zu suchen, die ich in einer Sommernacht am Fluss getroffen habe, vor sehr, sehr langer Zeit. Auch als ich die wahre Vivette schon längst gefunden hatte. *Weil* ich die wahre Vivette gefunden hatte, musste ich weiter nach ihr suchen. Es ist …«

»Krank«, schnitt Javier ihm scharf das Wort ab.

»Papa!«, rief Elaia erschreckt.

»Javier, mein Freund, es tut mir …«

»Freund? Du hast meine Frau und mich angelogen! Hier, in meinem Haus. Du bist zu uns gekommen, vor sieben Jahren, und hast uns deine … deine Lügengeschichte aufgetischt. Wir haben dir Arbeit gegeben, wir haben dir vertraut, Mann!«

»Lass mich doch erklären, warum …«

»Du hast unser Mitleid erschlichen mit deiner kleinen romantischen Komödie. Das ist wirklich widerlich.«

»Nun schreien Sie doch nicht so«, forderte Jean. »Er hat es sicher nicht getan, um Sie persönlich zu ärgern. Merken Sie denn nicht, wie schwer ihm das hier fällt?«

»Ich schreie, wie ich will. Und dass Sie das verstehen … Sie scheinen auch nicht ganz dicht zu sein, mit Ihrer Toten da.«

»Also, das reicht jetzt wirklich, Monsieur«, blaffte Max. »Ich gehe jetzt besser.«

»Nein, Cuneo, bitte, Javier ist überreizt, wir warten auf Laborergebnisse von Lupo …«

»Ich bin nicht gereizt, ich bin abgestoßen, Zelda, abgestoßen.«

»Wir gehen alle drei. Jetzt«, sagte Perdu.

»Ist auch besser so«, zischte Javier.

Jean stand auf. Max ebenso.

»Salvo?«

Erst jetzt sah Cuneo hoch. Tränenüberströmt. Grenzenlose Verlorenheit im Blick.

»Vielen Dank für Ihre Gastfreundschaft, Madame Zelda«, sagte Perdu.

Sie schenkte ihm ein verzweifeltes kleines Lächeln.

»Viel Glück mit Lupo, Mademoiselle Elaia. Es tut mir sehr, sehr leid, was Sie durchmachen müssen. Von Herzen«, wandte er sich an die Kranke. »Und Ihnen, Monsieur Javier, wünsche ich, dass Sie von Ihrer wunderbaren Ehefrau immer weiter geliebt werden und eines Tages merken, dass das etwas Besonderes ist. Guten Tag.«

Javiers Blick verriet, dass er Perdu gern schlagen wollte. Elaia lief den Männern durch den dunklen, schweigenden Garten hinterher. Die Grillen zirpten, sonst waren ihre Schritte im nachtfeuchten Gras das einzige Geräusch. Elaia ging barfuß an Max' Seite.

Er nahm sie sanft bei der Hand.

Als sie vor dem Schiff standen, sagte Cuneo heiser: »Danke für … die Mitfahrgelegenheit. Ich werde jetzt meine Sachen packen und gehen, mit deinem Einverständnis, Giovanni Perdito.«

»Kein Grund, förmlich zu werden und in die Nacht hinauszurennen, Salvo«, erwiderte Perdu gelassen.

Er kletterte an der Bordleiter hoch. Cuneo folgte ihm zögernd.

Als sie die Flagge am Bug einholten, fragte Perdu mit einem kleinen Lachen: »Einen dreifaltigen Riesenhintern? Was zum Teufel soll das denn sein?«

Cuneo antwortete unsicher: »Na ja. Stell dir eben ein Dreifachkinn vor … am Hintern.«

»Nein, das möchte ich lieber nicht«, erwiderte Perdu und konnte sich kaum noch beherrschen, laut loszulachen.

»Du nimmst die Lage nicht ernst«, beschwerte sich Cuneo. »Stell dir doch mal vor, die Liebe deines Lebens erweist sich als Trugbild. Mit Pferdehintern, Pferdegebiss und einem Gehirn, das vermutlich unter Kenophobie leidet.«

»An Angst vor leerem Raum? Beängstigend.«

Sie lächelten sich scheu an.

»Lieben oder Nichtlieben sollten wie Kaffee oder Tee sein. Man sollte sich dafür entscheiden dürfen. Wie sollen wir sonst über all unsere Toten und unsere verlorenen Frauen hinwegkommen?«, flüsterte Cuneo mutlos.

»Vielleicht sollen wir das ja gar nicht.«

»Meinst du? Nicht darüber hinwegkommen, sondern … was? Was denn? Was ist denn die Aufgabe, die unsere Verlorenen uns stellen?«

Das war die Frage, auf die Jean Perdu all die langen Jahre keine Antwort gewusst hatte.

Bis heute. Heute wusste er sie.

»Dass wir sie in uns tragen. Das ist die Aufgabe. Wir tragen sie alle in uns, unsere Toten und zerschlagenen Lieben. Sie machen uns erst ganz. Wenn wir anfangen, unsere Verlorenen zu vergessen oder zu verbannen, dann … dann sind auch wir nicht mehr da.«

Jean sah auf den im Mondlicht schimmernden Allier.

»All die Liebe. All die Toten. All die Menschen unserer Zeiten. Sie sind die Flüsse, aus denen unser Seelenmeer besteht. Wenn wir uns nicht an sie erinnern wollen, wird auch das Meer versiegen.«

Er verspürte solch einen Durst in sich, sich das Leben zu schnappen, mit beiden Händen, bevor die Zeit noch schneller verging. Er wollte nicht verdursten, er wollte frei und weit sein, wie das Meer, voll und tief. Er sehnte sich nach Freunden. Er wollte lieben. Er wollte Manon in sich nachspüren. Er wollte fühlen, wie sie noch in ihm wogte, sich mit ihm vermischt hatte. Manon hatte ihn verändert, unwiderruflich – wozu es leugnen? So war er jener Mann geworden, dem Catherine erlaubt hatte, sich ihr zu nähern.

Auf einmal war Jean Perdu klar, dass Catherine niemals Manons Platz einnehmen konnte.

Sie nahm einen eigenen ein.

Nicht schlechter. Nicht besser. Nur anders.

Er hatte solche Lust, Catherine sein ganzes Meer zu zeigen!

Die Männer beobachteten, wie Max und Elaia sich küssten.

Jean wusste, sie würden nicht weiter über ihre Lügen und Illusionen reden. Es war alles Wesentliche gesagt.

29

Eine Woche später.

Sie hatten sich, tastend und vorsichtig, die Eckdaten ihrer Leben gestanden. Salvatore, die »Zumutung« aus einem Freistundenunfall zwischen seiner Mutter, einer Putzfrau, und einem verheirateten Lehrer. Jean, das Kind einer trotzigen Liebe zwischen Prekariats-Handwerker und Aristokraten-Akademikerin. Max, der letzte Versuch einer erstarrten Ehe zwischen einer ehemaligen Ja-Sagerin und einem von Erwartungen und Enttäuschungen zerfressenen Kleinkrämer.

Sie hatten Bücher verkauft, Kindern vorgelesen, das Klavier gegen den Austausch von Romanen stimmen lassen. Sie hatten gesungen und gelacht. Von einem öffentlichen Telefon aus hatte Jean seine Eltern angerufen. Und einmal auch No. 27.

Niemand hatte abgenommen, obgleich er es sechsundzwanzigmal klingeln ließ.

Seinen Vater hatte er gefragt, wie es gewesen war, auf einmal vom Liebhaber zum Vater zu werden.

Joaquin Perdu hatte unüblich lange geschwiegen. Dann hatte Jean ihn schniefen hören. »Ach, Jeanno … ein Kind zu bekommen, das ist so, als ob du deine eigene Kindheit ablegst, für immer. Es ist, als ob du dann erst begreifst, was Mannsein wirklich bedeutet. Du hast auch Angst, dass jetzt all deine Schwächen ans Licht kommen, weil Vatersein mehr von dir will, als du kannst … Ich hatte immer das Bedürfnis, mir deine Liebe zu verdienen. Weil ich dich so liebhatte. So lieb.«

Sie hatten dann beide geschnieft.

»Jeanno, wieso fragst du eigentlich? Wolltest du damit andeuten, dass du …«

»Nein.«

Leider. Einen Max und ein Töchterchen, Ritterfräulein Trotz, das wäre schön gewesen. Hätte, wäre, würde.

Jean war es, als ob die Tränen, die er am Allier geweint hatte, Platz in ihm geschaffen hatten. In dieser ersten Lücke konnte er Düfte unterbringen. Berührungen. Die Liebe seines Vaters. Und Catherine.

Er konnte die Zuneigung für Max und Cuneo genauso einsortieren wie die Schönheit des Landes; er hatte unter der Trauer einen Ort in sich entdeckt, wo Rührung und Freude zusammenwohnen konnten, Zärtlichkeit und das Begreifen, für manche Menschen jemand zu sein, den man liebhaben konnte.

Nun hatten sie über den Canal du Centre die Saône erreicht und fuhren mitten hinein in einen Sturm.

Der Himmel über dem Burgund senkte sich, grollend, schwarz und immer wieder durch Blitze zersplittert, über das Land zwischen Dijon und Lyon hinab.

In Lulus Bauch erhellten Tschaikowsky Klavierkonzerte die trübe Finsternis, gleichsam wie eine umherschaukelnde Funzel den Bauch von Jonas' Wal. Tapfer klemmte sich Max mit den Füßen an das Klaviergestänge und gab die Balladen, Walzer, Scherzi auf dem Piano zum Besten, während das Schiff auf den Schaumwellen der Saône schlingerte.

So hatte Perdu Tschaikowsky nie gehört: zu den Trompeten und Bratschen des Sturms, untermalt vom Stöhnen und Pumpen des Motors und dem Knirschen des Gebälks, wenn der Wind sich in die empfindsame Schiffstaille drückte und versuchte, es an Land zu schieben. Aus den Regalen regnete es Bücher, Lindgren lag unter einem festgeschraubten Sofa, Kafka guckte den rutschenden Einbänden mit angelegten Ohren aus einem Riss im Sesselbezug zu.

Jean Perdu sah eine vernebelte Waschküche vor sich, als er die Seille, den Seitenfluss der Saône, hinauf steuerte.

Er roch die Luft, sie war elektrisierend, er roch das aufgeschäumte grüne Wasser, er fühlte, wie sich das Steuerrad unter seinen schwieligen Händen wand – und es gefiel ihm so sehr, am Leben zu sein. Jetzt am Leben zu sein, jetzt!

Sogar den Sturm genoss er.

Windstärke fünf Beaufort.

Aus dem Augenwinkel, während des Hebens und Senkens zwischen zwei Wellenschüben, sah er die Frau.

Sie trug ein durchsichtiges Regencape und einen großen Schirm, wie ihn Londoner Börsenmakler bei sich haben. Sie schaute über das niedrige, sich unter Böen biegende Schilf hinweg. Sie hob die Hand zum Gruß, und dann – er konnte es kaum glauben, aber doch, es war wahr – öffnete sie den Reißverschluss ihres Capes, warf es von sich, drehte sich um und breitete die Arme aus, den Schirm aufgespannt in der rechten Hand.

Dann ließ sie sich mit ausgebreiteten Armen wie die brasilianische Jesus-Statue auf dem Corcovado rückwärts in den wütenden Fluss fallen.

»Was zum ...?«, flüsterte Perdu. »Salvo! Frau über Bord! Landseite!«, brüllte er wenig später, und der Italiener kam aus der Kombüse geschossen.

»*Che?* Was hast du getrunken?«, rief er, doch Perdu zeigte auf den Leib, der sich in dem aufgepeitschten Wasser auf und ab bewegte. Und auf den Schirm.

Der Neapolitaner fixierte den aufgeschäumten Fluss. Der Schirm ging unter.

Cuneos Kieferknochen mahlten.

Er griff nach den Tauen und dem Rettungsring.

»Näher«, verlangte er. »Massimo!«, rief er. »Lass das *piano!* Ich brauch dich hier, sofort ... *subito!*«

Cuneo stellte sich an die Reling, während Perdu das Bücherschiff näher ans Ufer quälte, verknüpfte den Ring mit dem Seil und stemmte seine kurzen, knubbeligen Beine fest an die Planken. Dann schleuderte er den Ring mit Kraft in Richtung des Bündels. Er reichte Max, der blass zusah, das andere Ende des Seils.

»Wenn ich sie hab, musst du ziehen. Zieh wie ein Pferd, Junge!«

Er zog seine geputzten Schuhe aus und sprang mit ausgestreckten Armen, Kopf voran, in den Fluss.

Über ihnen spalteten die Blitze den Himmel.

Max und Perdu sahen, wie Cuneo mit kraftvollen Zügen durch das hungrige Wasser kraulte.

»O scheiße, scheiße, scheiße!« Max zog die Ärmel seines Anoraks weit über die Hände und griff wieder nach dem Seil.

Perdu ließ die Ankerkette rasselnd fallen.

Das Schiff hob und senkte sich wie in einer Waschtrommel.

Cuneo hatte die Frau erreicht und umschlang sie.

Gemeinsam zogen Perdu und Max an dem Tau; dann hievten sie beide an Bord. Cuneos Schnurrbart troff, und das dreieckige Gesicht der Frau wurde von klatschnassen, rotbraunen Haaren eingerahmt wie von geringeltem Tang.

Perdu hastete an den Steuerstand.

Als er nach dem Funkgerät griff, um den Notarzt anzufordern, legte sich Cuneos schwere, nasse Hand auf seine Schultern.

»Lass! Die Frau will das nicht. Es wird auch so gehen. Ich mach das schon, sie muss abgetrocknet und gewärmt werden.« Perdu vertraute seinen Worten und fragte nicht nach.

Im Nebel sah er die Marina von Cuisery auftauchen. Er lenkte die Lulu in den Hafen. Gepeitscht von Regen und Wellen, vertäuten Max und er das Schiff an einem Ponton.

»Wir müssen runter!«, rief Max über das Pfeifen und Heulen des Windes. »Das wird noch ein verdammtes Geschaukel.«

»Ich werde die Bücher und Katzen doch nicht allein lassen!«, rief Perdu zurück. Das Wasser lief ihm in die Ohren, den Nacken, in die Ärmel. »Und außerdem bin ich der Capitano, der verlässt sein Schiff nicht.«

»Aye! Dann gehe ich aber auch nicht.«

Das Schiff ächzte, als ob es sie beide für leicht irre hielt.

Cuneo hatte ein Lager in Perdus Kajüte gebaut und die Schiffbrüchige aus ihrer Kleidung gepellt. Die Frau mit dem Herzgesicht lag nun nackt und mit einem wohligen Ausdruck in den Augen unter einem gewaltigen Deckenberg. Cuneo hatte sich in seinen weißen Trainingsanzug gehüllt, in dem er ein bisschen albern aussah, aber wirklich nur ein bisschen.

Er kniete vor ihr und flößte ihr provenzalische *Pistou* ein; die Knoblauch-Basilikum-Mandel-Paste, die zu dem Gericht gehörte, löffelte er direkt in die Tasse und goss sie mit der klaren, kräftigen Gemüsesuppe auf.

Sie lächelte ihn zwischen den Schlucken an.

»Salvo also. Salvatore Cuneo. Aus Neapel«, stellte sie fest.

»*Sì.*«

»Ich bin Samantha.«

»Und wunderschön«, sagte Salvo.

»Ist es … ist es nicht schlimm, da draußen?«, fragte sie. Ihre Augen waren wirklich sehr groß und sehr dunkelblau.

»Ach, was«, sagte Max rasch. »Äh, was eigentlich?«

»Nur ein kleiner Schauer. Erhöhte Luftfeuchtigkeit«, beruhigte Cuneo sie.

»Ich könnte uns doch etwas vorlesen«, schlug Perdu vor.

»Wir könnten auch etwas singen«, ergänzte Max. »Im Kanon.«

»Oder kochen«, schlug Cuneo vor. »Mögen Sie *Daube,* den Schmorbraten mit Kräutern der Provence?«

Sie nickte. »Aber mit Rinderbacke, ja?«

»Und was ist jetzt schlimm?«, fragte Max.

»Das Leben. Das Wasser. Kringelfische in Dosen.«

Die drei Männer starrten sie verständnislos an.

Perdu dachte, dass diese Samantha zwar auf den ersten Blick verrückte Dinge sagte und tat, aber weder verrückt aussah noch war. Sie war nur … eigen.

»Dreimal nein, würde ich meinen«, antwortete er. »Aber was sind Kringelfische?«

»Sind Sie, hm, *extra* ins Wasser gefallen?«, fragte Max.

»Extra? Ja, klar«, antwortete Samantha. »Kein Mensch geht an so einem Tag spazieren und rutscht versehentlich rückwärts aus. Das wäre ja wirklich zu blöde, oder? Nein, so was will schon geplant sein.«

»Dann wollten Sie, also … sich …?«

»Den Erdmöbelkurs besuchen? Mich selbst über den Styx schicken? Sterben? Nein. Um Himmels willen, wieso denn?«

Das Herzgesicht schaute ehrlich verblüfft von einem zum anderen.

»Ach so. Sah das so aus? Nein, nein. Ich lebe gern, auch wenn es bisweilen furchtbar anstrengend ist und vom Gesamtuniversellen her gleichgültig. Nein. Ich wollte wissen, wie das ist, bei diesem Wetter in den Fluss zu springen. Er sah so interessant aus. Wildgewordene Soße. Ich wollte wissen, ob ich in der Soße Angst habe und ob mir die Angst dann irgendetwas Wichtiges sagt.«

Cuneo nickte, als verstünde er sie ganz genau.

»Und was sollte es sagen?«, fragte Max. »So etwas wie: Gott ist tot, es lebe der Sport?«

»Nein, ob mir irgendetwas einfällt, wie ich mein Leben anders bestreiten soll. Am Ende bereut man nur das Ungetane – so heißt es doch, oder?«

Die drei Männer nickten.

»Na ja, das jedenfalls wollte ich nicht riskieren. Ich meine, wer möchte schon mit dem deprimierenden Gedanken das Zeitliche segnen, dass er keine Zeit mehr hat, das wirklich Wichtige zu tun?«

»Na gut«, sagte Jean. »Man kann sich natürlich dazu bringen, sich seiner wahren Lebenssehnsüchte bewusst zu werden. Nur ob dafür ein Flusssprung ratsam ist?«

»Wieso, kennen Sie eine wirksamere Variante? Wie soll es denn gehen, etwa bequem auf dem Sofa? Ist noch was von der Suppe da?«

Cuneo lächelte Samantha verzückt an und strich sich wieder und wieder über die Schnurrbartspitzen.

»Halleluja«, raunte er. Und gab ihr die Suppe.

»Und mir ist tatsächlich etwas Wichtiges eingefallen, als die Wellen da mit mir gespielt haben und ich mich fühlte, als sei ich die letzte Rosine im Teig. Da wurde mir klar, was meinem Leben fehlt«, verkündete sie.

Und löffelte.

Und löffelte.

Und … genau … löffelte.

Sie warteten alle gespannt auf den Rest.

»Ich will noch mal einen Mann küssen, aber richtig«, sagte die Frau nach dem allerletzten Löffel, den sie aus dem Topf herausgekratzt hatte. Dann stieß sie wohlig auf, griff nach Cuneos Hand, legte sie sich unter ihre Wange und schloss die Augen. »Nach dem Schlafen«, murmelte sie noch.

»Ich halte mich gern zu Ihrer Verfügung«, flüsterte Cuneo mit einem leicht glasigen Gesichtsausdruck.

Keine Antwort. Nur ein Lächeln. Wenig später schlief sie und schnarchte, so, wie ein kleiner Hund knurrt.

Die drei Männer sahen sich ratlos an.

Max lachte lautlos und streckte beide Daumen hoch.

Cuneo versuchte, sich bequemer hinzusetzen, so, dass er die Fremde nicht beim Träumen störte. Ihr Kopf lag auf seiner großen Hand wie eine Katze auf einem Kissen.

30

Während draußen über der Bücherstadt und der Seille der Sturm wütete, der Schneisen in den Wald schlagen würde, Autos aufs Dach wirbeln und Bauernhäuser in Brand setzen, gab sich das Männertrio Mühe, unbeschwert zu tun.

»Und warum ist Cuisery das Paradies, wie du es vor ungefähr dreitausend Jahren mal gesagt hast?«, fragte Max Jean leise.

»Oh! Cuisery! Wer Bücher liebt, verliert dort sein Herz. Es ist ein Dorf, in dem alle verrückt sind nach Büchern. Oder nur verrückt, was nicht auffällt. Nahezu jeder Laden ist eine Buchhandlung, eine Druckerei, eine Buchbinderei, ein Verlag … Und viele Häuser sind Künstlerenklaven. Der Ort vibriert geradezu vor Kreativität und Fantasie.«

»Merkt man im Moment nicht so«, stellte Max fest. Der Wind heulte um das Schiff und rüttelte an allem, was nicht niet- und nagelfest war. Die Katzen hatten sich an Samanthas Körper niedergelassen. Lindgren lag an ihrem Hals, Kafka in der Kuhle zwischen ihren Waden. »Die gehört jetzt uns«, sagten ihre Posen.

»Alle Cuisery-Bouquinisten sind spezialisiert. Da bekommt man alles. Und wenn ich sage alles, dann meine ich auch alles«, erklärte Perdu.

Er hatte, in einem anderen Leben, als er noch Buchhändler in Paris gewesen war, mit einigen der Raritätenhändler Kontakt aufgenommen – wenn zum Beispiel ein solventer Kunde aus Hongkong, London oder Washington meinte, er müsse eine Erstausgabe von Hemingway für hunderttausend Euro besitzen, mit Wildledereinband und einer Widmung von Ernest an seinen guten alten Freund Tobby Otto Bruce. Oder ein Werk aus Salvador Dalís Beständen. Eines, von denen es hieß, der Meister habe sie gelesen, bevor er seine surrealistischen Träume von zerfließenden Uhren gehabt hatte.

»Also gibt's da auch Palmblätter?«, fragte Cuneo. Er kniete immer noch vor Samantha und hielt ihr Gesicht.

»Nein. Es gibt Science-Fiction, fantastische Geschichten und Fantasy – ja, da machen Spezialisten sehr wohl einen Unterschied – außerdem …«

»Palmblätter? Was soll das denn?«, wollte Max wissen. Perdu stöhnte auf. »Nichts«, beeilte er sich zu sagen.

»Hast du nie gehört von der Bibliothek des Schicksals? Von …« – jetzt wisperte der Italiener – »dem Buch des Lebens?«

»Njom, njom«, machte Samantha.

Jean Perdu kannte sie auch, die Legende. Das magische Buch der Bücher, das Große Weltgedächtnis, entstanden vor fünftausend Jahren, niedergeschrieben von sieben überirdisch hellsichtigen Weisen. Diese sieben Rishis hätten, so der Mythos, jene aus Äther bestehenden Bücher gefunden, in denen die gesamte Vergangenheit und Zukunft der Welt verzeichnet waren. Das Drehbuch allen Lebens. Verfasst von Wesen, die jenseits von so etwas Beschränktem wie Zeit und Raum lebten. Die Rishis hätten die Lebensschicksale – einige Millionen – sowie einschneidende Weltereignisse aus diesen überirdischen Büchern übersetzen und auf Marmor, Stein oder eben Palmblätter übertragen können.

Salvo Cuneos Augen glänzten. »Stell dir vor, Massimo. Dein Leben steht in dieser Palmblattbibliothek, auf einem einzigen schmalen Stechpalmenblatt. Alles über deine Geburt, den Tod und das Dazwischen. Wen du liebst, wen du heiratest, dein Beruf, einfach alles, sogar deine Vorleben.«

»Pfff ... king of the road«, kam es aus Samanthas Mund.

»Dein ganzes Leben samt Vorleben auf einem Bierdeckel. Wie glaubhaft«, murmelte Perdu.

Jean Perdu hatte zeit seines Buchhändlerlebens Sammler abgewimmelt, die sich diese sogenannten Akasha-Chroniken aneignen wollten, koste es, was es wolle.

»Echt?«, sagte Max. »Hey, Leute, vielleicht war ich Balzac.«

»Vielleicht warst du auch eine kleine Cannelloni.«

»Und sein Ende, das erfährt man ebenso. Nicht auf den Tag genau, aber den Monat und das Jahr. Und auf welche Weise, das wird ebenso nicht verschwiegen«, wusste Cuneo.

»Na, vielen Dank«, murmelte Max zweifelnd. »Welchen Sinn soll es machen, seinen eigenen Todestag zu kennen? Ich würde den Rest meines Lebens wahnsinnig werden vor Angst. Nein danke, ein bisschen Illusion, dass für mich die Unendlichkeit rausspringt, die hätt' ich gern.«

Perdu räusperte sich. »Zurück zu Cuisery. Die meisten der tausendsechshunderteinundvierzig Einwohner haben etwas mit Druckerzeugnissen zu tun, der Rest mit der Versorgung der Besucher. Es heißt, die Bruder- und Schwesternschaft der Bouquinisten habe ein dichtes Netz um den Globus gewebt und es existiere außerhalb der normalen Kommunikationswege. Ja, nicht einmal das Internet benutzen sie – die Bücherweisen hüten ihr Wissen auf jene Art, dass es mit dem Tod eines Mitglieds versterben würde.«

»Seufz«, seufzte Samantha.

»Deswegen zieht sich jeder mindestens einen Nachfolger heran, um von Mund zu Ohr alles beizubringen, was sie über das Leben mit Büchern wissen. Sie kennen mystische Geschichten über die Entstehung berühmter Werke, über Geheimausgaben, über Manuskriptoriginale, über die *Bibel der Frauen* ...«

»Cool«, sagte Max.

»... oder über Bücher, in denen zwischen den Zeilen eine ganz andere Geschichte steht«, erzählte Perdu im leisen, verschwörerischen Ton weiter. »Es heißt, dass in Cuisery eine Frau lebt, die von den wirklichen Enden vieler berühmter Werke weiß, weil sie die Vor- und Vorvorversionen der Manuskripte sammelt. Sie kennt das erste Ende von Romeo und Julia, das, in dem die beiden überleben, heiraten und Kinder bekommen.«

»Igitt«, murmelte Max. »Romeo und Julia überleben und werden Eltern? Da ist doch die ganze Dramaturgie hinüber.«

»Finde ich gut«, sagte Cuneo. »Die kleine Julia hat mir immer furchtbar leidgetan.«

»Und einer von denen weiß, wer Sanary ist?«, fragte Max.

Das hoffte Jean Perdu. Er hatte dem Präsidenten der Büchergilde Cuisery, Samy le Trequesser, aus Digoin eine Karte geschrieben und sein Kommen angekündigt.

Gegen zwei Uhr früh schliefen sie erschöpft ein, gewiegt von den Wellen, die sich im nachlassenden Gewitter sanfter bewegten.

Als sie erwachten, in einen Tag hinein, der mit seinem harmlosen, frisch gewaschenen Sonnenschein so tat, als

sei die letzte Nacht nie passiert, da war der Sturm fort –
und die Frau ebenfalls.

Cuneo schaute verdutzt auf seine leere Hand. Dann
hielt er sie vorwurfsvoll den anderen entgegen.

»Geht das schon wieder los? Warum finde ich immer
nur Frauen auf den Flüssen?«, klagte er. »Ich hab mich
ja kaum von der letzten erholt.«

»Stimmt. Du hattest nur fünfzehn Jahre Zeit«, grinste
Max.

»Ach, Frauen«, klagte Cuneo. »Kann sie nicht wenigstens
ihre Nummer mit Lippenstift an den Spiegel schreiben!«

»Ich hol uns Croissants«, beschloss Max.

»Ich komm mit, *amico,* und guck mal nach der Schlaf-
sängerin«, sagte Cuneo.

»Ach, ihr kennt euch doch hier gar nicht aus. Ich gehe«,
wandte Perdu ein.

Zum Schluss gingen sie alle drei.

Als sie von dem kleinen Hafen über den Campingplatz
durch das Stadttor auf die Bäckerei zugingen, kam ihnen ein Ork mit einem Armvoll Baguettes entgegen. Er
war begleitet von einem Elb, vertieft in sein iPhone.

Perdu entdeckte einen Trupp Harry Potters, die sich
lauthals mit einer Garde Martinscher *Nachtwachen* vor
der blauen Fassade der Bücherei La Découverte stritten.
Auf Mountainbikes kamen ihnen zwei aufgedonnerte
Vampirdamen entgegen, die Max einen hungrigen Blick
zuwarfen. Und aus der Kirche schälten sich gerade zwei
Douglas-Adams-Fans im Bademantel und mit Handtuch über der Schulter.

»Eine Convention!«, rief Max.

»Eine was?«, fragte Cuneo und starrte dem Ork hinterher.

»Eine Fantasy-Convention. Das ganze Dorf ist voller Leute, die sich verkleiden wie ihre Lieblingsautorinnen oder Lieblingsfiguren. Großartig.«

»Wie – als Moby Dick, der Wal?«, fragte Cuneo.

Perdu sah wie Cuneo den Wesen nach, die Mittelerde oder Winterfell entsprungen erschienen. Unglaublich, was Bücher alles anrichteten.

Cuneo fragte bei jedem Kostüm, aus welchem Buch es stammte, und Max gab ihm mit glühenden Wangen Auskunft. Als ihnen eine Frau im scharlachroten Ledermantel und mit weißen Stulpenstiefeln entgegenkam, musste er jedoch passen.

Perdu erklärte: »Diese Dame, meine Herren, ist keine Frau im Kostüm, sondern das Medium, das mit Colette und George Sand spricht. Wie, ist ihr Geheimnis, sie behauptet, sie trifft sie in ihren Zeitreiseträumen.«

In Cuisery hatte alles Platz, was sich um Literatur rankte. Es gab auch einen Arzt, der sich auf literarische Schizophrenie spezialisiert hatte. Zu ihm kamen jene, deren zweite Persönlichkeit die Wiedergeburt Dostojewskis oder Hildegard von Bingens war. Und auch manche, die sich im Gewirr ihrer eigenen Pseudonyme verheddderten.

Perdu lenkte seine Schritte zum Präsidenten der Gilde und des Trägervereins von Cuisery, Samy le Trequesser. Trequessers Wort war die Eintrittskarte, um mit den Bouquinisten über Sanary zu sprechen. Le Trequesser wohnte über der alten Druckerei.

»Kriegen wir von dem Oberliterato ein Passwort oder so?«, fragte Max. Er konnte sich kaum losreißen von den Auslagen, die vor jedem zweiten Laden Bücher, Fotobände und Landkarten feilboten.

»Eher ›oder so‹.«

Immer wieder blieb Cuneo an den Karten der Bistros stehen und machte sich Notizen in seiner Rezeptkladde. Sie waren in der Region Bresse, die für sich beschlossen hatte, als die Wiege der französischen Kreativküche zu gelten.

Als sie sich in der Druckerei anmeldeten und im Büro des Präsidenten warteten, erlebten sie eine Überraschung: Samy le Trequesser war kein Präsident.

Sondern eine Präsidentin.

31

Vor ihnen saß, an einem Schreibtisch, der aus schwerem Strandgut zusammengezimmert schien, die Frau, die Salvo vergangenen Abend aus der Seille geangelt hatte.

Samy war Samantha. Sie trug ein weißes Leinenkleid. Und außerdem hatte sie Hobbitfüße. Riesengroß und sehr behaart.

»Also?«, fragte Samy. Sie schlug ihre wohlgeformten Beine übereinander und wippte aufreizend mit einem Hobbitfuß. »Wie kann ich euch nun helfen?«

»Eh, ja. Ich suche den Autor eines bestimmten Werkes. Es ist ein Pseudonym, ein geschlossenes, und …«

»Geht es Ihnen wieder gut?«, fragte Cuneo dazwischen.

»Aber ja.« Samy schenkte Salvo ein Lächeln. »Und vielen Dank für das Angebot, dass ich Sie küssen kann, Salvo, bevor ich alt werde. Ich überlege es mir schon die ganze Zeit.«

»Gibt's Ihre scharfen Füße in Cuisery?«, wollte Max wissen.

»Also, um noch mal auf das Buch *Südlichter* zurück-zu…«

»Ja, im Eden. Das ist ein Freizeit-Info-Touristen-Nepp-zentrum, da gibt es Hobbitfüße, Orkohren, aufge-schlitzte Bäuche …«

»Vielleicht hat es ja auch eine Frau geschri…«

»Ich will für Sie kochen, Signorina Samantha. Und wenn Sie vorher gern schwimmen möchten, bitte, ich habe nichts dagegen.«

»Ich glaube, ich kaufe mir auch Hobbitfüße. Als Haus-schuhe. Kafka wird ausflippen, meint ihr nicht?«

Perdu schaute, um Fassung ringend, aus dem Fenster.

»Jetzt haltet doch mal endlich die Klappe! Sanary! *Süd-lichter!* Ich brauche den Autor, den echten! Bitte!«

Er hatte lauter gesprochen, als er wollte. Max und Cuneo sahen Jean überrascht an. Samy dagegen hatte sich zurückgelehnt, als fange sie gerade an, sich zu amüsie-ren.

»Seit zwanzig Jahren suche ich ihn. Oder sie. Das Buch … es ist …« Jean Perdu gab sich Mühe, es in Wor-te zu fassen. Aber alles, was er sah, war Licht, das sich auf Flüssen bewegte. »Das Buch ist wie die Frau, die ich liebte. Es führt zu ihr. Es ist flüssige Liebe. Es ist das Maß an Liebe, das ich gerade noch ertragen habe. Das ich gerade noch fühlen konnte. Es ist wie der Strohhalm gewesen, durch den ich die letzten zwanzig Jahre ge-atmet habe.«

Jean wischte sich über das Gesicht.

Aber das war nicht die ganze Wahrheit.

Nicht mehr die einzige.

»Es hat mir geholfen zu überleben. Ich brauche das Buch nicht mehr, weil ich jetzt wieder selbst ... atmen kann. Aber ich möchte mich bedanken.«

Max sah ihn an, voller Respekt und Staunen.

Samy grinste breit.

»Ein Atemholbuch. Ich verstehe.«

Sie sah aus dem Fenster. In den Straßen mehrten sich die literarischen Figuren.

»Ich hätte nicht erwartet, dass eines Tages doch noch jemand wie Sie kommt«, sagte sie seufzend.

Jean spürte, wie sich seine Rückenmuskeln verspannten.

»Sie sind natürlich nicht der Erste. Es waren aber auch nicht viele. Sie alle haben das Rätsel ungelöst zurückgelassen. Sie alle haben nicht die richtigen Fragen gestellt. Fragen stellen, das ist eine Kunst.«

Samy sah immer noch aus dem Fenster. Dort hingen Holzstückchen an dünnen Fäden. Wenn man das Strandgut länger betrachtete, konnte man die Form eines springenden Fisches erkennen. Und ein Gesicht, einen Engel mit einem Flügel ...

»Die meisten fragen nur, um sich selbst reden zu hören. Oder um etwas zu hören, was sie verkraften können, aber bitte nichts, was ihnen zu viel wird. Die Frage ›Liebst du mich?‹ gehört dazu. Sie sollte generell verboten werden.«

Sie schlug die Hobbitfüße gegeneinander.

»Stellen Sie die Frage«, forderte sie.

»Habe ich ... habe ich nur eine frei?«, fragte Perdu.

Samy lächelte herzlich.

»Natürlich nicht. Sie haben nicht nur eine Frage frei, Sie haben so viele Sie wollen. Nur müssen Sie sie so stellen, dass Sie darauf nur Ja- oder Nein-Antworten bekommen.«

»Sie kennen ihn also?«

»Nein.«

»Die richtige Frage bedeutet, dass *jedes Wort* stimmen muss«, wiederholte Max und stubste Jean aufgeregt mit dem Ellbogen an.

Perdu korrigierte sich. »Sie kennen *sie* also?«

»Ja.«

Samy schaute wohlwollend zu Max. »Ich sehe, Monsieur Jordan, Sie haben das Prinzip der Fragen begriffen. Die richtigen Fragen können einen Menschen sehr glücklich machen. Was macht eigentlich Ihr nächstes Buch? Es ist das zweite, oder? Der Fluch des zweiten Buches, all die Erwartungen … Sie sollten sich getrost zwanzig Jahre Zeit lassen. Am besten, wenn man Sie ein klein wenig vergessen hat. Dann sind Sie frei.«

Max bekam rote Ohren.

»Nächste Frage, Seelenleser.«

»Ist es Brigitte Carno?«

»Nein! Himmel!«

»Aber Sanary lebt noch.«

Samy lächelte. »O ja.«

»Können Sie … mir helfen, sie kennenzulernen?«

Samy überlegte.

»Ja.«

»Wie?«

Sie zuckte mit den Schultern.

»Das war keine Ja-nein-Frage«, erinnerte Max.

»Also, ich koche heute Bouillabaisse«, schaltete sich Cuneo ein. »Um halb acht hole ich Sie ab. Dann können Sie und Capitano Perdito weiter ›ja-nein-weiß-nicht‹

spielen. *Sì?* Sie sind aber nicht unglücklicherweise verlobt? Hätten Sie Lust auf eine kleine Bootstour?«

Samy sah von einem zum anderen.

»Ja und nein und ja«, sagte sie fest. »Gut, damit ist ja alles geklärt. Entschuldigen Sie mich nun: Ich muss diese wunderbaren Kreaturen da draußen begrüßen, etwas Nettes zu ihnen in einer Sprache sagen, die Tolkien erfunden hat. Ich hab's geübt, aber es hört sich an, als ob Chewbacca versucht, eine Neujahrsansprache zu halten.«

Samy erhob sich, und sie alle glotzten wieder auf ihre wirklich gut gemachten Hobbitfußschlappen.

Als sie an der Tür war, drehte sie sich noch einmal um.

»Max, wussten Sie, dass Sterne von ihrer Geburt bis zu ihrer wahren Größe ein Jahr brauchen? Und dann sind sie die nächsten Millionen Jahre nur damit beschäftigt, hell zu leuchten. Sonderbar, oder? Haben Sie mal versucht, eine neue Sprache zu erfinden? Oder ein paar neue Wörter? Ich würde mich wirklich wahnsinnig glücklich schätzen, wenn ich von dem berühmtesten lebenden Schriftsteller unter dreißig heute Abend ein neues Wort geschenkt bekäme. Ja?«

Ihre dunkelblauen Augen funkelten.

Und in Max explodierte in dem geheimen Garten seiner Fantasie eine kleine Samenbombe.

Als Salvo Cuneo, angetan mit seinem besten karierten Hemd, Jeans und Lackschuhen, am Abend Samy von der Druckerei abholte – da stand sie mit drei Koffern, einem Adlerfarn in einem Topf und ihrem Regencape über dem Arm vor der Tür.

»Ich hoffe, du nimmst mich wirklich mit, Salvo, obwohl du deine Einladung natürlich anders gemeint hast. Ich habe hier lang genug gelebt«, begrüßte sie ihn. »Fast zehn Jahre. Eine ganze Stufe, im Sinn von Hesse. Jetzt wird es Zeit, nach Süden zu fahren und wieder atmen zu lernen, das Meer zu sehen und noch mal einen Mann zu küssen. Meine Güte, ich bin bald Ende fünfzig, ich komme ins beste Alter.«

Cuneo sah der Bücherfrau in die dunkelblauen Augen.

»Mein Angebot gilt, Signora Samy Le Trequesser«, sagte er. »Ich halte mich zu Ihrer Verfügung.«

»Ich habe das nicht vergessen, Salvatore Cuneo aus Neapel.«

Er organisierte ihnen ein Lasttaxi.

»Ähem … gehe ich recht in der Annahme«, fragte Perdu perplex, als Salvo die Koffer wenig später über die Gangway wuchtete, »dass Sie hier nicht nur essen, sondern einziehen wollen?«

»Gehen Sie, mein Lieber – darf ich denn? Für eine kleine Weile? Bis Sie ablegen und mich dann über Bord schmeißen?«

»Klar. Bei den Kinderbüchern ist noch ein Sofa frei«, sagte Max.

»Darf ich dazu auch etwas anmerken?«, fragte Perdu.

»Wieso, wollten Sie etwas anderes als ja sagen?«

»Äh, nein.«

»Danke.« Samy war sichtlich gerührt. »Sie werden kaum etwas von mir hören, ich singe wirklich nur im Schlaf.«

Auf der Postkarte, die Perdu in dieser Nacht an Catherine schrieb, standen die Wörter, die Max am Nachmittag erfunden hatte, um sie Samy beim Abendessen vorzustellen.

Samy fand sie so schön, dass sie sie ständig leise wiederholte, wie um ihren Klang auf der Zunge hin- und herzurollen, wie ein süßes gebackenes Teilchen.

*Sternensalz (wenn sich die Sterne auf den Flüssen
spiegelten)*
Sonnenwiege (das Meer)
*Zitronenkuss (Alle wussten genau, was damit gemeint
war!)*
Familienanker (der Esstisch)
Herzkerber (der erste Liebhaber)
*Zeitschleier (Man dreht sich einmal im Sandkasten
um und ist ein alter Mensch, der sich in die Hosen
macht, wenn er mal lacht.)*
Traumseits
Wunschlichkeit

Letzteres wurde Samys liebstes neues Wort.
»Wir leben alle in der Wunschlichkeit«, sagte sie, »und
jeder in einer anderen.«

32

*D*iese Rhône ist, diplomatisch gesagt, ein Alptraum«, sagte Max und deutete auf das Atomkraftwerk. Es war das siebzehnte, seit die Saône bei Lyon in die Rhône übergegangen war. Schnelle Brüter hatten sich abgewechselt mit Weinbergen und Autobahnen. Cuneo hatte aufgehört zu fischen.

Sie waren noch drei Tage in Cuisery und seinen Buchkatakomben umhergestreift. Nun näherten sie sich der Provence. Sie konnten die Kalkberge erkennen, die sich bei Orange als das Foyer zu Frankreichs Süden auftürmten.

Der Himmel hatte sich verändert. Er begann, das tiefe Blau anzunehmen, wie es über dem Mittelmeer in der Hitze des Sommers leuchtete, wenn sich Wasser und Himmel spiegelten und verstärkten.

»Wie gefalteter Blätterteig, blau auf blau auf blau. Blaukuchenland«, murmelte Max.

Er fand eine süße Sucht darin, Begriffsbilder zusammenzustecken. Er spielte mit Worten Fangen.

Manchmal griff Max bei seinen Wortspielen daneben, und Samy lachte herzhaft. Sie lachte, wie ein Kranich trompetete, fand Jean.

Cuneo war ganz und gar vernarrt in Samy, auch wenn sie bisher nicht auf sein Angebot zurückgekommen war. Sie wollte erst, dass Perdu das Rätsel löste.

Häufig saß sie bei Perdu im Steuerraum, und sie spielten ja-nein-weiß-nicht.

»Hat Sanary Kinder?«

»Nein.«

»Einen Ehemann?«

»Nein.«

»Zwei?«

Ihr Lachen war ein ganzer Kranichschwarm.

»Hat sie je ein zweites Buch geschrieben?«

»Nein«, sagte Samy gedehnt. »Leider nicht.«

»Hat sie *Südlichter* geschrieben, als sie glücklich war?«

Langes Schweigen.

Perdu ließ den Anblick der Welt an sich vorbeiziehen, während Samy ihre Antwort abwog.

Von Orange kämen sie zügig bei Châteauneuf-du-Pape vorbei. Am Abend würden sie bereits in Avignon essen können.

Und von der alten Papststadt aus wäre Jean mit einem Mietauto in einer Stunde in Bonnieux, im Luberon.

Zu schnell, dachte er. Soll ich, um mit Max' Worten zu sprechen, bei Luc klingeln und sagen: »Hallo, Basset, alter Weinflüsterer, ich bin der ehemalige Geliebte deiner Frau.«

»Ja bis nein«, antworte Samy. »Schwierige Frage. Man sitzt selten tagelang da und wälzt sich in seinem Glücksgefühl wie ein Schnitzel in Mehl, oder? Glücklichfühlen, das ist so flüchtig. Wie lange warst du mal am Stück glücklich?«

Jean überlegte.

»Etwa vier Stunden. Ich bin mit dem Wagen gefahren, von Paris nach Mazan. Ich wollte meine Geliebte sehen, wir hatten uns dort verabredet, in dem kleinen Hôtel Le Siècle, gegenüber der Kirche. Da war ich glücklich. Die ganze Fahrt über. Ich habe gesungen. Ich habe mir ihren ganzen Körper vorgestellt und ihn besungen.«

»Vier Stunden lang? Das ist ja entsetzlich schön.«

»O ja. Ich war in den vier Stunden glücklicher als in den vier Tagen danach. Aber wenn ich heute an diese vier Tage denke, bin ich glücklich, dass ich sie erlebt habe.«

Jean stutzte. »Ist Glück etwas, zu dem wir uns erst im Rückblick entscheiden? Merken wir gar nicht, wenn wir glücklich sind, sondern erkennen viel später, dass wir es waren?«

»Igitt«, seufzte Samy. »Das wäre ja eine ganz blöde Sache.«

Diese Einsicht des verzögerten Glücksgefühls spukte in den kommenden Stunden durch Jeans Kopf, während er zügig und sicher über die Rhône steuerte, die hier wie eine Schiffsautobahn wirkte. Niemand stand am Ufer und winkte sie heran, um Bücher zu kaufen. Und die Schleusen waren vollautomatisch und fertigten Dutzende Schiffe gleichzeitig ab.

Die stillen Tage auf den Kanälen waren endgültig vorbei.

Je näher Jean Manonland kam, desto mehr fiel ihm ein, was er mit Manon erlebt hatte. Wie sie sich angefühlt hatte.

Als hätte Samy seine Gedanken gelesen, sinnierte sie laut: »Ist es nicht erstaunlich, dass Liebe so körperlich ist? Der Körper erinnert sich mehr daran, wie sich jemand anfühlte, als der Kopf an das, was der Mensch alles gesagt hat.« Sie pustete über die feinen Härchen auf ihrem Unterarm. »Ich erinnere mich an meinen Vater vor allem als Körper. Wie er roch und wie er ging. Wie es sich anfühlte, meine Wange an seine Schulter zu legen oder meine Hand in seiner zu verstecken. Ich erinnere mich an seine Stimme fast nur, wie er ›Sasa, meine Kleine‹ sagte. Mir fehlt die Wärme seines Körpers, und ich finde es immer noch empörend, dass er nie mehr ans Telefon gehen wird, obwohl ich ihm doch etwas Wichtiges erzählen will. Gott, macht mich das wütend! Aber am meisten fehlt er mir als Körper. Da, wo er immer war, in seinem Sessel, ist nur noch Luft. Leere, blöde Luft.«

Perdu nickte. »Der einzige Fehler ist nur, dass so viele, hauptsächlich Frauen denken, ihr Körper müsste perfekt sein, um geliebt zu werden. Dabei muss er nur lieben können. Und sich lieben lassen«, ergänzte er.

»Oh, Jean, sag das bitte noch mal laut«, lachte Samy und reichte ihm das bordeigene Mikro. »Geliebt wird der, der liebt – noch eine Wahrheit, die so gründlich vergessen wurde. Ist dir aufgefallen, dass die meisten am liebsten geliebt werden wollen und sich dafür richtig ins Zeug legen? Diäten, Geldscheffeln, rote Unterwäsche … wenn sie mal so eifrig lieben würden, halleluja, die Welt wäre so schön und frei von Bauchwegstrumpfhosen.«

Jean lachte mit ihr. Dann dachte er an Catherine. Sie waren beide zu zart, zu verletzlich gewesen und hatten mehr Sehnsucht danach gehabt, geliebt zu werden, als Kraft und Mut zu lieben. Lieben brauchte so viel Mut und so wenig Erwartung. Würde er je wieder gut lieben können?

Ob Catherine meine Karten überhaupt liest?

Samy war eine, die gut zuhörte, alles aufnahm und ihm zurückspielte. Sie war mal Lehrerin gewesen, in der Schweiz, in Melchnau, erzählte sie. Schlafforscherin in Zürich, technische Zeichnerin für Windkraftfelder auf dem Atlantik, sie hatte Ziegen im Vaucluse gezüchtet und Käse gemacht.

Und sie besaß eine angeborene Schwäche: Sie konnte nicht lügen. Sie konnte schweigen, Antworten verweigern – aber sie war nicht fähig, willentlich zu lügen.

»Stell dir das mal bitte in unserer Gesellschaft vor«, sagte sie. »Ich hab als Mädchen solchen Ärger damit bekommen! Alle dachten, ich sei ein garstiges Ding, das sich einen Riesenspaß daraus macht, unhöflich zu sein. Fragt der Kellner im Nobelrestaurant: ›Hat's geschmeckt?‹, und ich antworte: ›Nee, echt nicht.‹ Fragt die Mutter einer Klassenkameradin nach dem Geburtstag: ›Und, Samylein, hat's dir gefallen?‹ Und ich versuche wirklich, mir ein ›Ja‹ abzupressen, aber alles, was ich herausbekomme ist: ›Nein, es war öde, und Sie haben Mundgeruch, weil Sie zu viel Rotwein trinken!‹«

Perdu lachte. Erstaunlich, wie nahe man seinem Wesenskern als Kind ist, dachte er, und wie sehr man sich davon entfernt, je mehr man versucht, geliebt zu werden.

»Mit dreizehn bin ich von einem Baum gefallen, und bei der Untersuchung in der Röhre haben sie's dann gesehen: Mir fehlt die Lügenknetmaschine im Gehirn. Ich kann keine Fantasy-Parabel schreiben. Es sei denn, mir begegnet demnächst ein sprechendes Einhorn. Nein, ich kann nur erzählen, was ich von vorne bis hinten gefühlt habe. Ich bin der Typ, der sich in die Pfanne legen muss, um über Bratkartoffeln zu sprechen.«

Cuneo brachte ihnen selbstgemachtes Lavendeleis. Es schmeckte herb und blumig zugleich.

Die unbegabte Lügnerin sah dem Neapolitaner nach.

»Er ist klein, dick und, objektiv gesehen, nicht in der ersten Reihe der Männer, die auf ein Wandposter gehören. Aber er ist klug, stark und kann wahrscheinlich alles, was wichtig ist für ein liebevolles Leben. Er ist für mich der allerschönste Mann, den ich je küssen werde«, sagte Samy. »Merkwürdig, dass solche guten, großartigen Menschen nicht viel mehr geliebt werden. Sind sie zu sehr unter ihrem Aussehen getarnt, dass niemand merkt, wie ihre Seele, ihr Wesen, ihre Prinzipien bereit sind für Liebe und Güte?«

Sie seufzte lange und wohlig. »Seltsamerweise wurde ich auch nie geliebt. Früher dachte ich, es läge ebenfalls daran, dass ich komisch aussehe. Dann dachte ich, warum gehe ich auch immer an die Orte, wo die paar Kerle schon jeder eine Frau haben? Bei den Käsebauern in Vaucluse ... lieber Himmel, lauter alte Dachse, für die ist eine Frau wie eine große, zweibeinige Ziege, die auch Wäsche wäscht. Ein Kompliment ist das, wenn sie dir guten Tag sagen.«

Samy lutschte versonnen an ihrem Eis.

»Ich glaube – und korrigiere mich, wenn ich nur in meine weltfraulichen Einsichten verliebt bin: Erstens gibt es Liebe, die in der Unterhose gedacht wird. Die kenne ich. Macht Spaß für fünfzehn Minuten. Zweitens gibt es Liebe, die mit dem Kopf gedacht wird. Die kenne ich auch, da suchst du dir Männer aus, die objektiv gut in dein Gefüge passen oder deine Lebensplanung nicht zu sehr stören. Aber sie verzaubern dich nicht. Und drittens gibt es die Liebe, die mit der Brust oder dem Solarplexus oder irgendwo dazwischen gemacht wird. Das ist die, die ich will. Da soll Zauber sein, der mein System Leben erhellt bis in die kleinste Schraube. Was denkst du?« Sie streckte ihm die Zunge raus, eine eislilafarbene Zunge.

Er dachte, dass er nun wusste, was er fragen musste.

»Samy?«, fragte er.

»Was denn, Jeanno?«

Sie redete zwar anders, aber das war immer so. Was Schriftsteller schrieben, das war der Sound ihres Herzens, ihrer Seele.

»Du hast *Südlichter* geschrieben, nicht wahr?«

s war sicher nur ein Zufall, dass in dem Moment
die Sonne so zwischen zwei Wolkenhaufen hin-
durchleuchtete, dass sie einen Lichtkegel bildete, der,
einem Fingerzeig gleich, von ganz oben auf Samys Augen fiel. Er hellte sie auf. Zwei entzündete Kerzen.
Samys Gesicht geriet in Bewegung.

»Ja«, gab sie leise zu, dann, lauter: »Ja.«

»Ja!«, rief sie, lachend und weinend, warf die Arme
hoch, »und ich wollte mit diesem Buch meinen Mann
herbeirufen, Jeanno! Einen, der mich liebt, dort zwischen seiner Brust und seinem Nabel. Ich wollte, dass er
mich findet, weil er mich gesucht hat, weil er mich
träumte, weil er all das, was ich bin, genießt, und das,
was ich nicht bin, nicht braucht – aber, Jean Perdu,
weißt du was?«

Sie weinte und lachte immer noch zugleich.

»Du hast mich gefunden. Aber du bist es nicht.«

Sie wandte sich um.

»Der Kerl in seiner Blümchenschürze mit seinen schönen festen Kugelmuskeln. Mit seinem Schnurrbart, der
mich kitzeln wird. *Der* ist es. Du hast ihn zu mir gebracht. Du und *Südlichter,* ihr beide habt ihn gebracht.
Auf eine ganz magische Weise.«

Jean ließ sich von ihrer Freude anstecken. Sie hatte
recht, so wunschlich sich das auch anhörte – er hatte
Südlichter gelesen, er hatte in Cepoy haltgemacht, Salvo
getroffen, und von dort aus ... *presto,* da waren sie.

Samy wischte sich über das tränensalzige Gesicht. »Ich
musste mein Buch schreiben. Du musstest es lesen. Du

musstest all das durchleben und durchleiden, um endlich in dein Boot zu steigen und loszufahren. Lass es uns so glauben. Ja?«

»Natürlich, Samy. Ich glaube daran. Es gibt Bücher, die sind nur für einen einzigen Menschen geschrieben. *Südlichter* war für mich.« Er sammelte Mut. »Ich habe all die Zeit nur mit deinem Buch überlebt«, gestand er dann. »Ich habe alles verstanden, was du denkst. Es war, als hättest du mich gekannt, bevor ich mich kannte.«

Sanary-Samy schlug sich vor den Mund.

»Es ist so unheimlich, das zu hören, Jean. Es ist das Schönste, was ich je gehört habe.«

Sie warf die Arme um ihn.

Sie küsste ihn links und rechts und noch einmal auf die Wange, auf die Stirn, auf die Nase. Zwischen jedem Kuss sprach sie: »Ich sag dir was: Noch mal mache ich das nicht, die Liebe herbeischreiben. Weißt du, wie lange ich gewartet habe? Über zwanzig Jahre, verflucht! Und jetzt entschuldige mich: Ich gehe jetzt meinen Mann küssen, und zwar richtig. Das ist der letzte Teil des Experiments. Wenn das nichts wird, bin ich heute Abend vermutlich nicht richtig gut gelaunt.«

Sie drückte Jean noch einmal fest an sich.

»Ui, hab ich Angst! Scheußlich! Und so schön. Ich lebe, du auch? Merkst du es auch, jetzt gerade?«

Sie verschwand im Schiffsbauch.

»Duhuu, Salvo …«, vernahm Jean noch.

Jean Perdu stellte mit Verwunderung fest, dass er es tatsächlich merkte. Es fühlte sich großartig an.

Paris

Du schläfst.
Ich sehe dich und schäme mich nicht mehr auf die
Art, dass ich mich schier eingraben will in salzigem
Sand. Darüber, dass ein Mann für mich nie alles sein
wird. Ich habe aufgehört, mir das vorzuwerfen, so
wie während der vergangenen fünf kobaltblauen
Sommer. Und so viele Tage hatten wir zusammenge-
nommen kaum; wenn ich nachzähle, Jean Rabenfe-
der, komme ich auf ein halbes Jahr, in dem wir diesel-
be Luft atmeten, auf hundertneunundsechzig Tage,
das reicht gerade mal für eine doppelreihige Perlen-
kette an Tagen.
Aber die Tage und Nächte fern von dir, so fern wie
der Kondensstreifen in den Wolken, in denen ich an
dich dachte und mich auf dich freute, die zählen
auch. Doppelt und dreifach, in der Freude und in der
Schuld. So gesehen waren es gefühlte fünfzehn Jahre,
eigentlich: mehrere Leben. Ich träumte mich in so
viele verschiedene Varianten hinein …
Oft habe ich mich gefragt: Habe ich falsch gehandelt,
falsch gewählt? Hätte es ein »richtiges« Leben gege-
ben, mit Luc allein oder mit einem ganz anderen
Menschen? Oder hatte ich alle Chancen in der Hand,
aber bin es falsch angegangen?
Es gibt aber in Sachen Leben kein falsch, kein richtig.
Und jetzt ist es so oder so nicht mehr nötig, dass ich
mir noch länger diese Frage stelle. Warum mir einer
nie reichte, ein Mann.

Es gab so viele Antworten.

Sie hießen: Lebenshunger!

Und auch: Lust, solche rotglühende, unruhige, kleb-
rig nasse Lust.

Sie hießen: Lasst mich noch leben, bevor ich faltig
und grau werde und ein nur noch halbbewohntes
Haus am Ende der Straße bin.

Sie hießen: Paris.

Sie hießen: Du bist mir passiert, so wie eine Insel
mit einem Schiff zusammenstößt. (Ha, ha. Das war
meine »Ich bin nicht schuld, das Schicksal war's«-
Phase.)

Sie hießen: Liebt mich Luc wirklich genug, um das
zu ertragen?

Sie hießen: Ich bin nichts wert, ich bin schlecht, und
deswegen ist es sowieso egal, was ich tue.

Ach, und natürlich: Ich kann den einen nur mit dem
anderen. Ihr beiden, Luc und Jean, Ehemann und
Liebhaber, Süden und Norden, Liebe und Sex, Erde
und Himmel, Körper und Geist, Land und Stadt. Ihr
seid die zwei Dinge, die mir fehlen, um eins zu sein.
Einatmen und ausatmen und dazwischen: endlich
existieren.

Dreiteilige Kugeln gibt es also doch.

Aber alle diese Antworten haben sich inzwischen er-
ledigt. Jetzt ist eine ganz andere Frage die wichtigste.
Sie heißt: Wann?

Wann werde ich dir sagen, was mit mir geschieht?
Nie.

Nie, nie, nie und nie. Oder doch gleich, wenn ich dich
an der Schulter berühre, die wie immer aus der Decke
hervorlugt, in die du dich einrollst. Würde ich dich

berühren, du wärest sofort wach, würdest fragen:
»Was ist los? Katzkind, was ist denn?«
Ich wünsche, du würdest jetzt erwachen und mich
retten.
WACH AUF!
Warum solltest du? Ich habe dich zu gut belogen.
Wann werde ich dich verlassen?
Bald.
Nicht schon heute Nacht, das schaffe ich nicht. Es ist,
als müsste ich tausendmal versuchen, von dir loszu-
kommen, mich umzudrehen und nie zurückzuschau-
en – um es ein einziges Mal wirklich zu schaffen.
Ich gehe in Raten. Ich zähle mit und sage mir: noch
tausend Küsse ... noch vierhundertachtzehn Küs-
se ... noch zehn ... noch vier. Die letzten drei hebe
ich mir streng auf.
Wie drei Glücksmandeln zu Weihnachten.
Alles zählt sich herunter. Das Miteinanderschlafen.
Das Miteinanderlachen.
Die letzten Tänze brechen an.
Man kann übrigens tatsächlich mit dem Herzen
schreien, es schmerzt nur sehr.
Überhaupt, die Schmerzen.
Sie verkleinern die Welt. Ich sehe jetzt nur noch dich
und mich und Luc, und das, was zwischen uns dreien
entstanden ist. Jeder hat daran mitgetan. Jetzt werde
ich versuchen zu retten, was zu retten ist. Über Strafe
will ich nicht grübeln. Unglück ist demokratisch für
alle da.
Wann werde ich aufgeben?
Ich hoffe, erst danach.
Ich will noch miterleben, ob die Rettung gelingt.

Die Ärzte haben mir angeboten, Ibuprofen oder Opiate zu nehmen, die angeblich nur im Gehirn wirken und die Elektrosignale unterbrechen, die über das Lymphsystem zwischen meiner Achsel, der Lunge, dem Kopf stattfinden.

An manchen Tagen bewirkt das, dass ich nicht mehr in Bildern träume. An anderen, dass ich Sachen rieche, die mich an früher erinnern. Ganz früher. Als ich noch Kniestrümpfe trug. Oder dass die Dinge anders riechen. Kot wie Blumen. Wein wie brennende Reifen. Ein Kuss wie der Tod.

Aber ich will ganz sicher sein. Deswegen verzichte ich. Manchmal sind die Schmerzen so stark, dass ich die Wörter verliere und dich nicht treffen kann. Dann belüge ich dich. Ich schreibe mir die Sätze auf, die ich dir sagen will, und lese sie ab. In meinem Kopf fange ich die Buchstaben nicht mehr ein, wenn die Schmerzen kommen. Alles Buchstabensuppe. Verkochte Buchstaben, Abc-Gulasch.

Ein paarmal war ich gekränkt, dass du dich hast belügen lassen. Ein paarmal war ich auch voller Ärger, dass du mir überhaupt passiert bist. Zum Hassen hat's nie gereicht.

Jean, ich weiß nicht, was ich tun soll. Ich weiß nicht, ob ich dich wecken soll und dich anflehen, mir zu helfen. Ich weiß nicht, ob ich diese Seiten herausreißen soll. Oder sie kopieren und dir schicken. Dann. Oder nie. Ich schreibe, um besser zu denken.

Für alles andere geht mir so oder so die Sprache verloren.

Ich rede zu dir jetzt noch mehr mit meinem Körper. Diesem müden, kranken Holz des Südens, aus dem

sich nur noch ein einziger grüner, zarter Trieb her-
vorwindet; er kann zumindest die rudimentärsten
Wünsche ausdrücken.
Liebe mich.
Halte mich.
Streichle mich.
Panikblüte, sagte Papa. Kurz bevor die großen Höl-
zer vergehen, blühen sie noch einmal auf. Pumpen
ihre ganze Kraft in den letzten Trieb, der noch erb-
senfrei ist.
Du hast mir neulich gesagt, wie schön ich bin.
Ich stehe am Beginn der Panikblüte.
Neulich nachts hat Vijaya angerufen, aus New York.
Du warst noch auf dem Schiff und hast die neueste
Ausgabe von Südlichter verkauft. Am liebsten willst
du, dass es jeder liest, dieses schöne, kleine, seltsame
Buch. Du hast mal gesagt, dass es kein gelogenes
Buch ist. Nichts Ausgedachtes, nichts mit Worten
Verschönertes. Sondern alles wahr.
Vijaya hat neue Arbeitgeber, zwei seltsame Zellfor-
scher. Sie glauben, der Körper macht die Seele und
den Charakter, nicht das Gehirn. Sie sagen: Es sind
die anderen Milliarden Zellen. Und was mit denen
geschieht, geschieht der Seele.
Schmerzen, sagte er, pain for example, Schmerzen
zum Beispiel, die polen alle Zellen um. Schon nach
drei Tagen beginnen sie damit. Aus Erregungszellen
werden Schmerzzellen. Aus Sinneszellen werden
Angstzellen. Aus Koordinationszellen werden Nadel-
kissen. Und zum Schluss ist jede Zärtlichkeit nur
Weh, jeder Windhauch, jede Musikvibration, jeder
sich nähernde Schatten ein Angstauslöser. Und an

jeder Bewegung, in jedem Muskel nährt sich gierig
der Schmerz und gebiert Millionen neuer Schmerz-
rezeptoren. Du wirst innerlich vollständig umgebaut,
ausgetauscht, und von draußen siehst's keiner.
Am Ende, at last, willst du nie mehr berührt werden,
sagt Vijaya. Einsam wirst du.
Schmerz ist Seelenkrebs, sagt dein ältester Freund, er
sagt es, wie Wissenschaftler das machen, er denkt
nicht an die Übelkeit, die solche Sätze bei Nichtwis-
senschaftlern auslösen. Er sagt mir all das voraus, was
mir passieren wird.
Schmerz macht den Körper dumm und den Kopf
auch, weiß dein Vijaya, man vergisst, man denkt
nicht mehr logisch, nur panisch. Und in den Graben,
den die Schmerzen ins Hirn furchen, fallen alle hel-
len Gedanken hinein. Alle Hoffnungen. Am Ende
fällst du hinein und bist fort, dein ganzes Ich, ver-
schlungen von pain and panic.

Wann sterbe ich?
Rein statistisch: garantiert.
Ich hatte vor, noch die »Dreizehn Desserts zu Weih-
nachten« zu essen. Maman ist die Meisterin der Bis-
cuits und der Mousse, Papa wird die vier Teile Früch-
te beitragen, Luc die schönsten Nüsse polieren. Drei
Tischdecken, drei Kerzenleuchter, drei gebrochene
Brotstücke. Ein Brot für die Lebenden zu Tisch. Ein
Brot für das Glück, das noch kommt. Und ein Brot,
das sich die Armen und die Toten teilen.
Ich fürchte, dass ich dann schon mit den Clochards
um die Krümel streiten werde.
Luc hat mich beschworen, die Therapie zu machen.

Mal abgesehen davon, dass die Chancen schlecht wie eine Pferdewette stehen, würde so oder so etwas von mir sterben, müsste so oder so ein Grabstein bestellt werden, die Messe gelesen, die Taschentücher gebügelt.

Ob ich den Grabstein spüren werde?

Papa versteht mich. Als ich ihm den Grund sagte, warum ich die Chemo nicht will, ging er in die Scheune und weinte lange. Ich hatte fast die Gewissheit, dass er sich einen Arm abhackt.

Maman: versteinert. Sie sieht aus wie ein versteinerter Olivenbaum, ihr Kinn ist knorrig und hart, ihre Augen wirken wie Borke. Sie fragt sich, was sie falsch gemacht hat, warum sie ihre erste Todesahnung nicht ändern konnte in einen schlechten Traum, in Mutterliebe, die sich mehr sorgt, als Sorgen da sind.

»Ich wusste es, in diesem verfluchten Paris wartet der Tod.« Aber sie kann sich nicht entschließen, mir die Schuld zu geben. Sie gibt sie letztlich sich selbst. Diese Strenge hilft ihr, weiterzumachen und mir mein letztes Zimmer so einzurichten, wie ich es von ihr erbat.

Du liegst jetzt auf dem Rücken wie ein Tänzer in der Pirouette. Ein Bein lang, das andere angezogen. Ein Arm über dem Kopf, das andere fast in die Seite gestemmt.

Du hast mich immer angesehen, als sei ich einzigartig. Fünf Jahre lang, nicht ein einziges Mal hast du mich genervt oder gleichgültig angeschaut. Wie hast du das bloß geschafft?

Castor starrt mich an. Vermutlich sind wir Zweibeiner äußerst merkwürdig für Katzen.

Die Ewigkeit, die auf mich wartet, kommt mir erdrückend vor.

Manchmal, aber das ist ein wirklich böser Gedanke, manchmal hatte ich mir gewünscht, dass es jemanden gibt, den ich liebe und der vor mir geht. Damit ich weiß, dass ich es auch schaffen kann.

Manchmal dachte ich, dass du vor mir gehen musst, damit ich es auch kann. In der Gewissheit, dass du auf mich wartest …

Adieu, Jean Perdu.

Ich beneide dich um all die Jahre, die du noch hast. Ich gehe in mein letztes Zimmer und von dort aus in den Garten. Ja, so wird es sein. Ich werde durch eine freundliche hohe Terrassentür schreiten und mitten hinein in den Sonnenuntergang. Und dann, dann werde ich zu Licht, dann kann ich überall sein.

Es wäre meine Natur, ich wäre für immer da, jeden Abend.

34

Sie verbrachten einen rauschenden gemeinsamen Abend. Salvo tischte Topf um Topf Muscheln auf, Max spielte Klavier, und sie tanzten abwechselnd mit Samy auf dem Deck.

Später genossen die vier den Blick auf Avignon und die durch ein Tanzlied berühmte halbe Saint-Bénézet-Brücke. Der Juli schenkte sich ihnen mit ganzer Kraft. Es waren nach Sonnenuntergang immer noch samtige achtundzwanzig Grad.

Jean hob kurz vor Mitternacht sein Glas.

»Ich danke euch«, sprach er. »Für Freundschaft. Für Wahrheit. Und für dieses unglaublich gute Essen.«

Sie erhoben alle ihre Gläser. Als sie klirrend anstießen, war es, als ob eine Glocke das Ende ihrer gemeinsamen Reise anzeigte.

»Jetzt bin ich übrigens glücklich«, sagte Samy trotzdem mit glühenden Wangen, und eine halbe Stunde später: »Ich bin es immer noch«, und nach weiteren zwei Stunden ... Nun, da sagte sie es vermutlich noch einmal auf unzählige andere Weisen als mit Worten, aber das hörte weder Max noch Jean. Die beiden hatten beschlossen, das Liebespaar nicht zu kompromittieren, und ließen Samy und Salvo in ihrer ersten Nacht von hoffentlich Abertausenden allein auf der Lulu zurück, um durch das nächstgelegene Stadttor in die Altstadt von Avignon zu schlendern.

Auf den engen Straßen drängten sich die Flaneure. Die Hitze des Sommers verlagerte im Süden naturgemäß alle Aktivitäten spät in die Nacht hinein. Auf dem Platz vor dem prächtigen Rathaus kauften Max und Jean Eiscreme und sahen den Straßenkünstlern zu, die mit Feuerstöcken jonglierten, akrobatische Tänze aufführten und das Publikum in den Cafés und Bistros mit Slapstick zum Lachen brachten. Jean fand diese Stadt nicht sympathisch, sondern eher wie eine verlogene Hure, die versuchte, aus ihrem Ruf noch etwas zu machen.

Max fing das schnell schmelzende Eis mit der Zunge ein. Mit halbvollem Mund sagte er betont beiläufig: »Ich werde Kinderbücher schreiben. Ich hab da ein paar Ideen.«

Jean sah ihn aus dem Augenwinkel an.

Das, dachte er, das also ist Max' Moment, in dem er beginnt, der zu werden, der er mal sein wird.

»Darf ich sie hören?«, bat er nach einer Weile des zärtlichen Staunens, dass er diesen Augenblick miterleben durfte.

»Puh, ich dachte schon, du fragst nicht mehr.«

Max zog seine Kladde aus der Gesäßtasche und las: »Der alte Zaubermeister fragte sich, wann endlich ein mutiges Mädchen kam und ihn aus dem Garten ausgrub, in dem er seit einhundert Jahren unter den Erdbeeren vergessen worden war ...«

Max sah Perdu mit verklärtem, entspanntem Blick an.

»Oder eine Geschichte über den kleinen heiligen Bimbam.«

»Bimbam?«

»Na ja, der Heilige, der für alles herhalten muss, für das sich die anderen zu schade sind. Ich stelle mir vor, dass sogar Bimbam eine Kindheit hatte, bevor es hieß: Ach, du heiliger Bimbam, du willst bitte *was* werden? Schriftsteller?« Max grinste. »Dann noch eine über Claire, die mit ihrer Katze Minou den Körper tauscht. Dann noch ...«

Der künftige Held aller Kinderzimmer, dachte Jean, während er Max' wundervollen Einfällen lauschte.

»... und wie der kleine Bruno im Himmel ist und sich bei den Zuständigen beschwert, welcher Familie er zugeteilt wurde ...«

Jean genoss die Blüten aus Zärtlichkeit, die sich in seiner Brust entfalteten, während er Max zuhörte. Er hatte diesen jungen Mann so lieb! Seine Schrullen, seinen Blick, sein Gelächter.

»... und wenn die Schatten in die Kindheit ihrer Besitzer zurückkehren, um dort einiges in Ordnung zu bringen ...«

Wunderbar, dachte Jean. Ich schicke meinen Schatten zurück in die Zeit und lass ihn mein Leben in Ordnung bringen. Wie verführerisch. Wie leider unmöglich.

Sie kehrten erst tief in der Nacht zurück, eine Stunde, bevor die Dämmerung herankroch.

Während sich Max in seine Ecke trollte, noch einige Notizen machte und dann einschlief, streifte Jean Perdu langsam durch sein sanft im Strom wiegendes Bücherschiff. Die Katzen gingen dicht an seiner Seite und beobachteten den großen Mann aufmerksam. Sie spürten, dass ein Abschied bevorstand.

Immer wieder rutschten Jeans Finger ins Leere, als er an den Buchreihen entlangfuhr und über die Rücken streichelte. Er wusste genau, wo welches Buch gestanden hatte, bevor sie es verkauft hatten. So, wie man die Häuser und Felder seiner Straße, seiner Heimat kennt. Und sie sogar dann noch sieht, wenn sie längst einer Umgehungsstraße oder einem Einkaufszentrum gewichen sind.

Immer hatte er die Anwesenheit der Bücher als Schutz empfunden. Er hatte die ganze Welt in seinem Schiff gefunden, alle Gefühle, jeden Ort und alle Zeiten. Er hatte nie reisen müssen, und ihm hatten Gespräche mit Büchern genügt ... mitunter hatte er sie höher geschätzt als Menschen.

Sie waren weniger bedrohlich.

Er setzte sich in den Sessel auf dem kleinen Podest und schaute durch das große Fenster auf das Wasser hinaus. Die beiden Katzen sprangen auf seinen Schoß.

»Jetzt kannst du nicht mehr aufstehen«, sagten ihre Körper, die schwerer und wärmer wurden. »Jetzt musst du bleiben.«

Das hier war also sein Leben gewesen. Fünfundzwanzig mal fünf Meter groß. Er hatte begonnen, es aufzubauen, als er so alt war wie Max. Das Schiff, die Sammlung seiner »Seelenapotheke«, seinen Ruf, diese Ankerkette. Tag für Tag hatte er sie geschmiedet, sie gehärtet, Glied für Glied. Und sich selbst darin eingewickelt.

Aber etwas daran stimmte nicht mehr. Wäre sein Leben ein Fotoalbum gewesen, hätten sich die zufälligen Schnappschüsse alle geähnelt. Sie würden ihn immer auf diesem Schiff zeigen, mit einem Buch in der Hand, und nur das Haar wäre mit der Zeit silberner und lichter geworden. Am Ende stünde ein Bild, auf dem er einen suchenden Blick hatte, im zerknitterten Greisengesicht, flehentlich.

Nein, so wollte er nicht enden – mit der Frage, ob es das schon gewesen war.

Es gab nur einen Ausweg. Er musste drastisch sein, die Ankerketten zu zerschlagen.

Er musste das Schiff verlassen. Ganz und gar verlassen. Die Vorstellung verursachte ihm Übelkeit … doch dann, als er durchatmete und sich ein Leben ohne Lulu vorstellte, auch Erleichterung.

Augenblicklich rührte sich sein schlechtes Gewissen. Die Literarische Apotheke verstoßen wie eine lästige Geliebte?

»Ist sie doch gar nicht«, murmelte Perdu.

Unter seinen streichelnden Händen schnurrten die Katzen.

»Was mache ich nur mit euch dreien?«, fragte er sie unglücklich.

Irgendwo sang Samy im Schlaf.

Und in seinem Kopf formte sich ein Bild.

Vielleicht musste er die Apotheke gar nicht im Stich lassen oder mühsam nach einem Käufer suchen.

»Ob sich Cuneo hier wohl fühlen würde?«, fragte er die Katzen auf seinem Schoß.

Sie stießen ihre Köpfchen in seine Hand.

Es hieß, Schnurren könne sogar einen Eimer voll gebrochener Knochen zusammenwachsen lassen und eine versteinerte Seele heilen. Aber wenn das geschehen war, gingen die Katzen ihrer eigenen Wege und sahen nicht zurück. Sie liebten ohne Scheu, ohne Bedingung, aber auch ohne Versprechen.

Jean Perdu dachte an Hesses *Stufen*. Die meisten Menschen kannten natürlich den Satz »Und jedem Anfang wohnt ein Zauber inne ...« Doch die Ergänzung »der uns beschützt und der uns hilft zu leben« kannten nur noch wenige – und dass es bei Hesse nicht um Neuanfang ging, verstand fast niemand.

Sondern um die Bereitschaft zum Abschied.

Abschied von Gewohnheiten.

Abschied von Illusionen.

Abschied von einem Leben, das längst vorbei und in dem man selbst nur noch eine Hülle war, in der sich ab und an ein Seufzen regte.

35

*D*er Tag empfing sie mit vierunddreißig Grad zum späten Frühstück – und einer Überraschung von Samy, die mit Cuneo bereits einkaufen gegangen war und ihnen allen Prepaid-Handys besorgt hatte.

Perdu betrachtete seines, das sie ihm zwischen Croissants und Kaffeebecher hinschob, skeptisch. Um die Zahlen zu entziffern, brauchte er seine Lesebrille.

»Die Dinger gibt's seit zwanzig Jahren. Du kannst ihnen vertrauen«, zog Max ihn auf.

»Ich habe unsere Nummern für dich eingespeichert«, belehrte Samy Jean. »Und ich will, dass du uns anrufst. Wenn es dir gutgeht, wenn du nicht weißt, wie man Eier pochiert, oder wenn dir langweilig ist und du aus dem Fenster springen möchtest, um mal wieder etwas zu erleben.«

Jean rührte Samys Ernsthaftigkeit. »Danke«, sagte er verlegen.

Ihre offene, angstlose Zuneigung schüchterte ihn ein. War es das, was Menschen an Freundschaften so mochten?

Als sie sich umarmten, verschwand die kleine Samy fast in seinen Armen.

»Ich, also … ich möchte euch etwas geben«, begann Perdu danach. Verlegen schob er Cuneo die Schlüssel des Kahns hinüber.

»Verehrteste unbegabteste Lügnerin der Welt. Weltbester Koch westlich von Italien. Ich muss von hier aus ohne mein Schiff reisen. Deshalb übergebe ich euch hiermit die Lulu. Behaltet bitte immer ein Eckchen frei für Katzen und für Schriftsteller, die ihre Geschichte suchen. Wollt ihr? Ihr müsst nicht, aber wenn ihr es wollt, würde ich mich freuen, wenn ihr auf das Schiff achtet. Leihweise, für immer, sozusagen, also …«

»Nein! Das ist dein Beruf, dein Büro, deine Seelenpraxis, dein Fluchthelfer, dein Zuhause. Das Bücherschiff bist du, du blöder Kerl, so etwas gibt man nicht einfach fremden Leuten, auch wenn die's sehr gern haben wollten!«, brüllte Samy.

Sie starrten Samantha verblüfft an.

»'tschuldigung«, murmelte sie. »Ich … äh … ich mein's aber genau so. Das geht nicht. Schon gar nicht der Tausch Handy gegen Bücherschiff, also wirklich. Wie peinlich!« Samy kicherte verlegen.

»Das mit dem Nichtlügenkönnen scheint ja wirklich ein Geschenk fürs Leben zu sein«, merkte Max an.

»Und übrigens, bevor mich jemand fragt: Nein, ich brauche kein Schiff, aber wenn du mich noch ein Stück im Wagen mitnimmst, Jean, würde ich mich freuen.«

Cuneo standen Tränen in den Augen.

»Ach, ach«, war alles, was er herausbekam. »Ach, Capitano. Ach, alles. Ich … *cazzo* … und das alles.«

Sie sprachen lange, diskutierten das Für und Wider. Je zögernder sich Cuneo und Samy zeigten, desto mehr insistierte Jean.

Max hielt sich zurück, nur einmal fragte er: »Nennt sich das eigentlich Harakiri oder so?«

Perdu ignorierte ihn. Es musste sein, er spürte es, und es dauerte den halben Vormittag, bis Samy und Cuneo zusagten.

Sehr andächtig und sichtlich bewegt hob der Italiener schließlich an: »Gut, Capitano. Wir passen auf dein Schiff auf. So lange, bis du es wiederhaben willst. Egal wann, ob übermorgen, in einem Jahr oder in dreißig Jahren. Und es wird immer offen sein für Katzen und Schreibende.«

Sie besiegelten den Pakt mit einer innigen Umarmung zu viert.

Samy ließ Jean als Letzte wieder los und sah ihn liebevoll an.

»Mein Lieblingsleser«, lächelte sie. »Ich hätte mir keinen besseren vorstellen können als dich.«

Schließlich packten Max und Jean ihre Besitztümer in Max' Seesack und ein paar große Einkaufstaschen und gingen von Bord. Perdu nahm außer der Kleidung noch sein angefangenes Werk mit, die *Große Enzyklopädie der Kleinen Gefühle.*

Als Cuneo den Motor startete und gekonnt begann, die Lulu vom Ufer fortzusteuern, da spürte Perdu rein gar nichts.

Neben sich hörte und sah er Max, aber es war, als ob auch dieser sich, wie das Bücherschiff, von ihm entfernte. Max winkte mit beiden Armen und rief »Ciao« und »Salut«, Perdu dagegen war sich sicher, dass er keinen Arm mehr hatte, mit dem er hätte winken können.

Er sah seinem Bücherschiff nach, bis es um eine Flussschleife verschwand.

Er sah ihm immer noch nach, als es längst fort war, und wartete darauf, dass die Taubheit nachließ und er etwas fühlte.

Als er irgendwann fähig war, sich umzudrehen, stellte er fest, dass Max auf einer Bank saß und ruhig auf ihn wartete.

»Gehen wir«, sagte Perdu mit spröder, trockener Stimme.

Sie hoben zum ersten Mal seit über fünf Wochen Geld von ihren Hausbanken ab, die in Avignon Filialen unterhielten – auch wenn das schier Dutzende Telefonate, gefaxte Unterschriftenvergleiche und strenge Passüberprüfung erforderte. Danach mieteten sie sich am TGV-Bahnhof einen milchweißen kleinen Wagen und machten sich auf den Weg zum Luberon.

Südöstlich von Avignon fuhren sie über die Nebenstrecke der D900. Es waren nur vierundvierzig Kilometer bis Bonnieux.

Max schaute verzückt aus dem heruntergelassenen Fenster. Links und rechts malten Sonnenblumenfelder, grünsaftige Rebenteppiche und Lavendelbuschreihen das Land vielfarbig. Gelb, dunkelgrün, violett. Darüber spannte sich ein blaugesättigter Himmel mit weißem Kissengewölk.

In der Ferne sahen sie den kleinen und den großen Luberon am Horizont: ein gewaltiger, langer Gebirgstisch mit einem Hocker rechts daneben.

Die Sonne schlug nach dem Land. Sie fraß Erde und Fleisch, sie übergoss Felder und Städte mit einer fordernden Helligkeit.

»Wir brauchen Strohhüte«, stöhnte Max behaglich. »Und Leinenhosen.«

»Wir brauchen Deos und Sonnenmilch«, korrigierte Perdu trocken.

Max fühlte sich sichtbar wohl. Er glitt so widerstandslos in diese Umgebung wie ein passendes Puzzleteilchen.

Anders als Jean. Alles, was er sah, war ihm seltsam fern und fremd. Immer noch fühlte er sich betäubt.

Auf den grünen Hügeln hockten Dörfer wie Kronen. Heller Sandstein, helle Dachkacheln, die der Hitze trotzten. Majestätische Raubvögel bewachten in stolzen Gleitflügen den Luftraum. Die Straßen waren eng und leer.

Manon hatte diese Berge, Hügel und farbigen Felder gesehen. Sie hatte die weiche Luft gefühlt, sie hatte die Jahrhundertbäume gekannt, in deren dichten Blätterhäuptern Dutzende Zikaden hockten und sich die Fühler rieben. Ein beständiges Ratschen, das sich für Jean anhörte wie: »Was? Was? Was?«

Was machst du hier? Was suchst du hier? Was fühlst du hier?

Nichts.

Jean sagte dieses Land hier einfach gar nichts.

Schon passierten sie Ménerbes und seine curryfarbenen Felsen, näherten sich entlang von Weinfeldern und Gehöften dem Calavon-Tal und Bonnieux.

»Bonnieux stapelt sich zwischen dem großen und dem kleinen Luberon. Wie eine Schichttorte mit fünf Etagen«, hatte Manon Perdu erzählt. »Ganz oben die alte Kirche und die hundertjährigen Zedern und der schönste Friedhof des Luberon. Ganz unten die Weinbauern, die Obstbauern und die Ferienhäuser. Dazwischen die drei Schichten mit den Häusern und den Restaurants. Alles verbunden mit steilen Wegen und Stiegen, deshalb haben alle Mädchen im Dorf schöne, kräftige Waden.« Sie hatte Jean ihre gezeigt. Und er hatte sie geküsst.

»Schöne Gegend hier, finde ich«, sagte Max.

Sie rumpelten über Feldpfade, bogen um ein Sonnenblumenfeld, kreuzten einen Weinberg – und mussten feststellen, dass sie nicht wussten, wo sie waren. Jean hielt am Wegesrand.

»Hier irgendwo muss das doch sein, dieses Le Petit St Jean«, murmelte Max und fixierte die Landkarte.

Die Zikaden zirpten. Es hörte sich nun eher an wie: »He he he he he.« Sonst war es so still, dass nur noch das leise Ticken des ausgeschalteten Motors die tiefe ländliche Ruhe störte.

Und dann ein rappelnder Trecker, der sich ihnen zügig näherte. Er kam mit hohem Tempo aus einem der Weinberge. So einen Traktor hatten sie noch nie gesehen: Er war extrem schmal, und seine Reifen waren dünn, aber sehr hoch, so dass er durch die Rebenreihen rasen konnte.

Am Steuer saß ein junger Mann mit Baseballkappe, Sonnenbrille, abgeschnittenen Jeans und verschossenem weißem Shirt, der sie mit knappem Nicken grüßte, während er vorbeirumpelte. Als Max hektisch winkte, hielt der Trecker einige Meter weiter an. Max lief zu ihm hinüber.

»Entschuldigen Sie, Monsieur!«, hörte Jean Max über den Lärm hinwegrufen. »Wo finden wir denn das Haus Petit St Jean von Brigitte Bonnet?«

Der Mann schaltete den Motor ab, nahm seine Baseballkappe und die Sonnenbrille ab und strich sich mit dem Unterarm über die Stirn, während sich langes, schokoladenbraunes Haar auf seine Schultern ergoss.

»Oh. *Pardonnez-moi,* verzeihen Sie mir, Mademoiselle, ich dachte, Sie wären ein, eh … Mann«, hörte Jean Max zutiefst verlegen krächzen.

»Sicher vermuten Sie Frauen eher in einem engen Kleid als auf einem Trecker«, sagte die Fremde kühl und stopfte ihr Haar wieder unter die Kappe.

»Oder schwanger und barfuß am Herd«, ergänzte Max.

Die Fremde stutzte – und lachte schallend auf.

Als sich Jean im Fahrersitz zu den beiden umdrehte, hatte die junge Frau schon wieder die große dunkle Brille aufgesetzt und erklärte Max den Weg. Das Anwesen der Bonnets lag auf der anderen Seite des Weinbergs, sie mussten sich einfach immer nur rechtsherum halten.

»*Merci*, Mademoiselle.«

Der Rest von dem, was Max ihr noch sagte, ging in dem Aufjaulen des Motors unter.

Perdu sah nur noch den unteren Teil des Gesichts – und dass ein amüsiertes Lächeln über ihre Lippen zuckte.

Dann trat sie das Gas durch und knatterte an ihnen vorbei, eine kleine Staubwolke hinter sich aufwirbelnd.

»Echt schöne Gegend hier, finde ich«, sagte Max, als er wieder einstieg. Jean fand, er hatte ein Glühen an sich.

»War da eben was?«, fragte er.

»Mit der Frau?« Max lachte auf, ein wenig zu laut und zu hoch. »Ach, kurz gesagt, ganz geradeaus, das ist schon so, also, jedenfalls sah sie unglaublich gut aus.« Max wirkte wie ein glücklicher Plüschhase, fand Jean. »Dreckig, verschwitzt, aber verdammt süß. Wie Schokolade aus dem Kühlschrank. Aber sonst, nein, sonst ... war nichts. Schöner Trecker. Wieso?« Max wirkte verwirrt.

»Nur so«, log Jean.

Einige Minuten später fanden sie Le Petit St Jean. Ein Bauernhaus aus dem frühen achtzehnten Jahrhundert, wie aus einem Bildband. Wassergrauer Stein, schmale, hohe Fenster, ein Garten wie gemalt, wild und blühend. Hier hatte Max einen der letzten freien Schlafplätze gefunden, als er in einem Internetcafé erst die Website Luberon-Web entdeckte und dann Madame Bonnet. In ihrem umgebauten Taubenschlag, einem *Pigeonnier,* hatte sie Platz, Frühstück inklusive.

Brigitte Bonnet – eine kleine, kurzhaarige Frau Anfang fünfzig – erwartete sie mit einem herzlichen Lächeln und einem Körbchen voll frisch gepflückter Aprikosen. Sie trug ein Männerunterhemd und hellgrüne Bermuda-Shorts, dazu einen Schlapphut. Madame Bonnet war so braungebrannt wie eine Nuss, ihre Augen strahlten wasserblau.

Ihre Aprikosen hatten einen zarten, süßen Flaum, und ihr umgebauter Taubenschlag entpuppte sich als vier mal vier Meter großes Refugium mit einem kleinen Waschzuber, einem schrankgroßen WC, einigen Haken als Garderobe und einem recht schmalen Bett.

»Wo ist denn das zweite Bett?«, fragte Jean.

»Oh, Messieurs, es gibt nur das eine – sind Sie denn kein Paar?«

»Ich schlaf draußen«, schlug Max rasch vor.

Der Taubenschlag war klein und wunderschön. Von seinem türhohen Fenster aus reichte der Ausblick bis zum gegenüberliegenden Plateau de Valensole. Das Gebäude war umgeben von einem riesigen Obst- und Lavendelgarten, einer mit Kies ausgelegten Terrasse und einer breiten Natursteinmauer, die wie die Überreste einer Burgmauer erschien. Neben dem Taubenschlag gurgelte ein kleiner, freundlicher Brunnen. Darin konnte man Wein kühlen und daneben auf der Mauer sitzen, die Füße baumeln lassen und über Obstbäume, Gemüsefelder und Reben so weit in das Tal hineinschauen, als gäbe es weder Straßen noch andere Gehöfte. Jemand hatte diesen Platz mit ausgeprägtem Sinn für Perspektive ausgesucht.

Max sprang auf die breite Mauer und sah, die Augen mit einer Hand vor der Sonne abschirmend, über die Ebene. Wenn man sich konzentrierte, hörte man einen Treckermotor und sah eine kleine Staubwolke, die sich in der Ferne stetig von links nach rechts und von rechts nach links bewegte.

Auch um die Terrasse des Taubenschlags waren Lavendelbüsche, Rosen und Obstbäume gepflanzt, zudem standen unter einem üppigen Sonnenschirm zwei Sessel mit gemütlichen hellen Kissen und ein Mosaiktisch.

Dorthin brachte Madame Bonnet den Männern zwei eiskalte Orangina in bauchigen Fläschchen und, als Willkommensgruß, einen gekühlten *bong veng,* wie sie den *bon vin* provenzalisch aussprach, einen hellgelb schimmernden Wein.

»Das ist ein hiesiger *bong veng,* ein Luc Basset«, plauderte die Bonnet, »das Gut ist aus dem siebzehnten Jahrhundert, es ist gleich auf der anderen Seite der D36. Von hier fünfzehn Minuten zu Fuß. Der *Manon XVII* hat es dieses Jahr zu einer Goldmedaille gebracht.«

»Ein bitte was? Ein Manon?«, fragte Perdu betroffen.

Max übernahm es geistesgegenwärtig, sich bei ihrer irritierten Wirtin überschwenglich zu bedanken.

Dann betrachtete er das Weinetikett, während sich Brigitte Bonnet durch die prächtigen Beete entfernte, hier und da herumzupfend. Über den Schriftzug »Manon« war die zarte Tuschezeichnung eines Gesichts gedruckt. Weich umrahmt von Locken, ein halbes Lächeln, der intensive Blick aus großen Augen auf den Betrachter gerichtet.

»Das ist deine Manon?«, fragte Max mit Bewunderung.

Erst nickte Jean. Dann schüttelte er den Kopf.

Nein, natürlich war sie es nicht. Schon gar nicht *seine* Manon.

Seine Manon war tot und schön und nur in Träumen lebendig.

Und jetzt schaute sie ihn ohne Vorwarnung an.

Er nahm Max die Flasche aus der Hand. Zart strich Jean mit dem Finger über die Zeichnung von Manons Gesicht. Ihr Haar. Ihre Wange. Ihr Kinn. Mund. Hals. Dort, überall, hatte er sie einst berührt, aber …

Und jetzt erst kam das Zittern.

Es begann in seinen Knien, setzte sich fort, überzog Bauch und Brust von innen mit einem Knistern und Beben, bevor es in seine Arme und Finger wanderte und sich in seinen Lippen und Augenlidern festsetzte.

Gleich würde sein Kreislauf nachgeben.

Seine Stimme klang flach, als er flüsterte: »Sie liebte das Geräusch, das Aprikosen machen, wenn sie frisch gepflückt werden. Man muss sie zart zwischen Daumen und zwei Finger nehmen, leicht drehen, und es macht ›knck‹. Ihre Katze hieß Miau. Miau schlief im Winter auf ihrem Kopf, wie ein Hut. Manons Vater hatte Manon die Zehen vererbt, sagte sie, Zehen mit Taille. Manon liebte ihren Vater sehr. Und sie liebte *Crêpes* mit *Banon*-Käse und Lavendelhonig. Und wenn sie schlief, Max, dann lachte sie manchmal im Traum. Sie war verheiratet mit Luc, während ich nur ihr Liebhaber war. Luc Basset, der *Vigneron*.«

Jean sah hoch. Mit zitternden Händen stellte er den Wein auf den Mosaiktisch.

Am liebsten hätte er ihn gegen die Mauer geworfen – wenn da nicht die irrationale Sorge gewesen wäre, Manons Gesicht zu zerschneiden.

Jean konnte es kaum aushalten. Er konnte *sich* kaum ertragen! Er befand sich an einem der schönsten Orte der Erde. Mit einem Freund, der ihm Sohn und Vertrauter geworden war. Er hatte Brücken hinter sich abgebrochen und war den Weg nach Süden gegangen, über Wasser und Tränen.

Nur um festzustellen, dass er immer noch nicht bereit war.

Im Kopf stand er doch immer noch im Flur seiner Wohnung, vor einer Bücherwand, die ihn einmauerte.

Hatte er erwartet, dass er nur hierherkommen musste und sich alles auf wundersame Weise auflöste? Dass er seine Qual auf den Flüssen zurücklassen konnte, seine ungeweinten Tränen eintauschen gegen die Absolution einer toten Frau? Dass er weit genug gegangen war, um Erlösung zu verdienen?

Ja, das hatte er.

Aber so einfach war es nicht.

So einfach ist es nie.

Mit einem zornigen Griff drehte er die Flasche rigoros um. Manon sollte ihn nicht mehr so ansehen.

Nein. So konnte er ihr nicht gegenübertreten. Nicht als dieser Nichtmensch, dessen Herz heimatlos umherlichterte, aus Angst, jemals wieder zu lieben und das Liebste zu verlieren.

Als Max seine Hand in Jeans schob, drückte er sie fest. Ganz fest.

ie seidige Luft des Südens strömte durch den
Wagen. Jean hatte alle Fenster des alters-
schwachen Renault 5 heruntergekurbelt. Gérard Bonnet, Brigittes Mann, hatte ihm das Auto geschenkt, den
Leihwagen waren sie in Apt losgeworden.

Die rechte Tür war blau, die linke rot, der Rest der Rap-
pelkiste bestand aus Beige-Rost. Mit diesem Wagen und
einer kleinen Reisetasche hatte sich Perdu auf den Weg
gemacht. Über Bonnieux war er nach Lourmarin und
von dort über Pertuis nach Aix gefahren. Und von dort
aus auf dem schnellsten Weg nach Süden und ans Meer.
Da unten, vor ihm, strotzte Marseille stolz in seiner
Bucht. Die große Stadt, in der sich Afrika, Europa und
Asien küssten und bekriegten. Als funkelnder, atmen-
der Organismus lag die Hafenstadt in der Sommerdäm-
merung, als er hinter den Vitrolles-Bergen die A7 hin-
unterkam.

Rechts die weißen Häuser der Stadt. Links das Blau von
Himmel und Wasser. Der Anblick war berauschend.
Das Meer.
Wie es funkelte.
»Hallo Meer«, flüsterte Jean Perdu. Der Anblick zog an
ihm. Als hätte das Wasser eine Harpunenangel ausge-
worfen, sein Herz durchbohrt und zöge ihn Stück für
Stück an kräftigen Seilen zu sich.
Das Wasser. Der Himmel. Weiße Kondensstreifen im
Blau oben, weiße Bugwellenspuren im Blau unten.
Oh, ja. In dieses entgrenzte Blau wollte er hinein. Die
Steilküste entlang. Und weiter, weiter, weiter. Bis er Ruhe

fand vor diesem Zittern, das ihn immer noch von innen quälte. War es der Abschied von Lulu? War es der Abschied von der Hoffnung, es schon geschafft zu haben?

Jean Perdu wollte so lange fahren, bis er sich sicher war. Er wollte einen Ort finden, wo er sich, wie ein verwundetes Tier, zurückziehen konnte.

Heilen. Ich muss heilen.

Das hatte er nicht gewusst, als er in Paris losgefahren war.

Bevor die Gedanken, was er noch alles nicht gewusst hatte, ihn überwältigten, schaltete er das Radio an.

»Und wenn Sie uns das Ereignis erzählen wollen, das Sie zu dem gemacht hat, der Sie sind – welches wäre das? Rufen Sie mich an, und erzählen Sie es mir und all unseren Zuhörern im Departement Var.«

Eine Telefonnummer wurde durchgegeben, dann spielte die Sprecherin mit der freundlichen Mousse-au-chocolat-Stimme Radiomusik ein. Ein langsames Stück. Rollend wie Wogen. Eine E-Gitarre tupfte hier und da melancholische Seufzer hinein, die Trommeln murmelten wie die Brandung.

»Albatross« von Fleetwood Mac.

Ein Lied, bei dem Jean Perdu an Möwenflug im Sonnenuntergang denken musste, an einen Strand fern dieser Welt, an dem Treibholzfeuer flackerten.

Während Jean in der Sommerwärme über Marseilles Stadtautobahn fuhr und sich fragte, welches sein Ereignis gewesen sein mochte, erzählte im Radio »Margot aus Aubagne« von dem Augenblick, in dem sie begann, sie selbst zu werden.

»Es war die Geburt meines ersten Kindes, meiner Tochter, sie heißt Fleur. Sechsunddreißig Stunden Wehen.

Aber dass Schmerz solch ein Glück hervorbringt, solch einen Frieden ... ich war danach wie erlöst. Alles hatte auf einmal einen Sinn, und ich hatte keine Angst mehr zu sterben. Ich hatte Leben geschenkt, und der Schmerz war der Weg zum Glück.«

Für einen Moment konnte Jean diese Margot aus Aubagne verstehen. Aber er blieb ein Mann. Wie es war, für neun Monate zu zweit im eigenen Körper zu sein, das blieb ihm verborgen. Er würde nie nachfühlen können, wie ein Teil vom Ich für immer in ein Kind überging und verschwand.

Jetzt fuhr er in Marseilles langen Tunnel ein, der unter den Kathedralen hindurchführte. Trotzdem hatte er noch Radioempfang.

Als Nächstes meldete sich ein Gil aus Marseille. Er besaß die harte, kantige Aussprache der Arbeiter.

»Ich wurde ich, als mein Sohn starb«, sagte er stockend, »weil die Trauer mir gezeigt hat, was wichtig ist. Trauer ist so: Sie begleitet uns am Anfang ständig. Man wird von ihr geweckt. Sie geht den ganzen Tag mit dir, überall hin. Sie geht mit dir in den Abend, sie lässt dich im Schlaf nicht in Ruhe. Sie würgt und schüttelt dich. Aber sie macht auch ganz warm. Irgendwann geht sie auch mal fort, aber nie für immer. Sie schaut immer mal wieder herein. Und dann, am Ende ... da wusste ich auf einmal, was wichtig ist im Leben. Die Trauer hat es mir verraten. Die Liebe ist wichtig. Das Essen. Und den Rücken gerade zu machen und nicht ja zu sagen, wenn man nein sagen muss.«

Wieder folgte Musik. Jean ließ Marseille hinter sich.

Hatte ich gedacht, dass ich der einzige Mensch bin, der trauert? Den es aus der Bahn wirft? Ach, Manon. Mir fehlte jemand, mit dem ich über dich reden konnte.

Ihm fiel dieser eigentlich banale Auslöser ein, warum er in Paris die Leinen gekappt hatte. Hesses *Stufen* als Bücherstütze. Dieses zutiefst intime, menschenverstehende Gedicht … als Marketingobjekt.

Er begriff vage, dass auch er keine Stufe auslassen konnte.

Aber welche hatte er betreten? War er noch am Ende? War er schon am Anfang? Oder fiel er, verlor den Tritt?

Er schaltete das Radio aus. Bald sah er die Ausfahrt nach Cassis und fädelte sich ein.

Er verließ die Autobahn, noch ganz in Gedanken, und wenig später hatte er Cassis erreicht und schlängelte sich dröhnend durch die steilen Straßen. Viele Feriengäste, Plastikbadetiere, Diamantohrringe zum Dinnerkleid. An einem teuer aussehenden Strandrestaurant lud ein großes Plakat zum »Bali-Büfett«.

Hier gehöre ich nicht hin.

Perdu dachte an Eric Lanson, den Therapeuten aus dem Regierungsviertel von Paris, der so gern Fantasy-Literatur las und versucht hatte, ihm mit einer literarischen Psychoanalyse eine Freude zu machen. Mit Lanson hätte er doch sprechen können, über diese Trauer, diese Angst! Der Therapeut hatte Jean einmal eine Karte aus Bali geschrieben. Dort war der Tod der Höhepunkt des Lebens. Er wurde gefeiert, mit Tanz, Glockenschalenkonzerten und Meerestierbüfett. Jean musste daran denken, was Max zu so einem Fest sagen würde. Sicher etwas Despektierliches. Etwas Fröhliches.

Max hatte Jean zum Abschied zwei Dinge mitgeteilt. Zum einen, dass man die Toten ansehen, verbrennen und ihre Asche begraben muss – und danach beginnen, ihre Geschichte zu erzählen.

»Wer über die Toten schweigt, dem lassen sie keine Ruhe.«

Zum anderen, dass er die Gegend um Bonnieux *wirklich* schön fände und im Taubenschlag bleiben und schreiben würde.

Jean Perdu ahnte, dass da auch ein gewisser roter Weinbergtraktor eine Rolle spielte.

Aber wie war das? Man muss die Geschichte der Toten erzählen?

Perdu räusperte sich und sagte laut in die Einsamkeit des Wagens hinein: »Sie sprach, wie die Natur ist. Manon zeigte ihre Gefühle, immer. Sie liebte Tango. Sie soff das Leben wie Champagner und begegnete ihm genauso: Sie wusste immer, dass das Leben etwas Besonderes ist.«

Er spürte tiefen Kummer in sich aufsteigen.

Er hatte in den letzten zwei Wochen mehr geweint als in zwanzig Jahren zuvor. Aber die Tränen waren alle für Manon, jede einzelne, und er schämte sich nicht mehr.

Rasch hatte Perdu die steilen Straßen von Cassis durchquert. Er ließ die Cap Canaille und ihre spektakulären roten Kliffs rechts liegen und fuhr über Anhöhen und durch Pinienwälder weiter, der alten, gewundenen Küstenstraße folgend, die Marseille mit Cannes verband. Dörfer gingen ineinander über, Häuserreihen wuchsen über Stadtgrenzen zusammen, Palmen und Pinien, Blumen und Felsen wechselten sich ab. La Ciotat. Le Liouquet. Und dann Les Lecques.

Als er einen Parkplatz an einem Strandzugang entdeckte, scherte Jean spontan aus dem ruhigen Fluss der Wagenkolonne aus. Er hatte Hunger.

Das Kleinstädtchen aus verwitterten alten Villen und neuen, pragmatischen Hotelanlagen war am breiten Ufersaum bevölkert mit Familien. Sie schlenderten am Strand und der Promenade entlang, aßen in den Restaurants und Bistros, die ihre Fensterfronten zur Wasserseite hin weit geöffnet hatten.

In der Brandung spielten einige tiefgebräunte Jungs Frisbee, und draußen, hinter der Kette gelber Markierungsbojen und dem Leuchtturm, wippte ein Rudel weißer Ein-Mann-Schulsegelboote auf und ab.

Jean fand einen Platz am Tresen des Strandbistros L'équateur, zwei Meter vom Sand entfernt, zehn Meter von der sanften Brandung. Blaue, große Sonnenschirme bewegten sich im Wind über blanken Tischen, dicht gestellt, wie überall in der Provence zur Ferienzeit, wenn die Gäste gestapelt wurden wie die eingelegten Sardinen. Am Tresen besaß Perdu einen Logenplatz.

Während er aus einem hohen, schwarzen Topf dampfend heiße Miesmuscheln mit reichlich Kräutersahnesud aß, dazu Wasser trank und ein Glas herben weißen *Bandol*-Wein, ließ er das Meer nicht aus den Augen.

Es war hellblau im späten Sonnenlicht. Zum Sonnenuntergang entschied es sich für dunkles Türkis. Der Sand färbte sich von hellblond zu dunklem Flachs und dann schieferfarben. Die Frauen, die vorübergingen, wurden aufgeregter, die Röcke kürzer, das Lachen vorfreudiger.

An der Hafenmole war eine Freiluftdisco aufgebaut, dorthin strebten die Dreier- und Vierergruppen in dünnen Kleidchen oder kurzen Jeans und Shirts, die ihnen über die gebräunten, glänzenden Schultern rutschten.

Perdu sah den jungen Frauen und Männern nach. Er erkannte in ihrer Art, schnell und leicht vorgebeugt zu gehen, die unbändige Lust der Jugend, etwas zu erleben. Schneller dort zu sein, wo es Abenteuer zu geben versprach. Erotische Abenteuer! Lachen, Freiheit, Tanz in den Morgen, barfuß im kühlen Strandsand, Hitze im Schoß. Und Küsse, die für immer unvergessen blieben.

Saint-Cyr und Les Lecques verwandelten sich bei Sonnenuntergang in eine freundliche Partymeile.

Sommerleben im Süden. Das waren die nachgeholten Stunden vom heißen Nachmittag, in denen das Blut so müde und dick in den Adern stockte.

Die mit Häusern und Pinien überwucherte steile Landspitze zu Jeans Linker leuchtete in Rostgold, der Horizont zeichnete sich orangeblau ab, das Meer wogte süß und salzig.

Als er den Muscheltopf fast leer gegessen hatte und nur noch in einem Rest nach Kräutern schmeckender, vom Meerwasser getränkter Sahne und blauschwarz schimmernder Muschelschalenkrümel herumkratzte, waren Meer, Himmel und Land für Minuten in ein und dasselbe Blau getaucht. Ein Graublau, das die Luft, seinen Wein und die weißen Wände und Promenaden kühl färbte und alle Menschen für Minuten wie sprechende, steinerne Skulpturen wirken ließ.

Ein blonder Surfertyp räumte Perdus Topf und Schalenteller fort und reichte ihm routiniert warmes Handwaschwasser.

»Möchtest du noch ein Dessert?« Das hörte sich freundlich an, aber auch schon nach: »Wenn nicht, geh bitte, wir können den Platz noch zweimal besetzen.«

Er hatte sich trotzdem wohl gefühlt. Er hatte das Meer gegessen und mit den Augen getrunken. Danach hatte er sich gesehnt, und ein wenig hatte das Zittern in ihm nachgelassen.

Perdu ließ den Rest Wein stehen, warf einen Schein auf den Rechnungsteller und ging zu seinem buntgescheckten Renault 5. Mit sahnigem Salz auf den Lippen folgte er wieder der Küstenstraße.

Als er das Meer nicht mehr sehen konnte, bog er trotzig bei der nächsten Querstraße nach rechts und von der Route Nationale ab. Zwischen Pinien, Zypressen, Windflüchterkiefern und Häusern, Hotels und Villen sah er es bald erneut im hellen Mondlicht aufscheinen. Er fuhr über leere Sträßchen durch eine wunderschöne Wohnsiedlung. Prächtige farbige Villen. Er wusste zwar nicht, wo er war, aber er wusste, dass er hier gern am nächsten Morgen aufwachen und im Meer schwimmen wollte. Es wurde Zeit, nach einer Pension Ausschau zu halten oder nach einem Strandabschnitt, wo er ein Feuer machen konnte, um unter den Sternen zu schlafen.

Gerade als Perdu den Boulevard Frédéric Mistral hinabrollte, begann der Renault, ein pfeifendes »Wuiiiih« von sich zu geben. Es mündete in einen zischenden Knall und ein hustendes Versagen des Motors. Mit dem letzten Schwung der Hangabfahrt lenkte Perdu den Wagen an die Straßenseite.

Dort atmete der Renault ein letztes Mal aus. Es gab nicht einmal mehr ein elektronisches Klicken, als Jean den Zündschlüssel drehte. Der Wagen wollte offenbar ebenfalls hierbleiben.

Monsieur Perdu stieg aus und sah sich um.

Unter sich entdeckte er eine kleine Badebucht, darüber Villen und Appartementhäuser, die sich einen halben Kilometer weiter zu einem Zentrum zu verdichten schienen. Darüber waberte freundliches orangeblaues Licht. Er nahm seine kleine Tasche aus dem Wagen und marschierte los.

Eine erlösende Ruhe lag in der Luft. Keine Freiluft-disco. Keine Wagenkolonne. Ja, selbst das Meer wogte hier leiser.

Als er nach zehn Minuten Fußweg entlang alter, kleiner Villen mit blühenden Gärten den seltsamen viereckigen Wachturm erreichte, um den man vor über hundert Jahren ringsum ein Hotel gebaut hatte, ahnte er, wo er gelandet war.

Ausgerechnet! Und doch so logisch.

Ehrfurchtsvoll trat er an den Quai. Er schloss die Augen, um den Geruch aufzunehmen. Salz. Weite. Frische.

Er öffnete die Augen wieder. Der alte Fischerhafen. Dutzende farbige, sich auf dem blauen Seidenwasser wiegende Schiffchen. Weiter hinten strahlend weiße Jachten. Die Häuser – keines höher als vier Stockwerke und mit pastellfarbenen Fassaden.

Dieses schöne alte Seefahrerdorf, am Tag in einem Licht, das die Farben aufblühen ließ, bei Nacht unter reichem Sternenhimmel und am Abend im sanft rosa-farbenen Schein der altmodischen Laternen. Dort der Markt mit seinen gelben und roten Standmarkisen unter üppigen Platanen. Dazwischen Menschen, beruhigt von Sonne und Meer, verträumt vor sich hin schauend, hingegossen an einen der zahllosen Tische und Stühle der alten Bars und neuen Cafés.

Ein Ort, der schon viele Flüchtende gekannt und beschützt hatte.

Sanary-sur-Mer.

37

*A*n: Catherine (Nachname vom berühmten Le P.-Sie-wissen-schon), Rue Montagnard No. 27, 75 011 Paris

Sanary-sur-Mer, im August

Ferne Catherine.

Das Meer hat bisher siebenundzwanzig Farben gezeigt. Heute dieser Mix aus Blau und Grün. Petrol nennen es die Frauen in den Boutiquen, die wissen Bescheid, ich nenne es »nasses Türkis«.

Das Meer, Catherine, kann rufen. Es kann kratzen, Katzenhiebe. Es kann sich bei dir einschmeicheln und dich streicheln, es kann der glatteste Spiegel sein, und dann wieder tobt es und lockt die Surfer in die groben, lauten Wellen. Es ist jeden Tag anders, und die Möwen schreien an Sturmtagen wie kleine Kinder und an sonnigen wie die Verkünder der Herrlichkeit: »Schön! Schön! Schön!« Man könnte sterben an Sanarys Schönheit und es nicht merken.

Meine Junggesellentage in dem *belle bleue,* meinem blauen Zimmer bei André in seiner Pension Beau Séjours waren schon bald nach dem vierzehnten Juli vorbei. Ich muss nicht mehr meinen Bettbezug mit Kleidung vollstopfen und mit Schwiegersohnblick zu Madame Pauline gehen oder in den Waschsalon hinten bei dem Einkaufszentrum in Six fours les plages. Ich habe jetzt eine Waschmaschine. In der Buchhandlung war Zahltag, MM – Madame Minou Monfrère, die Besitzerin und erste Buchhändlerin vor Ort – ist mit mir zufrieden. Ich störe nicht, sagt sie. Nun ja. Die erste Chefin meines Lebens hat mir die Kinderbücher zugeteilt, die Lexika, die Klassiker, und mich gebeten, die Abteilung der deutschen Exil-Schriftsteller aufzuforsten. Ich tue alles, wie sie es will, und auf merkwürdige Art tut es mir gut, mich selbst nicht vor den Karren spannen zu müssen.

Ich habe auch ein Haus gefunden, für die Waschmaschine und für mich.

Es steht auf einem Hügel oberhalb des Hafens, hinter der Kapelle Notre Dame de Pitié, aber vor Portissol, der winzigen Badebucht, wo die Feriengäste Handtuch an Handtuch liegen. Es gibt Altbauwohnungen in Paris, die sind größer als das Haus. Aber nicht so schön.

Es hat eine Farbe, die zwischen Flamingorot und Chinacurrygelb changiert. Von einem der Schlafzimmer aus sieht man auf eine Palme, eine Pinie, reichlich Blumen und die Rückseite der kleinen Kapelle, dann, über Hibiskus hinweg, auf das Meer. Eine Farbkombination, wie sie Gauguin geliebt hätte. Pink und Petrol. Rosa und nass gewordenes Türkis. Ich habe das sichere Gefühl, ich lerne hier erst zu sehen, Catherine.

Anstatt Miete zu zahlen, renoviere ich, seitdem ich einzog, das Flamingo-Curry-Haus, es gehört ebenfalls André und seiner Frau Pauline. Sie selbst haben keine Zeit und keine Kinder, die sie scheuchen können. Im Sommer ist ihre Pension mit neun Zimmern, das Beau Séjours, ausgebucht.

Ich vermisse es, das »Blaue Zimmer«, die No. 3 im ersten Stock, und Andrés rasselnde Stimme, sein Frühstück, seinen stillen Hinterhof, der ein Dach aus grünen Blättern hat. André hat etwas von meinem Vater. Er kocht für die Pensionsgäste, Pauline legt *Solitaire* oder auf Wunsch mancher Damen auch *Tarot* und kümmert sich um die Stimmung. Ich sehe sie meist rauchend und schnalzend Karten auf dem Plastiktisch auslegen. Sie hat es mir auch angeboten. Soll ich es annehmen?

Ihre Putzfrauen – Aimée, blond, dick, sehr laut, sehr lustig, und Sülüm, winzig, dünn, hart, eine verschrumpelte Olive, lacht ton- und zahnlos – tragen ihre Waschwassereimer am Henkel über dem Arm, wie Pariserinnen ihre Vuitton- und Chanel-Taschen. Ich sehe Aimée oft in der Kirche, in der am Hafen. Sie singt und hat dabei Tränen in den Augen. Die Gottesdienste sind hier Menschendienste. Die Messdiener sind jung, tragen weiße Nachthemden und lächeln sehr warmherzig. Von der üblichen Verlogenheit vieler Touristenorte im Süden ist in Sanary wenig zu merken.

Genauso muss man singen. Glücklich weinend. Ich habe begonnen, wieder unter der Dusche zu singen, während ich gefühlt von Strahl zu Strahl der maroden Brause hüpfe. Manchmal aber bin ich noch wie eingenäht in mir. Als ob ich in einem unsichtbaren Kasten wohnte, der mich einsperrt und alle anderen aus. Dann kommt mir sogar meine Stimme überflüssig vor.

Ich baue über der Terrasse ein Schattendach, denn so zuverlässig die Sonne hier ist – sie ist auch wie der riesige Salon eines Adelshauses: Du fühlst dich durchwärmt und geborgen, luxuriös mit Glanz und Weichheit umfangen, aber auch erdrückt, bedroht, erstickt, wenn die Hitze zu lang andauert. Zwischen vierzehn und sieb-

zehn, manchmal bis neunzehn Uhr geht kein Sanaria-
ner aus einem Schatten heraus. Lieber verkriecht er sich
am kühlsten Ort seines Hauses, legt sich nackt auf kalte
Kacheln im Keller und wartet ab, dass die Schönheit
und der Backofen draußen endlich Gnade walten lassen. Ich lege mir feuchte Handtücher um den Kopf und
auf den Rücken.

Von der Küchenterrasse, die ich baue, siehst du zwischen Schiffsmasten die bunten Fassaden am Hafen,
aber vor allem die glänzend weißen Jachten und am
Ende der Mole den Leuchtturm, wo die Feuerwehr am
vierzehnten Juli ihre Pyrotechniker in den Himmel böl-
lern ließ. Du siehst die gegenüberliegenden geschwungenen Hügel und Berge, dahinter kommen Toulon und
Hyères. Lauter weiße Häuschen über die felsnasigen
Hügel gestreut. Nur wenn du dich auf die Zehen stellst,
siehst du den viereckigen Wachturm des alten Saint-
Nazaire. Um den herum ist das Hôtel de la Tour gebaut,
ein glatter Klotz, in dem einige der deutschen Schriftsteller ihr Exil in den bösen Kriegsjahren überlebt haben.

Die Manns, Feuchtwangers, Brecht. Die Bondys, der
Toller. Der eine Zweig und der andere auch, die Wolff,
die Seghers und die Massary. Wunderbarer Name für
eine Frau: Fritzi.

(Ich halte Vorträge, verzeih mir, Catherine! Papier ist
geduldig. Ein Autor ist es nie.)

Als ich Ende Juli neben dem alten Hafen am Quai
Wilson endlich nicht mehr wie ein unangenehmer Anfänger *Pétanque* spielte, kam ein kleiner runder Neapolitaner um die Ecke, einen Panamahut auf dem Kopf,
der Schnurrbart zitternd wie der einer zufriedenen

Katze, und an einer seiner Pranken ein Weib, dem man das freundliche Herz schon am Gesicht ansieht: Cuneo und Samy! Die beiden blieben eine Woche, das Schiff stand so lange unter der Aufsicht der Stadt Cuisery, da passte es hin. Lulu, die Büchermanische, unter ihresgleichen.

Woher, warum, weshalb, großes Hallo.

»Wieso, bitte sehr, machst du nie dein Handy an, Papieresel?«, brüllte Samy. Tja, sie wussten sich trotzdem zu helfen. Über Max und dann Madame Rosalette, natürlich. Großzügig wie immer, mit ihren Spionagetätigkeiten. Hatte wohl ganz genau die Stempel der Briefe studiert, die ich an dich schreibe, und mich seit Wochen in Sanary verortet. Was würde die Welt der Freunde und der Liebenden nur ohne die Concierges dieser Welt machen? Wer weiß, vielleicht haben wir alle unsere Aufgaben im Großen Buch *La Vie*. Die einen lieben besonders gut, die anderen passen besonders gut auf Liebende auf.

Ich weiß natürlich, warum ich das Telefon vergessen habe.

Weil ich zu lange in einer Welt aus Papier wohnte. Ich lerne »das hier« ja gerade erst kennen.

Cuneo half mir vier Tage beim Mauern und versuchte, mir beizubringen, Kochen wie Liebemachen zu betrachten. Außerordentliche Lehrstunden und Lektionen, die auf dem Markt begannen, wo Tomaten, Bohnen, Melonen, Obst, Knoblauch, drei Sorten Radieschen, Himbeeren, Kartoffeln, Zwiebeln in Kisten die Verkäuferinnen bis über ihre Köpfe umringen. In der Eisbude hinter dem Kinderkarussell aßen wir salziges Karamelleis. Zart salzig, angebrannt süß, sahnig und kalt. Ich habe niemals ein perfekteres Eis gegessen, und ich esse es inzwischen jeden Tag (und manchmal auch nachts).

Cuneo lehrte mich, mit meinen Händen zu sehen. Er zeigte mir, wie ich erkenne, wie was behandelt werden will. Er lehrte mich zu riechen und wie mir der Geruch verrät, was zusammenpasst und was ich daraus kochen kann. Er stellte eine Tasse Kaffeemehl in meinen Kühlschrank, das sammelt alle Gerüche ein, die dort nicht hingehören. Wir schmorten, kochten, brieten, grillten Fisch.

Wenn du mich noch einmal fragst, ob ich für dich koche, werde ich dich verführen mit all dem, was ich gelernt habe.

Samy hat mir eine letzte ihrer Weisheiten geschenkt. Meine kleine, große Freundin. Sie hat ausnahmsweise nicht gebrüllt – sie brüllt sonst am liebsten –, sondern hat mich umarmt, als ich dasaß und auf das Meer starrte und Farben zählte. Ganz leise hat sie mir zugeflüstert: »Weißt du, dass es zwischen Ende und Neuanfang eine Zwischenwelt gibt? Es ist die verwundete Zeit, Jean Perdu. Sie ist ein Moor, und darin sammeln sich Träume und Sorgen und vergessene Absichten. Deine Schritte werden schwerer in dieser Zeit. Unterschätze diesen Übergang nicht, Jeanno, zwischen Abschied und Neubeginn. Lass dir deine Zeit. Manchmal sind solche Schwellen breiter, als man in einem Schritt gehen kann.«

Über das, was Samy die verwundete Zeit, die Zwischenwelt genannt hat, denke ich seither häufig nach. Die Schwelle, die es gilt, zwischen einem Abschied und einem Neuanfang hinter sich zu bringen. Ich frage mich, ob meine Schwelle jetzt erst beginnt … oder ob sie schon zwanzig Jahre dauert.

Kennst du diese verwundete Zeit auch? Ist Liebeskummer wie Todestrauer? Sind das Fragen, die ich dir stellen darf?

Sanary ist vermutlich einer der wenigen Orte in unserem Land, wo die Einheimischen lächeln, wenn ich ihnen einen deutschen Autor empfehle. Sie sind auf eine gewisse Art stolz, dass sie der ersten Garde der deutschen Schriftstellerinnen und Schriftsteller während der Diktatur eine Fluchtheimat gaben. Aber es sind zu wenige Häuser von den Exilanten erhalten, sechs oder sieben, das Mann-Haus wurde nachgebaut. In den Buchhandlungen führt man ihre Werke selten, dabei waren es Dutzende, die hierherflüchteten. Ich baue die Abteilung aus, MM lässt mir freie Hand.

Sie hat mich auch an die Herrschaften der Stadt empfohlen, stell dir vor. Der Bürgermeister, ein großer, silber-kurzhaariger »Dressman«, liebte es, am vierzehnten Juli die Parade der Feuerwehrautos anzuführen. Sie zeigten dabei alles, was sie haben, Catherine. Laster, Tanks, Jeeps, sogar ein Rad und Boote auf Anhängern waren dabei. Grandios, und erst der Nachwuchs, der hinterhermarschierte: stolz und gelassen. Die Bibliothek des Bürgermeisters dagegen ist ein miserabler Medizinschrank. Sonore Namen wie Camus, Baudelaire, Balzac, alles in Leder, damit sich die Besucher wohl denken: »Oh! Montesquieu! Und den Proust, na, wie langweilig.«

Ich schlage dem Herrn Bürgermeister vor, das zu lesen, was er will, anstatt das, was angeblich Eindruck macht, und seine Bibliothek weder nach den Farben der Schutzumschläge noch nach Alphabet oder nach Genre zu gliedern. Sondern in Bündeln. Alles über Italien in eine Ecke: Kochbücher, Leon-Krimis, Romane, Bildbände, Sachbücher über da Vinci, religiöse Traktate von Assisi, was auch immer. Alles über das Meer in eine andere, von Hemingway bis Haifischsorten, Fischgedichte und Fischgerichte.

Er hält mich für schlauer, als ich in Wahrheit bin.

In der Buchhandlung von MM gibt es einen Platz, den ich sehr liebe. Direkt bei den Lexika, ein ruhiger Ort, nur ab und an schauen kleine Mädchen vorbei und schlagen heimlich was nach, weil ihre Eltern sie abgewimmelt haben: »Dafür bist du noch zu klein, das erkläre ich dir, wenn du groß bist.« Ich persönlich glaube, es gibt keine Frage, die zu groß ist. Man muss nur seine Antworten anpassen.

Ich sitze in dieser Ecke auf der Trittleiter, mache ein intelligentes Gesicht und atme ein und aus. Sonst nichts.

Dort im Versteck sehe ich, gespiegelt in der offenen Glastür, den Himmel und in der Ferne ein Stückchen Meer. Ich sehe alles schöner, weicher, obgleich es hier fast unmöglich ist, es noch schöner zu finden. Inmitten der weißen Kastenstädte an der Küste, zwischen Marseille und Toulon, ist Sanary das letzte Fleckchen, in dem man auch lebt, wenn keine Urlauber da sind. Natürlich richtet sich alles nach ihnen, von Juni bis August, und du bekommst abends keinen Platz zum Essen, wenn du nicht reserviert hast. Aber wenn die Gäste fort sind, hinterlassen sie nicht zugige, leere Häuser und vereinsamte Supermarktparkplätze. Hier wird immer gelebt. Die Gassen sind eng, die Häuser farbig und klein. Die Bewohner halten zusammen, und die Fischer verkaufen im Morgengrauen von ihren Booten aus riesige Fische. Es ist ein Städtchen, das im Luberon liegen könnte, dörflich, eigen, stolz. Aber der Luberon ist ja schon das einundzwanzigste Arrondissement von Paris. Sanary ist Sehnsuchtsort.

Ich spiele nun auch jede Nacht *Pétanque,* nicht im *Boulodrom,* sondern am Quai Wilson. Sie lassen Scheinwerfer bis eine Stunde vor Mitternacht brennen. Dort spielen die ruhigen Männer (manche würden sagen: die alten), und es wird nicht viel geredet.

Das ist der schönste Ort in Sanary. Du siehst das Meer, die Stadt, die Lichter, die Kugeln, die Boote. Du bist mittendrin, aber es herrscht Ruhe. Kein Applaus, nur manchmal ein leises »Aaah!«, klickende Kugeln, und wenn der *Tireur,* der zugleich mein neuer Zahnarzt ist, trifft, ein »Peng!«. Mein Vater würde es lieben.

Ich male mir in letzter Zeit oft aus, wie ich mit meinem Vater spielen würde. Und reden. Lachen. Oh, Catherine, es gibt noch so viel, was wir zu bereden und zu belachen hätten.

Wo sind nur die letzten zwanzig Jahre geblieben?

Der Süden ist blaubunt, Catherine.

Deine Farbe fehlt hier. Sie würde alles zum Strahlen bringen.

Jean.

38

Perdu schwamm jeden Morgen, bevor die Hitze kam, und jeden Abend kurz vor Sonnenuntergang. Er hatte herausgefunden, dass das für ihn der einzige Weg war, die Trauer aus sich hinauszuspülen. Sie Stück für Stück davonfließen zu lassen.

Er hatte es mit Beten in der Kirche versucht, natürlich. Mit Singen. Er war durch das bergige Hinterland von Sanary gewandert. Er hatte Manons Geschichte erzählt, laut vor sich hin, in der Küche, auf seinen Wanderungen im Morgengrauen, er hatte ihren Namen den Möwen und Bussarden zugerufen. Aber das half nur manchmal.

Verwundete Zeit.

Die Trauer kam oft beim Einschlafen und griff nach ihm. Gerade dann, wenn er entspannt war, hinüberdriftete – dann kam sie. Er lag dort im Dunkeln und weinte bitterlich, und die Welt war in dem Moment so klein wie das Zimmer, einsam und bar aller Heimat. In diesen Augenblicken fürchtete er, nie wieder lächeln zu können und dass ein solcher Schmerz doch gar nicht aufhören konnte.

Er hatte in diesen düsteren Stunden tausend verschiedene »Was ist, wenn …« im Herzen und im Kopf. Dass sein Vater sterben könnte, während er *Boule* spielte. Dass seine Mutter begann, laut mit dem Fernseher zu sprechen und vor Kummer zu verwelken. Er hatte Angst, dass Catherine seine Briefe ihren Freundinnen vorlas und sie gemeinsam darüber lachten. Er hatte Angst, dass er immer wieder um jemanden trauern musste, der ihm lieb war, so lieb.

Wie sollte er das nur aushalten, für den Rest eines Lebens? Wie hielt irgendjemand das nur aus?

Er wünschte, er hätte sich selbst irgendwo stehenlassen können wie einen Besen.

Erst das Meer war seinem Kummer gewachsen.

Perdu ließ sich nach einem kräftigen Training vom Wasser tragen, rücklings, die Füße gen Strand. Dort, auf den Wellen, mit gespreizten Fingern, durch die das Wasser strömte, zog er jede Stunde, die er mit Manon verbracht hatte, aus den Tiefen seiner Erinnerung hervor. Er betrachtete sie, so lange, bis er kein Bedauern mehr spürte, dass sie vorbei war. Dann gab er sie frei.

So ließ sich Jean von den Wellen wiegen, hochheben und weiterreichen. Und er begann, langsam, unendlich langsam, zu vertrauen. Nicht dem Meer, keineswegs, den Fehler sollte niemand begehen! Jean Perdu vertraute wieder sich selbst.

Er würde nicht zerbrechen. Er würde nicht ertrinken an Gefühlen.

Und nach jedem Mal, dem er sich dem Meer überantwortet hatte, verlor er ein Körnchen seiner Angst.

Das war seine Art zu beten.

Den ganzen Juli, den halben August.

An einem Morgen war das Meer sanft und ruhig. Jean schwamm weiter raus als je zuvor. Dort draußen, weit ab vom Ufer, gab er sich diesem süßen Gefühl hin, nach dem Kraulen und Tauchen nun ausruhen zu dürfen. Es war warmer Friede in ihm.

Vielleicht schlief er ein. Vielleicht träumte er halbwach. Das Wasser wich zurück, während er sank, und so wurde das Meer zu warmer Luft und zu weichem Gras. Es duftete nach frischer, seidiger Brise, nach Kirschen und

Mai. Spatzen hüpften auf die Armlehnen des Liege-
stuhls.

Da saß sie ja.

Manon. Sie lächelte Jean zärtlich entgegen.

»Aber was machst du denn hier?«

Statt einer Antwort ging Jean auf sie zu, sank in die
Knie und umarmte sie. Legte den Kopf an ihre Schulter,
als wolle er sich in ihr verkriechen.

Manon zauste ihm das Haar. Sie war nicht gealtert, um
keinen einzigen Tag. Sie war so jung und strahlend wie
die Manon, die er an einem Augustabend vor einundzwanzig Jahren zuletzt gesehen hatte. Sie roch warm
und lebendig.

»Es tut mir leid, dass ich dich im Stich gelassen habe.
Ich war sehr dumm.«

»Aber natürlich, Jean«, flüsterte sie sanft.

Etwas veränderte sich. Es war, als könne er mit Manons
Augen auf sich selbst schauen. Als ob er über sich
schwebte, durch alle Zeiten, durch sein ganzes verque-
res Leben. Er zählte zwei, drei, fünf Ausgaben seiner
selbst … alle in verschiedenen Altersstadien.

Da, wie beschämend! Ein Perdu, über das Landschafts-
puzzle gebeugt, das er, kaum war es fertig, zerstörte und
dann abermals zusammensetzte.

Der nächste Perdu, allein in seiner frugalen Küche, die
öde Wand anstarrend, eine nackte Funzel über sich.
Vormals eingeschweißten Käse kauend, mit Brot aus
der Plastiktüte. Weil er sich versagte zu essen, was er
gern mochte. Aus Angst, irgendetwas könne eine Re-
gung hervorrufen.

Der nächste Perdu, wie er Frauen ignorierte. Ihr Lächeln. Ihre Fragen: »Und, was haben Sie am Abend

noch vor?« Oder: »Rufen Sie mich mal an?« Ihre Warmherzigkeit, wenn sie spürten, mit diesen Antennen, die nur Frauen für solche Dinge haben, dass da ein großes trauriges Loch in ihm war. Aber auch ihre Zickigkeit, ihr Unverständnis, dass er Sex und Liebe nicht trennen mochte.

Und wieder veränderte sich etwas.

Nun meinte Jean zu spüren, wie er sich als Baum genussvoll in den Himmel streckte. Er meinte, sich gleichzeitig im taumelnden Flug eines Schmetterlings zu befinden und im Steilflug eines Bussards an einer Bergspitze entlang. Er spürte, wie der Wind durch seine Federn am Bauch drang – er flog! Er tauchte durch das Meer, kraftvoll, er konnte unter Wasser atmen.

Eine nie gekannte, pralle, satte Kraft pulsierte durch ihn. Er verstand endlich, was mit ihm passierte …

Als er erwachte, hatten ihn die Wellen fast schon zurück an Land getragen.

Aus einem unerfindlichen Grund war er an diesem Morgen nach dem Schwimmen, nach dem Tagtraum, jedoch nicht traurig.

Sondern wütend.

Zornig!

Ja, er hatte sie gesehen, ja, sie hatte ihm vorgeführt, was für ein übles Leben er sich ausgesucht hatte. Wie peinlich sie war, diese Einsamkeit, in der er verharrt hatte, weil er nicht mutig genug gewesen war, ein zweites Mal zu vertrauen. Völlig zu vertrauen, weil in der Liebe nichts anderes möglich ist.

Er war zorniger als in Bonnieux, als ihn Manons Gesicht von der Flasche aus angestarrt hatte. Wütender als je zuvor.

»Ach, *merde!*«, rief er der Brandung zu. »Du blöde, blöde, blöde Kuh, was stirbst du denn auch auf einmal mitten im Leben!«

Hinten, am asphaltierten Strandweg, sahen zwei Joggerinnen erstaunt zu ihm herüber. Er schämte sich, aber nur sehr kurz.

»Was ist?«, blaffte er sie an.

Er war so randvoll mit gleißender, brüllender Wut.

»Warum hast du nicht einfach angerufen wie normale Leute? Was sollte das, mir nicht zu sagen, dass du krank bist? Wie konntest du nur, Manon, wie konntest du einfach so all die Nächte neben mir schlafen und *nichts sagen!* Scheiße, du blöde … du … oh, Gott!«

Er wusste nicht, wohin mit seinem Zorn. Er wollte auf etwas einschlagen. Er kniete sich hin und schlug in den Sand, schaufelte ihn mit beiden Händen hinter sich. Er schaufelte. Und wütete. Und schaufelte weiter. Aber es reichte nicht. Er stand auf und lief ins Wasser, er drosch auf die Wellen ein, mit den Fäusten, den Händen, nacheinander, gleichzeitig. Das Salzwasser spritzte ihm in die Augen. Es brannte. Er boxte weiter.

»Warum hast du das gemacht? Warum?« Wen er das fragte, war gleichgültig, sich, Manon, den Tod, es war egal, er wütete. »Ich dachte, wir kennen uns, ich dachte, du bist auf meiner Seite, ich dachte …«

Seine Wut gerann. Zwischen zwei Wellen versank sie im Meer, wurde zum Treibgut, würde irgendwoanders wieder angeschwemmt werden und jemand anderen wütend machen, über den Tod, der einem das Leben versaute, unvermittelt.

Jean spürte die Steine unter seinen nackten Füßen, und dass er fror.

»Ich wünschte, du hättest es mir gesagt, Manon«, sagte er nun ruhiger, außer Atem, ernüchtert. Enttäuscht.

Das Meer rollte gleichmütig weiter.

Das Weinen hörte auf. Immer noch dachte er an Momente mit Manon, führte seine Wassergebete weiter aus. Aber danach saß er da, ließ sich von der Morgensonne trocknen und genoss das Frösteln. Ja, er genoss es, mit nackten Füßen am Wassersaum entlang zurückzugehen, genoss es, sich den ersten Espresso des Tages zu kaufen und ihn, noch mit nassen Haaren, mit Blick auf das Meer und seine Farben zu trinken.

Perdu kochte, schwamm, trank wenig, schlief regelmäßig und traf sich täglich mit den *Boule*-Spielern. Perdu schrieb weiter Briefe. Er arbeitete an der *Großen Enzyklopädie der Kleinen Gefühle,* und am Abend verkaufte er in der Buchhandlung Bücher an Menschen in kurzen Hosen.

Er hatte hier seine Art, wie er Bücher und Leser verkuppelte, geändert. Er fragte oft: » Wie möchten Sie sich beim Einschlafen fühlen? « Die meisten seiner Kunden wollten sich beim Einschlafen leicht fühlen und beschützt.

Andere fragte er nach den Dingen, die sie am liebsten mochten. Die Köche liebten ihre Messer. Die Immobilienmakler liebten das Geräusch, das Schlüsselbunde machten. Die Zahnärzte liebten das Angstflackern in den Augen der Patienten – das hatte Perdu geahnt.

Und am häufigsten fragte er: » Wie sollte das Buch schmecken – nach Eis? Scharf, fleischig? Oder wie ein kühler Rosé? «

Essen und Bücher besaßen eine enge Verwandtschaft, das entdeckte er erst in Sanary. Und das trug ihm den Spitznamen »Bücheresser« ein.

Das kleine Haus war in der zweiten Hälfte des Augusts fertig renoviert. Er bewohnte es mit einem zugelaufenen, missmutigen, getigerten Kater, der niemals miaute, nie schnurrte und nur abends vorbeischaute. Sich aber zuverlässig neben seinem Bett niederlegte und böse die Tür anstarrte. So bewachte der Kater Perdus Schlaf.

Er nannte ihn erst Olson, aber als das Tier ihn daraufhin tonlos anfauchte, entschied er sich für Psst.

Jean Perdu wollte kein zweites Mal den Fehler machen, eine Frau über seine Gefühle im Unklaren zu lassen. Selbst wenn diese unklar waren. Er befand sich immer noch in der Zwischenzone, und ein jeglicher Neuanfang lag im Nebel verborgen. Er hätte nicht im mindesten sagen können, wo er nächstes Jahr um diese Zeit wohl sein würde. Er wusste nur, dass er den Weg weitergehen musste, um herauszufinden, was das Ziel war.

Also hatte er Catherine geschrieben. So, wie er es auf den Flüssen begonnen hatte, und seit er in Sanary war, sogar alle drei Tage.

Samy hatte ihm geraten: »Versuch's auch mal mit deinem Telefon. Aufregendes kleines Ding, ich schwör's dir.«

So nahm er eines Abends das Handy und wählte eine Pariser Nummer. Catherine sollte wissen, wer er war: ein Mann zwischen Dunkel und Licht. Man wurde jemand anderes, wenn geliebte Menschen starben.

»Nummer 27? Hallo? Wer ist denn da? So reden Sie doch!«

»Madame Rosalette … haben Sie eine neue Haarfarbe?«, fragte er stockend.

»Ach! Monsieur Perdu, wie …«

»Wissen Sie die Nummer von Madame Catherine?«

»Natürlich weiß ich die, ich kenne jede Nummer im Haus, jede. Stellen Sie sich vor, die Gulliver von oben hat schon wieder …«

»Könnten Sie sie mir geben?«

»Madame Gulliver? Aber wieso denn?«

»Nein, meine Liebe. Die Nummer von Catherine.«

»Ach, so. Ja. Sie schreiben ihr häufig, nicht wahr? Ich weiß das, weil Madame die Briefe immer bei sich hat, einmal sind sie ihr aus der Tasche gefallen, ich konnte gar nicht wegschauen, es war an dem Tag, als Monsieur Goldenberg …«

Er drängte jetzt nicht mehr auf die Nummer, sondern hörte zu, was Madame Rosalette zu erzählen hatte. Über Madame Gulliver, deren neue korallenrote Pantoletten, die einen entsetzlichen, unnötigen, eitlen Krach auf den Stufen veranstalteten. Über Kofi, der Politik studieren wollte. Madame Bomme, die erfolgreich an den Augen operiert worden war und keine Lupe mehr zum Lesen brauchte. Und das Balkonkonzert von Madame Violette, wundervoll, jemand hatte ein, wie nannte sich das, ein Video gedreht und in dieses Internet gestellt, und andere Leute hatten sehr oft klack gemacht oder so, und jetzt war Madame Violette berühmt.

»Angeklickt?«

»Sage ich doch.«

Und, ach ja, Madame Bernhard hatte das Dach ausbauen und wollte da jetzt so einen Künstler einziehen lassen. Und seinen Verlobten. Verlobten! Warum nicht gleich ein Seepferdchen?

Perdu hielt das Handy ein Stück vom Kopf, damit sein Lachen ihn nicht verriet. Rosalette plapperte weiter, aber Jean konnte nur eines denken: Catherine sammelte seine Briefe und trug sie mit sich herum. Sa-gen-haft, würde die Concierge kommentieren.

Nach gefühlten Stunden diktierte sie ihm schließlich Catherines Nummer.

»Wir vermissen Sie alle, Monsieur«, sagte Madame Rosalette dann. »Ich hoffe, Sie sind nicht mehr so furchtbar traurig?«

Er krampfte seine Hand um das Telefon.

»Bin ich nicht mehr. Danke«, sagte er.

»Keine Ursache«, antwortete Rosalette sanft und legte auf.

Er tippte Catherines Nummer ein und hielt das Handy mit geschlossenen Augen fest ans Ohr. Es klingelte, einmal, zweimal …

»Ja?«

»Äh … Ich bin's.«

Ich bin's? Meine Güte, woher soll sie denn wissen, wer »ich bin's« ist, herrje.

»Jean?«

»Ja.«

»Oh, du lieber Gott.«

Er hörte Catherine scharf einatmen und das Telefon fortlegen. Sie putzte sich die Nase, war wieder am Apparat.

»Ich habe nicht damit gerechnet, dass du anrufst.«

»Soll ich auflegen?«

»Untersteh dich!«

Er lächelte. Ihr Schweigen hörte sich so an, als ob sie auch lächelte.

»Wie …«

»Was …«

Sie lachten. Sie hatten gleichzeitig gesprochen.

»Was liest du denn gerade?«, fragte er weich.

»Die Bücher, die du mir gebracht hast. Ich glaube, zum fünften Mal. Ich habe auch das Kleid nicht gewaschen, von unserem Abend. Es hängt immer noch ein bisschen von deinem Rasierwasser darin, weißt du, und in den Büchern sagen mir dieselben Sätze jedes Mal etwas anderes, und nachts lege ich mir das Kleid so unter die Wange, dass ich dich riechen kann.«

Sie schwieg, und das tat er auch, überrascht von dem Glück, das ihn jäh umfing.

Sie lauschten einander schweigend, und es war ihm, als sei er Catherine ganz nahe, als sei Paris direkt an seinem Ohr. Er müsse nur die Augen öffnen und säße an ihrer grünen Wohnungstür und lausche ihrem Atem.

»Jean?«

»Ja, Catherine.«

»Es wird besser, nicht wahr?«

»Ja. Es wird besser.«

»Und ja, Liebeskummer ist wie Todestrauer. Weil du stirbst, weil deine Zukunft stirbt und du darin auch … und es gibt diese verwundete Zeit. Sie dauert furchtbar lange.«

»Aber sie wird besser. Ich weiß es jetzt.«

Ihr Schweigen war angenehm.

»Ich kann nicht aufhören, daran zu denken, dass wir uns nicht auf den Mund geküsst haben«, flüsterte sie hastig.

Er schwieg ergriffen.

»Bis morgen«, sagte sie und legte auf.

Das hieß wohl, dass er noch einmal anrufen durfte?

Er saß im Dunkeln in der Küche und lächelte schief.

39

Ende August spürte er, dass er leichter geworden war. Er musste den Gürtel zwei Löcher enger schnallen, und an den Oberarmen spannte das Hemd über den Muskeln.

Während er sich anzog, musterte er sein Spiegelbild, das ihm einen so anderen Mann zurückwarf als jenen, der er in Paris gewesen war. Braungebrannt, trainiert, aufrecht. Das dunkle, silberfädrige Haar länger, locker nach hinten gestrichen. Der Piratenbart, das lose geknöpfte, oft gewaschene Leinenhemd. Er war fünfzig Jahre alt.

Bald einundfünfzig.

Jean trat dicht an den Spiegel heran. Er hatte in der Sonne mehr Fältchen bekommen. Und mehr Lachfältchen. Er ahnte, dass so manche Sommersprosse keine war, sondern ein Altersfleck. Aber das machte nichts ... er lebte. Das war alles, was zählte.

Die Sonne hatte seinem Körper einen gesunden, schimmernden Braunton verliehen. Umso heller wirkten seine grünen Augen.

MM, seine Chefin, fand, wenn er einen Dreitagebart trug, bekam er Ähnlichkeit mit einem edlen Schurken. Nur seine Lesebrille störte diesen Eindruck.

MM hatte ihn eines Samstagabends beiseitegenommen. Es war ein ruhiger Abend. Der nächste Schwung Mieter der Ferienhäuser war gerade erst angekommen und noch geblendet von all den Sommersüßigkeiten. Die hatten anderes im Sinn, als eine Buchhandlung aufzusuchen. Sie würden in ein, zwei Wochen kommen, um vor der Abreise Pflichtpostkarten zu kaufen.

»Und Sie?«, fragte MM. »Wie schmeckt Ihr Lieblingsbuch? Welches Buch erlöst Sie von all dem Bösen?« Sie hatte es lachend gefragt – und weil es ihre Freundinnen wissen wollten, die den Bücheresser spannend fanden.

Sanary ließ ihn gut schlafen, immer noch. Sein Lieblingsbuch hätte nach kleinen Rosmarinkartoffeln schmecken müssen, dem ersten Essen mit Catherine.

Aber welches erlöst mich?

Als er die Antwort erkannte, musste er fast lachen.

»Bücher können vieles, aber nicht alles. Die wichtigen Dinge muss man leben. Nicht lesen. Ich muss mein Buch … erleben.«

MM lächelte ihn mit ihrem großen, breiten Mund an.

»Schade, dass Ihr Herz blind ist für Frauen wie mich.«

»Aber für die anderen auch, Madame.«

»Ja, das tröstet mich«, sagte sie. »Ein wenig.«

An den Nachmittagen, an denen die Hitze fast zu einer Bedrohung wurde, lag Perdu bewegungslos auf seinem Bett, nur mit Shorts bekleidet und mit nassen Handtüchern auf Stirn, Brust und Füßen.

Die Terrassentür war geöffnet, die Vorhangschals tanzten träge in der Brise. Er ließ den warmen Wind über seinen Körper streicheln und döste.

Es war gut, in seinen Körper zurückzukehren. Ein wieder lebendiger Leib zu sein, der fühlen konnte. Der sich nicht taub anfühlte und welk. Unbenutzt und wie ein Feind.

Perdu hatte sich angewöhnt, durch seinen Körper zu denken, als ob er in seiner Seele umherspazierte und in alle Räume sah.

Ja, die Trauer wohnte in seiner Brust. Sie schnürte ihn ein, wenn sie kam, sie nahm ihm die Luft, und sie machte die Welt klein. Aber er hatte keine Angst mehr vor ihr. Wenn sie kam, ließ er sie durch sich hindurchfließen.

Der Angst gehörte auch der Hals. Wenn er ruhig und lange ausatmete, wurde sie weniger raumgreifend. Er konnte sie mit jedem Atemzug kleiner machen, zusammenknüllen und sich vorstellen, wie er sie Psst hinwarf, damit der Kater mit der Angstkugel spielte und sie aus dem Haus jagte.

Die Freude tanzte in seinem Solarplexus. Er ließ sie tanzen. Er dachte an Samy und an Cuneo, an die unglaublich lustigen Briefe von Max, in die sich immer häufiger ein Name eingeschlichen hatte: Vic. Das Treckermädchen. Er stellte sich vor, wie Max einem roten Weintraktor hinterherlief, kreuz und quer durch den Luberon, und musste lachen.

Erstaunlicherweise hatte sich die Liebe für Jeans Zunge entschieden. Sie schmeckte nach Catherines Halsgrübchen.

Jean musste lächeln, mit geschlossenen Augen. Hier, im Licht und in der Wärme des Südens, war noch etwas zurückgekommen. Eine Spannkraft. Eine Sensibilität. Lust.

An manchen Tagen, wenn er auf einer Mauer saß, hinter dem Hafen, und auf das offene Meer sah oder las, dann reichte nur die Wärme der Sonne, um ihn unter eine angenehme, ziehende, unruhige Spannung zu setzen. Auch dort schüttelte sein Körper die Traurigkeit ab.

Er hatte seit zwei Jahrzehnten mit keiner Frau geschlafen.

Er hatte solche Sehnsucht, es zu tun.

Jean erlaubte seinen Gedanken, zu Catherine zu wandern. Er spürte sie immer noch unter seinen Händen, wusste, wie sie sich anfühlte, ihr Haar, ihre Haut, ihre Muskeln. Jean malte sich aus, wie sich ihre Schenkel anfühlen würden. Ihre Brust. Wie sie schauen und keuchen würde. Wie sie einander näher kamen mit Haut und Ich, wie sich Bauch an Bauch drückte, Freude an Freude. Alles stellte er sich vor.

»Ich bin wieder da«, flüsterte er.

Während er vor sich hin lebte und aß und schwamm und Bücher verkaufte und Wäsche in der neuen Waschmaschine zum Schleudern brachte – da war auf einmal die Stunde gekommen, in der etwas in ihm einen weiteren Schritt tat.

Einfach so. Am Ende der Ferien, am achtundzwanzigsten August.

Eben saß er noch über seinem Mittagssalat und überlegte, ob er für Manon in der Kapelle Notre Dame de Pitié eine Kerze anzünden sollte oder doch von Portissol aus ins Meer hinausschwimmen.

Aber dann bemerkte er, dass da nichts mehr in ihm war, das wütete. Brannte. Nichts mehr, das ihm die Tränen des Entsetzens und des Verlustes in die Augen trieb.

Er stand auf und ging unruhig auf die Terrasse.

Konnte das sein?

Konnte das wahrhaftig sein?

Oder spielte ihm die Trauer nur einen Streich und würde gleich zur Vordertür wieder hereinstürmen?

Er war am Boden seines sauren, traurigen Seelenkummers angelangt. Er hatte geschöpft und geschöpft und geschöpft. Und auf einmal – war da wieder Platz.

Rasch lief er hinein. Neben der Anrichte lagen immer Stift und Papier. Jetzt schrieb er, ungeduldig:

Catherine,

ich weiß nicht, ob wir gewinnen werden und einander niemals weh tun. Vermutlich nicht, denn wir sind Menschen.

Aber was ich jetzt, in diesem Augenblick, den ich so ersehnt habe, weiß, ist, dass ein Leben mit dir mich besser einschlafen lässt. Und aufwachen. Und besser lieben.

Ich will für dich kochen, wenn du schlechte Laune bekommst vor Hunger, jede Sorte Hunger, Lebenshunger, Liebeshunger, und bei Licht- und Meer- und Reise- und Lese- und Schlafhunger auch.

Ich will dir die Hände cremen, wenn du zu viel rauhen Stein berührt hast – ich träume von dir als Steinretterin, die die Herzensflüsse unter den Steinschichten sehen kann.

Ich will dir nachsehen, wie du einen Sandweg entlanggehst, dich umdrehst und auf mich wartest.

Ich will all die kleinen und die großen Dinge: Ich will mit dir streiten und mittendrin darüber lachen, ich will an einem kalten Tag Kakao in deine Lieb-

lingstasse gießen, und ich will dir die Autotür aufhal-
ten nach einer Party mit netten, fröhlichen Freunden,
wenn du glücklich in den Wagen steigst.
Ich will spüren, wie du deinen kleinen Po an meinen
warmen Bauch drückst.
Ich will tausend kleine und große Dinge mit dir, mit
uns, du, ich, wir zusammen, du in mir und ich in dir.
Catherine, ich bitte dich: Komm! Komm bald!
Komm zu mir!
Die Liebe ist besser als ihr Ruf.
Jean.
PS: Wirklich!

40

Am vierten September machte sich Jean früh auf den Weg, um trotz seines üblichen Spaziergangs über die Rue de Colline und rund um den Hafen des Fischerdorfs rechtzeitig in der Buchhandlung zu sein.

Bald kam der Herbst und brachte die Kunden, die lieber Bücherburgen als Sandburgen bauten. Schon immer seine Lieblingssaison. Neue Bücher, das verhieß neue Freundschaften, neue Einsichten, neue Abenteuer.

Das heiße Licht des Hochsommers wurde im Angesicht des baldigen Herbstes milder. Lieblicher. Es schirmte Sanary wie ein Schleier vom ausgetrockneten Hinterland ab.

Er frühstückte abwechselnd im Lyon, im Nautique und im Marine am Hafen. Natürlich sah es hier längst nicht mehr so aus wie zu den Zeiten, als Brecht seine Spottlieder auf die Nationalsozialisten vorgetragen hatte. Und doch: Einen Hauch Exil spürte er. Die Cafés waren für ihn Inseln des wohltuenden Trubels in seinem Alleinleben mit Kater Psst. Die Cafés waren ein bisschen Familienersatz und ein Hauch Paris. Sie waren Beichtstuhl und Pressehaus, wo man genau erfuhr, was hinter den Kulissen von Sanary los war, wie der Fischfang in der Algenzeit lief oder wie sich die *Boule*-Spieler auf ihre Herbstwettkämpfe vorbereiteten. Die Spieler vom Quai Wilson hatten ihm angetragen, Ersatz-Leger zu sein – eine Ehre, für einen Wettkampf als Ersatz in Frage zu kommen. Die Cafés waren Orte, an denen Perdu im Leben sein konnte, ohne dass es auffiel, wenn er nicht sprach oder mitmachte.

Manchmal saß er dort in der äußersten Ecke und telefonierte mit seinem Vater Joaquin. So auch an diesem Morgen. Als dieser von den *Boule*-Turnieren in Ciotat hörte, war er drauf und dran, seine Kugeln zu polieren und sich auf den Weg zu machen.

»Bitte nicht«, bat Perdu.

»Ach, nicht? So, so. Na, wie heißt sie denn?«

»Muss es denn immer eine Frau sein?«

»Also ist es dieselbe wie neulich?«

Perdu lachte. Beide Perdus lachten.

»Mochtest du eigentlich Trecker?«, fragte Jean dann.

»Als Junge?«

»Mein lieber Jeanno, ich liebe Trecker! Wieso fragst du?«

»Max hat jemanden kennengelernt. Ein Treckermädchen.«

»Ein Treckermädchen? Großartig. Wann bekommen wir Max eigentlich mal zu sehen? Du hast ihn gern, oder?«

»Wer ist denn wir? Deine neue Freundin, die nicht gern kocht?«

»Ach, patatipatata! Deine Mutter. Ja, ja, sag, was du willst oder schweige. Madame Bernier und ich. Na, und? Man darf doch wohl noch seine Ex-Frau treffen? Seit dem vierzehnten Juli … also … ist es mehr als Treffen. Sie sieht das natürlich anders, sie sagt, wir hätten nur eine Affäre, und ich solle mir nichts darauf einbilden.« Joaquin Perdu lachte sein Raucherlachen, das sogleich in einen fröhlichen Husten überging.

»Was soll's«, sagte er dann. »Lirabelle ist mein bester Freund. Ich rieche sie gern, und sie wollte mich nie verändern. Außerdem kocht sie so gut, ich fühle mich da immer viel glücklicher mit dem Leben. Und, weißt du, Jeanno, wenn man älter wird, möchte man mit jemandem zusammen sein, mit dem man reden und lachen kann.«

Sicher hätte sein Vater auch die drei Dinge, die notwendig waren, um laut Cuneos Philosophie wieder richtig »glücklich« zu werden, sofort unterschreiben können.

Erstens: gutes Essen. Keinen Mist, der nur unglücklich, faul und fett macht.

Zweitens: durchschlafen (dank mehr Sport, weniger Alkohol und schöner Gedanken).

Drittens: mit den Menschen Zeit verbringen, die freundlich sind und dich verstehen wollen, ganz auf ihre Weise.

Viertens mehr Sex, aber das hatte Samy gesagt, und Perdu sah gerade keinen Anlass, das seinem Vater zu verraten.

Wenn er dann von den Cafés zum Buchladen ging, sprach er oft mit seiner Mutter. Stets hielt er das Telefon in den Wind, damit sie die Wellen hören konnte und die Möwen; an diesem Septembermorgen war das Meer sanft, und Jean fragte sie:

»Ich habe gehört, Vater isst in letzter Zeit öfter bei dir?«

»Na ja. Der Mann kann ja nicht kochen, was bleibt mir da anderes übrig?«

»Aber Abendessen und Frühstück? Mit Übernachtung? Hat er denn auch kein Bett, der arme Mann?«

»Du sagst das so, als täten wir etwas Unmoralisches.«

»Ich hab dir nie gesagt, dass ich dich liebe, Mama.«

»Ach, mein liebes, liebes Kind …«

Perdu hörte, wie sie ein Kistchen auf- und wieder zuklappte. Es kannte das Geräusch und auch das Kistchen. Da waren die Kleenex drin. Immer stilvoll, Madame Bernier, selbst wenn sie sentimental wurde.

»Ich liebe dich auch, Jean. Mir kommt's vor, als hätte ich dir das nie gesagt, immer nur gedacht. Stimmt das etwa?«

Es stimmte. Aber er antwortete: »Ich hab's trotzdem gemerkt. Du musst es mir nicht alle paar Jahre sagen.«

Sie lachte und schalt ihn einen frechen Lümmel.

Grandios. Fast einundfünfzig, aber immer noch Kind.

Lirabelle beschwerte sich noch etwas über ihren Ex-Mann, aber ihre Stimme klang zärtlich dabei. Sie schimpfte auch über die Buchsaison, aber eigentlich nur aus Gewohnheit.

Es war alles ähnlich wie sonst – aber doch ganz anders.

Als Jean über den Kai zur Buchhandlung ging, rollte MM schon die Postkartenständer vor die Tür.

»Heute wird ein schöner Tag!«, rief seine Chefin ihm zu.

Er reichte Madame Monfrere eine Tüte Croissants.

»Ja. Ich glaube auch.«

Kurz vor Sonnenuntergang zog er sich an seinen Lieblingsplatz zurück. Dort, wo er die Tür, den gespiegelten Himmel und ein Fetzchen Meer sehen konnte.

Und da, mitten in seinen Gedanken, sah er sie.

Er beobachtete ihr Spiegelbild, und es wirkte, als trete sie direkt aus den Wolken und dem Wasser heraus.

Eine unbändige Freude ergoss sich über ihn.

Jean Perdu stand auf.

Sein Puls jagte.

Er war bereit wie niemals zuvor.

Jetzt!, dachte er.

Jetzt flossen die Zeiten wieder zusammen. Endlich trat er aus seiner erstarrten Zeit heraus, der stehengebliebenen, der verwundeten. Jetzt.

Catherine trug ein Kleid, blaugrau, es betonte ihre Augen. Sie ging schwingend, aufrecht, trat fester auf als damals …

Damals?

Auch sie ist ihren Weg vom Ende bis zum Anfang gegangen.

Sie blieb kurz an der Theke stehen, wie um sich zu orientieren.

MM fragte: »Suchen Sie etwas Bestimmtes, Madame?«

»Danke. Ja. Ich habe lange gesucht … aber jetzt habe ich es gefunden. Das Bestimmte«, sagte Catherine und schaute Jean quer durch den Raum an, mit einem glühenden Lächeln im Gesicht. Sie ging direkt auf ihn zu, und er lief ihr mit klopfendem Herzen entgegen.

»Du kannst dir nicht vorstellen, wie sehr ich darauf gewartet habe, dass du mich endlich bittest, zu dir zu kommen.«

»Ist das wahr?«

»O ja. Und ich hab solch einen Hunger«, sagte Catherine.

Jean Perdu wusste genau, was sie meinte.

An diesem Abend küssten sie sich das erste Mal. Nach dem Essen, dem langen, wunderschönen Spaziergang am Meer, den langen, leichten Gesprächen im Hibiskusgarten unter dem Schattendach, bei denen sie wenig Wein und viel Wasser tranken, und vor allem die Gegenwart des anderen genossen.

»Die Wärme hier tröstet«, sagte Catherine irgendwann. Es stimmte. Die Sonne von Sanary hatte alle Kälte aus ihm gesogen und alle Tränen getrocknet.

»Und sie macht mutig«, flüsterte er. »Sie macht mutig, zu vertrauen.«

Im Abendwind, beide von ihrer Tapferkeit, noch einmal im Leben zu vertrauen, verwirrt und entzückt – da küssten sie sich.

Es war Jean, als küsse er überhaupt zum ersten Mal.

Catherines Lippen waren weich, und sie bewegten sich auf eine so angenehme, so passende Weise an seinen. Es war eine solche Freude, sie endlich zu essen, zu trinken, zu spüren, zu liebkosen … und eine solche Lust.

Er schlang seine Arme um diese Frau und küsste und biss ganz zart ihren Mund, folgte ihren Mundwinkeln mit den Lippen, er küsste sich die Wangen hoch bis zu ihrer duftenden, zarten Schläfe. Er zog Catherine an sich, er war so voller Zärtlichkeit und Erleichterung. Er würde niemals mehr schlecht schlafen, wenn diese Frau bei ihm war, niemals. Niemals mehr würde die Einsamkeit ihn verbittern. Er war gerettet. So standen sie und hielten sich.

»Du?«, fragte sie schließlich.

»Ja?«

»Ich habe nachgeschaut. Ich habe zuletzt 2003 mit meinem Ex-Mann geschlafen. Mit achtunddreißig. Ich glaube, es war ein Versehen.«

»Wunderbar. Dann bist du die Erfahrenere von uns beiden.«

Sie lachten.

Wie seltsam, dachte Perdu. Wie all die Entbehrungen, all das Leiden mit einem Lachen davongewischt werden. Mit nur einem Lachen. Und die Jahre schmolzen zusammen und ... fort.

»Aber eins weiß ich noch«, gab er zu. »Liebe am Strand wird überschätzt.«

»Man hat überall Sand, wo er nicht sein sollte.«

»Und die Mücken erst.«

»Sind die nicht eher woanders als am Strand?«

»Siehst du, Catherine, ich habe wirklich keine Ahnung.«

»Dann zeige ich dir jetzt mal etwas«, raunte sie. Ihr Gesicht sah jung und verwegen aus, als sie Jean in das zweite Schlafzimmer zog.

Im Mondlicht sah er einen vierbeinigen Schatten davonhuschen. Psst setzte sich auf die Terrasse und drehte ihnen verständnisvoll den weiß-rot getigerten Rücken zu.

Hoffentlich mag sie meinen Körper. Hoffentlich lässt mich meine Kraft nicht im Stich. Hoffentlich berühre ich sie so, wie sie es mag, und hoffentlich ...

»Hör auf zu denken, Jean Perdu!«, befahl Catherine zärtlich.

»Das merkst du?«

»Du fällst mir ganz leicht, Liebster«, flüsterte sie, »Geliebter, ach, ich wollte so sehr, dass ... und du ...«

Sie flüsterten weiter, aber es waren Sätze ohne Anfang und ohne Ende.

Er zog Catherine aus, und unter ihrem Kleid trug sie nur einen einfachen, weißen Slip.

Sie knöpfte sein Hemd auf und vergrub ihr Gesicht an seinem Hals, an seiner Brust, sog seinen Geruch ein. Ihr Atemstrom streichelte ihn, und, nein, er brauchte sich keine Sorge um seine Kraft zu machen, denn sie war in dem Moment da, als er das weiße, schlichte Baumwolldreieck im Dunkeln hatte aufleuchten sehen und spürte, wie sich ihr Körper in seinen Händen bewegte.

Sie genossen den ganzen September in Sanary-sur-Mer. Schließlich hatte Jean genug vom Licht des Südens getrunken. Er hatte sich verloren und wiedergefunden. Die verwundete Zeit war vorbei.
Jetzt konnte er nach Bonnieux und die Stufe beenden.

41

Als Catherine und Jean Sanary verließen, war das Fischerdorf zu einer heimlichen Heimat geworden. Klein genug, um ganz in ihre Herzen zu passen. Groß genug, um sie zu beschützen. Schön genug, um für ihr gegenseitiges Ertasten ein Sehnsuchtsort zu bleiben, für immer. Sanary, das hieß jetzt Glück, Frieden, Ruhe. Es hieß das Hineinfühlen in einen eigentlich fremden Menschen, den sie liebten, ohne den Grund benennen zu können. Wer bist du, wie wurdest du, wie fühlst du, und welche Kurven durchläuft deine Stimmung während einer Stunde, während des Tages und über Wochen? – das hatten sie ganz leicht herausgefunden, dort, in der herzensgroßen Heimat. Es waren die stillen Stunden, in denen Jean und Catherine sich nahekamen, daher hatten sie die lauten, wimmeligen Momente – die Kirmes, den Markt, das Theater, die Lesungen – meist gemieden.

Der September hatte ihr ruhiges, tiefes Liebenlernen in alle Farben zwischen Gelb und Malve getaucht, zwischen Gold und Violett. Die Bougainvilleen, das bewegte Meer, die farbigen, Stolz und Historie atmenden Häuser am Hafen, der goldene, knirschende Kies auf den *Boule*-Plätzen – das war die Grundierung, auf der sich ihre Zärtlichkeit, ihre Freundschaft, ihr tiefes Verstehen füreinander entfalteten.

Und sie taten einander alles langsam.

Dinge, die wichtig sind, sollten immer langsamer getan werden, dachte Jean oft, wenn sie begannen, einander zu verführen. Sie küssten sich mit Muße, zogen sich in Ruhe aus, ließen sich Zeit, sich auszustrecken, und noch mehr Zeit, ineinanderzufließen. Diese bedächtige, tiefe Konzentration aufeinander lockte eine besonders intensive Leidenschaft in ihnen hervor, im Körper, in der Seele, im Gefühl. Es war ein Überall-berührt-Sein.

Gleichsam mit jedem Mal, wenn er mit Catherine schlief, kam Jean Perdu dem Fluss des Lebens wieder näher. Zwanzig Jahre hatte er sich jenseits des Stroms aufgehalten, Farben und Liebkosungen, Düfte und Musik meidend, versteinert, einsam und trotzig in sich selbst.

Und jetzt … schwamm er wieder.

Jean lebte auf, weil er liebte. Er wusste nun hundert kleine Dinge über diese Frau. Etwa, dass Catherine morgens nach dem Aufstehen noch halb in Träumen gefangen war. Manchmal hatte sie Traum-Melancholien, sie fühlte sich noch einige Stunden lang irritiert oder beschämt oder ärgerlich oder kummervoll durch das, was sie in den Nachtschatten erlebt hatte. Das war ihr täglicher Kampf durch die Zwischenwelt. Jean fand heraus, dass er die Traumgeister vertreiben konnte, wenn er heißen Kaffee brühte und Catherine ans Meer lotste, auf dass sie ihn dort trank.

»Weil du mich liebst, lerne ich, mich auch zu lieben«, hatte sie ihm an einem dieser Morgen gesagt, als das Meer noch graublau im Halbschlaf war. »Ich habe immer genommen, was mir das Leben bietet … aber ich habe mir selbst nie etwas geboten. Ich war schlecht darin, mich um mich zu bemühen.« Während er sie zärtlich an sich zog, dachte Jean, dass es ihm genauso ging. Er konnte sich erst selbst lieben, weil Catherine ihn liebte.

Dann kam die Nacht, als sie ihn festhielt, weil seine zweite, große Wutwelle ihn überrollte. Diesmal war es Wut auf sich selbst.

Wie er auf sich schimpfte, grob und verzweifelt und mit dem Zorn desjenigen, der versteht, schmerzhaft klar, dass die Zeit verschwendet und unwiederbringlich ist, und die Zeit, bis das Leben vorbei ist, nur noch furchtbar kurz. Catherine unterbrach ihn nicht, beschwichtigte nicht, drehte sich nicht fort.

Und wie dann Ruhe in ihn einkehrte. Weil die wenige Zeit dennoch reichen würde. Weil ein paar Tage ein ganzes Leben enthalten konnten.

Und nun: Bonnieux. Der Ort seiner ältesten Vergangenheit. Einer Vergangenheit, die noch in Jean steckte, aber nicht mehr das Einzige war, woraus sein inneres Gefühlshaus bestand. Er hatte endlich eine Gegenwart, die er der Vergangenheit entgegensetzen konnte.

Deswegen fühlt es sich leichter an, zurückzukehren, dachte Jean, als Catherine und er am späten Nachmittag Anfang Oktober die enge, felsige Passstraße von Lourmarin – diese Stadt war eine Zecke, fand Perdu, die an Touristen saugte – nach Bonnieux nahmen. Auf der Fahrt überholten sie Radwanderer und hörten Jagdschüsse aus den klüftigen Bergen. Ab und an spendeten blattarme Bäume zerschlissenen Schatten, ansonsten sog die Sonne alle Farben auf. Die wuchtige Reglosigkeit des Luberon-Gebirges erschien Jean nach der lebendigen Bewegtheit des Meeres unwirtlich und streng. Er freute sich auf Max. Sehr sogar. Der hatte ihnen bei Madame Bonnet ein großes Zimmer reserviert, in ihrem ehemaligen *Résistance*-Versteck, unterm Dach und inmitten des Efeus.

Max holte sie dort ab, nachdem sich Catherine und Jean eingerichtet hatten, und nahm sie mit zu seinem Taubenschlag. Auf dem breiten Mäuerchen neben dem Brunnen hatte er ein erfrischendes Picknick vorbereitet: Wein, Früchte, Schinken und Baguette. Es war Trüffel- und Lesezeit, das Land roch nach wilden Kräutern und leuchtete in den Herbstfarben Rostrot und Weingelb.

Braun war Max geworden, fand Jean, braun und erwachsen.

Er hatte sich in den zweieinhalb Monaten allein im Luberon so komplett eingelebt, als ob er im Herzen schon immer ein Mann des Südens gewesen wäre. Aber auch sehr müde sah er aus, fand Jean.

»Wer schläft schon, wenn die Erde tanzt?«, hatte Max kryptisch gemurmelt, als er ihn darauf ansprach.

Max erzählte, Madame habe ihn während seiner »Krankheit« kurzerhand als »Knecht für alles« engagiert. Sie und ihr Mann Gérard waren über fünfzig, und das Grundstück mit den drei Ferienhäusern und -wohnungen war zu groß, als dass sie allein darauf alt werden wollten. Sie bauten Gemüse, Obst und ein wenig Wein an; Max ging ihnen gegen Logis und Kost zur Hand. Sein Taubenschlag war bewohnt von Papierstößen aus Notizen, Geschichten und Entwürfen. Nachts schrieb er, am Morgen bis zum Mittag und ab späten Nachmittag arbeitete er auf dem üppig blühenden Anwesen und tat alles, was Gérard ihm auftrug. Reben schneiden, Unkraut jäten, Obst pflücken, Dächer ausbessern, säen, ernten, umgraben, den Lieferwagen beladen und mit Gérard zu den Märkten fahren; fleckige Pilze suchen, Trüffel putzen, Feigenbäume schütteln, Zypressen in Form von lebenden Hinkelsteinen zuschneiden, die Pools säubern und morgens das Brot für die Frühstücksgäste holen.

»Ich kann jetzt auch Trecker fahren und alle Teichkröten an ihrem Gesang erkennen«, teilte er Jean mit einem selbstironischen Grinsen mit.

Die Sonne, die Winde und das Herumrutschen auf Knien über die provenzalische Erde hatten Max' jungenhaftes Großstadtgesicht in ein Männerantlitz verwandelt.

»Krankheit?«, fragte Jean, als Max ihnen nach seinem Bericht weißen *Ventoux*-Wein eingoss. »Was denn für eine Krankheit? Davon hast du mir nichts geschrieben.«

Unter der Bräune wurde Max rot und etwas unruhig.

»Die Krankheit, die ein Mann bekommt, wenn er ernsthaft verliebt ist«, gab er zu. »Schlecht schlafen, schlecht träumen, sich den Kopf verdrehen lassen. Nicht lesen können, nicht schreiben, nicht essen. Brigitte und Gérard konnten es vermutlich nicht länger mitansehen und verordneten mir Tätigkeiten, die den Verstand vor dem Ruin bewahren. Deswegen arbeite ich für sie. Mir hilft es, ihnen auch, wir reden nicht über Geld, alles ist gut so.«

»Die Frau auf dem roten Trecker?«, fragte Jean.

Max nickte. Dann holte er Luft, als ob er Anlauf nehme. »Genau. Die Frau auf dem roten Trecker. Das ist ein gutes Stichwort, weil ich dir etwas Wichtiges über sie noch erzä…«

»Der Mistral kommt!«, rief Madame Bonnet ihnen besorgt entgegen und unterbrach damit Max' Beichte. Die kleine, drahtige Frau näherte sich, wie immer in Shorts und Männerhemd und mit einem Körbchen Früchte in der Hand, und deutete auf die sich drehenden Windrädchen neben einem Lavendelbeet. Bisher zupfte zwar nur eine Brise an den Halmen, aber der Himmel zeigte ein klares, tiefes Tintenblau. Alle Wolken wie fortgewischt, und die Ferne schien näher gerückt. Der Mont Ventoux und die Cevennen waren scharf und deutlich zu erkennen. Ein typisches Zeichen für den brausenden Nordwestwind.

Sie begrüßten einander. Dann wollte Brigitte wissen: »Haben Sie Erfahrung, was der Mistral mit Ihnen macht?«

Catherine, Jean und Max schauten sie fragend an.

»Wir nennen ihn *Maestrale*. Herrscher. Oder *vent du fada*. Wind, der verrückt macht. Unsere Häuser zeigen ihm nur die schmale Stirn« – sie deutete auf die Baurichtung ihrer Gehöfte –, »damit er sie nicht allzu sehr beachtet. Es wird, wenn er kommt, nicht nur kühler. Es wird auch lauter. Und jede Bewegung schwerer. Wir werden alle für einige Tage verrückt sein. Am besten ist, Sie besprechen nichts Wichtiges miteinander. Es wird nur Streit geben.«

»Ach?«, sagte Max leise.

Madame Bonnet sah ihn an, mit ihrem milden Lächeln aus dem nussbraunen Gesicht.

»O ja. Wie die Liebe, von der man nicht weiß, ob sie erwidert wird, so verrückt und dumm und nervös macht einen der *vent du fada*. Aber wenn alles vorbei ist, ist zugleich alles geputzt. Das Land und der Kopf. Alles ist wieder sauber und klar, und wir fangen das Leben neu an.«

Sie verabschiedete sich mit den Worten: »Ich werde mal die Sonnenschirme einrollen und die Stühle festbinden«, und Jean fragte Max: »Was wolltest du eben noch erzählen?«

»Äh … habe ich vergessen«, behauptete Max rasch. »Habt ihr Hunger?«

Den Abend verbrachten sie im winzigen Restaurant Un p'tit coin de cuisine in Bonnieux mit wunderbarem Blick auf das Tal und seinen rotgoldenen Sonnenuntergang, gefolgt von einem so klaren, funkelnden Sternenhimmel, dass das Gleißen der Lichter fast eisig wirkte. Tom, der vergnügte Kellner, servierte ihnen provenzalische Pizza auf Holzbrettern und Lamm im Schmortöpfchen. Dort, an den roten, wackeligen Tischen in dem heimeligen Felsgewölbe, war es, als sei Catherine ein neues, wohltuendes Element für die chemische Verbindung zwischen Jean und Max. Ihre Anwesenheit schuf Harmonie und Wärme. Catherine besaß eine Art, Menschen so anzuschauen, als ob sie alles ernst nahm. Max erzählte von sich, seiner Kindheit, seinen gescheiterten Schwärmereien für Mädchen, seiner Geräuscheflucht, was er Jean – oder vermutlich jeglichem anderen männlichen Wesen – nie erzählt hätte.

Während sich die beiden unterhielten, konnte sich Jean in Gedanken dann und wann davonstehlen. Der Friedhof lag kaum hundert Meter über ihm, auf dem Kirchberg. Es trennten ihn nur ein paar tausend Tonnen Stein und Scheu davon.

Erst als sie im jetzt schon spürbar heftigeren Wind den Weg hinab ins Tal antraten, fragte sich Jean, ob Max nur deshalb so viel erzählt hatte, um zu überspielen, dass er nicht mehr über das Treckermädchen reden wollte.

Max brachte die beiden zu ihrem Zimmer.

»Geh schon vor«, bat Jean Catherine.

Max und er standen allein im Schatten zwischen Haupthaus und Scheune. Der Wind dröhnte und jaulte leise und beständig um die Ecken.

»Was wolltest du mir denn wirklich sagen, Max?«, fragte Jean sanft.

Jordan schwieg.

»Wollen wir nicht bis nach dem Wind warten?«, bat er schließlich.

»So schlimm?«

»Schlimm genug, dass ich warten wollte, bis du da bist, um es dir zu sagen. Aber nicht … tödlich. Hoffe ich.«

»Sprich, Max, sprich, sonst überwältigen mich meine Fantasien, ich bitte dich.«

Zum Beispiel Fantasien, dass Manon noch lebt und mir nur einen Streich gespielt hat.

Max nickte. Der Mistral dröhnte.

»Manons Mann, Luc Basset, hat drei Jahre nach Manons Tod wieder geheiratet. Mila, eine in der Gegend sehr bekannte Köchin«, begann Max. »Den Weinberg hat er von Manons Vater zur Hochzeit bekommen. Weiß- und Rotweine. Sie sind … sehr beliebt. Und Milas Restaurant auch.«

Jean Perdu spürte einen kleinen, eifersüchtigen Stich.

Zusammen hatten Luc und Mila einen Weinberg, ein Gut, ein beliebtes Restaurant. Womöglich einen Garten, sie hatten die wärmende, blühende Provence und jemanden, dem sie alles sagen konnten, was sie bewegte – Luc hatte sich das Glück einfach wiedergeholt. Oder auch nicht einfach, aber für eine differenzierte Sichtweise vermochte Jean gerade keine Kraft aufzubringen.

»Wie schön«, murmelte er. Sarkastischer, als er wollte.

Max schnaubte. »Was hast du denn erwartet? Dass Luc mit einer Geißel herumläuft, keine Frau mehr anschaut und bei trocken Brot, verschrumpelten Oliven und Knoblauch auf den Tod wartet?«

»Was soll das denn heißen?«

»Ja, was wohl«, zischte Max zurück. »Jeder trauert anders. Der Weinmann hat sich für die Variante ›neue Frau‹ entschieden. Und? Ist ihm das vorzuwerfen? Hätte er es machen sollen … wie du?«

Heiße Empörung wallte in Perdu auf.

»Ich würde dir am liebsten eine runterhauen, Max.«

»Ich weiß«, antwortete Max. »Aber ich weiß auch, dass wir danach immer noch miteinander alt werden können, Blödmann.«

»Das ist der Mistral«, sagte Madame Bonnet, die sie hatte streiten hören, und ging mit düsterem Gesichtsausdruck über den knirschenden Kies an ihnen vorbei ins Haupthaus.

»Tut mir leid«, raunte Jean.

»Mir auch. Verdammter Wind.«

Sie schwiegen wieder. Vielleicht war der Wind auch nur eine praktische Ausrede.

»Gehst du trotzdem zu Luc?«, fragte Max.

»Ja. Natürlich.«

»Ich muss dir noch etwas sagen. Schon seit du da bist.«
Als Max ihm gestand, was ihn die ganzen vergangenen Wochen schier krank gemacht hatte, da war sich Jean sicher, dass er sich in dem Sirren und Höhnen des Windes verhört haben musste. Ja, so musste es sein, denn was er da hörte, war so schön und so grausam zugleich, dass es kaum wahr sein konnte.

42

Max tat sich mehr von dem duftigen Trüffelrührei auf, das ihnen Brigitte Bonnet zum Frühstück zubereitet hatte. Sie hatte neun frische Eier ganz nach provenzalischer Tradition mit einem der frühen Wintertrüffel drei Tage lang in ein Weckglas gelegt, bis die Eier von dem Duft durchdrungen waren. Dann erst hatte sie daraus behutsam Rührei aufgeschlagen und es mit wenigen, hauchzarten Trüffelscheiben garniert. Es war ein sinnlicher, wilder, fast fleischlicherdiger Geschmack.

Welch opulente Henkersmahlzeit, schoss es Jean durch den Kopf.

Dieser Tag heute würde der schwierigste, längste Tag seines Lebens werden, so fürchtete er.

Er aß, als ob er betete. Er sprach nicht, er kostete alles still und konzentriert, damit er etwas hatte, worauf er sich in den kommenden Stunden stützen konnte.

Neben dem Rührei gab es saftige Melonen aus Cavaillon, weiße und orangefarbene. Würzigen Kaffee mit

warm dampfender gesüßter Milch in großen, geblümten Tassen. Außerdem selbstgemachte Pflaumenkonfi-
türe mit Lavendel, ofenfrisches Baguette und buttrige
Croissants, die Max wie immer mit dem röchelnden
Mofa oben aus Bonnieux geholt hatte.

Jean sah vom Teller hoch. Dort oben war die alte romanische Kirche von Bonnieux. Daneben die Friedhofsmauer,
gleißend hell. Steinerne Kreuze reckten sich zum Himmel.
Er erinnerte sich an das Versprechen, das er gebrochen
hatte.

Ich wünsche mir, dass du vor mir stirbst.

Ihr Körper hatte ihn genommen, während sie stöhnte:
»Versprich es! Versprich es mir!«

Er versprach es ihr.

Heute war er sich sicher: Manon wusste damals schon,
dass er den Schwur nicht würde halten können.

*Ich will nicht, dass du den Weg zu meinem Grab allein ge-
hen musst.*

Diesen letzten Weg musste er nun doch allein nehmen.

Nach dem Frühstück brachen sie zu dritt auf, pilgerten
quer durch Zypressenwäldchen und Obstplantagen,
Gemüsefelder und Weinberge.

Das Basset-Gut, ein langgestreckter, dreistöckiger, sanft
gelber Bau, ein Herrensitz, flankiert von hohen dicken
Kastanien, Rotbuchen und Eichen, blinkte nach einer
Viertelstunde zwischen den Rebenreihen hervor.

Perdu schaute unruhig in die blendende Üppigkeit. Der
Wind spielte mit den Büschen und Bäumen.

Irgendetwas regte sich in ihm. Nicht Neid, nicht Eifersucht, nicht die Empörung von gestern Nacht. Sondern …

Es ist oft ganz anders, als man fürchtet.

Zuneigung. Ja, er empfand eine lose Zuneigung. Zu dem Ort, zu den Leuten, die ihren Wein *Manon* genannt und sich dem Wiederaufbau ihres Glücks gewidmet hatten.

Max war so klug, an diesem Morgen ganz still zu sein.

Jean griff nach Catherines Hand.

»Danke«, sagte er. Sie verstand, was er meinte.

Rechts vom Gut befand sich eine neue Halle. Für Anhänger, für große wie kleine Traktoren und für diese speziellen Weintrecker, die mit den hohen, schmalen Reifen.

Unter einem der Trecker, einem roten, schauten halb verborgen Beine in einem Arbeitsoverall hervor, und aus den Tiefen unter der Maschine hörten sie einfallsreiche Flüche und das typische Geklirr von Werkzeugen.

»Salut, Victoria!«, rief Max, Glück und Unglück nebeneinander in seiner Stimme.

»Ach, der Herr Serviettenbenutzer«, ließ sich ein junge Frauenstimme vernehmen.

Ein Sekunde später rollte das Treckermädchen unter dem Gerät hervor. Verlegen wischte sie sich über das ausdrucksvolle Gesicht und machte es damit nur noch schlimmer, verrieb Schmutz- und kleine Ölflecken.

Jean hatte sich gewappnet, aber dann war es doch schlimm. Vor ihm stand eine zwanzig Jahre alte Manon. Ungeschminkt, die Haare länger, der Körper jungenhafter.

Und natürlich sah sie nicht aus wie Manon – wenn Perdu dieses kraftvolle, bezaubernde, selbstbewusste Mädchen anschaute, flimmerte das Bild. Neunmal sah er nicht Manon, und beim zehnten Mal schaute sie doch aus dem fremden jungen Gesicht heraus.

Victoria konzentrierte sich jetzt ganz auf Max, sah ihn von oben bis unten an, seine Arbeitsschuhe, seine verschossene Hose, sein verwaschenes Hemd. Es schien so etwas wie Anerkennung in ihrem Blick zu liegen. Sie nickte zufrieden.

»Sie nennen Max einen Serviettenbenutzer?«, fragte Catherine, gespielt harmlos.

»Ja«, sagte Vic, »er war genau der Typ. Benutzte Servietten, nahm die Metro, statt zu Fuß zu gehen, kannte Hunde nur aus Handtaschen und so weiter.«

»Ihr müsst die junge Dame entschuldigen. Hier auf dem Land lernt man Manieren erst kurz vor der Hochzeit«, spottete Max freundlich.

»Wie man weiß, das wichtigste Ereignis im Leben einer Pariserin«, konterte sie.

»Und gern auch öfter als einmal.« Max grinste.

Vic lächelte zurück, ein Komplizinnenlächeln.

Jede Reise endet, wenn du beginnst zu lieben, dachte Jean, während er die jungen Menschen beobachtete, die sich ihrer Konzentration aufeinander lustvoll hingaben.

»Wollt ihr zu Papa?«, unterbrach Vic den Zauber dann ruckartig.

Max nickte mit glasigem Blick, Jean nickte beklommen, aber es war Catherine, die lächelnd sagte: »Ja, teilweise.«

»Ich begleite euch zum Haupthaus.«

Sie ging auch nicht wie Manon, fiel Perdu auf, als sie ihr folgten, unter hohen, kräftigen Platanen her, in denen Heupferdchen sangen.

Die junge Frau drehte sich noch mal zu ihm um.

»Ich bin übrigens der Rotwein. Victoria. Der Weiße ist meine Mutter, Manon. Ihr hat mal der Weinberg gehört.«

Jean suchte Catherines Hand. Sie drückte sie kurz.

Max' Blick klebte an Victoria, die nun vor ihnen die Treppe emporsprang, je zwei Stufen auf einmal nehmend. Er blieb dennoch abrupt stehen und hielt Jean am Arm zurück.

»Was ich letzte Nacht nicht erwähnt habe, ist: Das ist die Frau, die ich heiraten werde«, sagte Max ernsthaft und ruhig. »Auch dann, wenn es deine Tochter sein sollte.«

O Gott. Meine?

Victoria winkte sie herein und deutete auf das Weinprobenzimmer. Ob sie Max' Worte gehört hatte? In ihrem Lächeln blitzte so etwas auf wie: Mich heiraten? Du Serviettenbenutzer? Da musst du aber noch ein paar Briketts drauflegen.

Laut sagte sie: »Links geht es zu den alten Kellern, da reifen wir den *Victoria*. Der *Manon* wird in den Gewölben unter dem Aprikosengarten ausgebaut. Ich hole meinen Vater, er wird euch die *Domaine* gern zeigen. Wartet hier im Probenzimmer. Wen darf ich … melden?«, fragte Vic zum Schluss fröhlich und theatralisch.

Sie schickte ein glühendes Lächeln zu Max, ein Lächeln, das aus ihrem gesamten Körper zu kommen schien.

»Jean Perdu. Aus Paris. Der Buchhändler«, sagte Jean Perdu.

»Jean Perdu, der Buchhändler aus Paris«, wiederholte Victoria vergnügt. Dann verschwand sie.

Catherine, Jean und Max hörten, wie sie auf knarrenden Stufen nach oben federte, einen Flur entlangging, mit jemandem redete. Länger redete, Frage, Antwort, Frage, Antwort.

Ihre Schritte, abwärts, genauso athletisch, unbeschwert.

»Er kommt sofort.« Victoria streckte den Kopf herein, lächelte, wurde zu Manon und verschwand wieder.

Jean hörte, wie Luc oben hin und her ging. Einen Schrank öffnete oder eine Schublade.

Jean stand da, während der Mistral an Geschwindigkeit zulegte, an den hohen Läden des Gutes riss, durch die Blätter der hohen Kastanien fuhr und trockene Erde zwischen den Reben entlangschob.

Er stand da, bis sich Max erfolgreich unsichtbar gemacht hatte, indem er das Probenzimmer und das Haus verließ und Victoria nachging.

Bis Catherine ihm die Schulter streichelte, flüsterte: »Ich warte im Bistro, und ich liebe dich, egal, was dabei herauskommt«, und sich aufmachte, um Milas Reich zu besuchen.

Jean wartete, bis er Lucs Schritte über die knarrenden Dielen und knirschenden Treppenstufen und den gekachelten Gutshausboden näher kommen hörte.

Dann erst drehte sich Perdu um und zur Tür.

Gleich würde er vor Manons Ehemann stehen.

Dem Mann, dessen Frau er geliebt hatte.

Jean hatte sich nicht eine Sekunde überlegt, was er Luc sagen wollte.

43

*L*uc war so groß wie er. Mandelfarbenes, sonnengealtertes Haar, der Kurzhaarschnitt rausgewachsen. Hellbraune, intelligente Augen, umrahmt von vielen Fältchen. Ein großer, schlanker Baum in Jeans und blauem, ausgewaschenem Hemd, sein Körper geprägt vom Umgang mit Erde, Frucht und Stein.

Perdu sah sofort, was Manon an ihm gemocht hatte.

Luc Basset besaß eine von außen sichtbare Verlässlichkeit, gepaart mit Gefühl und Männlichkeit. Eine Männlichkeit, die sich nicht an Geld, Erfolg oder schnellen Sprüchen messen ließ, sondern an Kraft, Durchhaltevermögen und der Fähigkeit, für eine Familie, ein Haus, ein Stück Land zu sorgen. Solche Männer waren an das Land ihrer Vorfahren gebunden; ein Stück davon zu verkaufen, zu verpachten oder auch nur an den neuen Schwiegersohn zu geben, war wie eine Organentnahme.

»Wetterfest«, hätte Jeans Mutter Lirabelle über Luc gesagt. »Es macht einen anderen Menschen aus dir, wenn du dich als Kind an offenen Feuern gewärmt hast statt an Fernwärme, wenn du auf Bäume geklettert bist, statt mit dem Helm auf dem Bürgersteig zu radeln, und wenn du rausgegangen bist, statt dich vor den Fernseher zu hocken.« Deshalb hatte sie Jean bei den bretonischen Verwandten in den Regen geschickt und ihm das Badewasser im Kaminkessel gewärmt. Nie wieder war ihm heißes Wasser danach so gut vorgekommen.

Wieso musste Jean beim Anblick von Luc an brodelnde bretonische Wasserkessel denken?

Weil Manons Mann genauso intensiv, lebendig und echt war.

Lucs aufrechte Schultern, seine arbeitsgewohnten Arme, seine Haltung, alles sprach: Ich knicke nicht ein. Und dieser Mann betrachtete ihn mit seinen dunklen Augen, forschte Jeans Gesicht aus, besah seinen Körper, die Finger. Sie gaben sich nicht die Hand.

»Also?«, fragte Luc stattdessen von der Tür her. Eine tiefe, gelassene Stimme.

»Ich bin Jean Perdu. Ich bin der Mann, mit dem Ihre Frau Manon in Paris gelebt hatte. Bis … vor einundzwanzig Jahren. Und fünf Jahre lang.«

»Das weiß ich«, sagte Luc ruhig. »Sie hat es mir gesagt, als sie wusste, dass sie sterben wird.«

Die beiden Männer schauten sich an, und für einen irren Moment glaubte Perdu, dass sie einander umarmen würden. Weil nur der eine den Schmerz des anderen verstehen konnte.

»Ich bin hier, um um Verzeihung zu bitten.«

Über das Gesicht des Winzers huschte ein Lächeln.

»Wen?«

»Manon. Nur Manon. Als Ihr Ehemann … für Sie gibt es keine Möglichkeit, zu verzeihen, dass ich Ihre Frau geliebt habe. Und auch keine zu verzeihen, dass ich der andere war.«

Lucs Augen wurden schmal. Sehr aufmerksam sah er Perdu an.

Fragte er sich, ob Manon es gemocht hatte, diese Hände zu spüren? Fragte er sich, ob Jean fähig gewesen war, seine Frau so gut zu lieben, wie er es gekonnt hatte?

»Warum kommen Sie erst jetzt?«, fragte Luc langsam.

»Ich habe den Brief damals nicht gelesen.«

»Mein Gott«, sagte Luc überrascht. »Aber warum denn nicht, Mann?«

Das war der schwierigste Teil.

»Ich hatte erwartet, da stehe nur das drin, was Frauen eben so schreiben, wenn sie ihre Liebhaber satt sind«, sagte Perdu. »Mich zu verweigern war das Einzige, was mir damals noch meine Würde bewahrte.«

Die Worte fielen ihm schwer, so schwer.

Und jetzt schütte bitte endlich deinen Hass über mir aus.

Luc ließ sich Zeit. Er wanderte in dem Weinproben-zimmer hin und her. Endlich sprach er wieder. Diesmal zu Jeans Rücken.

»Das muss schlimm gewesen sein – als Sie den Brief dann doch lasen. Und merkten, dass Sie sich die ganze Zeit ge-täuscht hatten. Dass es eben nicht die üblichen Worte wa-ren. ›Lass uns Freunde bleiben‹ und so ein Unsinn. Das hatten Sie erwartet, nicht wahr? ›Es liegt nicht an dir, sondern an mir … ich wünsche dir jemanden, der dich verdient …‹ Aber es war dann ganz anders.«

Mit diesem Einfühlungsvermögen hatte Jean nicht ge-rechnet.

Er verstand immer mehr, warum Manon Luc geheiratet hatte.

Und nicht ihn.

»Es war die Hölle«, gab er zu. Er wollte mehr dazu sa-gen, viel mehr. Aber es erstickte ihn.

Die Vorstellung, wie sich Manons Blick auf eine Tür heftete, die sich nie öffnete.

Er drehte sich nicht zu Luc um. Tränen der Scham brannten heiß in seinen Augen.

Da spürte Jean Lucs Hand auf seiner Schulter.

Der Mann drehte ihn zu sich. Sah ihm in die Augen, forschte und ließ Jean auch seinen Kummer sehen.

Sie standen nur noch einen Meter voneinander entfernt, während sie sich mit ihren Blicken Unaussprechbares sagten.

Jean sah Kummer und Zärtlichkeit, Wut und Verständ-nis. Er sah, dass sich Luc fragte, was sie nun tun sollten, er sah aber auch Mut, alles auszuhalten.

Ich wünschte, ich hätte Luc vorher gekannt.

Sie hätten miteinander trauern können. Nach dem Hass und nach der Eifersucht.

»Ich muss das jetzt fragen«, sagte Jean. »Es lässt mir keine Ruhe, seitdem ich sie gesehen habe. Ist ... ist Victoria ...«

»Sie ist unsere Tochter. Als Manon wieder nach Paris ging, war sie im dritten Monat, Victoria wurde im Frühling gezeugt. Manon wusste da schon, dass sie krank war, aber sie behielt es für sich. Sie entschied sich für das Kind und gegen die Krebstherapie, als die Ärzte ihr zusicherten, dass für das Baby eine Chance bestand.«

Jetzt bebte auch Lucs Stimme.

»Manon hat ihren sicheren Tod allein beschlossen. Und es mir erst gesagt, als es zu spät war ... zu spät, um auf das Kind zu verzichten und eine Heilung zu versuchen. Sie hat mir den Krebs bis zu dem Brief an dich vorenthalten, Jean. Sie habe sich so geschämt, sagte sie, und dass es die gerechte Strafe dafür sei, in einem Leben zwei Mal zu lieben. Mein Gott! Als ob die Liebe ein Verbrechen sei ... Warum hat sie sich nur so gestraft? Warum?«

Da standen die beiden Männer, sie weinten nicht, und doch sahen sie beide, wie der andere mit dem Atem kämpfte, schluckte, wie sich Zahn auf Zahn presste, wie sie versuchten, nicht unterzugehen.

»Willst du noch den Rest wissen?«, fragte Luc irgendwann.

Jean nickte.

»Ja. Bitte«, sagte er, »bitte, ich will alles wissen. Und, Luc ... es tut mir leid. Ich wollte nie ein Dieb fremder Liebe sein. Es tut mir leid, dass ich nicht verzichtet habe und ...«

»Vergiss es!«, sagte Luc wild und hitzig. »Ich kann's dir nicht verdenken. Natürlich, wenn sie in Paris war, kam ich mir vor wie der Vergessene. War sie bei mir, lebte ich als ihr Liebhaber und dein Rivale auf; dann warst du auf einmal ihr betrogener Mann. Aber all das war das Leben … und so fremd es manchem vorkommt, es war nicht unverzeihlich.«

Luc schlug mit der Faust in seine offene Hand. Jetzt loderte ein solcher Aufruhr in seinem Gesicht, dass Jean befürchtete, der Mann würde ihn gleich gegen die Mauer stoßen.

»Ich bedauere sehr, dass Manon es sich so schwer machte. Meine Liebe hätte für sie und dich gereicht, ich schwöre es, so wie ihre für dich und mich. Sie hat mir nichts weggenommen. Nie! Warum hat sie sich selbst nicht verziehen? Es wäre nicht leicht gewesen, du und ich und sie und wer weiß wer noch. Aber das Leben ist so oder so nicht leicht, und es gibt tausend Wege hindurch. Sie hätte keine Angst haben müssen, wir hätten einen Weg gefunden. Jeder Berg hat einen Pfad. Jeder.«

Ob Luc das wirklich glaubte? Konnte ein Mensch so stark fühlen und so voller Menschenliebe sein?

»Komm!«, verlangte Luc jetzt.

Er ging vor Perdu den Flur hinunter, rechts, links, noch ein Flur, und dann …

Eine hellbraune Tür. Manons Mann sammelte sich, bevor er einen Schlüssel in das Schloss steckte, ihn drehte und seine große zuverlässige Hand auf die Messingklinke drückte.

»Das ist Manons Sterbezimmer gewesen«, erklärte er rauh.

Das Zimmer war nicht sehr groß, aber voller Licht. Es wirkte, als würde es immer noch genutzt. Ein hoher Holzschrank, ein Sekretär, ein Stuhl, über dem eines von Manons Hemden hing. Ein Sessel, daneben ein Tischchen mit einem aufgeklappten Buch. Das Zimmer lebte. Nicht wie jenes, das er in Paris zurückgelassen hatte. Dieses blasse, müde, traurige Zimmer, in dem er die Erinnerungen und die Liebe fortgeschlossen hatte.

Hier war es, als ob seine Bewohnerin nur kurz nach draußen gegangen wäre. Eine große, hohe Tür führte auf eine Steinterrasse und in einen Garten mit Kastanien, Bougainvilleen, Mandelbäumen, Rosen und Aprikosenbäumen, unter denen just eine schneeweiße Katze herstreifte.

Jean schaute auf das Bett. Es war mit dem bunten Plaid abgedeckt, den Manon vor ihrer Hochzeit genäht hatte. Bei ihm, in Paris. Den Plaid und die Flagge mit dem Buchvogel.

Luc folgte Jeans Blick.

»In dem Bett ist sie gestorben. Heiligabend 1992. Sie hat mich gefragt, ob sie die Nacht überleben wird. Ich habe ja gesagt.«

Er wandte sich zu Perdu. Jetzt waren Lucs Augen sehr dunkel, sein Gesicht zerrissen vor Schmerz. Alles Kontrollierte war ihm entglitten. Seine Stimme war hoch, erstickt und voller Not, als er hervorstieß: »Ich habe ja gesagt. Es war das einzige Mal, dass ich meine Frau angelogen habe.«

Ehe er wusste, was er tat, streckte Perdu seine Arme aus, um Luc an sich zu ziehen.

Der Mann wehrte sich nicht. Mit einem »O Gott!« erwiderte der Mann Jeans Umarmung.

»Was immer ihr füreinander wart, es ist nicht zerstört worden durch das, was ich ihr war. Sie wollte niemals ohne dich sein, niemals.«

»Ich habe Manon doch nie angelogen«, murmelte Luc, als habe er Jeans Worte gar nicht gehört. »Nie. Nie.«

Jean Perdu hielt Luc, während der wie von Krämpfen geschüttelt wurde. Luc weinte nicht, Luc sprach nicht. Nur dieses unendliche Zusammenkrampfen in Jeans Armen.

Jean fand zutiefst beschämt in seiner Erinnerung den Weihnachtsabend im Jahr 1992. Er war durch Paris gewankt, hatte die Seine beschimpft, hatte getrunken. Und während er so kleine, nichtige Dinge tat, hatte Manon gekämpft, bitter gekämpft. Und verloren.

Ich habe es nicht gespürt, als sie starb. Kein Reißen. Kein Erdbeben. Kein Blitz. Nichts.

In seinen Armen beruhigte sich Luc.

»Manons Tagebuch. Ich sollte es dir von ihr geben, wenn du eines Tages doch kommst«, presste er mit dünner Stimme hervor. »Das hat sie sich gewünscht. Sie hat bis über ihren Tod hinaus gehofft.«

Zögernd ließen sie einander los.

Luc setzte sich auf den Diwan. Er langte zu dem Nachttisch und öffnete die Schublade.

Jean erkannte den Einband sofort. Darin hatte Manon auch geschrieben, als sie sich das erste Mal trafen, im Zug nach Paris. Als sie geweint hatte, weil sie ihren Süden verließ. Und oft auch nachts schrieb sie darin, wenn sie nicht schlafen konnte, nachdem sie Liebe gemacht hatten.

Luc stand auf, reichte Jean das Buch, und dieser griff danach, doch der kräftige Winzer hielt es noch für einen Moment fest.

»Und das soll ich dir von mir geben«, sagte er ruhig.

Jean hatte es kommen sehen – und er wusste, er durfte nicht ausweichen. Also schloss er nur die Augen.

Lucs Faust traf ihn zwischen Lippe und Kinn.

Nicht zu fest, aber fest genug, dass es Jean die Luft nahm, seinen Blick trübte und ihn an die Wand taumeln ließ.

Von irgendwoher hörte er Lucs entschuldigende Stimme.

»Glaub bitte nicht, es war dafür, weil du mit ihr geschlafen hast. Ich wusste, als ich sie heiraten wollte, dass *ein* Mann Manon nie alles sein wird.« Luc reichte Jean die Hand. »Es war vielmehr dafür, weil du nicht rechtzeitig zu ihr gekommen bist.«

Für einen Augenblick blendete alles übereinander.

Sein verbotenes, lebloses Zimmer in der Rue Montagnard.

Manons Sterbezimmer, warm und hell.

Lucs Hand in seiner.

Und auf einmal war diese Erinnerung wieder da.

Jean hatte sehr wohl etwas gespürt, als Manon starb.

In den Tagen vor Weihnachten, als er oft volltrunken war und dann fast einschlief. In diesen wirren Zuständen, da hatte er sie reden hören. Verwehte Worte, die er nicht verstand. »Tassentür«, »Buntstift«, »Südlicht« und »Rabe«.

Er stand dort, in Manons Zimmer, ihr Tagebuch in der Hand, und ahnte, dass er diese Worte darin finden würde.

In ihm war plötzlich eine große Ruhe, und in seinem Gesicht brannte der gute Schmerz des verdienten Schlags.

»Kannst du damit essen?«, fragte Luc verlegen und deutete auf Perdus Kinn. »Mila hat Zitronenhähnchen gemacht.«

Jean nickte.

Er fragte nicht mehr, warum Luc Manon einen Wein gewidmet hatte. Er verstand es jetzt.

Manons Reisetagebuch

Maman hat die dreizehn Desserts gemacht. Verschiedene Nüsse, verschiedene Früchte, Rosinen, zweifarbiger Nougat, Ölkuchen, Butterkuchen mit Zimtmilch.

Victoria liegt in der Wiege und hat rosige Wangen und ganz neugierige Augen. Sie sieht aus wie ihr Vater.

Luc wirft mir nicht mehr vor, dass ich gehe und Victoria bleibt und nicht andersherum.

Sie wird ein Südlicht werden, ihr Leuchten groß.

Ich bitte Luc, Jean, falls er doch noch kommt, irgendwann, egal wann, dieses Buch zum Lesen zu geben. Für einen Abschiedsbrief, der alles erklärt, fehlt mir die Kraft.

Mein kleines Südlicht. Ich hatte nur achtundvierzig Tage mit Vicci, und doch träumte ich von Jahren, ich sah so viele Leben, die auf meine Tochter warten.

Maman schreibt für mich nun diese Worte, denn auch zum Halten des Stiftes fehlt mir die Kraft. Ich hab alles bis hierher aufgebraucht, um noch selbst die dreizehn Desserts zu essen und nicht vom Brot der Toten.

Es dauert lange, zu denken.

Die Wörter sind immer weniger geworden. Alle ausgezogen.

In die weite Welt. Lauter Buntstifte unter Bleistiften.

Lauter Lichter im Dunkeln.

Sehr viel Liebe ist hier im Haus.

Alle lieben einander und auch mich. Alle sind tapfer und ganz verliebt in das Kind.

(Meine Tochter will ihre Tochter halten. Manon und Victoria liegen da zusammen, und im Kamin knistern die Zweige. Luc kommt und nimmt seine beiden Mädchen in den Arm. Manon hat mir bedeutet, dass sie noch etwas schreiben lassen möchte. Meine Hand mit dem Stift ist eiskalt. Mein Mann bringt mir warmen Weinbrand, aber meine Finger spüren die Wärme nicht.)

Liebe Victoria, Tochter, Schöne. Es war ganz leicht, mich für dich hinzugeben. So ist das, lach darüber, du wirst geliebt sein, immer.
Den Rest, Tochter, über mein Leben in Paris, lies und sei bedächtig mit dem Urteil.

(Manon hat Aussetzer, ich schreibe nur mehr mit, was sie flüstert. Sie zuckt zusammen, wenn irgendwo eine Tür geht. Sie erwartet ihn immer noch, den Mann aus Paris. Sie hofft immer noch.)

Warum Jean wohl nicht kam.
Zu viel Schmerz?
Ja. Zu viel Schmerz.
Schmerz macht den Mann dumm. Dummer Mann hat leichter Angst.
Lebenskrebs, das hatte mein Rabe.

(Meine Tochter löst sich vor meinen Augen auf. Ich schreibe und versuche, nicht zu weinen. Sie fragt, ob sie diese Nacht noch überlebt. Ich lüge sie an und sage: Ja. Sie sagt, ich lüge auch, wie Luc.
Sie schläft kurz ein. Luc nimmt das Kind. Manon wacht auf.)

*Die Post hat er bekommen, sagt Madame Rosalette,
die Gute. Sie wird auf ihn achten, soweit sie kann,
soweit er es zulässt. Ich sage ihr: Stolz! Dumm!
Schmerz!*

*Und sie sagt auch, dass er die Möbel zerschlagen hat
und erstarrt ist. Erstarrt in allem, er ist fast wie gestorben, sagt sie.*

Da sind wir ja schon mal zwei.

(Hier lacht meine Tochter.)

*Maman hat heimlich etwas dazugeschrieben, was sie
nicht soll.*

Will es mir nicht zeigen.

Wir rangeln noch auf den letzten Metern.

*Was soll es, was soll man sonst machen? Stumm und in
der besten Wäsche warten, bis der Schnitter ausholt?*

*(Sie lacht schon wieder und hustet. Draußen färbt der
Schnee die Atlaszedern wie ein Leichentuch. Lieber
Gott, du bist alles, was ich hasse, weil du mir meine
Tochter vor der Zeit nimmst und mir zum Trauern
ihr Kind lässt. Was glaubst du, wie das gehen soll?
Tote Katzen durch junge Katzen ersetzen, tote Töch-
ter durch Enkeltöchter?)*

*Soll man nicht bis zuletzt so leben wie immer, weil
genau das den Tod so ärgert: leben bis zum letzten
Schluck?*

*(Hier hustet meine Tochter, und es vergehen zwanzig
Minuten, bis sie wieder spricht. Sie sucht Wörter.*

Zucker, sagt sie, aber das ist es nicht. Sie ärgert sich.
Tango, flüstert sie.
Tassentür, schreit sie.
Ich weiß, sie meint: Terrassentür.)

Jean. Luc. Beide. Ihr.
Letztlich. Gehe ich nur nach nebenan.
Ans Ende des Flurs, in mein schönstes Zimmer.
Und von dort in den Garten. Und dort werde ich
Licht und gehe, wohin ich will.
Da sitze ich manchmal, am Abend, und sehe auf das
Haus, das wir gemeinsam bewohnt haben.
Ich sehe dich, Luc, geliebter Mann, in den Zimmern
umherstreifen, und dich, Jean, sehe ich in den ande-
ren.
Du suchst mich.
Natürlich bin ich nicht mehr in den abgeschlossenen
Zimmern.
Schau doch mal zu mir! Hier draußen.
Hebe den Blick, ich bin da!
Denk an mich und ruf meinen Namen!
Nichts ist weniger da, nur weil ich fort bin.
Der Tod bedeutet eigentlich gar nichts.
Er ändert doch nichts am Leben.
Wir bleiben immer, was wir füreinander waren.

Manons Unterschrift war geisterhaft und schwach.
Über zwanzig Jahre später beugte sich Jean Perdu über
die krakeligen Buchstaben und küsste sie.

44

Am dritten Tag hörte der Mistral einfach auf. Das war immer so. Er hatte an Gardinen gezerrt, die herumliegenden Plastiktüten neu und paritätisch verteilt, die Hunde zum Bellen gebracht und die Menschen zum Weinen.

Nun war er fort und damit auch der Staub, die verbrauchte Hitze und die Müdigkeit. Das Land hatte auch die Touristen abgestreift, die immer etwas zu schnell, zu hektisch, zu hungrig die kleinen Städte fluteten. Nun schwenkte der Luberon wieder auf sein Tempo um, das allein den Zyklen der Natur gehörte. Blühen, säen, sich paaren, warten, Geduld haben, ernten und im richtigen Moment das Richtige tun, ohne zu zögern.

Die Wärme kehrte zurück, aber es war die milde, lächelnde Herbstwärme, die sich auf abendliche Gewitter freute und auf morgendliche Frische, lang entbehrt während der brütenden Sommermonate, die das Land durstig gemacht hatten.

Je höher Jean Perdu über den steilen, gefurchten Sandsteinpfad aufstieg, desto stiller wurde es. Nur die Grillen, Zikaden und ein leichtes Windklagen begleiteten ihn, während er den wuchtigen Kirchberg von Bonnieux bezwang. Er hatte Manons Tagebuch dabei, eine bereits geöffnete, aber wieder lose verkorkte Flasche Wein von Luc und ein Glas.

Er ging, wie es der steile, unebene Weg von jedem verlangte, gebeugt, im Büßergang, mit kleinen Schritten und mit Schmerzen, die sich an den Waden emporrankten über die Beine, den Rücken, den Kopf.

Er passierte die Kirche, ihre Treppen, die fast einer Steinleiter glichen, die Zedern, dann war er oben.

Der Blick machte ihn schwindelig.

Das Land lag ausgebreitet weit, weit unter ihm. Der lichte Tag nach dem Mistral hatte den Himmel ausbluten lassen. Dort, wo Jean Avignon vermutete, war der Horizont fast weiß.

Er sah sandfarbene Häuser, hingewürfelt in das Grün und Rot und Gelb wie in einem historischen Gemälde. Lange Rebenreihen, aufgestellt wie Soldaten, reif und saftig. Riesige, verblühte Lavendelquadrate. Grüne, braune, currygelbe Felder, und dazwischen das sich bewegende, winkende Grün der Bäume. Es war ein so schönes Land, und der Ausblick majestätisch – er bezwang jeden, der eine Seele besaß.

Es war, als sei dieser Kalvarienberg mit seinen dicken Mauern, den wuchtigen Grabsarkophagen, den wie Finger in die Luft zeigenden Steinkreuzen die unterste Stufe des Himmels.

Auf dieser lichten Höhe würde Gott heimlich sitzen und schauen. Und nur die Toten und er konnten über diesen weiten, feierlichen Blick verfügen.

Jean ging über groben Kies bis zu dem hohen, schmiedeeisernen Tor, mit gesenktem Kopf und klopfendem Herzen.

Das Areal war lang und schmal. Es war auf zwei Ebenen angelegt, mit je zwei Reihen Gräbern. Verwitterte sandfarbene Totenschreine und schwarzgraue Marmorsarkophage auf der oberen Ebene, und noch mal je zwei auf der unteren. Grabsteine so hoch wie Türen, breit wie Betten, häufig gekrönt von einem trutzigen Kreuz. Fast lauter Familiengräber, tiefe Totenladen, in denen ganze Jahrhunderte der Trauer Platz fanden.

Zwischen den Gräbern standen gestutzte, schlanke Zypressen, die keinen Schatten spendeten. Hier war alles nackt und bloß, es gab keinen Schutz, nirgends.

Langsam und immer noch außer Atem schritt Perdu die erste Reihe ab und las die Namen. Auf den großen Sarkophagen standen Blumen aus Porzellan, stilisierte Bücher aus Stein, poliert und mit Fotos oder kurzen Versen versehen. Manche zierten kleine Figuren, die das Hobby des Verstorbenen nachstellten.

Ein Mann – Bruno – mit einem Irish Setter und in Jagdkluft.

Ein anderes Grab mit einer Hand Spielkarten.

Das nächste zeigte die Umrisse einer Insel, Gomera, offenbar der Sehnsuchtsort der Toten.

Steinerne Kommoden mit Fotos, Karten und stoßfestem Nippes. Die Lebenden von Bonnieux schickten ihre Toten mit vielen Nachrichten auf die Reise.

Die Dekorationen erinnerten Perdu an Clara Violette. Sie stellte ihren Pleyel-Flügel immer mit Krimskrams voll, den er hatte wegräumen dürfen, bevor sie ihre Balkonkonzerte gab.

Perdu nahm jäh wahr, dass er die Bewohner der Rue Montagnard No. 27 vermisste. Konnte es sein, dass er all die Jahre von Freunden und Freundinnen umgeben gewesen war und es nie gemerkt hatte?

In der Mitte der zweiten Reihe, mit Blick auf das Tal, fand Jean dann Manon. Sie lag bei ihrem Vater, Arnoul Morello.

Wenigstens ist sie nicht ganz allein, da drin.

Er sank auf die Knie. Lehnte seine Wange an den Stein.

Legte seine Arme an die Seiten, als ob er den Sarkophag umarmen wollte.

Der Marmor war kühl, obgleich sich die Sonne in ihm spiegelte.

Die Grillen zirpten.

Der Wind klagte.

Perdu wartete darauf, dass er etwas spürte. *Sie* spürte.

Doch alles, was seine Sinne ihm verrieten, waren der Schweiß, der ihm den Rücken hinunterrann, das schmerzhafte Pochen des Pulsschlags in den Ohren, der spitze Kies unter den Knien.

Er öffnete die Augen wieder, starrte auf ihren Namen, Manon Basset (née Morello), auf die Jahreszahlen 1967–1992, auf den Rahmen mit einem schwarzweißen Bild von ihr.

Aber nichts tat sich.

Sie ist nicht hier.

Ein Windstoß fuhr durch eine Zypresse.

Sie ist nicht hier!

Enttäuscht und ratlos stand er auf.

»Wo bist du?«, flüsterte er in den Wind hinein.

Der Familiengrabstein war vollgestellt. Porzellanblumen, Katzenfiguren, eine Skulptur, die wie ein offenes Buch aussah.

Manche Plastiken trugen Fotos. Lauter Bilder, die Perdu von Manon nicht kannte.

Ihr Hochzeitsbild, darunter der Schriftzug: »In Liebe, nie gereut, Luc.«

Auf einem anderen, auf dem Manon ihre Katze auf dem Arm hielt, stand: »Die Tür zur Terrasse steht immer offen – Maman.«

Auf einem dritten: »Ich kam, weil du gingst – Victoria.«

Vorsichtig griff Jean nach der Skulptur, die wie ein aufgeschlagenes Buch aussah, und las die Inschrift.

»Der Tod bedeutet gar nichts. Wir bleiben immer, was wir füreinander waren.«

Jean las die Zeilen noch einmal, diesmal laut.

Es waren die Worte, die Manon gesagt hatte, als sie in Buoux zwischen den dunklen Bergen ihren Stern gesucht hatten.

Er strich über den Sarkophag.

Aber sie ist nicht hier.

Manon war nicht dort, nicht eingesperrt im Stein, umfangen von Erde und trostloser Einsamkeit. Nicht für einen Wimpernschlag war sie hinabgestiegen in die Gruft zu ihrem verlassenen Körper.

»Wo bist du?«, fragte er wieder.

Er ging zu der Steinbrüstung und schaute in das weite, prächtige Land, das ausgebreitet unter ihm lag, das Tal des Calavon. Alles war so klein. Es war, als flöge er, einem der Bussarde gleich. Er roch die Luft. Atmete sie ganz und gar ein und aus. Er fühlte die Wärme und hörte den Wind in den Atlaszedern spielen. Er konnte sogar Manons Weinberg sehen.

Neben einer der Zypressen, neben den Wasserschläuchen für die Blumen führte eine breite Steintreppe zur oberen Ebene.

Dort setzte er sich hin, nahm den Korken von dem Weißwein, dem *Manon XV,* und goss etwas in das Glas.

Vorsichtig nahm Jean einen Schluck. Er roch an dem Wein, es war ein fröhlicher Duft. Der *Manon* schmeckte nach Honig, nach hellem Obst, nach dem zärtlichen Seufzen kurz vor dem Einschlafen. Ein lebendiger, widersprüchlicher Wein, ein Wein voller Liebe.

Das hat Luc gut gemacht.

Er stellte das Glas neben sich auf die Steinstufen und schlug Manons Tagebuch auf. Er hatte in den letzten Tagen und Nächten immer wieder darin gelesen, während Max, Catherine und Victoria gemeinsam in den Weinbergen gearbeitet hatten. Manches kannte er inzwischen auswendig, anderes hatte ihn überrascht. Manches hatte ihn gekränkt, und vieles hatte ihn mit Dankbarkeit durchdrungen. Er hatte nicht gewusst, wie viel er Manon bedeutet hatte. Er hatte es sich wohl früher so gewünscht, aber jetzt erst, da er seinen Frieden mit sich gemacht hatte und neu verliebt war, erfuhr er die Wahrheit. Und sie heilte alte Wunden.

Jetzt aber suchte er einen Eintrag, den sie in der Zeit des Wartens gemacht hatte.

Ich habe schon lange genug gelebt, hatte Manon im späten Herbst notiert, *an einem Oktobertag wie dieser hier. Ich habe gelebt, geliebt, ich habe also das Beste von der Welt gehabt. Warum das Ende bedauern? Warum festhalten am Rest? Der Tod hat den Vorteil, dass man aufhört, sich vor ihm zu fürchten. Es ist auch Friede in ihm.*

Er blätterte weiter. Nun kamen die Einträge, die ihm das Herz brachen vor Mitleid. In denen sie von der Angst erzählte, die in Wellen durch ihren Körper lief. Nachts, wenn Manon aufwachte in der stillen Dunkelheit und den Tod näherkriechen hörte. Auch in jener Nacht, als sie, hochschwanger, in Lucs Zimmer floh und er sie hielt bis zum Morgen, sich beherrschte, nicht zu weinen.

Wie er es doch tat, unter der Dusche, wo er glaubte, sie höre es nicht.

Natürlich hatte sie es gehört.

Immer wieder hatte Manon ihre Fassungslosigkeit über Lucs Stärke zum Ausdruck gebracht.

Er hatte sie gefüttert und gewaschen. Hatte mit angesehen, wie sie immer weniger wurde, außer an ihrem Babybauch.

Perdu trank noch ein Glas, bevor er weiterlas.

Mein Kind nährt sich von mir. Von dem gesunden Fleisch nimmt es sich. Mein Bauch ist rosig, prall und lebendig. Da drin sitzt wahrscheinlich ein Rudel kleiner Katzen, so munter, wie es zugeht. Der Rest von mir ist tausend Jahre älter. Grau und faulig und dürr wie Knäckebrot, das die Nordländer immer essen. Mein Mädchen wird goldene, fettig glänzende Hörnchen essen dürfen. Sie wird siegen, siegen über den Tod, wir machen ihm eine lange Nase, dies Kind und ich. Ich möchte sie Victoria nennen.

Wie hatte sie ihr ungeborenes Kind geliebt! Wie hatte Manon es mit der Liebe gefüttert, die überreichlich in ihr brannte.

Kein Wunder, dass Victoria so kraftvoll ist, dachte er.

Manon hat sich ihr ganz gegeben.

Er blätterte zurück, zu jener Augustnacht, in der Manon beschloss, ihn zu verlassen.

Du liegst jetzt auf dem Rücken wie ein Tänzer in der Pirouette. Ein Bein lang, das andere angezogen. Ein Arm über dem Kopf, das andere fast in die Seite gestemmt.

Du hast mich immer angesehen, als sei ich einzigartig. Fünf Jahre lang, nicht ein einziges Mal hast du mich genervt oder gleichgültig angeschaut. Wie hast du das bloß geschafft?

Castor starrt mich an. Vermutlich sind wir Zweibei-
ner äußerst merkwürdig für Katzen.
Die Ewigkeit, die auf mich wartet, kommt mir erdrü-
ckend vor.
Manchmal, aber das ist ein wirklich böser Gedanke,
manchmal hatte ich mir gewünscht, dass es jemanden
gibt, den ich liebe und der vor mir geht. Damit ich
weiß, dass ich es auch schaffen kann.
Manchmal dachte ich, dass du vor mir gehen musst,
damit ich es auch kann. In der Gewissheit, dass du
auf mich wartest …
Adieu, Jean Perdu.
Ich beneide dich um all die Jahre, die du noch hast.
Ich gehe in mein letztes Zimmer und von dort aus in
den Garten. Ja, so wird es sein. Ich werde durch eine
freundliche hohe Terrassentür schreiten und mitten
hinein in den Sonnenuntergang. Und dann, dann
werde ich zu Licht, dann kann ich überall sein.
Es wäre meine Natur, ich wäre für immer da, jeden
Abend.

Jean Perdu goss sich noch ein Glas ein.

Die Sonne ging langsam unter. Ihr rosenfarbenes Licht legte sich über das Land und färbte die Fassaden golden, ließ Gläser und Fenster aufschimmern wie Diamanten.

Und dann passierte es.

Die Luft begann zu glühen.

Als lösten sich Milliarden Tropfen, die funkelten und tanzten, so legte sich ein Schleier aus Licht über das Tal, über die Berge und über ihn, Licht, das zu lachen schien. Niemals, wirklich niemals hatte Jean Perdu bisher solch einen Sonnenuntergang gesehen.

Er trank noch einen Schluck, während die Wolken begannen, sich in allen Schattierungen von kirsch- über himbeer- bis pfirsich- und honigmelonenfarben auszubreiten.

Und da endlich begriff Jean Perdu.

Sie ist hier.

Dort!

Manons Seele, Manons Energie, Manons ganzes vom Körper befreites Sein, ja, sie waren das Land und der Wind, sie war überall und in allem, sie funkelte, sie zeigte sich ihm in allem, was sie war …

… weil alles in uns ist. Und nichts vergeht.

Jean Perdu lachte, aber es tat zu weh in seinem Herzen, also verstummte er und lauschte nach innen, wo sein Lachen weitertanzte.

Manon, du hast recht.

Es ist alles noch da. Die gemeinsamen Zeiten sind unvergänglich, unsterblich. Und das Leben hört nie auf.

Der Tod unserer Lieben ist nur eine Schwelle zwischen einem Ende und einem Neuanfang.

Jean atmete tief ein und langsam wieder aus.

Er würde Catherine bitten, mit ihm diese nächste Stufe, dieses nächste Leben zu erkunden. Diesen neuen, hellen Tag nach einer langen, düsteren Nacht, die vor einundzwanzig Jahren begonnen hatte.

»Auf Wiedersehen, Manon Morello. Auf Wiedersehen«, flüsterte Jean Perdu. »Wie schön, dass es dich gegeben hat.«

Die Sonne versank hinter den Hügeln des Vaucluse, und der Himmel glühte, übergossen von flüssigem Feuer.

Erst als die Farben verblassten und die Welt zu Schatten wurde, trank Perdu das Glas *Manon* leer, bis zum letzten Tropfen.

Epilog

Sie hatten schon zum zweiten Mal gemeinsam die dreizehn Desserts zu Heiligabend gegessen und die drei Gedecke für die Toten, die Lebenden und für das Glück des kommenden Jahrs aufgelegt. Drei Plätze blieben stets frei an der langen Tafel in Luc Bassets Haus.

Sie hatten »Das Ritual der Asche«, das okzitanische Bittgebet der Verstorbenen gehört, das Victoria ihnen vorlas, am offenen Kamin in der Küche. Es war ihr Wunsch, das an jedem Todestag zu tun, für ihre Mutter Manon und für sich. Es war die Botschaft der Toten an ihre Lieben.

»Bin die Barke, die dich zu mir führt«, hob Vic mit klarer Stimme an. »Bin Salz auf deinen tauben Lippen, bin das Aroma, das Wesen aller Speisen … bin überraschte Morgenröte und geschwätziger Sonnenuntergang. Bin Insel unerschütterlich, der das Meer entflieht. Bin, was du findest und was langsam mich befreit. Bin die gute Grenze deines Alleinseins.«

Bei den letzten Worten weinte Vic, ebenso wie Jean und Catherine, die sich an den Händen hielten. Und auch Joaquin Albert Perdu und Lirabelle Bernier, gelegentliche Perdu, die hier in Bonnieux so etwas wie einen Waffenstillstand als Liebhaber und Geliebte probten. Die strengen Nordländer, die sonst so leicht nichts rührte, schon gar nicht Worte.

Sie hatten Max, ihren »sozusagen adoptierten« Enkel, sehr liebgewonnen. Und auch die Familie Basset, mit der sich ihr Leben durch Liebe, Tod und Schmerz verbunden hatte. All diese merkwürdigen Gefühle brachte Perdus Eltern für kurze Zeit zu den Feiertagen zusammen. Im Bett, zu Tisch und im geteilten Wagen. Im Rest des Jahres durfte sich Jean am Telefon natürlich weiterhin die Beschwerden seiner Mutter über ihren geschiedenen Mann, den »Anstands-Legastheniker«, anhören oder die belustigten Klagen seines Vaters über die Frau Professorin.

Catherine vermutete, dass sich die beiden mit ihren spitzen Spötteleien anwärmten, um dann, zum Nationalfeiertag, zu Weihnachten und seit neuestem sogar zu Perdus Geburtstag, mit Leidenschaft ineinanderzufallen.

Die Zeit vom dreiundzwanzigsten Dezember bis zum Dreikönigstag verbrachten sowohl die alten Perdus als auch Jean und Catherine in Bonnieux.

Die Tage zwischen den Jahren waren mit viel Essen, Lachen und Reden vergangen, mit langen Spaziergängen und Weinproben, Frauengesprächen und Männerschweigen. Und nun nahte die neue Zeit. Wieder einmal.

Die Pfirsichblüte am Ende des Winters, wenn der sich nähernde Frühling den Obstbäumen entlang der Rhône Blütenköpfe aufsteckt, bedeutete den Neuanfang in der Provence. Max und Vic hatten sich diese weißrote Blütenzeit ausgesucht, um zu heiraten. Zwölf Monate hatte sie ihn werben lassen, bevor sie ihm einen

Kuss gewährte – aber von da an war es schnell gegangen.

Wenig später erschien Max' erstes Kinderbuch: *Der Zauberer im Garten. Ein Heldenkinderbuch.*

Es hinterließ ein verdutztes Feuilleton, verstörte Eltern und begeisterte Kinder und Teenager, die sich darüber amüsierten, wie sehr das Buch ihre Erziehungsberechtigten in Rage versetzte.

Es forderte nämlich auf, alles in Frage zu stellen, was Erwachsene unter »das macht man nicht!« verstanden.

Catherine hatte nach ausgiebiger Suche, die sie und Jean kreuz und quer durch die Provence geführt hatte, ein Atelier gefunden. Der Raum war dabei nie das Problem gewesen, aber sie wollte ein Land ringsherum, das exakt ihrer beider Seelenlandschaft entsprach. Sie fanden schließlich eine Scheune neben einem entzückenden, leicht heruntergekommenen provenzalischen Bauernhaus zwischen Sault und Mazan. Rechts ein Lavendelfeld, links ein Berg, vorn freie Sicht auf Wein und den Mont Ventoux. Hinten ein Obstbaumwäldchen, durch das ihre Katzen Rodin und Nemirowsky streiften.

»Es ist, als käme ich nach Hause«, hatte Catherine Jean erklärt, als sie genussvoll den Großteil ihres Scheidungsbonus beim Notar hinterlegte. »Als hätte ich mein ewiges Haus am Ende eines verschlungenen Wegs wiedererkannt.«

Ihre Skulpturen waren fast doppelt so hoch wie Menschen. Es war, als sähe Catherine Wesen im Stein eingesperrt, als könne sie durch die unbehauenen Quader hindurch bis auf ihre Seele schauen, ihre Rufe hören, ihr

Herz schlagen fühlen. Und dann begann Catherine, diese Wesen freizuklopfen.

Es waren nicht immer Geschöpfe, die gut gelitten waren.

Der Hass. Die Not. Die Nachsicht. Der Seelenleser. Moment!

Tatsächlich. Da hatte Catherine zwei Hände aus einem bananenkistengroßen Kubus geholt, die etwas mit den Fingern nachformten. Lasen sie, streichelten sie, tasteten diese suchenden, findenden Hände Wörter ab? Wem gehörten sie? Griffen sie heraus, oder tasteten sie sich hinein?

Hielt man das Gesicht an den Stein, meinte man, dass in einem eine verborgene, vermauerte Tür aufging. Eine Pforte ... zu einem Zimmer?

»Jeder Mensch hat ein inneres Zimmer, in dem seine Dämonen lauern. Erst wenn er es öffnet und sich ihnen stellt, ist er frei«, sagte Catherine.

Jean Perdu sorgte dafür, dass es ihr gutging, ob in der Provence oder in Paris, wenn sie beide in seiner alten Wohnung in der Rue Montagnard wohnten.

Er achtete darauf, dass Catherine gut aß und gut schlief und ihre Freundinnen traf und ihre Traumgespinste morgens verlor.

Sie schliefen oft miteinander, immer noch in dieser konzentrierten Langsamkeit. Er kannte alles an ihr, jede perfekte, jede unperfekte Stelle. Er streichelte und liebkoste jede unperfekte, bis ihr Körper ihm glaubte, dass sie für ihn die Schönste war.

Neben einem Halbtagsjob in der Buchhandlung in Banon ging Perdu auf die Jagd. Während Catherine in Paris oder auf dem Hof allein ihrer Bildhauerei nachging,

Kurse gab, Kunst verkaufte, feilte, schliff, korrigierte –
schürfte er nach den aufregendsten Büchern der Welt.
In Schulbibliotheken, in Nachlässen knorriger Studien-
räte und geschwätziger Obstbäuerinnen, in vergessenen
Tresorkellern und kargen, selbstgebauten Bunkern aus
dem Kalten Krieg.

Begonnen hatte Perdus Handel mit einmaligen Büchern
mit einem Faksimile des handgeschriebenen Manu-
skripts von Sanary, das auf verschlungenen Wegen in
seinen Besitz gelangt war. Samy hatte darauf bestanden,
dass ihr Pseudonym geschlossen blieb.

Bald fand sich, mit der Hilfe der Auktionsprotokollan-
tin Claudine Gulliver aus dem dritten Stock der Rue
Montagnard No. 27, ein solventer Sammler für das ein-
zigartige Werk.

Doch als Perdu so weit ging, ihm das Buch nur nach einer Art Herzensprüfung zu verkaufen, entstand sein
Ruf als exzentrischer Bücherliebhaber, der Bücher nicht
an jeden weitergab, nur weil Geld im Spiel war. Manchmal bewarben sich Dutzende Sammler um ein Buch,
aber Perdu wählte jenen aus, der ihm als Geliebter,
Freund, Lehrling oder Patient des jeweiligen Werks am
besten erschien. Das Geld war Nebensache.

Perdu reiste von Istanbul bis Stockholm, von Lissabon
bis Hongkong und fand die köstlichsten, klügsten, ge-
fährlichsten Bücher – und auch die schönsten zum Einschlafen.

Oft, wie jetzt gerade, sitzt Jean Perdu in der Sommer-
küche des *Mas,* zerpflückt Rosmarin und Lavendelblüten, riecht mit geschlossenen Augen an diesem innigsten
Provenceduft und schreibt an der *Großen Enzyklopädie*

der Kleinen Gefühle. Ein Nachschlagewerk für Buchhänd-
ler und Buchhändlerinnen, Liebende und andere Literari-
sche Pharmazeuten.

Unter K trägt er gerade ein: »Küchentrost. Das Gefühl,
dass in der Küche auf dem Herd etwas Köstliches vor
sich hin schmort, die Scheiben beschlagen und die Geliebte sich gleich mit dir an den Tisch setzen und dich
zwischen zwei Löffeln zufrieden anschauen wird.
(Auch bekannt als: Leben).«

Rezepte

So unterschiedlich wie die Landschaft der Provence ist auch ihre Küche. An der Küste Fisch, im Hinterland Gemüse, in den Bergen Lammfleisch oder aus der Not geborene Gerichte mit einer Vielzahl von Hülsenfrüchten. Die eine Gegend kocht olivenölbetont, die andere auf Weinbasis, und an Italiens Grenze gibt es Nudelgerichte. In Marseille küsst der Orient den Okzident mit Minze, Safran oder Kumin, und im Vaucluse ist das Trüffel- und Konfektparadies.

Doch einiges eint die Küchen zwischen Rhône und Côte d'Azur: schweres, kräftiges Olivenöl, Knoblauch, viele unterschiedliche Tomaten (für Salate, Soßen, Suppen, Kuchen, Pizza, *Confits,* Füllungen …), Ziegenkäse aus Banon und frische Kräuter. Die provenzalische Köchin verwendet übrigens nur maximal drei verschiedene Sorten, um ihre Braten und Gerichte zu würzen. Davon dann aber in rauher Menge, ob Salbei oder Lavendel, Thymian oder Rosmarin, Fenchel oder Bergbohnenkraut.

Die folgenden Gerichte sind landestypisch und begleiten die Geschichte mit ihrem Duft und ihren Farben.

Eine *Ratatouille*-Verwandte, aber mit Auberginen aufgefüllt, verfeinert mit einer Basilikum-Tomaten-Soße. Meist mit Gemüse aus einer Farbenwelt (Rot) sowie mit sehr klein geschnittenen Stückchen.

Der Geschmack der provenzalischen Gemüsepfanne ist abhängig von der Qualität und Intensität der Zutaten. Das Gemüse muss »von der Sonne geküsst« sein, große, aber geschmacksarme »Wasserbomben« als Tomaten machen es fade. Die Aromen der frischen Kräuter sind ebenso entscheidend.

Zutaten (für 6 Personen):

2 feste Auberginen

2 große Zwiebeln

2 kleine, kräftige Zucchini

3 rote Paprikaschoten

3–6 fruchtig-würzige Tomaten (oder eine Dose Pizzatomaten)

Salz, Pfeffer, Knoblauch, frischer Thymian (nach Wahl noch Rosmarin, Lorbeer)

Für die Tomatensoße:

500 g reife, würzig-süße Tomaten

reichlich Thymian, Basilikum

3 EL mildes Olivenöl

Zubereitung:

Gemüse putzen (Paprika entkernen und mit einem Kartoffelschälmesser enthäuten, Tomaten überbrühen und »ausziehen«) und in kleine Würfel schneiden. Zuerst die

Auberginen in heißem Öl in einer großen Pfanne unter beständigem Wenden anrösten (ca. 10–15 Minuten). Das restliche Gemüse danach hineingeben. Wenn es gar ist, salzen, pfeffern, mit gehacktem Knoblauch und Thymian würzen. In eine Form pressen.

Derweil eine schmackhafte Tomatensoße zubereiten: Gehäutete, entkernte Tomaten mit Kräutern langsam in Öl köcheln, bis sie sich in einen sämigen Schmelz verwandeln. Mit Salz und Pfeffer abschmecken, pürieren. Mit den gestürzten Gemüsen anrichten. Die *légumes* mit Olivenöl zart überglänzen. Nach Wunsch Baguette und Crème fraîche dazu reichen.

Pistou

Dies ist die provenzalische Suppe, die Samy wieder aufwärmt und auch sonst die Lebensgeister weckt. Leider nichts für romantische Abende … Lesen Sie selbst, warum nicht.

In der Provence hat fast jeder ein eigenes Rezept für die *Soupe au pistou.* Feste Zutaten sind Bohnen (grüne, weiße oder rote), Zucchini, Tomaten, Basilikum und Knoblauch. Aber jeder verleiht der Suppe mit seiner Gartenernte oder frischem Gemüse vom Wochenmarkt seine eigene Note, zum Beispiel mit Kürbis, Steckrübe, Sellerie. Manche bereiten sie als *Minestrone* zu, andere bestehen auf kleinen dicken Nudeln darin, etwa *Gobetti,* kleinen *Makkaroni* oder *Rigate.* Und wieder andere, etwa die Menschen in Nizza, fügen einen Hauch Speck hinzu. Das Besondere ist aber die *Pistou,* die »Gestoßene«, eine pestoähnliche, scharfe grüne Soße, nur ohne Pinienkerne.

Klassische Zutaten (für 4 Personen):

1 Dose (Abtropfgewicht: 250 g) ital. weiße Bohnenkerne

200 g Möhren

250 g Zucchini

1 Stange Porree (oder frische Lauchzwiebeln)

500 g Kartoffeln

1 Zwiebel

4 kräftig-süße Tomaten (oder eine halbe Dose geschälte Tomaten)

Olivenöl, Salz, 200 g grüne Bohnen, Pfeffer, je 3–4 Zweige Thymian, Bohnenkraut und Rosmarin, nach Wunsch Tomatenmark

Für die Kräuterpaste:

2–3 frische Knoblauchzehen

1/2 TL grobes Salz

3–4 Töpfchen Basilikum

50 g frischer Parmesankäse (oder *Pecorino,* je nach Geschmack)

5 EL bestes, mildes Olivenöl

Zubereitung:

Gemüse putzen, waschen und in Stücke, Ringe und Würfel schneiden. Tomaten heiß überbrühen, die Haut abziehen und in Stückchen schneiden (nach Wahl gute Tomaten aus der Dose nehmen). Öl in einem großen Topf erhitzen. Gemüse und Kräuter hineingeben und unter Wenden zehn Minuten bei milder Hitze dünsten. Salzen.

Bohnen kalt abspülen, abtropfen lassen, zum Gemüse geben. Etwa 1 ½ bis 2 Liter Wasser angießen und alles mit Deckel 30–45 Minuten köcheln lassen (richtet sich nach den weißen Bohnen). Mit Salz und Pfeffer abschmecken. Für die Kräuterpaste: Knoblauch schälen, mit Salz, Basilikumblättern und Parmesan im Universalzerkleinerer oder mit dem Stabmixer sämig zerkleinern. Olivenöl unterrühren und glätten. *Pistou* in die Suppentassen geben, mit der heißen Gemüsesuppe aufgießen, servieren. Manche rühren sich die Paste lieber selbst ein und streuen zum Schluss Parmesan darüber.

Lammkoteletts mit Knoblauchflan

Bei Lammfleisch kommt es auf die Qualität und die Marinade an.
Wenn Ihr Fleischer nicht mariniert, finden Sie hier Variationen von köstlicher Marinade, in denen das Fleisch circa eine Nacht baden sollte.

Zutaten:
Je nach Appetit 2–3 Koteletts pro Person.
Für die Marinade:
2–3 Knoblauchzehen
etwas Tomatensaft
1 EL frischer gehackter Rosmarin
1 EL gehackter getrockneter Thymian
2–3 EL dünnflüssiger Honig nach Wahl
Pfeffer
gutes Olivenöl (zum Beispiel aromatisiert mit Rosmarin, Knoblauch, Lavendel oder Zitrone!)
evtl. Dijon-Senf, süßer Chili, cremiger Sherry, Balsamico-Creme oder etwas Rotwein – wie Sie mögen

Für den Knoblauchflan
(kleine Beilage für 2–4 Personen):
100 g Knoblauch
125 ml Milch oder Sahne
Salz, Pfeffer
3 Eier
Muskatnuss, Olivenöl

Zubereitung:

Marinade: Knoblauch schälen, hacken und mit Tomatensaft, Kräutern, Honig, Pfeffer, Olivenöl und Wahlzutaten verrühren. Mit den Lammkoteletts in einen Gefrierbeutel (3 l Inhalt) füllen. Den Beutel verschließen, in eine Schüssel legen und das Fleisch für ein paar Stunden oder über Nacht marinieren.

Lammkoteletts: In der Grillpfanne bei starker Hitze zubereiten: eine Minute links, eine rechts. Die Pfanne vom Feuer ziehen, fünf Minuten ruhen lassen. Die Koteletts dürfen innen rosé sein. Die Autorin liebt übrigens die Zubereitung auf einer Raclettegrillplatte – dann wird das Fleisch perfekt.

Knoblauchflan: Die frischen geschälten Knoblauchzehen in der Milch / Sahne bei milder Hitze weich kochen, durch ein Sieb streichen, salzen, pfeffern und mit den Eiern verquirlen, mit Muskatnuss abschmecken. Getrockneten Knoblauch besser vor dem Milchbad fünf Minuten in kochendem Wasser blanchieren, mit der Gabel zerdrücken, zugeben. In gut mit Öl ausgepinselten Souffléförmchen 20 Minuten im Wasserbad stocken lassen. 10 Minuten kühlen lassen, stürzen.

Dazu passen Rosmarinkartoffeln vom Blech, mit Olivenöl bepinselt und mit grobem Salz bestreut.

In den Eisläden vom Roussillon ist das Lavendeleis tatsächlich so intensiv violett wie die Blüten – meist gefärbt durch einen kleinen Blaubeeranteil. Bei heimischer Eisproduktion ohne Blaubeeren wird es eher weiß-lila gesprenkelt.

Zutaten:

1–2 TL getrockneter Lavendel oder 2–4 TL frische Lavendelblüten (aus dem Garten oder in Bioqualität)

200 g Zucker

8 EL Milch (Frischmilch)

8 Eigelb (möglichst Ökoqualität)

250 ml Sahne (Joghurt für die leichte Version)

evtl. 1 Handvoll Blaubeeren für die Farbe

Zubereitung:

Lavendel und Zucker mit einem Mixer (oder auch mit einem Zauberstab) zerkleinern und durchsieben, bis ein feines Pulver entsteht. Diesen Lavendelpuder in der Milch auflösen, bis die Kristalle nicht mehr »knirschen« (evtl. dazu leicht erwärmen, aber nicht kochen). Eigelb und Sahne/Joghurt gründlich miteinander verquirlen, Lavendelmilch und Eiersahne cremig vermengen. Blaubeeren pürieren und die Masse nach Wunsch einfärben. In eine Eismaschine geben oder im Tiefkühlfach unter gelegentlichem Umrühren erstarren lassen.

Zum Dekorieren einige Lavendelblüten zurückbehalten.

Alternatives Rezept für Lavendeleis mit Lavendelsirup oder -honig

Zutaten:

5 EL Lavendelsirup
500 g griechischer Sahnejoghurt
8 EL Milch (Frischmilch)
200 g Sahne
evtl. eine Handvoll Blaubeeren für die Farbe
Lavendelhonig, Lavendelsirup oder Blüten

Zubereitung:

Lavendelsirup mit Joghurt verrühren, Milch und Sahne dazugeben und rührend glätten.
Blaubeeren pürieren und die Masse nach und nach einfärben.
In eine Eismaschine oder ins Gefrierfach geben, vor dem Servieren mit Sirup, Blüten oder dem Lavendelhonig dekorieren.

Die dreizehn Desserts

Die *dreizehn Desserts* aus regionalen provenzalischen Produkten folgen einer fast hundertjährigen Tradition des Weihnachtsessens.
Sie symbolisieren die dreizehn Teilnehmer des Abendmahls (Jesus und die zwölf Apostel) und kommen nach der Mitternachtsmesse oder dem *Grand Souper* auf den Tisch, das wiederum aus sieben einfachen, fleischlosen (!) Speisen besteht.

Eine typische Auswahl für die *dreizehn Desserts* wäre:

- Rosinen (selbst getrocknet)
- Trockenfeigen (selbst geerntet)
- die nussige Pflicht: Mandeln, Haselnüsse und Walnüsse
- Datteln als Sinnbild für Jesus
- vier verschiedene frische Obstsorten, etwa Zwetschgen (traditionell aus Brignoles), Winterbirnen, Melonen, Äpfel, Orangen, Trauben, Mandarinen
- kandierte Früchte
- heller und dunkler türkischer Honig, weißer und schwarzer Nougat, das Helle aus Haselnüssen, Pinienkernen und Pistazien (steht für das Gute und die Reinheit), dunkler / schwarzer Nougat (steht für das Böse, die Unreinheit)
- *Fougasse* (auch: *Fouace*), ein flaches Ölbrot (muss gebrochen, nicht geschnitten werden!)
- *Oreillettes,* mit Zitronenschale gewürzte Krapfen
- Milchkuchen, mit Zimtmilch zubereitet
- *Ratafia* (Mix aus Most und Weinbrand) oder ein süffig-süßer Carthagène-Likörwein
- Marzipansüßigkeiten
- Biscottikekse
- eingelegter Ziegenkäse

Jean Perdus

literarische Notapotheke
von Adams bis von Arnim

℞ asch wirkende Geist- und Herzarzneien für leichte bis mittelschwere Gefühlskatastrophen.
Wenn nicht anders verordnet, über mehrere Tage verteilt in bekömmlichen Dosen (circa 5–50 Seiten) zu sich nehmen. Wenn möglich mit warmen Füßen und / oder einer Katze auf dem Schoß.

Adams, Douglas: *Per Anhalter durch die Galaxis.* 5 Romane in einem Band. Heyne, München 2001 (Original: *The Hitchhiker's Guide to the Galaxy.* BCA / Arthur Barker, London 1980)
☙ Hoch dosiert wirksam gegen krankhaften Optimismus sowie Humorlosigkeit. Für Saunagänger mit Handtuchscheu.
Nebenwirkungen: Aversion gegen Besitz, möglicherweise chronisches Morgenmanteltragen.

Barbery, Muriel: *Die Eleganz des Igels.* Deutscher Taschenbuch Verlag, München 2008 (Original: *L'Élégance du hérisson.* Gallimard, Paris 2006)
☙ Hoch dosiert wirksam gegen »Wenn-dann-ismus«. Zu empfehlen für verkannte Genies, Liebhaber schwieriger Filme und Busfahrerhasser.

de Cervantes, Miguel: *Don Quijote von der Mancha.* dtv-Verlag, München 2011 (Original: *El ingenioso hidalgo don Quixote De la Mancha.* Juan de la Cuest / Francisco de Robles, Madrid 1605–1615; übersetzt: *Don Kichote de la Mantzscha, d. i. Die abentheurliche Geschichte des scharpfsinnigen Lehns-und-Rittersassen / Juncker Harnisch auss Fleckenland.* Aus dem Spanischen ins Hochteutsche versetzt durch Pahsch Basteln von der Sohle. Gedruckt bey B. Ilssner, Franckfurt 1669)

☾ Bei Konflikten zwischen Realität und Ideal.

Nebenwirkung: Sorge vor technokratischen Gesellschaften, gegen deren Maschinengewalt wir Individuen wie gegen Windmühlen ankämpfen.

Forster, Edward Morgan: *Die Maschine versagt.* Amandus-Edition, Wien 1947 (Original: »The Machine Stops«. Erstveröffentlichung in *The Oxford and Cambridge Review,* 1909)

☾ Achtung, hochwirksames Gegengift gegen Internettechnokratie und iPhone-Gläubigkeit. Hilft auch gegen Facebook-Sucht und *The Matrix*-Abhängigkeit.

Einnahmehinweise: Sind Sie in der Piratenpartei oder Netzaktivist, nehmen Sie es nur in kleinen Mengen zu sich!

Gary, Romain: *Frühes Versprechen.* Autobiografie. Schirmer Graf, München 2008 (Original: *La Promesse de l'aube.* Gallimard, Paris 1960).

☾ Für das Verständnis der Mutterliebe, gegen verklärte Kindheitserinnerungen.

Nebenwirkungen: Flucht in Fantasiewelt, Liebessehnsucht.

Gerlach, Gunter: *Frauen von Brücken werfen.* Conte Verlag, Sankt Ingbert 2012
⚗ Für Autoren mit Schreibblockade und Menschen, die Morde in Krimis für überbewertet halten.
Nebenwirkungen: Wirklichkeitsverlust, Hirndehnung.

Hesse, Hermann: *Stufen.* Gedicht, erstmals erschienen in: *Das Glasperlenspiel.* Roman. 2 Bände. Fretz & Wasmuth, Zürich 1943. Heute u. a. in: *Die Lieblingsgedichte der Deutschen.* Piper, München 2003
⚗ Gegen Trauer und für den Mut, zu vertrauen.

Kafka, Franz: *Forschungen eines Hundes.* In: Roger Hermes (Hg.): *Franz Kafka: Die Erzählungen* (Originalfassung). Fischer Verlag, Frankfurt am Main 1997 (posthum veröffentlicht, entstanden um 1922, Titel von Max Brod)
⚗ Gegen das seltsame Gefühl, von allen unverstanden zu sein.
Nebenwirkungen: Pessimismus, Sehnsucht nach Katzen.

Kästner, Erich: *Doktor Erich Kästners Lyrische Hausapotheke. Gedichte.* Atrium, Basel 1936. Wiederauflagen u. a.: Deutscher Taschenbuch Verlag, München 1988; Droemer Knaur Verlag, Zürich 1979; Atrium, Zürich 2009
⚗ Gemäß dem lyrischen Doktor Kästner zur Behandlung verschiedener Leiden und Unannehmlichkeiten, wie etwa gegen Besserwisser, Scheidungsgefühle, Alltagsärger, Herbstmelancholien.

Lindgren, Astrid: *Pippi Langstrumpf.* Friedrich Oetinger, Hamburg 1949, 2008 (Original: *Pippi Långstrump.* Rabén & Sjögren, Stockholm 1945)
Wirkt gegen angeeigneten (nicht angeborenen) Pessimismus und Angst vor Wundern.
Nebenwirkungen: Verlust der Rechenfähigkeit, Singen unter der Dusche.

Martin, George R. R.: *Das Lied von Eis und Feuer.* Blanvalet, Berlin 1997 (Original: *Game of Thrones.* Bantam, New York 1996). Bisher erschienen fünf respektive zehn Bände.
Hilft beim Abgewöhnen der Fernsehsucht, gegen Liebeskummer, gegen Allerweltsärger und langweilige Träume.
Nebenwirkungen: Schlaflosigkeit, heftige Träume.

Melville, Herman: *Moby-Dick.* btb Verlag, München 2008 (Original: *Moby-Dick; Or, The Whale.* Harper & Brothers, New York 1851)
Für Vegetarier.
Nebenwirkung: Wasserscheu.

Millet, Catherine: *Das sexuelle Leben der Catherine M.* Goldmann, München 2001 (Original: *La vie sexuelle de Catherine M.* Éditions du Seuil, Paris 2001)
Für die große Frage, ob man – oder Frau – zu schnell ja gesagt hat. Merke: Schlimmer geht's immer.

Musil, Robert: *Der Mann ohne Eigenschaften.* Rowohlt, Berlin 1930/1933 bzw. Imprimerie Centrale, Lausanne 1943

☙ Ein Buch für Männer, die vergessen haben, was sie vom Leben wollten. Wirkt gegen Ziellosigkeit.
Nebenwirkungen: Langzeiteffekt, nach zwei Jahren ist das Leben ein anderes. Es drohen u.a. Freundesverlust, Gesellschaftskritiklust und Traumwiederkehr.

Nin, Anaïs: *Das Delta der Venus.* Bertelsmann, Gütersloh 1980 (Original: *Delta of Venus.* Harcourt, New York and London 1977; posthum veröffentlicht, verfasst 1940)
☙ Hilft innerhalb kürzester Einnahmezeit gegen Lustlosigkeit und Sinnlichkeitsverlust.
Nebenwirkung: Spontanerregung.

Orwell, George: *1984.* Diana, Rastatt 1950 (Original: *Nineteen Eighty-Four,* Secker & Warburg, London 1949)
☙ Gegen Gutgläubigkeit und Phlegma. Ehemaliges Hausmittel gegen krankhaften Optimismus, Verfallsdatum abgelaufen.

Pearce, Philippa: *Als die Uhr dreizehn schlug.* Dressler Verlag, Hamburg 1999 (Original: *Tom's Midnight Garden.* Oxford University Press, Oxford 1958)
☙ Gut geeignet für unglücklich Verliebte. (PS: Bei dieser Krankheit dürfen Sie alles lesen, solange es nichts mit Liebe zu tun hat, beispielsweise Splatter, Thriller, Steam Punk.)

Pratchett, Terry: Die Scheibenwelt-Romane (The Discworld Novels). Bisher erschienen von Terry Pratchett 39 Romane über die Scheibenwelt, beginnend mit

Die Farben der Magie (Heyne, München 1992; Original: *The Colour of Magic.* Colin Smythe, Gerrards Cross 1983) bis *Steife Prise* (Manhattan, München 2012; Original: *Snuff.* Harper, New York 2011).

◔ Gegen Weltschmerz und überlebensgefährliche Naivität. Für die Verzauberung des Geistes gut geeignet, auch für Anfänger.

Pullman, Philip: *Der Goldene Kompass.* Trilogie. Carlsen, Hamburg 2007 (Original: *His Dark Materials.* Scholastic Press, London 1995–2000)

◔ Für jene, die ab und an leise Stimmen in sich hören und glauben, einen tierischen Seelenverwandten zu haben.

Ringelnatz, Joachim: *Kindergebetchen.* Ringelnatz für Kinder – »Wenn du einen Schneck behauchst«, Insel, Berlin 2008 (erstmals erschienen in: *Flugzeuggedanken.* Ernst Rowohlt, Berlin 1929)

◔ Wenn Agnostiker auch einmal beten wollen. *Nebenwirkung:* Erinnerungsflash an kindliche Abende.

Saramago, José: *Die Stadt der Blinden.* rororo, Hamburg 1999 (Original: *Ensaio sobre a cegueira.* Editorial Caminho, Alfragide 1995)

◔ Gegen Überarbeitung und um herauszufinden, was wirklich wichtig ist. Gegen Blindheit für den Sinn des eigenen Lebens.

Stoker, Bram: *Dracula. Der erste und beste Dracularoman der Weltliteratur.* Deutsch von Bernhard Willms. Bastei Lübbe, Bergisch Gladbach 1993 (Original: *Dracu-*

la. Archibald Constable and Company, Edinburgh, 1897)

☞ Gegen langweilige Träume und bei Telefon-Warte-Starre (»Wann ruft er endlich an?«) zu empfehlen.

Surre-Garcia, Alem und Meyruels, Françoise: *Das Ritual der Asche.* Ein okzitanisches Bittgebet der Verstorbenen an die Lebenden. Das Original erschien in: *Lo libre dels rituals.* S. l. s. d. Ritual des Cendres, 2002.

In einer Übersetzung für das Deutschlandradio: Prof. Ulrike Brummert, Expertin für Romanische Kulturwissenschaft, Institut für Europäische Studien an der TU Chemnitz.

☞ Hilft bei wiederkehrender Trauer um einen verlorenen, geliebten Menschen und als kirchenfreies, konfessionsloses Grabgebet für Gebetsmuffel.
Nebenwirkung: Tränen.

Toes, Jac.: *Der freie Mann.* Grafit Verlag, Dortmund 2005 (Original: *De vrije man.* L. J. Veen, Amsterdam 2003)

☞ Für Tangotänzer zwischen zwei *Milongas* sowie Männer, die Angst vor Liebe haben.
Nebenwirkung: Überdenken der eigenen Beziehung.

Twain, Mark: *Die Abenteuer von Tom Sawyer* (auch: *Die Abenteuer Tom Sawyers, Die Abenteuer des Tom Sawyer, Tom Sawyers Abenteuer*). U. a. erschienen im Dressler Verlag, Hamburg 1999 (Original: *The Adventures of Tom Sawyer.* American Publishing Company, Hartford 1876)

◑ Für die Überwindung von Erwachsenenängsten und die Wiederentdeckung des Kindes in der eigenen Persönlichkeit.

von Arnim, Elizabeth: *Verzauberter April.* Insel Verlag, Frankfurt am Main 1995 (Original: *The Enchanted April.* Macmillan & Co. Ltd, London 1922)
◑ Gegen Entscheidungsunfähigkeit und für Freundesvertrauen.
Nebenwirkungen: Italienverliebtheit, Sehnsucht nach dem Süden, gesteigertes Gerechtigkeitsempfinden.

Hinweis: Bei den AutorInnen **Sanary** (Südlichter), P. D. **Olson** sowie Max **Jordan** (Die Nacht) handelt es sich um Persönlichkeiten, die ausschließlich in diesem Roman leben.

Dank

Dieser Roman hat von der erstmals niederge-
schriebenen Idee (9. August 2010) bis zum
endgültigen Druck (Anfang April 2013) etliche Stadien
der Recherche, Verzweiflung, des Schreibens und Weg-
werfens, der mehrfachen Überarbeitung und lustvollen
Kreativität sowie eine einjährige, krankheitsbedingte
Pause durchlaufen.

Die Menschen, die mir während dieses intensiven Pro-
zesses zur Seite standen, prägten ihn mit. An jedem
Buch sind außerdem meistens bis zu zehn (für Leserin-
nen und Leser meist unsichtbare) Profis beteiligt, auf
dass ein Stück Kunst, Leselust, Auszeit und Verzauberung entstehe. Einige führe ich hier auf, anderen, wie
Grafik, Vertrieb, Herstellung und Korrektorat, gebührt
mein Dank aus der Ferne. Kultur ist Teamarbeit, und
ein Schriftsteller allein wird niemals so gut sein wie die
Mannschaft, die hinter ihm steht. Ich erarbeite, fühle
und schreibe die Geschichte, aber dass sie gesund und
lesenswert auf die Welt kommt, liegt am Team.

Und, übrigens, auch am Leser. Die liebenswerten Briefe, die mich während der Schreib-Zeit erreichten, haben
mich sehr berührt. Für einige dieser Leser sind kleine
Botschaften in den Roman eingewebt.

Merci beaucoup …

… an meinen Mann, den Schriftsteller J. Wofür, darf ich leider nicht vollständig verraten, aber es hat etwas mit Essen, Trost und Liebe zu tun. Und mit deiner eigenen Schreiblust, die mir immer verzeiht, dass ich ständig mit erfundenen Leuten unter einem Dach wohne und das nicht einmal merkwürdig finde.

… an Hans-Peter, für deine ein Jahr währende Geduld.

… an Adrian und Nane, die mir acht Monate lang die Schmerzen aus dem Leib geknetet haben, auf dass ich wieder sitzen und schreiben konnte, und an Bernhard und Claudia, meine »Drill Instructors«, für die »Gerätefolter«.

… an Angelika, für deine Freundschaft, die so klar und gegenwärtig beginnt.

… an Frau K., die großartige Redakteurin, die nicht nur die Kommas an die richtige Stelle setzt, sondern auch meine kreative Rechtschreibung diszipliniert.

… an Brigitte, die charmante Gastgeberin meines Taubenschlags in Bonnieux, und Dédé, Pensionswirt in Sanary-sur-Mer.

… an Patricia, für das Vertrauen und deine Leidenschaft.

… an die Rösterei Elbgold: *this book is powered by coffee.*

... an Doris G., weil ich mich all die Wochen in deinem Garten verstecken durfte, um die Tagebücher der Manon zu verfassen. Das Wühlen in der saftigen Erde hat den Text getränkt.

Und vor allem danke ich meiner Lektorin Andrea Müller. Sie sorgt dafür, dass gute Bücher besser werden. Sie killt Längen genauso zielsicher, wie sie literarische Herzensbrüche dramaturgisch verdichtet; sie stellt gefährliche Fragen und schläft, glaube ich, nie. Profis wie sie machen aus guten Schriftstellerinnen bessere Erzählerinnen.

Nina George,
im Januar 2013

PS: ... und danke an jede Buchhändlerin, jeden Buchhändler, der hilft, mich zu verzaubern. Mit Büchern kann ich einfach besser atmen.

NINA GEORGE

Die Mondspielerin

Roman

Schluss mit mir! Das ist Mariannes sehnlichster Wunsch, als sie sich in Paris von der Pont Neuf in die Seine stürzt. Doch das Schicksal will es anders – sie wird gerettet. Die sechzigjährige Deutsche, die kein Wort Französisch spricht, flüchtet vor ihrem lieblosen Ehemann bis in ein kleines Fischerdorf in der Bretagne. Dort will sie eigentlich ihrem Leben im Meer ein Ende setzen, doch es scheint an jedem Tag etwas dazwischenzukommen …

Eine Geschichte voller Hoffnung, Weisheit und bretonischem Zauber; eine Geschichte über das eigene Leben, für das es nie zu spät ist.

KNAUR TASCHENBUCH VERLAG